maritim

Das Buch

Die beiden preußischen Junker Peter und Paul von Morin müssen als Kornetts der Ziethenhusaren während des Siebenjährigen Krieges überstürzt den Dienst des Königs verlassen. Verfolgt von litauischen Halsabschneidern schlagen sie sich auf abenteuerlichen Wegen durch die Neumark und Pommern nach Danzig durch. Dort mustern sie auf einem holländischen Küstensegler an, um zu ihren Verwandten nach England zu gelangen. An Bord bekommen sie die ersten handwerklichen Grundkenntnisse des Seemannberufs beigebracht.

Als ihr Schiff in der Nordsee kurz vor dem Ziel von einem französischen Freibeuter gekapert wird, werden die Zwillinge getrennt. Peter gerät in französische Gefangenschaft, während Paul sich zwar retten kann, aber auf der zur Hilfe geeilten britischen Fregatte *Thunderbolt* zunächst als Leichtmatrose in den Dienst gepresst wird. Da der Kapitän jedoch von ihm annimmt, er könne unter Umständen auch ein Abgesandter des preußischen Königs in geheimer Mission sein, erhält Paul von Morin schon bald eine gewisse Vorzugsbehandlung und bekommt auch die Gelegenheit sich bei einem Seegefecht sowie der Niederschlagung eines Aufruhrs durch die gefangengenommene Besatzung des französischen Kriegsschiffes zu bewähren. Sein weiterer Weg in der Royal Navy ist damit vorgezeichnet.

Während Peter in der Festung von Fécamp einsitzt, wird ihm die Zeit der Haft durch die Tochter des Kommandanten, die ihm schöne Augen macht, ein wenig versüßt, wobei ihm allerdings dieses Techtelmechtel auch ein Duell mit dem Kapitän des Freibeuters einträgt. Anschließend wird er zum Dienst in der französischen Marineinfanterie zwangsverpflichtet. Auf See werden sich danach die Lebenswege der beiden immer wieder kreuzen – oft ohne dass sie wissen, wer ihr Gegner auf der anderen Seite ist.

Der Autor

Ole Groothus, Dipl. Wirtschaftsingenieur, lebt in Norddeutschland und ist Schiffsmakler. Er unterhält darüber hinaus ein Sachverständigenbüro für Boote und Yachten. *Husaren der See* ist sein erster Roman.

Ole Groothus

Husaren der See

Roman

Ullstein

Besuchen Sie uns im Internet:
www.ullstein-taschenbuch.de

Umwelthinweis:
Dieses Buch wurde auf chlor- und säurefreiem Papier gedruckt.

Originalausgabe im Ullstein Taschenbuch
1. Auflage Juli 2009

Umschlaggestaltung:
HildenDesign, München / Buch und Werbung, Berlin
Titelabbildung: © Accornero Franco via Schlück GmbH,
fred goldstein/shutterstock
Satz: Pinkuin Satz und Datentechnik, Berlin
Gesetzt aus der Sabon
Druck und Bindearbeiten: CPI – Ebner & Spiegel, Ulm
Printed in Germany
ISBN 978-3-548-28095-0

Für meine Mutter

Vorwort

Kurz vor dem Osterfest des Jahres 1760 kündigt sich in einem verschlafenen Landstrich der Neumark auf der östlichen Seite der Oder der Frühling an. Alles könnte seinen gewohnten friedvollen, ja langweiligen Gang gehen, tobte nicht schon seit einigen Jahren der Dritte Schlesische Krieg – er sollte später als Siebenjähriger Krieg in die Geschichtsbücher eingehen –, der das junge Königreich Preußen materiell an den Rand des Abgrunds führt und von der Bevölkerung einen hohen Blutzoll fordert. Friedrich II., der Philosoph auf dem Königsthron und Verfasser des *Antimachiavell*, hat sich zum *roi connétable* gewandelt und verteidigt das eroberte Schlesien gegen eine übermächtige Schar von Feinden mit all der strategischen List und Tücke, wie sie Machiavelli in seinem Werk *Il Principe* beschrieben hatte.

Zur gleichen Zeit kämpfen England und Frankreich um die Vorherrschaft in Nordamerika und Indien. Bei diesen Seemächten geht es um die Aufteilung der Welt, und das Zeitalter des weltumspannenden europäischen Imperialismus und Kolonialismus bricht an.

Nicht so offensichtlich, aber am Ende umso wirkungsvoller sind die neuen geistigen Strömungen, die in Europa die alte Ordnung unterspülen. Sie lassen sich zuerst mit Namen wie John Locke, David Hume, Adam Smith, Jean-Jacques Rousseau, Voltaire und Montesquieu verbinden, später gesellen sich zu diesen auch deutsche Dichter und Denker der Aufklärung wie Wieland, Lessing, Leibniz und Kant – um nur einige zu nennen. Eine Zeit des Umbruchs setzt ein, deren Nachbeben bis in die heutigen Tage zu spüren sind. Der Absolutismus weicht der aufgeklärten Monarchie und der Republik, der Merkantilismus und die Feudalherrschaft werden vom Streben nach freiem Handel und von privatem Gewinnstreben in Frage gestellt. Die aufstrebende und erfolgreiche Bourgeoisie fordert nun auch politische Mitsprache ein.

In jenen Tagen werden zwei Brüder – Zwillinge, die an Gestalt und Charakter unterschiedlicher kaum sein könnten – in den Strudel der Ereignisse gerissen. Die beiden Kornetts der Ziethenhusaren werden teils durch selbstverschuldeten Übermut und teils durch Intrigen gezwungen, außer Landes zu gehen. Aus den schneidigen Reitern werden unter dem Druck der Verhältnisse Seeleute. Dieser Beruf wird ihre Zukunft entscheidend prägen. Hinter sich lassen sie die kargen Felder der Mark, und vor ihnen eröffnet sich die große Welt: London, Paris, Bombay, Kanton, die dichten grünen Urwälder Nordamerikas, die Fieberinseln Westindiens mit ihren Piratennestern, die giftigen Sümpfe der afrikanischen Küste, die geheimnisvollen Inseln Nippons und nicht zuletzt die dunklen Gassen und Winkel jener Städte, in die es sie im Dienste ihrer jeweiligen Herrscher verschlägt.

Aber wie heißt es doch so schön: Auch die längste Reise beginnt mit dem ersten Schritt. Begleiten wir also Paul und Peter von Morin auf ihrem Weg aus der Streusandbüchse des Heiligen Römischen Reiches auf die Decksplanken, die ihnen bald die Welt bedeuten sollten.

Teil Eins – Die Flucht

Ein läppischer Ehrenhandel endet unglücklich, was ungeahnte Folgen auslöst. Die beiden Brüder Peter und Paul von Morin müssen sich vor der Rache der Mutter des Opfers und dem Zorn ihres Königs in Sicherheit bringen. Ihr Weg in den Hafen von Danzig ist mit den Leichen ihrer Verfolger und gebrochenen Herzen gepflastert. Und auch der Abschied der frisch gemusterten »Seeleute« Peter und Paul aus Danzig gestaltet sich blutig.

Kapitel 1

Dienstag, den 1. April 1760, am frühen Morgen
in der Nähe des Mohriner Sees (Neumark)

Es war ein Morgen, den man am besten tief eingekuschelt in ein warmes Federbett mit einem zufriedenen Schnarchen begrüßt hätte. Keinesfalls aber sollte man auf einer nassen Wiese unter knorrigen alten Eichen stehen, von deren noch kahlen Ästen einem dicke Wassertropfen auf den Kopf fielen, und darauf warten, dass sich die Sonne aus den über den Wiesen liegenden Nebelschwaden löste. Der Vollmond war vor einiger Zeit hinter dem dichten schwarzen Kiefernwald im Westen untergegangen. Alles war grau, nass und äußerst ungemütlich. Selbst die ersten Triller und Rufe der Vögel klangen missmutig und ungehalten.

Paul von Morin verkroch sich fröstelnd tiefer in seinen Reitmantel mit dem hochgeschlagenen Kragen. Verdrossen musterte er die Männer, die in zwei Gruppen wartend herumstanden. Das war mal wieder typisch für seinen lieben Bruder Peter, sich an einem so ungemütlichen, nasskalten Morgen auf dieser sumpfigen Wiese an einem der Zuflüsse des Sees um der Ehre willen schlagen zu wollen. Nun ja, dieser Twelkow war schon ein ziemlicher Kretin und eindeutig zu weit gegangen, als er Peter einen gemeinen Hundsfott genannt hatte, der gefälligst seine dreckigen Bauernpfoten von seiner

Schwester Christina lassen sollte. Nun betrieben die Morins zwar in der Tat Landwirtschaft, aber diesem Geschäft gingen hier östlich der Oder in der Neumark schließlich alle Junker nach – auch die Twelkows.

Peter Freiherr von Morin war seinem Temperament entsprechend bei dieser Beleidigung in die Luft gegangen, als hätte ein sächsischer Mineur unter seinen Füßen eine Sprengladung gezündet. Immerhin hatte er sich so weit beherrscht, dass er Pjotr von Twelkow nicht auf der Stelle an den Hals gegangen war. Mit vor Zorn halberstickter Stimme hatte er zischend hervorgestoßen: »M'sieur, mein Sekundant wird sich bei Ihnen melden!«

Und selbstverständlich hatte als Sekundant Paul, sein Zwillingsbruder, herhalten müssen. Ein Versuch, die Angelegenheit gütlich zu regeln, war – natürlich – gescheitert: Wenn zwei Holzköpfe zusammenstießen, konnte man kein Glockenspiel erwarten.

Der Anlass war ziemlich läppisch gewesen. Peter hatte auf einer abendlichen Gesellschaft mehrfach mit Christina von Twelkow getanzt. Sie war ohne jeden Zweifel ein attraktives Mädchen und nach Pauls Meinung die Einzige in der Familie, die ihren Kopf nicht nur dazu benutzte, um einen Hut darauf zu setzen. Sonderlich nahe kam man sich bei den üblichen Gesellschaftstänzen ja nicht. Vielleicht hatte Peter die junge Frau etwas zu begehrlich angehimmelt. Das beherrschte er perfekt, wie Paul ihm zugestehen musste, der bei diesem Gedanken innerlich neidisch aufseufzte. Aber das war doch kein Grund, sich hier an einem frostigen Frühjahrsmorgen im Jahre des Herrn 1760 die Schwindsucht zu holen. Was sich der junge Twelkow holen würde, dessen war er sich ziemlich gewiss. Blut musste fließen, um die Ehre wieder herzustellen. Wessen Blut das sein würde, daran gab es für ihn keinen Zweifel.

Obwohl die beiden Morins sich erst im sechzehnten Lebensjahr befanden, bekleideten sie schon den Rang von Kornetts* bei den Ziethenhusaren in der schwer gebeutelten Armee des Königs von Preußen. Und Kornett war viel. Die hohen Verluste, selbst in den Schlachten, die für die Preußen siegreich geendet hatten, war für ein vergleichsweise schnelles Avancement dienlich gewesen, aber natürlich hatten ihr persönlicher Einsatz im Feuer und ihre Fähigkeiten im Dienst den Ausschlag für die Beförderung gegeben.

Paul rückte den Säbel an seiner Hüfte zurecht. Die Klinge war schon häufiger, als ihm lieb war, vom Blut der Russen, Sachsen und Österreicher rot gefärbt gewesen. Erst im August des letzten Jahres hatte sie anlässlich der schrecklichen Schlacht bei Kunersdorf gar nicht weit im Süden von hier mehrere Moskowiter ins Jenseits befördert. Manchmal schreckte er des Nachts schweißgebadet aus dem Schlaf hoch, wenn ihn die vor Entsetzen weit aufgerissenen Augen der Männer anstarrten, die die tödliche Klinge auf ihren Kopf heruntersausen sahen, ihre Münder zu einem letzten hilflosen, verzweifelten Schrei weit aufgerissen.

Er sah zu seinem Bruder hinüber.

Der schien ganz entspannt zu sein, seiner selbst ganz sicher. Hatte er auch solche Träume? In seinem Gesicht zuckte kein Muskel, nur um seine Lippen schien ein kleines geringschätziges Lächeln zu spielen. Immerhin hielt sich hartnäckig das Gerücht, dass Twelkow auf Grund der guten Beziehung seiner Familie bisher noch nicht im Feuer gestanden hatte.

Die Sonne stieg als verwaschener gelber Ball aus den schwer lastenden Nebelschwaden, die vom großen See herüberzogen. Die Pferde schnaubten und scharrten unruhig mit

---

* Jüngster Offizier einer Schwadron, als Fähnrich Träger der Standarte

den Hufen; sie schienen die Spannung zu spüren, die auf den versammelten Männern lag.

Aus der anderen Gruppe lösten sich zwei Männer und kamen zu ihnen herüber. Einer war Herr von der Murwitz, der als Unparteiischer fungierte. Beim Gehen zog der andere Mann ein Bein leicht nach. Dem gedrungenen jungen Herrn von Elch machte eine Verwundung am Unterschenkel offenbar immer noch zu schaffen. Eine Kugel hatte sein Bein durchschlagen. Allerdings war das zu seinem Glück während einer Patrouille ins Hinterland geschehen, als man wohl zu sehr mit dem Fangen von Hühnern beschäftigt war und die gebotene Vorsicht allzu nachlässig außer Acht gelassen hatte. Aber weil das Lager nicht weit gewesen war, hatte der Feldscher Zeit gehabt, sich gründlich um die Wunde zu kümmern, was Elch wahrscheinlich das Bein gerettet hatte. Der Appetit auf gebratene Hähnchen war ihm trotzdem nicht vergangen, wie man hörte. Er pflegte sie mit großen Mengen frischen Bärwalder Biers herunterzuspülen. Aber jetzt räusperte er sich gewichtig und versuchte bedeutend auszusehen.

»Ich möchte Sie nochmals eindringlich darauf hinweisen, dass unser allergnädigster König, Seine Majestät Friedrich II. von Preußen, seinen Offizieren das Duellieren strengstens verboten hat. Ääh, Ihro Majestät habe für das Blut seiner Offiziere eine bessere Verwendung, hat man ihn sagen hören.

Falls uns Baron Peter von Morin ehrenwörtlich versichert, dass er die Baronesse Christina von Twelkow in Zukunft nicht mehr belästigen wird, ist ihr Bruder Baron Pjotr von Twelkow großzügig bereit, die ihm zugefügten Beleidigungen als gegenstandslos zu betrachten und um des lieben Friedens willen zwischen Nachbarn alles zu vergeben und zu vergessen.«

Hätten Peter und Paul von Morin in die Zukunft blicken können, hätten sie wahrscheinlich wie aus einem Mund begeistert »Jawohl!« gerufen und dem gleichaltrigen Pjotr von Twelkow dankbar die Hand geküsst. Die beiden Jungen verfügten zwar unbestreitbar über einige Talente, aber der Blick in die Zukunft war auch ihnen verschlossen, und so nahm das Schicksal seinen Lauf …

Paul blickte von Elch ob dieser hanebüchenen Frechheit verblüfft an, dann erwiderte er scharf: »Mein Bruder ist beleidigt worden, das weißt du doch ganz genau, Hans, daher ist es an Pjotr, sich bei ihm zu entschuldigen!«

Von Elch blickte ihn aus seinen Schweinsäuglein missmutig an und schüttelte energisch den Kopf.

Herr von der Murwitz konstatierte kühl: »Dann ist keine gütliche Einigung möglich. Ihr Herr Bruder hat als Waffe den Säbel gewählt. Ich schlage vor, dass der Ehre Genüge getan ist, sobald der erste Blutstropfen geflossen ist.«

»Einverstanden.«

Peter, der ein wenig abseits stand, knurrte undeutlich etwas in sich hinein, was sehr nach frikassieren klang. Man kannte sich schon seit frühester Jugend, und das Verhältnis war immer eher angespannt gewesen, wie das zu sein pflegte zwischen raufiustigen Jungen, die Revierkämpfe austrugen und auch vor dem Einsatz chemischer Waffen in Form von Kuhfladen und Pferdeäpfeln nicht zurückschreckten.

Paul ging zu ihm zurück und nahm ihm Mantel, Rock und Hut ab. Sein Bruder zog die Waffe aus der Scheide und reichte ihm das Wehrgehänge. Er wog den Säbel gleichmütig in der Hand, dabei spielte ein unergründliches Lächeln um seine Lippen, und in den dunklen Augen glühte ein diabolisches Feuer. Verdammt, dachte Paul, der Mistkerl freut sich richtig darauf, Blut vergießen zu können. Auch Pjotr von Twelkow macht sich fertig und trat vor.

Der Schiedsrichter nahm seinen Platz ein, der Feldscher, den sie in Mohrin aufgetrieben hatten, klappte im Hintergrund seine Tasche auf und warf einen letzten prüfenden Blick hinein.

»Meine Herren, auf mein Kommando ›Halt!‹ ist das Gefecht sofort abzubrechen! Sind Sie bereit?«

Pjotr nickte mit fest zusammengepressten Lippen.

Peter verkündete gedehnt: »Beeereit!«

»En garde!«

Beide hoben ihre Waffe grüßend vor das Gesicht und gingen dann in die Ausgangsstellung.

Paul war neugierig, wie sein Bruder agieren würde. Er war etwa genauso groß wie sein Gegner, aber schlanker, und er ähnelte einem auf dem Sprung liegenden Kater, während Twelkow eher an einen bulligen Jagdhund für die Sauhatz erinnerte. Falls Peter schnell nach Hause zum Frühstückstisch zurückwollte, dann würde das hier in kürzester Zeit vorbei sein, denn Peter war ein ausgezeichneter Fechter, was Paul aus eigener leidvoller Erfahrung nur zu gut wusste.

Man hätte die beiden Brüder nie für Zwillinge gehalten, so unterschiedlich waren sie im Äußeren und, wie die Eltern seufzend bekannten, auch in ihren charakterlichen Eigenschaften. Pauls blaue Augen blickten unter dem blonden Haarschopf meist etwas skeptisch und abwartend in die Welt. Er war für einen Husar schon fast zu groß und zu schwer, und falls er in diesem Tempo weiterwuchs, würde er wohl in Kürze zu einem Kürassierregiment wechseln müssen. Wenn die beiden Brüder gegeneinander fochten, was zur Übung fast täglich der Fall war, dann hatte er gegen Peter nur eine Chance, wenn es ihm gelang, den ersten Ansturm zu parieren und ihn dann mit wuchtigen Attacken langsam zu ermüden.

Peter hatte anscheinend – ganz im Gegensatz zu seinem Bruder – keinen ausgeprägten Appetit auf das Frühstück, vielmehr schien es ihn zu reizen, etwas Katz und Maus zu spielen. Er täuschte Angriffe an, fintierte routiniert, zog sich wieder zurück, wehrte Attacken aus dem Handgelenk sicher ab, unterließ es aber, sofort nachzusetzen. Langsam trieb er seinen Gegner vor sich her, der dessen ungeachtet nach einiger Zeit selbstbewusster wurde und besser ins Gefecht kam. Sicher hatte man ihm vorher gesteckt, zu was für einem ausgezeichneten Fechter sich sein Gegner entwickelt hatte, weshalb Pjotr zunächst betont in der Defensive geblieben war. Wahrscheinlich interpretierte er jetzt Peters nur halbherzige Angriffe fälschlicherweise als Versuch, auf keinen Fall getroffen zu werden, und griff daher immer beherzter an, wodurch er seinerseits Peter schließlich in der Tat zum Rückzug zwang.

Paul stöhnte leise auf. Er hatte deutlich gesehen, dass sein Bruder schon mindestens dreimal völlig ohne eigenes Risiko Pjotr eine leichte Verletzung hätte beibringen können. Damit wäre die Angelegenheit aus der Welt gewesen, aber nein, sein stolzer, extravaganter Herr Bruder wollte sein Opfer noch ein wenig schwitzen sehen! Der Teufel mochte ihn holen, manchmal zweifelte er daran, dass sie wirklich denselben Vater und dieselbe Mutter hatten. Peter konnte so verdammt arrogant wie ein Welscher sein. Sein brünettes Haar mit den dunklen Husarenlocken an den Schläfen und die dunkelbraunen Augen verliehen ihm zusammen mit seinem feingliedrigen Körperbau tatsächlich einen südländischen Einschlag. Das musste am Erbgut des Großvaters mütterlicherseits liegen, der aus den westlichen Provinzen des Königreichs stammte, vielleicht schlug aber auch das französische Blut der Mutter des Vaters durch, deren Familienmitglieder unter dem Großen Kurfürst aus Glaubensgründen als Refugées nach Brandenburg gekommen waren.

Jetzt verschärfte Peter das Tempo, die Klingen klapperten lautstark, wenn sie aufeinanderprallten, und zischten gefährlich pfeifend durch die Luft. Pjotr hielt sich erstaunlich gut.

Paul musste sich eingestehen, dass er ihn unterschätzt hatte. Der Kerl mochte ein arrogantes Arschloch sein, ein blöder Hinterwäldler, der Hannibal nur für einen passenden Namen für einen Zuchtstier hielt, aber er war kein verweichlichter Feigling. Plötzlich wich Peter unerwartet ein, zwei Schritte zurück, Pjotr witterte seine Chance und setzte siegesgewiss nach, aber Peter band die Klinge des Gegners und drückte sie nach außen und unten weg. Pjotr kam durch den eigenen Schwung auf dem glatten Boden ins Rutschen, er verlor das Gleichgewicht und fiel in den von unten nach oben vorzuckenden Säbel. Peter hatte ihm damit offensichtlich einen langen Schnitt quer über die Brust ziehen wollen und hatte den Hieb nicht mehr völlig aufhalten können. Ungläubig starrte Pjotr auf die Waffe, die aus seiner Brust ragte. Er ließ seinen Säbel fallen und versuchte, die Klinge zu packen, um sie aus der Wunde zu ziehen. Mit einem kurzen energischen Ruck zog Peter die Säbelspitze heraus. Twelkow verdrehte die Augen, drückte die Hände auf die Wunde und fiel keuchend auf die Knie.

»Halt!« Herr von der Murwitz stürzte nach vorn und winkte aufgeregt nach dem Balbier, der schon mit seiner bauchigen braunen Tasche herangeeilt kam.

Paul reichte Peter einen Lappen, mit dem dieser seine blutige Waffe abwischte und dann die Klinge wütend in die Scheide stieß. Wortlos nahm er seine Kleidungsstücke entgegen und zog sich an.

»Das hast du ja wieder einmal wunderbar hinbekommen, mein liebes Bruderherz!«, knurrte Paul wütend und zupfte an seinem dünnen blonden Oberlippenbart, der noch lange nicht die Ausmaße der mächtigen Schnurrbärte erreicht hatte, wie sie bei den Husaren Mode waren. »Falls der Blödmann abkratzt, dann sitzen wir so richtig dick in der Tinte. Musstest du unbedingt die Galavorstellung des großen Fechtmeisters geben, anstatt ihm schnell einen kleinen Schnitt am Arm zu verpassen ... und fertig wär's gewesen, verdammt noch mal!«

»Verflucht, es war ein Unfall, das hast du selbst gesehen! Wenn ich gewollt hätte, dann hätte ich ihn schon lange vorher aufschlitzen können ... Ich wollte nur ein wenig Spaß haben, so oft bekommt man diesen polnischen Rundkopf schließlich nicht vor die Klinge. Er sollte als Andenken eine Narbe quer über die Brust bekommen, damit er in Zukunft jeden Morgen beim Waschen daran erinnert wird, sein Schandmaul besser zu beherrschen!«

Freiherr von der Murwitz trat auf sie zu; er blickte Peter eisig an.

»Mein Herr, wenn Sie Glück haben, kommt er durch, die Stichwunde ist zwar ziemlich tief, sie scheint aber keine lebenswichtige Ader verletzt zu haben. Wie es mit der Lunge aussieht, wird sich zeigen ...« Er machte eine Pause und räusperte sich, bevor er fortfuhr: »Ihre Ehre ist wiederhergestellt. Die Verletzung ist aber für den Anlass ungebührlich schwer ausgefallen. Wie Sie wissen, ist die Familie Twelkow sehr einflussreich – auch bei Hofe. Ich möchte nicht in Ihrer Haut stecken!«

»Aber das war ein Unfall, Herr von der Murwitz!«

»M'sieur, das hier war kein Spielchen für dumme Jungs. Sie sind beide Offiziere des Königs und müssen wissen, was es bedeutet, wenn man blank zieht. Man muss seine Ehre verteidigen, das ist völlig in Ordnung. Wenn ich nicht dieser Meinung wäre, dann hätte ich nicht als Unparteiischer zur Verfügung gestanden. Aber man lässt die Münze nicht auf der Spitze des Säbels tanzen und wartet ab, wie sie fällt, dann könnte man auch gleich mit dem Sensenmann würfeln. Ich werde Ihrem Herrn Vater Bericht erstatten müssen. Verschwinden Sie!«

Bedrückt gingen die beiden Brüder zu ihren niedrigen Pferden, wie sie bei den Husaren üblich waren. Sie hatten sie in der Obhut von Karl und Franz, ihren Pferdeknechten und Burschen, die ein bis zwei Jahre älter als sie selbst sein mochten, zurückgelassen. Sie schwangen sich geübt auf ihre Reittiere, bei Peter sah es allerdings etwas eleganter und geschmeidiger aus, packten die Zügel und setzten sich mit einem leichten Trab in Bewegung.

»Oje, das wird kein erfreuliches Gespräch mit unserem Vater werden, fürchte ich«, seufzte Paul, düster in die Zukunft schauend.

»Verdammt, ich wollte das nicht! Der Tölpel ist in meine Klinge gefallen!«, murrte Peter verbiestert, aber auch er sah nicht gerade froh aus.

Franz und Karl, die ebenfalls freiwillig bei den Husaren dienten, blickten sich wissend an. Franz zischte seinem Freund zu: »Da braut sich ein gewaltiges Donnerwetter über dem See zusammen! Der gnädige Herr kann brüllen wie ein Exerziersergeant!«

»Amen«, flüsterte Karl und verdrehte die Augen gen Himmel.

Kapitel 2

April 1760 in der Neumark

Ursula von Morin hatte die Arme in die Hüften gestützt, ihre Augen blitzten zornig. Sie fauchte ihren Gatten Gerhard wütend an: »Ich möchte wirklich wissen, was ihr Mannsbilder im Kopf habt. Immer nur Mord und Totschlag! Reichen euch die Berge von Toten und Kohorten von Verstümmelten nicht, welche die Kriege unseres *großen* Königs in den vergangenen Jahren produziert haben? Jetzt hat unser Junge auch noch in der kurzen Zeit, in der er Urlaub von seinem Regiment hat, nichts Besseres zu tun, als den einzigen überlebenden Sohn unseres Nachbarn schwer zu verletzen.«

Gerhard von Morin schwieg. Er überlegte, was wohl die eigenartige Betonung des Adjektivs *groß* in Bezug auf den König zu bedeuten hatte. Das letzte Jahr war für Friedrich wahrlich alles andere als erfolgreich verlaufen. Im Oktober 1758 die Niederlage bei Hochkirch, im Juli 1759 das Scheitern Wedels, der bei Kay ein Viertel seiner Streitmacht eingebüßt hatte, und schließlich das Desaster von Kunersdorf im August, wo der König vernichtend geschlagen worden war. Am 14. August fiel Torgau, und die Schweden bedrohten Berlin. Warum die Gegner versäumt hatten, dem geschlagenen Löwen den Todesstoß zu geben, wussten nur sie allein. Der

König nannte es das Wunder des Hauses Brandenburg. Um das Maß des Unglücks voll zu machen, geriet Ende November dann noch das Korps des Generalleutnants v. Finck mit fast 13 741 Soldaten bei Maxen in Gefangenschaft. Zweifellos ein glänzender Sieg der Österreicher, die dabei nur 304 Gefallene zu beklagen hatten. Es hielt sich hartnäckig das Gerücht, dass ungenaue Befehle des Königs die Ursache dieses Desasters waren.

Den Nimbus der Unbesiegbarkeit hatte *Frédéric le Grand* schon lange verloren, eigentlich konnte man nur noch Mitleid mit ihm haben, denn es schien bloß noch eine Frage der Zeit, bis ihn seine unversöhnlichen Feindinnen in Österreich, Russland und Frankreich wieder auf das Maß eines unbedeutenden *Marquis de Brandenbourg* zurechtgestutzt hatten. Sein einziger Vorteil blieb, dass sich die Unterröcke nicht selbst auf die Schlachtfelder trauen konnten, aber da sie sich nicht die Fäden aus der Hand nehmen lassen wollten, mussten sie sich mit langen Kommandowegen und allerlei Zwistigkeiten zwischen den Truppenführern abfinden. Aber in diesem Jahr würde wohl die Entscheidung fallen. Alles deutete darauf hin, dass es für Preußen ein weiteres bitteres Jahr werden würde, vielleicht das letzte in der kurzen Existenz dieses seltsamen Staatsgebildes, bevor es unter seinen Feinden aufgeteilt wurde, auch wenn jetzt im April noch nicht alles entschieden war.

Aber genug davon, andere, näherliegende Probleme waren jetzt zu lösen. Wie sollte man sich im vorliegenden Fall verhalten? Natürlich hatte der Baron von dem bevorstehenden Duell Wind bekommen, es gehörte sich für einen märkischen Gutsherrn, über alles Bescheid zu wissen, was sich auf seinem Land abspielte – trotzdem musste man sich aber noch lange nicht in alles einmischen. Das hatte er auch in diesem Fall unterlassen. Vielleicht war das ein Fehler gewesen, gestand er sich leise seufzend ein, aber was hätte er tun sollen? Er konnte seinen jüngsten Sohn kaum einsperren oder mit Stubenarrest belegen. Das Duell war eine Frage der Ehre gewesen, aber das würden die Frauen nie verstehen. Vielleicht hätte er rechtzeitig mit dem alten Twelkow in Ruhe reden sollen. Der war zwar ein alter versoffener Sturkopf, aber im Grunde ein ganz vernünftiger Kerl. Leider stand er unter dem Pantoffel seiner zänkischen intriganten Gattin.

»Nun sag doch mal etwas, Mann! Nur ein Seufzer bringt uns auch nicht weiter. Wie du genau weißt, haben die Twelkows einen großen Einfluss bei Hofe, weil diese grässliche Ilse viel Geld mit in die Ehe gebracht und sich damit so manch wichtige Hofschranze gekauft hat. Seit ihr Ältester bei Leuthen gefallen ist, vergöttert sie ihren Jüngsten, falls sie das nicht schon immer getan hat. Was können wir denn jetzt für Peter tun?«

Ihr Mann blickte durch das hohe Fenster seines Arbeitszimmers hinaus über den weiten See nach Mohrin hinüber. Es war ein schöner, warmer Frühlingstag, der so gar nicht zu den düsteren Gedanken und Problemen passen wollte, die ihn quälten. Der Anblick des mächtigen, wehrhaften Turms und der für die kleine Stadt eigentlich viel zu groß geratenen sechshundert Jahre alten Kirche mit ihren bis zum Giebel des Kirchenschiffs reichenden massiven Mauern aus Feldsteinen ließ ihn neuen Mut schöpfen. Wenn er in der Öffentlichkeit von seinen religiösen Gefühlen auch nicht allzu viel Gebrauch machte – vom sonntäglichen Pflichtbesuch des Gottesdienstes mal abgesehen –, so war er doch in seinem Herzen ein standfester Lutheraner, der sich darauf verließ, dass der liebe Gott dem half, der reinen Herzens war und sich selbst zu wehren wusste.

»Die schwere Verwundung des jungen Twelkow war ein bedauerlicher Unfall, das hat mir Murwitz bestätigt. Allerdings hat er mir auch geraten, ich sollte Peter sicherheitshalber in den Hundezwinger sperren, damit die Menschheit vor ihm sicher wäre. Beim nächsten Feldzug könne ich ihn dann auf die Österreicher hetzen, die sicher schon bei seinem bloßen Anblick das Hasenpanier ergreifen würden.

Ich werde an einige Kameraden Briefe schreiben und außerdem versuchen, mit dem alten Twelkow ein paar vernünftige Worte zu reden. Es wird schon alles wieder in Ordnung kommen, meine Liebste. Die Twelkows sind nicht die Einzigen, die an ein paar Strippen ziehen können.«

Ihre Gesichtszüge entspannten sich, sie ging zu ihm hinüber, umarmte ihn und legte ihr Gesicht an seine Schulter.

»Ich wusste, dass du alles wieder in Ordnung bringen würdest. Es ist gut, dass ich alle meine Männer mal wieder im Haus habe. Allerdings macht ihr auch eine Menge Arbeit und bringt den ganzen eingespielten Haushalt durcheinander, weil ihr euch ständig einmischen müsst, weil ihr meint, alles besser zu wissen. Wenn ihr im Feld seid, klappt ja schließlich auch alles! Aber so ist es schon besser. Wer weiß, wann dich der König wieder ruft. Friedrich und Ferdinand müssen schon gleich nach Ostern wieder abreisen. Es steht in den Sternen, ob wir uns alle nochmals wohlbehalten wiedersehen.«

»Aber natürlich, Liebste, du weißt doch, Unkraut vergeht nicht.«

Insgeheim überlegte er, dass seine Familie bisher wirklich unglaubliches Glück gehabt hatte. Er kannte andere adlige Familien, in denen die drei Kriege des Königs schon fast die gesamte männliche Stammlinie ausgerottet hatten. So hatten beispielsweise die von Wedels, die aus dem Norden der Kurmark stammten, schon nahezu siebzig männliche Familienmitglieder verloren!

Sie sah ihn zweifelnd an. »Gegen eine feindliche Kugel kann auch dein märkischer Dickschädel nicht bestehen!«

»Aber diese Kugel ist noch nicht gegossen.«

Auf der Treppe polterten Stiefel, dann klopfte es energisch an der Tür.

»Herein!«

Ein Diener schob einen verschwitzten, ungeschickt hereinstolpernden Bauernjungen durch die Tür, der sich sofort aufgeregt die Mütze vom flachsblonden Schopf riss, sie in seinen hornigen, großen, für sein Alter viel zu abgearbeiteten Händen drehte und knautschte, während er sich gleichzeitig mit großen Augen neugierig umschaute. Es war Joachim, der Sohn von Bauer Manteuffel, der seinen Hof außerhalb der Stadtmauer von Mohrin gleich rechts vor dem Bärwalder Tor hatte. Nervös begann er zu stottern: »Gnä... gnädiger Herr, einen schö... schönen Gruß auch vom Herrn Amtmann des Vorwerks nach Bär... Bärwalde zu. I... i... ich soll Ihnen aus... ausrichten, dass der Twelkowlümm..., dass der junge Herr von Twelkow abgekratzt ist!« Er verstummte, verdrehte die Augen, blickte angestrengt zur Decke und sagte dann ganz langsam und betont, so wie es ihm seine ältere Schwester Irene eingeschärft hatte: »Er ist seinen schweren Verletzungen erlegen!«

Der Familienrat tagte. Die Situation hatte sich zwar nicht grundsätzlich verändert, aber ein Toter bei einem verbotenen Duell war immer ein Toter zu viel. Für das Verbot hatte der König natürlich gute Gründe, aber ernsthaft durchgesetzt wurde es kaum. Der preußische Adel hatte in diesem Staat wenig mehr zu verlieren als sein Leben und seine Ehre, deshalb wachte er eifersüchtig über dieses metaphysische Gut, das ihn seiner festen Überzeugung nach als Edelmann über das gemeine Volk heraushob. Über sein Leben mochte der König entscheiden, man würde so anständig zu sterben wissen, wie man hoffentlich gelebt hatte. Und zur Zeit war das Leben eines Preußen und das eines preußischen Soldaten – ganz gleich ob gemeiner Musketier oder hoher Offizier – allemal wohlfeil.

Herr von der Murwitz war zwar als Zeuge über jeden Zweifel erhaben, aber der war schon wieder zu seinem Gut auf der anderen Seite der Oder abgereist, um dort das Osterfest im Kreise seiner Lieben zu verbringen. Anschließend würde er zu seiner Truppe zurückkehren, dann wussten nur noch Gott und der König, wo er zu erreichen war.

Man entschied, dass es das Beste wäre, wenn die beiden Jungs zu ihren Husaren zurückritten, um dort den Sturm abzuwettern. Sowohl der Kommandeur als auch der Regimentschef* schätzten die beiden sehr und würden ihre schützende Hand über sie halten.

Der Mutter war die vorzeitige Abreise zwar gar nicht recht, aber auch sie sah ein, dass diese Lösung am vorteilhaftesten war. Schließlich wusste man nicht, was sich die giftige alte Twelkow in ihrem Kummer einfallen lassen würde. Man munkelte viel über sie und ihre angeblichen dubiosen Verbindungen zu zwielichtigen Gestalten aus ihrer polnisch-litauischen Heimat.

Am Abend saß die ganze Familie, Vater, Mutter, die beiden Brüder Friedrich und Ferdinand sowie die Schwestern Friederike und Felicitas aus der ersten Ehe des Vaters beim Abendessen zusammen. Außerdem waren Großvater Rudolf von Morin mit seiner Frau Anna aus der Nähe von Butter-

---

* Der Regimentschef war zwar offiziell der Befehlshaber, aber das Tagesgeschäft wurde besonders in Friedenszeiten oder, wenn der Chef ein Prinz war, von einem anderen Offizier erledigt.

felde auf der anderen Seite des Sees zu Besuch. Es wurde kein fröhlicher Abend, denn alle wussten, dass der Krieg weitergehen würde, und für Preußen war es ein Krieg um die nackte Existenz. Es ging schon längst nicht mehr um Rechtstitel oder eine Provinz, schließlich hatte die Königin von Ungarn, wie Maria Theresia in durchaus beleidigender Absicht von Friedrich II. vorzugsweise genannt wurde, zweimal die Abtretung Schlesiens vertraglich anerkannt – ohne dass man ihr dabei die Garotte um den Hals gelegt hatte. Nein, der »böse kleine Mann in Potsdam« hatte sie mit seinem losen Mundwerk persönlich beleidigt, und das verzieh sie ihm nicht, zumal ihre Diplomaten sie als die gequälte, leidende Unschuld in ganz Europa glänzend verkauften, obwohl sie eine kühl kalkulierte revanchistische Politik betrieb. Allerdings erhofften sich die meisten Nachbarn auch noch ein schönes Stück aus dem Siegeskuchen. Die Russen hatten sich schon mal vorsorglich Ostpreußen einverleibt, worauf die dortigen Stände, ohne sich lange zu zieren, den Treueeid auf die Zarin geleistet hatten, was ihnen Friedrich nie verzeihen würde. Die Schweden ihrerseits wollten Pommern vollständig zurückgewinnen. Den Franzosen und den Fürsten des Reichsheeres war allerdings der Appetit vergangen, denn ihnen brannte nach der schmählichen Abreibung bei Roßbach noch gewaltig der Hintern.

Nachdem man hitzig und zeitweise auch recht lautstark hin und her diskutiert und natürlich keine Patentlösung gefunden hatte, zogen sich alle früh mit düsteren Gedanken in ihre Schlafgemächer zurück.

Paul ging ein Satz seines ältesten Bruders nicht aus dem Kopf, der ruhig festgestellt hatte, dass Preußen nur ein ziemlich unbedeutender Nebenkriegsschauplatz wäre, während England und Frankreich um Weltreiche kämpften. »Wir verbluten für ein paar armselige Äcker, während da draußen Kontinente mit ungeahnten Schätzen und Rohstoffen erobert werden. Man nutzt uns aus, hält uns für tumbe Bauern und in London lacht man sich über die nützlichen Idioten eins ins Fäustchen, die für ein paar Pfund Sterling für die Londoner City die Kastanien aus dem Feuer holen!« Alle hatten ihn ziemlich verständnislos angesehen, bis ihm der Vater und auch Großvater Rudolf nachdenklich zugestimmt hatten. »Leider können wir daran überhaupt nichts ändern, uns muss das raue schlesische Leinenhemd näher sein als das indische Gewand aus edler Seide. Wir haben noch nicht einmal eine Flotte. Den Kriegsschiffen, die unser König in Dienst genommen hatte, haben die Schweden im letzten Jahr in der Peenemündung den Garaus gemacht.« Großvater Rudolf von Morin sagte wenig, aber wenn er den Mund öffnete, dann hatte das, was er sagte, Hand und Fuß.

»Wollen wir hoffen, dass das schlesische Hemd nicht unser Leichenhemd wird«, hatte Friedrich gemurrt.

»Hör sofort mit derartigen Reden auf!«, hatte ihn die Mutter angefahren, und auch Großmutter Anna hatte ihn mit ihren hochmütigen Augen wütend angefunkelt. Sie brauchte nichts zu sagen; ihr eisiger Blick und eine kurze herrische Handbewegung sprachen Bände. Daraufhin hatten sich alle herzlich umarmt und waren beklommen voller düsterer Ahnungen und mit einem Kloß im Hals auf die Zimmer gegangen.

Falls sich Paul nicht sehr verhört hatte, dann hatte sich Peter nach einer guten halben Stunde auf dem ihnen beiden gut bekannten Weg aus seinem Zimmer durch das Fenster über das Gesims leise davongestohlen. Er konnte sich auch sehr wohl vorstellen, wohin ihn sein Ausflug geführt hatte, denn ihm waren die Blicke, die Peter mit einer der drallen jungen Mägde gewechselt hatte, nicht entgangen. »Wie zum Teufel macht der Kerl das bloß?«, überlegte er neidisch, während auch er ein brennendes Verlangen in seinen Lenden spürte.

»Ich finde es nicht richtig, dass Paul und Peter schon regulär in der Armee dienen, es sind doch noch halbe Kinder. Schau dir ihre Augen an, sie machen auf mich den Eindruck, als hätten sie zu viele schreckliche Dinge gesehen, die für Jungs ihres Alters nicht bestimmt waren, die Augen scheinen viel älter als die Gesichter, und auch um die Mundwinkel bilden sich schon harte Falten, die so gar nicht zu ihren noch unreifen Zügen passen.«

»Das kommt von der manchmal doch recht kargen Verpflegung«, versuchte ihr Mann abzuwiegeln. »Leider funktioniert der Nachschub aus den Magazinen nicht immer zuverlässig. Aber du hast natürlich recht, sie sehen in ihrem jugendlichen Alter schon viele Dinge, die ich ihnen am liebsten ersparen würde. Unendliche Totenacker, grässlich verstümmelte menschliche Kadaver, den grauenhaften Abfall des Krieges, brennende Häuser, verendetes, aufgedunsenes Vieh – viel Elend und auch allerlei Unschickliches. Sie müssen töten, um selbst zu überleben, damit muss man erst mal fertig werden.«

»Ich weiß, auch du schreckst manchmal in der Nacht schweißgebadet stöhnend aus dem Schlaf hoch.«

»Ahem, nun ja, manchmal isst man abends einfach etwas zu viel, aber das ist kein Wunder bei deinen wunderbaren Kochkünsten«, flachste Gerhard von Morin.

»Paah!«

»Auf der anderen Seite werden die beiden Jungs natürlich in dieser harten Schule schnell zu Männern geformt, die lernen, für sich selbst und für andere Verantwortung zu tragen.«

»Ja, hart! Ich fürchte, dass sie zu hart werden könnten. Und du weißt: Was zu hart ist, zerbricht leicht.«

»Sie sind beide intelligent genug, um Recht und Unrecht unterscheiden zu können, und wer Recht tut, mit dem ist Gott.«

»Amen. Ich weiß nicht, um wen ich mich mehr sorgen soll. Um den nachdenklichen Paul, diesen Bären mit der sensiblen Seele, oder um Peter, den schmeichelnden, unberechenbaren Kater mit den gefährlichen Krallen.«

»Du irrst, Peter ist zwar in der Tat schon jetzt ein äußerst gefährlicher Kämpfer, aber wenn man ihn kennt, kann man ihn einschätzen, weil er keine langen Umwege liebt. Er will sein Ziel immer auf dem kürzesten Weg erreichen. Paul ist anders. Wenn man ihm Zeit zum Überlegen gibt, wird er sich immer etwas ausdenken, das seinen Gegner völlig unerwartet trifft. Er ist ein geduldiger Taktiker, der den Gegner nicht da angreift, wo der es erwartet, sondern an einer schwachen Stelle, die sein Feind vielleicht selbst noch nicht bemerkt hat. Er kann geduldig beobachten, um dann plötzlich zuzustoßen. Es kann zwar länger dauern, bis er das anvisierte Ziel erreicht, ist aber sehr effektiv und minimiert das Risiko.

Das Schlimme ist, dass die Jungs die Beißhemmung verloren haben! Sie haben gelernt, wie man schnell und effizient tötet – und dass man dafür auch noch gelobt wird. Aber ich vertraue auf ihren Charakter und dass ihnen unser Pastor den Sinn des fünften Gebots recht tüchtig eingebläut hat!«

»Hoffen wir, dass es dieses Jahr zu keinen großen Schlachten kommt.«

»Unsere Armee ist im letzten Jahr so stark zur Ader gelassen worden, dass der König gezwungen ist, zu manövrieren.

Und das beherrscht er auch – und der Prinz Heinrich noch besser.«

»Ach, warum ist mir nur das Herz so schwer?«

»Wahrscheinlich hast du auch zu viel von dem Braten gegessen – und das in der Karwoche!« Ursula warf sich auf ihn und trommelte mit ihren Fäusten auf ihn ein. »Au! Nicht schlagen! Ich ergebe mich! Aua! Nicht immer auf den Kopf! Nein, dahin auch nicht ...!«

Das Frühstück am nächsten Morgen verlief wortkarg. Vater, Mutter und Peter hatten dunkle Ringe unter den Augen und auch die anderen Geschwister sahen nicht sonderlich ausgeschlafen aus, stellte Paul fest. Großmutter Anna roch wie immer streng nach Kampfer und Opa Rudolf nach seiner ersten Morgenzigarre. Anna von Morin hatte ein ambivalentes Verhältnis zu diesem Laster ihres Gatten. Zum einen war sie stolz darauf, dass er sich so eine kostspielige Verschwendung leisten konnte, schließlich waren die duftenden Tabakrollen ein neuer exquisiter Luxus aus der Neuen Welt, den sich die Spanier teuer bezahlen ließen, zum anderen hielt sie es in ihrer strengen protestantischen Nüchternheit für pure Verschwendung, gutes bares Geld in blauen Dampf aufgehen zu lassen. Außerdem litten die Gardinen, Stores und Tapeten im Herrenzimmer. Aber die Zigarre roch immer noch angenehmer als die stinkenden Qualmwolken aus den Tonpfeifen der anderen Herren, die nach dem Essen im Herrenzimmer beim Cognac über zotige Witze lachten, während sich die Damen bei süßem Likör die Mäuler über ihre Männer zerrissen.

Das gute Wetter hatte sich gehalten. Ein schwacher Wind wehte aus Osten, und die Sonne strahlte von einem wolkenlosen, hohen Himmel. Überall blühten die Frühlingsblumen und an den Bäumen und Sträuchern bildeten sich die ersten dicken Knospen. Es roch nach Pferden, Rindern und all dem anderen Getier, das auf einem Hof gehalten wurde, auf dem man sich weitgehend autark ernähren musste.

Die beiden Brüder trugen wieder ihre schmucke Uniform der Leibhusaren No. 2. Die Montierung bestand aus dem bekannten roten Dolman mit den goldenen Tressen, einem blauen Pelzumhang, blauen Lederhosen und den weißen Charawaden*. Kurze blaue Stiefel, die hohe Flügelmütze mit der Reiherfeder und die rote Säbeltasche vervollständigten die Ausrüstung. Sie schnallten ihre Mantelsäcke hinten auf die Pferde, nachdem sie diese, wie es Sitte war, selbst gesattelt und aufgezäumt hatten. Pauls Pferd war etwas höher im Rist, als es eigentlich für ein ideales Husarenpferd zulässig war. Man hatte beschlossen, dass sie alleine vorausreiten sollten. Ihre Burschen würden ihnen folgen, sobald ihr Urlaub vorbei war.

Nach einer kurzen, fast wortlosen Verabschiedung ritten sie die lange Allee zur Straße hinunter. Bevor sie auf diese einbogen, wandten sie sich noch einmal zum Haus zurück, um den kleinen Gestalten zuzuwinken, die auf den Stufen hinter der Auffahrt standen. Paul spürte noch den Kuss seiner Halbschwester Felicitas auf der Wange. Sie hatte so gut gerochen und sich eng an ihn gedrückt. Verdammt, dachte er, egal ob halb oder ganz, Schwester blieb Schwester. Außerdem war sie ja schon eine alte Jungfer von einundzwanzig Jahren. Armes Mädchen, Männer für standesgemäße Partien waren in diesen Zeiten eine verdammt knappe Ware. Ihre Schwester Friederike war immerhin mit einem Leutnant Franz von Wunsdorf verlobt. Allerdings diente der nur bei einem Li-

* Kurze, ungefütterte weiße Leinenhosen

nieninfanterieregiment! Aber immer noch besser als so ein bürgerlicher Emporkömmling, deren Zahl im Offizierskorps ständig wuchs. Wenn er es sich recht überlegte, dann wäre Felicitas sehr wahrscheinlich auch mit einem Leutnant Soundso eines der berüchtigten Freibataillone zufrieden, wenn er nur jung, kräftig und gesund war. Eine Freiin Felicitas von Morin und ein hergelaufener Fritz Soundso! Paul schnaufte missbilligend.

Die Pferde waren ausgeruht und die Brüder ließen sie eine Viertelstunde flott traben. Es gab nicht viel zu bereden, obwohl Paul gerne gewusst hätte, wie es Peter heute Nacht bei dem Dienstmädchen ergangen war. Aus Erfahrung wusste er, dass er nur geduldig zu warten brauchte, bis Peter von sich aus mit seinen Erlebnissen herausrücken würde. So kam es denn auch, aber es schien keine sonderlich gelungene Veranstaltung gewesen zu sein. Die Kleine hatte sich wohl beim Liebesspiel an dem Verhalten des lieben Viehs orientiert, so dass die ganze Chose zwar durchaus für beide Seiten biologisch befriedigend, aber bar jedes romantischen Einschlags abgelaufen war. Aber immerhin ... dachte Paul mit einem leichten Anflug von Neid.

Sie hatten die Chaussee nach rechts verlassen und ritten schon seit einiger Zeit auf dem kürzeren Forstweg durch den dichten Wald in Richtung Bärwalde. Alles war friedlich, nur ein Eichelhäher keckerte aufgeregt. Die beiden Jungen stutzten und lauschten. Wahrscheinlich war Reineke Fuchs auf der Pirsch. Die sandigen, ausgefahrenen Radspuren beschrieben hier eine scharfe Kurve, und hinter dieser sahen sie sich plötzlich drei Reitern gegenüber, die ihnen den Weg versperrten. Verblüfft parierten sie ihre Pferde. Die Montur der Kerle war abenteuerlich. Sie bestand aus zottigen Felljacken, ebensolchen Mützen und hohen Stiefeln und wies sie recht eindeutig als Angehörige einer litauischen Räuberbande aus.

Es kam durchaus vor, dass sich in solch unruhigen Zeiten derartige kriminelle Elemente aus dem Osten bis in die Nähe der Oder vorwagten, um sich lohnende Opfer zu suchen. Warum sie allerdings zwei Kornetts in voller Uniform für lohnende Objekte für einen Überfall hielten, blieb ihr Geheimnis. Paul warf rasch einen Blick nach hinten, wo eben zwei weitere Strauchdiebe ihre Gäule aus dem dichten Unterholz auf die Straße drängten.

Die Klingen fuhren zischend aus den Scheiden. »Du links, ich rechts! Zuerst auf den in der Mitte, dann auf die beiden anderen!«, befahl Paul halblaut. »Attacke!« Die Pferde sprangen nach einem kräftigen Schenkeldruck aus dem Stand an und streckten sich unter ihren Reitern. Die gekrümmten Säbel waagerecht nach vorne auf den Anführer gerichtet, griffen sie in vollem Galopp an. Viel war von dem Gesicht des Mannes nicht zu sehen, aber das, was aus seinem Bartgestrüpp herausschaute, wurde blass. Die Klinge seiner Waffe wanderte von links nach rechts und wieder zurück. Ihm wurde klar, dass er nicht beide Klingen gleichzeitig parieren konnte und wollte sein Pferd zur Flucht nach links herumziehen. Das war sein letzter Fehler, denn dadurch bot er Peter seine ungeschützte rechte Seite dar. Ein wuchtiger Hieb durchtrennte seinen Hals, er stürzte sofort aus dem Sattel in den Staub des ausgefahrenen Weges, und sein Pferd machte einen erschrockenen Satz nach vorne. Die anderen beiden Räuber schwangen ihre Säbel, aber ihre Pferde scheuten unter ihnen, weil ihr Fluchtinstinkt geweckt war. Ein Reiter auf einem bockigen Pferd ist für einen erfahrenen Husar kein Gegner, wobei Paul die Schwierigkeit hatte, nach links über den Hals des Pferdes schlagen zu müssen, aber das galt auch für seinen Gegner. Er schlug den Säbel des Mannes auf der von ihm abgewandten Seite mit ganzer Kraft herunter und zog ihn in der Aufwärtsbewegung durch dessen Hals. Eine Blutfontäne zeigte, dass er die Schlagader getroffen hatte. Peter hatte sein Pferd schräg gegen das seines Gegners prallen lassen, hatte dessen Schwierigkeiten mit dem Gleichgewicht ausgenutzt, um ihm den Säbel über den Oberarm zu schlagen, der daraufhin kraftlos heruntersank. Der nächste Hieb spaltete ihm die Schädelplatte.

»Fünf nach vorne!«, rief Paul.

Beide trieben ihre Pferde an. Nach fünf raumgreifenden Sätzen parierten sie durch, zwangen die Gäule auf der Hinterhand herum und ließen sie im Schritt den Weg zurücklaufen. Die beiden verbliebenen Strauchdiebe kamen herangaloppiert. Brüllend schwangen sie ihre Säbel über den Köpfen. Als sie sahen, dass ihre Gegner nicht flohen, sondern ihnen entgegenkamen, zügelten sie ihre kleinen, zottigen Schindmähren so hart, dass diese mit der Vorderhand in die Höhe stiegen. Sie befanden sich zwischen den Leichen ihrer Kumpane, deren Pferde mit hängenden Köpfen scheinbar trauernd neben ihren toten Herren auf dem Weg standen, und den beiden jungen Husaren. Ihr Bewegungsraum war dadurch stark eingeschränkt, was ihnen sehr schnell bewusst wurde, wie man ihren Blicken nach hinten entnehmen konnte. Aber an Flucht war nicht zu denken, denn jetzt entspann sich ein heftiges Gefecht Mann gegen Mann. Die Kerle waren bärenstark und führten eine gute Klinge.

Paul dirigierte sein Pferd mit Schenkeldruck in eine enge Kreisbahn um seinen Gegner, was diesen zwang, diese Bewegung in der Hüfte mitzumachen und sein Pferd ebenfalls zu drehen, aber da er im Kreismittelpunkt saß, war er im Nachteil. Zwei leichte Verwundungen hatte er schon an Brust und Arm hinnehmen müssen. Er bleckte die Zähne wie ein Wolf und versuchte es mit Gewalt. Das war schlecht. Paul war für sein Alter sehr stark, er parierte den wuchtigen Hieb, band die Klinge seines Gegners und schob sie zur Seite weg. Dann löste er seine Waffe und stach dem Wegelagerer von schräg unten durch den Hals in den Mund. Ein Blutschwall schoss zwischen dessen schiefen gelben Zähnen hervor. Sein Säbel fiel auf den staubigen, aufgewühlten Weg. Der Mann fasste sich an den Hals und sank schaurig gurgelnd vom Pferd, blieb aber im Steigbügel hängen. Sein Pferd schleifte ihn erschrocken einige Meter vom Kampfplatz fort.

Wie immer, wenn er auf einen körperlich stark überlegenen Gegner traf, bekam Peter nach einer gewissen Zeit Schwierigkeiten mit seiner Kondition – besonders heute morgen nach seinen nächtlichen Turnübungen. Auf dem Rücken des Pferdes konnte er seine überlegene Technik nicht voll ausspielen, sondern musste sich voll darauf konzentrieren, die wuchtig geführten Hiebe seines Gegners zu blockieren. Er begann zu schwitzen, was für die Führung des Kampfes überhaupt nicht förderlich war, sein Arm wurde langsam schwer, jeder Schlag des Gegners fuhr ihm in die Knochen und ließ ihn zischend die Luft ausstoßen. Als Paul das bemerkte, stieß er einen schrillen Schrei aus, so wie sie es früher bei ihren Spielen im Gelände getan hatten, um den Gegner zu verwirren. Es wirkte auch diesmal; der Kopf des Litauers zuckte kurz herum, Peters Säbel stieß vor, um sich durch die Felljacke des Mannes zu bohren, aber die schien aus dreifachem Bärenleder zu bestehen, jedenfalls gab sie dem Druck der beidseitig scharf geschliffenen Spitze nur widerwillig nach, wodurch dem Schurken Zeit blieb, mit seinem Säbel zurückzuschlagen. Nur Peters gute Reaktion rettete ihm das Leben. Er duckte sich tief, seinen Säbel weiter vorpressend, nach vorne ab. Die scharfe Schneide wischte die hohe Flügelmütze von seinem Kopf und rasierte ihm auf dem Hinterkopf unter Mitnahme von reichlich Haut eine saubere Mönchstonsur. Dann fiel der Kerl vom Pferd, und Peter musste den Säbel in seinem Leib stecken lassen.

Unsicher stiegen beide von ihren schnaufenden Gäulen und schritten mit zitternden Knien die Strecke ab. Peter musste sich mit dem Fuß auf dem Brustkorb des Mannes abstützen, um seinen Säbel wieder freizubekommen. Ihre Gegner waren alle tot, nur der Kerl, mit dem Paul es zuletzt zu tun gehabt hatte, hing immer noch im Steigbügel seines Pferdes und verblutete schaumige Blasen spuckend. Paul spürte, dass ihm übel wurde. Es waren zwar nicht die ersten Männer, die er im Kampf getötet hatte, aber er hatte sich danach nur selten nochmals physisch mit ihnen beschäftigen müssen. Er kämpfte weiter gegen den Brechreiz an, als er plötzlich entdeckte, dass Peters Hinterkopf voller Blut war. Da vergaß er seine Übelkeit und untersuchte erschrocken die Wunde seines Bruders. Nachdem er fachmännisch festgestellt hatte, dass sie nur oberflächlicher Natur war, ging er zu Peters Pferd und holte aus dessen Wäschesack ein sauberes Hemd, das er in Streifen riss. Dabei fand er auch eine Flasche Kornbrand, die sich Peter noch vor der Abreise auf dem Gut organisiert haben musste. Er zog den Korken mit den Zähnen heraus, nahm einen kleinen Schluck, um den üblen Geschmack im Mund loszuwerden, dann gab er sie an Peter weiter. Der nahm einen langen Zug, hustete und wischte sich mit dem Handrücken den Mund ab. Paul nahm ihm die Pulle weg, bat ihn, sich zu bücken und schüttete ihm dann einen gehörigen Schuss Schnaps über die Tonsur. Peter quiekte höchst unheldenhaft. Ein italienischer Feldscher in preußischen Diensten hatte ihnen einmal erzählt, dass Schnaps die üblen Dünste, die zum gefürchteten Wundbrand führen konnten, aus der Wunde treibt, so wie er auch üble Gedanken aus dem Kopf verscheucht. Die Praxis hatte ihm recht gegeben.

»Willst du mich umbringen!«

»Nein, das machst du schon selbst, wenn du versuchst, einem hochwohlgeborenen litauischen Gardekürassier den

Säbel durch den Panzer zu bohren. Selbst der dümmste Bauernlümmel von einem Husaren weiß, dass der gekrümmte Säbel in erster Linie eine Hiebwaffe ist!«

»Schon recht, aber schließlich schleifen wir ja genau deshalb auch die andere Seite im vorderen Bereich scharf an. Und woher soll ich wissen, dass das Schwein so eine dicke Schwarte hat und dazu noch einen dicken Pelz trägt?«

»Wir haben gerade erst Frühling und in Litauen ist der Winter kalt – sehr kalt!«

Nachdem er Peter einen kleidsamen Turban verpasst hatte, der dessen Verwundung gefährlicher aussehen ließ, als sie war, untersuchten sie die Strauchdiebe. Auch der mit dem anhänglichen Pferd gab keinen Mucks mehr von sich. Offensichtlich war er an seinem eigenen Blut erstickt.

Die Durchsuchung war kein reines Vergnügen, denn die Kerle schienen eine äußerst heftige Abneigung gegen Wasser und Seife gehabt zu haben – sie stanken entsetzlich und schienen auch jede Menge treuer Untermieter zu beherbergen. Immerhin entdeckten sie bei allen fünf Männern schöne goldene Reichstaler. Vier der Kerle hatten zehn blanke Goldstücke bei sich gehabt, der fünfte, wahrscheinlich der Anführer, sogar zwölf. In seiner Jackentasche fanden sie auch ein Stück Papier, das wie eine Kartenskizze aussah. Allerdings konnten sie damit auf die Schnelle nichts anfangen. Irgendwelche Ausweispapiere oder Briefe steckten nicht in den Taschen. Vermutlich konnten die Burschen ohnehin nicht lesen.

Nachdem sie kurz beratschlagt hatten, was zu tun sei, banden sie die Spitzbuben auf den Pferden fest und machten sich auf den Rückweg zum Gut. Die Lage dünkte ihnen unübersichtlich und mit dieser grausigen, wenn auch stummen Last in der friedlichen Stadt Bärwalde einzureiten, erschien ihnen etwas zu gewagt.

Sie näherten sich dem Schloss, wie man hier zum Gutshaus

zu sagen pflegte, auf Schleichwegen, schließlich kannten sie hier buchstäblich jeden Stein und jeden vom Wild ausgetretenen Pfad. Den Großen Belliner See ließen sie links liegen und umritten Guhden weiträumig.

Kurz vor dem Ziel meinte Peter mit zusammengebissenen Zähnen, denn die Wunde schmerzte doch verteufelt: »Danke, Bruderherz! Das war diesmal ganz schön knapp. Der Kerl war stark wie ein Bär.«

»Ach, keine Ursache, Kleiner. Wie heißt es doch so schön in der Bibel: ›Soll ich der Hüter meines Bruders sein?‹ Unser Pastor predigt doch immer, dass es so sein soll. Da muss ich doch auf meinen jüngeren Bruder aufpassen, schließlich bist du ja lange zwanzig Minuten nach mir auf diese interessante Welt gekommen.«

»Ja, ja, nicht schon wieder diese alte Leier. Übrigens das Zitat stammt von dem Burschen, der seinen Bruder abgemurkst hat!«

»Na, du musst es ja wissen. Übrigens, in welchem Orden dient Ihr denn dem Herrn, *Frater*? Habt Ihr Euch auch dem Keuschheitsgelübde unterworfen? Oh, verzeiht, ich sehe, Ihr seid zum muslimischen Glauben konvertiert, Euer Turban verrät Euch! Hat Euch die Aussicht auf vier Ehefrauen diese Entscheidung versüßt? Aber bedenkt, ehrwürdiger Vater, vier Frauen könnten die Kraft Eures Schwertarmes gar zu sehr schwächen!«

Der finstere Blick, den Peter ihm zuwarf, grenzte durchaus schon an Brudermord.

Kapitel 3

April 1760 in der Neumark

Die beiden Brüder näherten sich mit ihrer stummen Last dem Waldrand auf der Westseite des Gutes. Im Schutz der Bäume hielten sie an und blickten zu den Gebäuden hinüber. Verwundert sahen sie, dass gerade eine Abteilung Kavallerie die alte Lindenallee in voller Karriere hinuntersprengte und dann nach Westen in Richtung zur Straße zwischen Mohrin und Bärwalde abbog. Fragend sahen sie sich an und drängten die Pferde wieder weiter in das Unterholz zurück. Husaren wurden bevorzugt in kleinen Gruppen zum Rekognoszieren und Patrouillieren eingesetzt, da musste man ein gesundes Gefühl für lauernde Gefahren entwickeln, wenn man überleben wollte. Über dem Gut schien wie eine unsichtbare Wolke eine unheilvolle, gefährliche Spannung zu hängen

»Mir gefällt das nicht«, schnaufte Paul, und Peter nickte bestätigend.

»Was macht ein Husar, wenn er Scherereien wittert?«

»Er bleibt möglichst unsichtbar und klärt die Lage!«

»Wer geht? Du oder ich?«

»Lass mal, Dicker. Ich bin zwar schwer verwundet, aber unauffälliger als du, und bewegen kann ich mich noch allemal. Da höchstwahrscheinlich sowieso nichts zu befürchten steht, komme ich wenigstens schneller in die fürsorglichen Hände unserer barmherzigen Schwesterchen, die sind nicht solche brutalen Schlächter wie mein herzloser Bruder einer ist.«

»Hau schon ab! Mach dich unsichtbar – ganz nach Husarenart!«

»Nach Husarenart!«

Tatsächlich konnte nur ein sehr aufmerksamer Beobachter Peters Weg verfolgen, der sorgfältig jede Deckung der Büsche an den Feldrainen, von den Baumreihen am Bach und von jeder Geländefalte ausnutzte. Schließlich verlor ihn Paul aus den Augen. »Respekt! Respekt, Herr Bruder!«, murmelte er anerkennend. Mit einer Hand verscheuchte er die Fliegen, die von dem unappetitlichen Gestank seiner stummen Begleiter vorzeitig aus dem Winterschlaf erwacht sein mussten. Die Kerle müffelten wirklich widerlich.

An der Seite des Gutshauses wurde ein Fenster geöffnet und ein blendender Lichtstrahl blitzte auf. Man signalisierte ihm mit einem Spiegel, dass die Luft rein war. Erleichtert aufseufzend packte er mit der Rechten die Zügel des ersten Beutepferdes und setzte sein Reittier mit einem Schenkeldruck in Bewegung.

Als er mit seinem Tross in die Gasse zwischen den Ställen und der Scheune einbog, wurde er schon von einigen Männern unter dem Kommando seines Vaters erwartet. Die Tiere wurden sofort in den Stall außer Sicht gebracht. Drinnen löste man die Befestigungsschnüre, mit denen sie die Leichen über den Sätteln festgebunden hatten, und hob sie von den Gäulen.

»Fischer«, wandte sich der Vater an einen alten Vorarbeiter, »filzen Sie die Kerle und ihre Satteltaschen sorgfältig! Ich will mir alles ansehen, was sie bei sich hatten, ist das klar?«

»Jawohl, gnäd'ger Herr.«

Der alte Morin musterte die Männer scharf und knurrte dann: »Kein Wort von dem, was ihr hier gehört habt, und von dem, was ihr seht, gelangt über diese Mauern nach draußen, verstanden? Oder der Düwel soll euch allesamt holen – und wenn ich ihm dabei helfen müsste!«

Die Männer grinsten breit und nickten stumm. Sie wussten, dass der Baron sein Wort zu halten pflegte, aber Märker waren nicht gerade für ihre Geschwätzigkeit bekannt, außerdem war der Gutsherr kein Leuteschinder und konnte sich auf sein Gesinde verlassen.

Freiherr* von Morin betrachtete aufmerksam die Pferde und untersuchte ihre Kruppen und Schenkel auf Markierungen. Schließlich schüttelt er nachdenklich den Kopf.

»Kommt ins Haus, Jungs, es gibt Neuigkeiten.«

Leider waren es ganz und gar keine erfreulichen Nachrichten, die der Gutsherr seinen Söhnen mitteilen musste. Die Ereignisse hatten sich überschlagen.

Zuerst hatte Gerhard Freiherr von Morin durch einen Kurier, der von Königsberg gekommen war, den Befehl erhalten, sich unverzüglich – das hieß im Klartext sofort – wieder bei seinem Bataillon zu melden.

Dann war einer der Kossäten der Morins mit der erstaunlichen Nachricht auf dem Hof aufgetaucht, dass Pjotr von Twelkow bereits in aller Stille im kleinsten Kreise seiner untröstlichen Angehörigen in der Familiengruft beigesetzt

---

* Die Titel Freiherr und Baron kennzeichneten grundsätzlich denselben Rang. Der Titel »Freiherr« wurde üblicherweise nur geschrieben, gesprochen wurde dagegen »Baron«.

worden sei. Das war schon reichlich ungewöhnlich. Wenn man einen großen Eklat gewollt hätte, wäre eher mit einer pompösen Trauerfeier zu rechnen gewesen.

Später hatte dann ein Landarbeiter dem schadenfrohen Gesinde berichtet, dass der Barbier, den er zwecks Extrahierung eines übel schmerzenden Zahnes am gestrigen Abend notgedrungen hatte aufsuchen wollen, nicht auffindbar gewesen war. Keiner seiner Nachbarn hatte etwas über seinen Verbleib gewusst. Nur der Schlachtermeister Paul Ueberall, der sein Anwesen mit dem Laden an der Mühlenstraße in der Nähe des Marktplatzes hatte, meinte, er habe in den Morgenstunden, als er seine Gesellen bei den Vorbereitungen für die anstehenden Schlachtungen beaufsichtigte, schattenhafte Gestalten gesehen, die etwas in Richtung des Mühlentores schleppten, das wie ein volltrunkener Säufer ausgesehen hatte. Zunächst hatte dem niemand große Bedeutung beigemessen, denn der Kurpfuscher mochte sich wie schon häufig mit einem seiner *spirituösen* Allheilmittel einen mordsmäßigen Rausch angetrunken haben und nüchterte jetzt in irgendeiner Scheune aus. Sein Verschwinden erhielt erst im Lichte der nachfolgenden Begebenheit eine andere Bedeutung.

Denn, um das Maß vollzumachen, waren ein Leutnant und ein Kornett mit einem Dutzend Reiter vom Husarenregiment Belling vor dem Haus erschienen. Sie hatten dem überraschten Hausherrn einen Arretierungsbefehl für Peter und Paul von Morin präsentiert. Beide wurden der Teilnahme an einem verbotenen Duell beschuldigt, daher sollten sie auf die Festung Küstrin gebracht werden. Der Leutnant hatte in dieser Angelegenheit keinen allzu großen Diensteifer an den Tag gelegt, aber der Kornett, der vielleicht ein oder zwei Jahre älter als die Zwillinge sein mochte, war ein rechter Feuerkopf gewesen, der sich erst durch die Schilderung der Hintergründe des Duells hatte besänftigen lassen. Danach hatte er allerdings voller Überschwang ausgerufen: »Na, den Kerl hätte ich auch in handliche Portionen zerlegt! Der hat nur bekommen, was er verdient!« Der Hitzkopf, der seinem Dialekt nach aus Mecklenburg stammte, hatte sich übrigens als Leberecht von Blücher vorgestellt.

Großvater Rudolf meinte ernst: »Da stimmt doch was nicht! Das sind ein paar Zufälle zu viel. Gerhard muss zurück ins Feld. Der Barbier, der als Zeuge das Duell erlebt hat, ist verschwunden. Dann sollen die beiden Jungs in Festungshaft genommen werden. Um das Fass zum Überlaufen zu bringen, versuchen diese litauischen Mordbuben auch noch die Bengels zu erschlagen!«

»Hier stinkt ein gewaltiger Misthaufen, würde ich vermuten!«, stimmte ihm sein Sohn zu. »Ein wichtiger Zeuge ist verschwunden, der Murwitz ist auf die Schnelle nicht herbeizuschaffen. Wer weiß, wohin seine Einheit zur Zeit marschiert. Das Zeugnis der Pferdeknechte wird vor dem Kriegsgericht keinen Eindruck machen. Im günstigsten Fall werden die beiden Jungs bis in den späten Herbst in ihrer Zelle schmoren, so lange, bis die diesjährige Kampagne in die Winterpause geht!«

»Offensichtlich genügte diese Aussicht aber jemand nicht. Du glaubst doch nicht, dass dieser Überfall Zufall war«, gab Ferdinand zu bedenken. »Woher hatten diese Mordbuben die Goldstücke? Warum hatten sie keinerlei Ausweise bei sich? Selbst in den Satteltaschen hat sich kein brauchbarer Hinweis gefunden. Warum wiesen ihre Pferde keine Kennzeichen auf? Selbst in Litauen möchte ein Pferdezüchter seine Gäule von anderen unterscheiden können.«

»Das ist ein teuflisches Komplott«, stellte Gerhard von Morin aufgebracht fest. »Was ist zu tun?«

Paul hatte die Debatte nur mit halbem Ohr verfolgt, weil er mit dem Blatt Papier beschäftigt war, das sie bei dem einen

Litauer gefunden hatten. Die Skizze darauf ähnelte einer grob hingeworfenen Landkarte: Ortschaften, Straßen und Wälder schienen darauf angedeutet, aber irgendwie korrespondierte das alles nicht mit dem Kartenbild, das er im Kopf hatte. Unschlüssig drehte er das Blatt hin und her. Plötzlich fiel es ihm wie Schuppen von den Augen. Der Zeichner hatte die Karte so angelegt, dass sie den Weg für jemanden beschrieb, der am Morgen mit der Sonne im Rücken losritt. Auf dieser Karte war oben Westen und damit war alles klar. Es wurde der Weg an Bärwalde vorbei in den Wald aufgezeigt, in dem sie überfallen worden waren. Ausgangspunkt musste ein Ort sein, der östlich von Bärwalde lag, vielleicht auch südöstlich. Ja, das war sogar wahrscheinlicher, denn die Sonne ging ja zur Zeit noch fast genau im Osten auf. Was für ein Ort kam da in Frage – ihm fiel nur einer ein, das Schloss der Twelkows bei Neudamm.

»Verdammt, das ist es!«, rief er aufgeregt aus.

»Du sollst nicht fluchen!«, wies ihn die Großmutter streng zurecht und hob missbilligend eine Augenbraue. »Selbst wenn deine Entdeckung wichtig sein sollte.«

»Was ist was?«, fragte der Vater.

»Die verflu…, ahem, Twelkows stecken hinter dem Überfall«, stieß er aufgeregt hervor und erläuterte den anderen seine Entdeckung.

Anschließend herrschte bleierne Stille rings um den schweren Eichentisch in der Bibliothek des Hauses, in deren Regalen sich die Bücher bis unter die Decke reihten. Für Paul waren sie vor dem Krieg eine wahre Fundgrube gewesen, die ihm die Tür zu völlig ungeahnten Welten aufgestoßen hatten, aber unter den jetzigen Umständen interessierte sich niemand für die Bände voller Weisheit.

»Die Jungs müssen weg!«, stellte Mutter Ursula energisch fest und presste hart die Lippen aufeinander. »Du musst zur

Truppe abreisen, Gerhard, und kannst dich nicht länger um die Angelegenheit kümmern. Ferdinand und Friedrich haben ihren Marschbefehl ja schon vorher bekommen und sich auch auf ihre Abreise vorbereitet. Der alten Hexe ist alles zuzutrauen. Zwar kann ich ihre Trauer um ihren Sohn nur zu gut verstehen, aber das geht zu weit! Sie hat ihren Sohn bestimmt nur deshalb so schnell beerdigen lassen, damit niemand einen Zusammenhang mit den jetzigen Ereignissen vermutet.«

»Selbst im Kerker der Festung sind die Jungs vor einem Mordanschlag nicht unbedingt sicher«, gab der Großvater gedehnt zu bedenken, »wenn viele goldene Münzen klimpern, vergisst so mancher, was seine Pflicht und Schuldigkeit ist!«

»Ihr habt recht«, stimmte der Vater zu. »Die Twelkows versorgen die Armee mit polnischen Remonten* für die Husaren und Dragoner, die sie sich von ihren litauisch-polnischen Helfern herantreiben lassen. Aber wo sollen die Jungs hin?«

»Möglichst weit weg! An irgendeinen Ort, wo der Arm unseres nicht immer ganz so gnädigen Königs nicht hinreicht.«

»Am besten würden sie nach Ostpreußen zu den Lehnhoffs gehen«, schlug Ferdinand vor.

»Ja, das wäre zu überlegen«, bemerkte Großmutter Anna spitz, die sich mit der ostpreußischen Mentalität der Eltern ihrer ersten Schwiegertochter nie recht hatte anfreunden können. Allerdings verabscheute sie auch den unabhängigen westfälischen Adelsstolz des Reichsfreiherrn Arthur von Hochstrass, obwohl dessen Besitzungen doch so viel näher an Frankreich, der Heimat ihrer Vorfahren, lagen. Sie fand es einfach unpassend, dass dieser den König einfach mit »mein lieber Herr Vetter« ansprach, was zu seinen Vorrechten als reichsunmittelbarer Adliger gehörte.

Felicitas mischte sich ein: »Wäre es nicht vorzuziehen, die

---

* Junge Ersatzpferde für die Armee

beiden Jungs gingen nach Hannover? Bei unseren Verwandten wären sie doch in guter Obhut, bis sich hier der erste Sturm gelegt hat. Notfalls könnten sie auch noch nach England ausweichen, wo die Familie im Gefolge König Georgs auch schon Fuß gefasst hat. Außerdem: Reisen bildet, und es könnte nicht schaden, wenn die beiden sich ein wenig in der Welt umschauen, ohne ständig einen Säbel in der Hand halten zu müssen, weil sie von den unfreiwilligen Gastgebern nicht wohlgelitten sind.«

»Schwesterchen, das ist die Lösung«, stellte Friedrich fest, »du bist wirklich ein kluges Mädchen. Kein Wunder, dass du hier zwischen diesen ganzen märkischen Holzköpfen keinen Mann findest – Anwesende sind ausgeschlossen, was die Holzköpfe angeht.«

Rudolf und Gerhard von Morin schnaubten missbilligend, wiegten dann aber nachdenklich den Kopf und erkannten ebenfalls die Vorteile dieses Vorschlags. Der Vater blickte in die Runde und blickte alle Anwesenden nacheinander an, die langsam zustimmend nickten.

»Dann ist es so entschieden. Paul und Peter, ihr geht in die Küche und esst euch noch mal satt. Mutter und die Mädchen werden Zivilsachen für euch bereitlegen und Proviant vorbereiten. Mir wäre es lieb, wenn ihr einen zuverlässigen Burschen mitnehmen würdet. Wen schlagt ihr vor?«

»Karl«, antwortete Paul wie aus der Pistole geschossen.

»Franz«, sagte Peter fast gleichzeitig.

Der Freiherr zögerte, nickte dann aber. »Fragt sie, ob sie Lust haben, sich den Wind um die Nase wehen zu lassen. Es ist besser, wenn sie das Gefühl haben, sich freiwillig entschieden zu haben. Man sollte nicht alles befehlen.«

Peter und Paul stießen sich unter dem Tisch an, sie zweifelten kein Sekunde daran, wie die Antwort der beiden Knechte lauten würde.

»Nach dem Essen kommt ihr in mein Arbeitszimmer, ihr müsst noch ein paar Dokumente unterschreiben. Zu eurer langen Sündenliste wollen wir doch nicht auch noch die Desertion hinzufügen!«

Alle standen auf, und auch Paul wollte gerade den Raum verlassen, als ihn die Stimme seines Vaters zurückhielt: »Und Paul ..., lass dir von Karl den großen Dunkelbraunen satteln ..., er passt besser zu dir.«

Paul schluckte; er hatte nicht gewusst, dass sein Vater bemerkt hatte, wie begehrlich er den gut gebauten, starken Wallach angestarrt hatte. »Vielen Dank, Papa!«

»Ach, papperlapapp, ich will nur nicht, dass du diesem kleinen Husarenpferdchen das Kreuz brichst.«

Natürlich hatten die beiden jungen Pferdeknechte kurz geschluckt, als die Brüder ihnen das Angebot unterbreitet hatten. Aber ohne mit der Wimper zu zucken hatten sie mit einem lang gedehnten »Joooowullll!« geantwortet, hatten sich auf dem Absatz umgedreht und waren in ihrem Quartier verschwunden, um sich reisefertig zu machen. Allerdings wurde ihre nicht gerade üppige Ausstattung noch schnell durch zwei Kleidersäcke aus dem Herrenhaus ergänzt. Frauen dachten da wirklich viel praktischer als die Männer.

Die beiden Brüder zogen sich um, die zivile Kleidung war robust und praktisch, allerdings schienen Pauls Sachen seit dem letzten Tragen eingelaufen zu sein. Er entschloss sich, bei seinen älteren Brüdern auf Raubzug zu gehen, der glücklicherweise erfolgreich verlief, allerdings war ihm jetzt das eine oder andere Kleidungsstück zu groß, aber dieser Fehler würde sich von selbst geben.

Das Mahl verlief schweigend; beiden Brüdern wurde klar, dass sie jetzt durch eine neu aufgestoßene Tür in die Welt hinausgingen – na ja, eigentlich wurden sie ja eher hinausgeschoben. Ihre bekannte Welt, auch die ihres Regiments mit den vertrauten Kameraden, würden sie hinter sich lassen müssen.

Schon bald schoben sie ihre Teller von sich fort. Es war schade, dass man nicht wie einige Tierarten auf Vorrat essen konnte, denn bald würden sie sich ganz gewiss nach den leckeren Fleischtöpfen, den dampfenden Kartoffeln, dem kräftigen, duftenden Brot, der frischen Butter und der harten, würzigen Wurst sehnen, nach allem, was sie jetzt so hochmütig verschmähten. Und es würde lange dauern, sehr lange, bis sie wieder auf diesen Stühlen sitzen würden, um ihren Hunger zu stillen ... aber das wussten sie natürlich nicht und das war auch gut so.

Im Arbeitszimmer des Vaters, in dem auch Großvater Rudolf auf sie wartete, unterschrieben sie ihre Demissionen, mit denen sie förmlich ihren Dienst quittierten oder ersatzweise aus persönlichen Gründen um unbefristeten Urlaub baten. Das war zwar nur eine ziemlich sinnlose Formalie, denn eigentlich konnte man bei Preußens nicht so einfach seinen Abschied nehmen, wenn einem die Musik nicht mehr gefiel, die der König bestellt hatte, aber der Vater hatte sich wohl schon etwas dabei gedacht. Des Weiteren unterzeichneten sie zwei Urkunden, in denen sie alle Umstände, die zum Duell geführt hatten und den Verlauf desselben genau schilderten. Danach legte ihnen der Großvater auch noch ein Schriftstück vor, in dem der Überfall auf der Straße nach Bärwalde exakt beschrieben wurde.

Die beiden Herren waren in der kurzen Zeit sehr fleißig gewesen. Wie Paul wusste, konnte besonders der Großvater sehr geschickt mit Feder und Tinte umgehen. Er hatte seinen

Vater manchmal knurren hören, an dem Alten sei ein federfuchsiger Advokat verloren gegangen.

Sie lasen sich die Schilderung des Vorfalls durch, fanden daran nichts auszusetzen und unterschrieben. Ihr Vater versah die Dokumente mit seinem Amtssiegel als Gerichtsherr seiner Besitzungen.

»Was ich noch fragen wollte«, ließ sich der alte Freiherr vernehmen, »wie habt ihr beiden grünen Jungs es eigentlich geschafft, so schnell mit fünf bärenstarken ausgewachsenen Schlagetots fertig zu werden?«

»Sie waren stark, aber dumm. Ad eins: Sie haben denselben Fehler gemacht, wie du eben, lieber Großvater – sie haben uns unterschätzt! Ad zwei: Sie haben ihre Kräfte verzettelt, indem sie sich in zwei Gruppen geteilt haben. Ad drei: Bei ihrer Sperrkette haben sie ihr Zentrum, den Anführer, vor die Front gezogen, dadurch konnten wir ihn in die Zange nehmen und überwältigen, danach ging es Mann gegen Mann, aber wir hatten den Vorteil, aus der Bewegung heraus angreifen zu können. Zitat: ›*Es verbietet der König hierdurch allen Officiers von der Cavallerie bei infamer Cassation sich zeitlebens niemalen in einer Action vom Feinde attaquiren zu lassen, sondern die Preußen sollen allemal den Feind attaquiren.*‹ Ad vier: Der Überfall war zeitlich schlecht koordiniert. Die beiden hinter uns hätten uns niemals die Zeit geben dürfen, uns abzusetzen und neu zu formieren, denn dadurch konnten wir sie in einer für sie ungünstigen Stellung fixieren und im Kampf Mann gegen Mann schlagen.«

»Ich verstehe, Paul. Man sollte dich wirklich nicht unterschätzen. Dem König sollte es leidtun, dass er so einen gewieften Taktiker für seinen Dienst verliert – wenn auch nur für kurze Zeit. Er braucht zur Zeit eigentlich jeden Mann, der eine Waffe halten kann.«

»Danke, Großvater, aber ich hatte gute Lehrmeister. Wenn

ich es mir recht überlege, wahrscheinlich ist an erster Stelle der beste Taktiker des gesamten preußischen Heeres zu nennen, der olle Ziethen.«

Als Paul sah, dass sich Vater und Großvater vielsagende Blicke zuwarfen, fuhr er fort: »Ich weiß, dass man ihm vorhält, er schaue während der Einsatzbesprechungen beim König auf die Karten mit ihren taktischen Zeichen wie ein Ochs in den Katechismus. Es stimmt, Theorie ist nichts für ihn, aber ich war häufig beim Rekognoszieren in seiner Nähe. Ein langer Blick vom Hügel hinunter auf das vor ihm ausgebreitete künftige Schlachtfeld, und er hat sich alle für uns vorteilhaften Geländestrukturen eingeprägt. Er weiß instinktiv, wo sich der Feind postieren wird und wie er ihn überraschend am Sack packen kann ... pardon, Großvater.«

»Och, ich weiß schon noch, was das heißt, den Feind am Sack zu packen, mein Junge.«

Der Vater räusperte sich, aber der alte Morin war noch nicht fertig. »Wer hat eigentlich eure Attacke kommandiert?«

Ohne zu zögern, antwortete Paul: »Es waren keine Befehle nötig, in solchen Situationen verstehen wir uns blind.«

Peter korrigierte ihn sofort grinsend: »Paul gibt im Ernstfall immer die kurzen Kommandos, schließlich ist er ja viel älter und erfahrener als ich! Und ganz ohne Führung geht es ja nicht.«

Gerhard von Morin sah etwas überrascht aus, machte dann aber eine abschließende Handbewegung und zog eine Schreibtischschublade auf, der er zwei kleine, aber anscheinend ziemlich schwere Ledersäckchen, zwei wasserdichte flache Leinentaschen und zwei Kästchen entnahm.

»Mein lieben Söhne«, begann er mit unsicherer Stimme, dann räusperte er sich und fuhr anschließend mit rauer Stimme fort: »Ich will nicht viele Worte machen, das ist nicht meine Art.« Er nahm die beiden Kästchen und reichte sie ihnen, nachdem er sie aufgeklappt hatte. Jedes enthielt einen Siegelring mit dem Familienwappen, das im linken Feld einen Bären unter einem Baum und im rechten einen Krebs zeigte, der die Kette zwischen seinen Scheren gesprengt hatte; darüber schwebte die Freiherrenkrone mit den sieben Zacken. »Ihr solltet die Ringe schon zur Einsegnung bekommen, aber ... aus verschiedenen Gründen hat das nicht geklappt.« Alle wussten, dass die männlichen Familienmitglieder im letzten Frühjahr im ganzen Kriegsgebiet verstreut bei ihren Einheiten gestanden hatten. Er streifte ihnen nacheinander den Ring über den Mittelfinger der rechten Hand, weil sie nach gutem preußischem Brauch etwas auf »Zuwachs« hergestellt worden waren. »In den Beuteln befindet sich etwas Bargeld für die Reise. Viel war in der kurzen Zeit nicht aufzutreiben, es ist gewissermaßen unser Notgroschen, aber das hier ist ein Notfall. Wer weiß, ob die schwarzen Bellinghusaren nicht noch mal zurückkommen, wenn sie euch auf der Straße nach *Königsberg* nicht einholen.«

Er hatte Königsberg so betont, weil sie eigentlich auf der Straße über Bärwalde nach Küstrin unterwegs gewesen waren. Wenn ich dieser Leutnant gewesen wäre, hätte ich mir diesen Bären nicht aufbinden lassen, überlegte Paul, ein Blick zur Seite auf Peter zeigte ihm, dass diesem derselbe Gedanke durch den Kopf ging. Aber vielleicht waren der Leutnant und sein Kornett auch ganz bereitwillig dieser Fehlinformation aufgesessen.

»In den Taschen sind Pässe, die ich in meiner amtlichen Funktion ausgestellt habe und kurze Briefe an unsere Verwandten. Wir werden sie, sobald ihr fort seid, ausführlich von den Geschehnissen unterrichten.« Die beiden Herren mussten in der kurzen Zeit die Schreibfedern zum Glühen gebracht haben. »Noch eins, solltet ihr aus irgendwelchen Gründen in fremde Dienste treten, dann denkt immer daran, ihr schuldet eurem jeweiligen Dienstherren volle Loyalität, die unbedingte Ausführung seiner rechtmäßigen Befehle, was bis zur Aufopferung eures Lebens gehen kann, aber nie, nie dürft ihr Befehlen gehorchen, die gegen eure Ehre als Angehörige des brandenburg-preußischen Uradels verstoßen. Die Ehre ist etwas sehr Persönliches, etwas, das nur euch ganz allein gehört, etwas, über das kein auch noch so mächtiger Kaiser oder König verfügen kann.« Er trat hinter dem Schreibtisch hervor und umarmte seine beiden Söhne kurz und kräftig.

Der alte Morin räusperte sich. »*Fabrum esse suae quemque fortunae* – jeder sei seines Glückes Schmied. Wir haben euch Karl und Franz, die beiden Jungs, mitgegeben, denn ihr braucht jetzt auch hinten Augen, falls der liebe Gott mal gerade woanders hinschaut.« Auch hier folgte eine kurze, herzliche Umarmung.

Der Abschied vom Weibervolk verlief preußisch knapp, da alle um ihre Contenance bangten.

Als sich die Staubwolke, die von den Hufen der vier Pferde aufgewirbelt worden war, wieder gelegt hatte, warf sich Ursula ihrem Mann an die Brust und ließ ihren Tränen freien Lauf. Die beiden Schwestern hielten sich leise schluchzend eng umfangen, während die Brüder wie abwesend in weite Fernen blickten. Großvater Morin nebelte sich mit seiner Zigarre ein, und selbst Oma Anna tupfte sich mit einem Tüchlein aus feinster Brüsseler Spitze die feuchten Augen.

»Da soll doch gleich der Düwel dreinschlagen, potz Blitz noch mal, da gehen dem König zwei seiner vielversprechenden jungen Offiziere verloren, nur weil so eine verfluchte alte Hexe ihr Gift nicht für sich behalten kann, Schockschwerenot!«, polterte der alte Morin ungewohnt heftig los, und aus seiner Zigarre sprühten Funken.

»Rudolf! Du sollst nicht fluchen! Selbst wenn du ausnahmsweise einmal recht hast.«

Kapitel 4

Gründonnerstag, den 3. April 1760,
in der Neumark

Die vier Reisenden hatten eine ziemlich ungemütliche und unruhige Nacht verbracht. Am Abend waren sie gleich nach ihrer Abreise in den Wäldern untergetaucht und hatten schon bald ihr Nachtquartier aufgeschlagen, da es sinnlos gewesen wäre, sich in der Dunkelheit einen Weg durch das Dickicht zu suchen. Obwohl sie sich sicher fühlten, hatten sie beschlossen, abwechselnd Wache zu halten. Immerhin waren die Litauer Waldbewohner und fanden sich in ihren heimatlichen Urwäldern hervorragend zurecht, man sollte nie die Fähigkeiten des Gegners unterschätzen.

Sie hatten dann noch lange zusammengesessen und beratschlagt, wie sie am nächsten Tag vorgehen sollten. Besser gesagt, hatten Peter und Paul das Disputieren übernommen, während Karl und Franz etwas abseits geduldig verfolgten, was die beiden Herren Exoffiziere ausbrüteten.

Die Route über die Festung Küstrin verbot sich von selbst und auch eine Überquerung der Oder war riskant, da ihre Reisegruppe in ihrer Zusammensetzung zu auffällig war, um keine neugierigen Blicke auf sich zu ziehen. Blieb der Weg nach Stettin, um von dort ins schwedische Pommern und nach Mecklenburg zu wechseln. Aber die Schweden lagen mit

Preußen im Krieg, da konnte es geschehen, dass sie vom Regen in die Traufe gerieten und als Spione erschossen wurden. Keine schöne Vorstellung. An dieser Stelle war ihr Gespräch erst mal verstummt. Nach einer ganzen Weile hatte sich Paul die Stirn gerieben und mit gedehnter Stimme vorgeschlagen: »Wie wäre es, wenn wir in Stettin auf ein Schiff steigen und so unseren eventuellen Verfolgern – jedenfalls aber den Husaren des Königs – eine lange Nase drehen?«

»Das kommt gar nicht in Frage!«, hatte Peter sofort energisch protestiert und gute Argumente dagegen vorgebracht. »Was wird dann aus unseren Pferden? Die werden wir kaum mitnehmen können, und was ist ein Husar ohne seinen Gaul anderes als ein verlauster Stoppelhopser! Außerdem beherrschen die Schweden die Odermündung und könnten uns leicht hopsnehmen, denn ich weiß nicht, wie gut unsere Pässe sind. Und schwimmen kann ich auch nicht!«

»Soweit ich weiß, benutzt man zur Seefahrt Schiffe, niemand verlangt von dir, dass du nach England schwimmen sollst!«

»Mein Gott, was bist du wieder witzig. Ja, ja, ich weiß, ich hätte auch im See schwimmen lernen sollen wie du, aber ich hatte nun mal einfach Angst vor dem großen Krebs auf dem Grund des Sees.«

»Quatschkopf! Du hast doch lieber den Töchtern der Fischer unter den Rock gefasst. Wer weiß, was dich da gekniffen hat, der Krebs war es jedenfalls nicht.«

»Nur kein Neid, mein Alter, wenn du mit deinem kleinen geschrumpften Pimmelchen aus dem Wasser gestiegen bist, war das für die Meechens kein sehr aufregender Anblick, da hatte ich mehr zu bieten.«

»Geschenkt, mein Lieber«, brummte Paul und wurde rot.

Karl und Franz bemühten sich, ernst zu bleiben, was ihnen aber nur halbwegs gelang. Sie waren ein bis zwei Jahre älter als die beiden Junker und hatten unter deren Führung bei vielen dummen Streichen mitgemacht, was ihnen zu Hause so manche Tracht Prügel auf den blanken Hintern eingebracht hatte. Märkische Landarbeiter hatten Pratzen wie Bratpfannen, die auf einem knochigen Knabenhintern ein deftigen Marsch trommeln konnten. Die Abreibung wurde mannhaft weggesteckt, wussten sie doch, dass sie sich diese ehrlich verdient hatten, ganz besonders deshalb, weil sie sich hatten erwischen lassen.

Sie wussten aber natürlich auch, dass sich Peter schon sehr zeitig für die signifikanten Unterschiede in der Anatomie zwischen den Deerns und den Jungs interessiert und bei seinen Studien große Erfolge zu verzeichnen gehabt hatte. Sein ansprechendes Äußeres, seine einschmeichelnde Beredsamkeit und seine liebenswürdige Art hatten ihn auch für die schon älteren Mädchen attraktiv gemacht. Dazu kam eine gewisse Skrupellosigkeit und Direktheit bei der Verfolgung seiner Ziele.

Der zurückhaltende Paul war zwar gegenüber weiblichen Reizen auch nicht blind, aber er fühlte sich in Gegenwart von Mädchen immer etwas unbeholfen, wusste nicht, wohin mit seinen großen Händen, und nie fiel ihm ein der Situation angemessener Satz ein. Die Deerns zeigten erstaunlich wenig Interesse an der schiefen Schlachtordnung von Cannae, die der große König so meisterhaft wiederentdeckt hatte, und auch scharfsinnige Darlegungen über die Probleme der Ballistik von Kanonen- und Mörsergeschossen brachten ihre Augen kaum zum Leuchten. Mit diesen Ausführungen erntete er übrigens auch bei den männlichen Angehörigen seiner Familie nur erstaunte Blicke, galten doch Artilleristen als nicht standesgemäße Handwerker. Am wohlsten fühlte sich Paul bei seinen Büchern oder den Übungsstunden mit Säbel und Dolch beim alten Sergeanten seines Vaters, Schulze. Der bemooste Haudegen ruinierte zwar seinen Fechtstil, wie der französische Fechtmeister (und Sprachlehrer) des Hauses bemängelt hatte, aber er kannte tausend schmutzige Tricks. Seine stehende Redewendung lautete: »Kinners, lieber mol eene Sekunde Sau sein, als in Schönheit abkratzen!« Ein Duell unter Aristokraten war etwas anderes als das Gemetzel im Nahkampf auf dem Feld, in den engen Gassen von Dörfern oder im Unterholz. Nur allzu selten konnten die Husaren der Lieblingsbeschäftigung aller Kavalleristen nachgehen, nämlich vom Pferd von oben herab in völliger Auflösung fliehende Infanteristen zusammenzuhauen.

Um der Wahrheit die Ehre zu geben, auch von dem jungen Monsieur Leclerc konnte man mehr als französische Vokabeln und klassische Fechtkunst lernen. Er war ein hervorragender Kenner der alten und modernen Philosophen – und er konnte meisterhaft Messer werfen, und das war eine Kunst, welche die beiden Jungen magisch anzog. Diesen Umstand nutzte er schamlos aus, um sie zu besseren Leistungen in seinem Sprachunterricht zu erpressen.

»Nun ja«, Paul räusperte sich noch immer etwas verlegen. »Stettin kommt dann auch nicht in Frage. Was würdest du tun, wenn du an der Stelle der Twelkows wärst?«

»Ich würde mich darauf verlassen, dass wir keinesfalls über Küstrin reiten. Darauf kann man jede Summe wetten, denn dann könnten wir uns auch gleich einen Strick um den Hals hängen und uns beim Festungskommandanten zum Vollzug melden. Ich würde die Fährleute bestechen, damit sie meiner Jagdmeute melden, wenn sie die Gesuchten gesehen haben. Dazu würde ich einen starken Trupp von etwa zehn Männern für ein bis zwei Tage am Rand des Oderbruchs an einem Ort postieren, von dem die Fähren schnell zu erreichen sind. Eine zweite Truppe würde ich im Raum Gartz und Schwedt in Stellung bringen, um den Zugang nach Berlin dicht zu machen. Dazu ein paar Taler in die richtigen Hände, da müsste es mit dem Teufel zugehen, wenn da eine Maus unentdeckt durchkommt, zumal die erste Greiftruppe dann langsam nachrückt.«

Nachdenklich nickte Paul: »Gute Analyse, ich glaube, so werden sie es machen. Sie haben Geld genug und anscheinend stehen auch ausreichend Männer zur Verfügung. Wahrscheinlich sind gerade größere Herden mit Remonten für unsere Kavallerie aus dem wilden Osten im polnischen Grenzgebiet eingetroffen.

Was machen wir also? Das, was sie nicht erwarten, wir ziehen nach Osten ab! Wir machen uns über Soldin, Berlinchen, Ahrenswalde, Neuwedel aus dem Staub. Fernziel Danzig. Entweder du lernst bis dahin schwimmen, oder wir fallen unseren ostpreußischen Verwandten zur Last.«

Die Augen von Karl und Franz leuchteten bei der Erwähnung von Danzig auf. Das war eine berühmte Großstadt, da konnte man die große, weite Welt bewundern, jedenfalls einen Zipfel von ihr. Peter sah weniger glücklich aus, aber in Ermangelung eines besseren Plans nickte er stumm.

Inzwischen war es schon fast zehn Uhr abends geworden und Peter übernahm die erste Wache. Um Mitternacht würde ihn Franz ablösen, der wiederum um zwei Uhr Karl wecken würde. Die letzte Wache um vier Uhr hatte Paul übernommen. So würden sie alle ausreichend Schlaf bekommen, und wem das nicht genügte, der konnte am Morgen im Sattel weiterschlafen. Sie aßen noch eine Kleinigkeit, sahen ein weiteres Mal nach den Pferden und rollten sich dann in die Decken. Peter verschwand lautlos im Unterholz, um sich umzuhören, denn zu sehen war trotz des noch sehr vollen Mondes nur wenig. Ein Feuer hatten sie selbstverständlich nicht entzündet.

Am nächsten Morgen nahmen sie verfroren ein frugales Frühstück zu sich, rollten ihre Decken zusammen, sattelten die Pferde und saßen mit steifen Gliedern auf. Die aufgehende Sonne wies ihnen den Weg nach Osten. Sie mieden offenes Gelände und große Straßen, so gut es ging, vorzugsweise bewegten sie sich im Schritt oder leichten Trab an Waldrändern entlang, das verlängerte zwar ihre Wegstrecke, aber sie blieben weitgehend unsichtbar. Von den wenigen Dörfern, die sie umritten, klangen Kirchenglocken und Hundegebell herüber, aber auf den Feldern war noch kaum eine Menschenseele zu sehen, was wohl zum Teil an den niedrigen Temperaturen liegen mochte, die für die Frühjahrsbestellung ungünstig waren, aber auch daran, dass das wichtigste Fest der Christenheit vor der Tür stand.

Gegen Mittag hatten sie ungefähr drei preußische Meilen* Luftlinie nach Osten zurückgelegt. Sie rasteten in einer flachen Geländemulde, um sich selbst und den Pferden eine Ruhepause zu gönnen. Plötzlich bemerkte Peter unbehaglich: »Ich kann mir nicht helfen, aber irgendwie habe ich schon seit einiger Zeit das ungute Gefühl, dass mir ständig jemand auf den Rücken starrt. Hoffentlich visiert dieser Jemand mich nicht über Kimme und Korn an.«

Automatisch zuckten die Köpfe seiner Begleiter herum, argwöhnisch wurde die Umgebung abgesucht, aber es war nichts Auffälliges oder Ungewöhnliches zu entdecken. Aber niemand lachte Peter aus, denn aus Erfahrung wussten sie, dass man einen siebten Sinn dafür entwickeln konnte, beobachtet zu werden.

Paul dachte intensiv nach. Als einige Minuten verstrichen waren, schlug er sich plötzlich heftig mit der flachen Hand vor die Stirn und murmelte unverständliche Flüche vor sich hin.

»Würden der Herr vielleicht so freundlich sein und uns geistig etwas Minderbemittelte an seinen genialen Erkennt-

---

* Eine preußische Meile ca. 7,53 km

nissen teilhaben lassen«, meckerte Peter verbittert und blickte seinen Bruder wütend an.

»Entschuldigt bitte, aber ich habe mich selbst beschimpft. Hochmut kommt vor dem Fall! Ich war ein Trottel, weil ich nicht an das Nächstliegende gedacht habe. Die Twelkows brauchten gar kein großartiges Netz aufzuspannen, um uns einzufangen. Sie mussten nur das Gut beobachten lassen, um über jeden unserer Schritte informiert zu sein. Wären die Bellinghusaren rechtzeitig erschienen, hätte man ihnen unsere Arretierung gemeldet. Wäre später der hinterhältige Anschlag gelungen, wären sie von den Mördern über den glücklichen Ausgang benachrichtigt worden. Aber selbst, wenn die Schurken den Auftrag hatten, sich sofort mit einem weiten Bogen um das Gut der Twelkows herum aus dem Staub zu machen, den Judaslohn hatten sie schon in der Tasche, hätten die Spione sie von unserem Tod benachrichtigt, denn lange hätten wir auf dem Waldweg nach Bärwalde nicht unentdeckt gelegen. Irgendjemand hätte uns bald ausgeraubt am Wegesrand gefunden und nach Hause gebracht. So aber haben sie unseren glorreichen Einmarsch beobachtet und weitergemeldet. Schon seit unserer Abreise sitzen uns die Kerle mit gebührendem Abstand im Nacken. Wahrscheinlich hält nur einer von ihnen losen Kontakt zu uns, bei dem trockenen Wetter sind unsere Spuren im Sand ja wunderbar zu erkennen, und nur gelegentlich nähert er sich bei günstigem Terrain auf Sichtweite, um nachzusehen, ob wir noch schön beisammen sind.

Das Wolfsrudel will uns durch die dünn besiedelte Neumark folgen, bis wir uns weit genug von zu Hause entfernt und in Sicherheit wähnen, dann wollen die Kerle eines Nachts über uns herfallen, und wir sind anschließend auf Nimmerwiedersehen in den Wäldern des wilden Ostens verschollen. Nicht gerade ein rühmliches Ende. Ich war ein kompletter Idiot!«

»Du weißt, dass ich dir ungern widerspreche, wenn du einen akuten Anfall von Selbsterkenntnis hast, lieber Bruder, aber ich fürchte, dass meine Lageeinschätzung auch nicht sonderlich intelligent gewesen ist. Wie dem auch sei, es nützt nichts, um verschüttete Milch zu trauern. Was machen wir jetzt?«

Karl räusperte sich vernehmlich. Überrascht sahen ihn die anderen an. »Vielleicht sollten wir unseren Schatten aus dem Verkehr ziehen und dann versuchen, die Mordbuben abzuschütteln?«

»Das ist ein guter Gedanke, fragt sich nur, wann der Zeitpunkt dafür am günstigsten ist«, stimmte ihm Peter nachdenklich zu.

»Wir reiten erst mal weiter, als ob wir nichts bemerkt hätten. Heute Abend suchen wir uns einen möglichst sicheren Lagerplatz. Ich glaube nicht, dass wir jetzt schon mit einem Überfall rechnen müssen, schließlich bewegen wir uns in die für unsere Verfolger günstige Richtung. Sicher werden sie nach vollbrachter Arbeit nach Hause reiten wollen. Und wenn wir erst drüben im Polnischen sind, kräht kein Hahn mehr nach uns«, meinte Paul.

Peter spann den Gedankengang weiter: »Und morgen früh schnappen wir uns den Kerl möglichst zeitig, damit wir einen gehörig großen Abstand zwischen uns und die stinkenden Mistkerle legen können, ehe sie dessen Verschwinden überhaupt bemerken.«

»Richtig!«

Sie packten ihre Sachen zusammen und setzten ihren Ritt scheinbar unverändert zielstrebig fort. Nur einem sehr aufmerksamen Beobachter wäre aufgefallen, dass ihre Rückenmuskulatur irgendwie angespannt wirkte und dass sich der eine oder andere schnell einmal umwandte, um einen kurzen Blick nach hinten zu werfen.

Kapitel 5

Karfreitag, den 4. April 1760,
Berlinchen (Nmk.)

Sie hatten gestern bis zum Einbruch der Nacht noch fünf Meilen zurückgelegt und waren bis Berlinchen gekommen. Nach der Schneeschmelze hatte es nicht mehr geregnet, und der seit Tagen beständig wehende frische Ostwind hatte den Boden fest und trocken werden lassen, daher waren sie gut vorangekommen, ohne die Pferde zu sehr strapazieren zu müssen. Vor dem Ort hatten sie beratschlagt, ob sie wieder im Wald biwakieren oder sich frech ein Quartier im Ort leisten sollten. Sie rechneten nicht damit, dass preußische Armeepatrouillen sie hier vermuten und suchen würden, auf der anderen Seite konnten ihre litauischen Verfolger den Eindruck gewinnen, dass sich ihre Opfer schon in Sicherheit wähnten, wenn sie im Dorf übernachteten. Auf alle Fälle würden sie vor einem überraschenden nächtlichen Anschlag sicher sein.

Nachdem sie sich entschieden hatten, ritten sie mit dem letzten Tageslicht in den großen Talkessel der Plöne hinab, in dem die fast fünfhundert Jahre alte Siedlung am nördlichen Ufer des Nipperwitzsees lag. Bei der Annäherung stellten sie zu ihrem Entsetzen fest, dass der Ort schwere Verwüstungen aufwies. Die Stadtmauer mit ihren Türmen war verfallen, und viele der Häuser waren nur noch Ruinen. Auch der

Gasthof war erst behelfsmäßig wiederhergerichtet worden und würde ihnen nur eine recht dürftige Unterkunft bieten. Die wenigen armselig gekleideten Einwohner, die sich sehen ließen, beäugten sie misstrauisch und erwiderten nur mürrisch ihren Gruß. Es handelte sich zumeist um alte, gebeugte Frauen und kriegsversehrte Veteranen in den verschlissenen Montierungen ihres ehemaligen Regiments.

Sie saßen vor der Stallung des Gasthauses ab, wo sie von einem hinkenden Mann erwartet wurden, der zwar ärmlich, aber sauber gekleidet war. Er musterte sie mit einem professionell abschätzenden Blick und sortierte sie nach ihrem gesellschaftlichen Rang ein.

»Guten Abend, die gnädigen Herren, was steht zu Diensten?«

Für einen Gastwirt war er erstaunlich mager.

»Wir sind fahrende Scholaren und hätten gerne eine kräftige Abendmahlzeit und Lagerstätten für die Nacht«, stellte Peter sie geschmeidig vor, zog seinen Hut und verbeugte sich übertrieben schwungvoll.

Der Wirt zog kaum merklich eine Augenbraue in die Höhe. Wenn er Offiziere des Königs sah, dann erkannte er sie, selbst wenn die Herren Wölfe in Schafsfelle gekleidet waren.

»Sehr wohl, die Herren. Leider kann ich Ihnen nur zwei kleine Kammern im Haus anbieten, Sie sehen ja selbst, wie es hier noch aussieht. Aber vielleicht können zwei der Herren mit einem Quartier im Heu des Stalles vorliebnehmen.«

Das traf sich nicht schlecht, so konnten Franz und Karl die Pferde im Auge behalten. Vorsicht war die Mutter der Porzellankiste, dachte Paul, und besser als auf dem nackten Waldboden bei Temperaturen um den Gefrierpunkt würden die beiden allemal schlafen.

»Was das Essen angeht, so gibt es heute natürlich frischen Fisch aus unserem Haussee.«

»Schon recht, bereiten Sie nur eine gehörige Portion vor. Wir werden uns vorher noch hier am Brunnen waschen, dann kommen wir ins Haus.«

Der Wirt wollte sich schon eilfertig abwenden, hielt dann aber nochmals kurz inne und machte mit Daumen und Zeigefinger eine vielsagende Geste. Peter fuhr ihn aufbrausend an: »Sehen wir etwa aus wie Hungerleider?«

Der Wirt musterte ihn schief und meinte dann entschuldigend: »Verzeihung, gnädiger Herr, aber hier herrscht bittere Armut, seit uns die Russen, verflucht sollen sie sein, im Jahre '58 gebrandschatzt und ausgeraubt haben. Und leider haben wir mit den Studiosi nicht nur gute Erfahrungen sammeln dürfen. Häufig haben sie mehr Flausen im Kopf als Münzen im Beutel. Am schlimmsten sind die jungen Herren von der Theologischen Fakultät, wenn Sie mir diese ungebührliche Bemerkung verzeihen wollen, die wollen alles für einen Gotteslohn.«

Peter klopfte großspurig an seine Hüfte, wo er den Geldbeutel verstaut hatte. »Wir zahlen mit blanker Münze, guter Mann, keine Angst, tischen Sie nur tüchtig auf.«

Der Wirt machte einen Bückling und murmelte leise vor sich hin: »Studiosi, hää! Ha, ha, selten so gelacht!«

Zuerst versorgten die jungen Männer ihre Pferde, dann scharten sie sich um den Trog, um sich zu reinigen. Das Wasser wurde aus einem Bach herangeleitet und war sauber, eiskalt und dementsprechend erfrischend. Als Paul sich abtrocknete, bemerkte er, dass sich die Gardine hinter einem der noch intakten Fenster bewegte. Offensichtlich wurden sie beobachtet. Aber wer sollte Interesse an vier halbnackten Studenten haben? Bis jetzt war ihre einzige Gesellschaft nur ein alter Pferdeknecht in einem schäbigen Soldatenrock gewesen, der gelegentlich einen dicken Strahl braunen Kautabaksafts zur Seite ausgespuckt hatte.

Sie zogen sich an und schlüpften in ihre zuvor ausgeklopften und gebürsteten Röcke. Franz und Karl verschwanden mit ihren Sachen im Stall, um sich dort einzurichten. Peter und Paul griffen nach ihren Deckenrollen und Satteltaschen, um ins Haus zu gehen. In der Schankstube angelangt, blieben sie wie vom Donner gerührt stehen. Zwei ansehnliche Mädel waren dabei, den Esstisch einzudecken. Dieser herzerfrischende Anblick traf sie deshalb so unvorbereitet, weil sie bis jetzt in diesem schwer vom Schicksal geschlagenen Ort mit Ausnahme des Wirtes nur krumme alte Weiblein und Invaliden gesehen hatten. Die beiden Frauen waren jung und sahen so aus, als wären sie es gewohnt, bei der Arbeit kräftig zuzupacken, aber ihre reizvollen Körperformen hatten dadurch nicht gelitten. Die eine schaute Peter offen, man hätte beinahe sagen können aufreizend, an, während die andere unter gesenkten Wimpern zu Paul hinüberblickte. Ein schneller Blick zeigte Paul, dass das Fenster mit der verräterischen Gardine zum Hof hinausführte. Er wurde rot.

»Was sagst du dazu«, stieß ihn Peter an, »wer hätte gedacht, dass in dieser Einöde solch wundervolle Rosen blühen.«

»Hüten Sie sich, Herr Student, Rosen haben Dornen und stechen in vorwitzige Finger«, meinte die Freche schnippisch, dabei beugte sie sich weit über den Tisch und gönnte ihnen einen freigiebigen Blick auf den Ansatz ihrer weißen Brüste.

Paul traten die Augen aus dem Kopf, er verschluckte sich fast und spürte, wie ihm seine Hose eng wurde. »Wo … wo sind unsere Zimmer …«, stammelte er.

»Ich zeige Sie Ihnen, gnädige Herren«, sagte der Wirt, der unbemerkt hinter sie getreten war. Er führte sie eine steile Treppe hinauf und öffnete die Türen zu zwei winzigen Kammern. Der Rest des Obergeschosses wartete noch auf seine Wiederherstellung. Es roch nach verkohlten Holzbalken und verbranntem Stroh. »Das Essen ist in einer Viertelstunde fertig. Grete und Magda haben die Betten frisch bezogen und Ihnen Waschschüsseln mit Wasserkannen hingestellt. Aber gewaschen haben Sie sich ja schon.« Mit diesen Worten ließ er sie allein und stapfte die Treppe nach unten.

Die winzigen Räume waren spartanisch eingerichtet: Bett, Stuhl, Haken an der Wand, ein Waschtisch mit Lavoir sowie ein winziger Nachttisch, auf dessen oberer Platte eine Kerze und auf dem unteren Brett ein angestoßenes Nachtgeschirr mit Deckel standen. Peter schlüpfte gleich in die erste Kammer, Paul ging weiter in die danebenliegende. Sie verstauten ihre Habseligkeiten, probierten die Betten aus, die einen erstaunlich massiven Eindruck machten, und trafen sich wieder im Gang vor den Zimmern. Peter stieß ihn fröhlich grinsend an. »Das könnte noch ein ganz vergnüglicher Abend werden. Mir juckt jedenfalls die Lanze! Wer weiß, was mir morgen Abend wehtun wird, wenn ich dann überhaupt noch was spüre! Wie pflegte doch unser alter Steißtrommler immer zu sagen: ›*Carpe diem*‹.«

»Ich glaube nicht, dass er das im selben Sinne gemeint hat wie du jetzt.«

»Ach, hör doch auf, du oller Pharisäer, du bist auch so scharf wie ein Rasiermesser. Und die Kleine mit den dunklen Augen mag dich.«

»Meinst du wirklich?«

»Das sieht doch ein Blinder mit dem Krückstock.«

Paul war zwar sonst nicht immer von Peters Einschätzungen überzeugt, aber was das weibliche Geschlecht anging, da irrte er sich selten.

Sie gingen die Stiege hinunter, an deren Fuß schon Karl und Franz auf sie warteten. Man sah ihnen an, dass ihnen die Mädchen auch gefielen, aber die zeigten ihnen die kalte Schulter. Das Essen wurde aufgetragen und die Deerns verschwanden in der Küche. Der Wirt erkundigte sich, ob sie, obwohl Karfreitag war, Starkbier trinken wollten. Sie wollten. Das Essen war einfach, aber wohlschmeckend und reichlich. Zuerst gab es mit Schmalz zubereitete Buchweizengrütze, danach kam der gebratene Zander mit frischem Bauernbrot auf den Tisch, die Butter schmeckte allerdings ein klein wenig ranzig. Sie spülten alles mit ein paar Krügen Bier hinunter, wobei es Paul allerdings bei einem bewenden ließ. Den Kornbrand, den ihnen der Wirt anbot, lehnten alle dankend ab, da sie insgeheim an das dachten, was sie morgen früh erwarten würde. Oder auch an das, was die heutige Nacht Erfreuliches bringen mochte, schmunzelte Peter in sich hinein.

»Haben die Russen hier wirklich so schrecklich gehaust, wie es den Anschein hat?«, erkundigte sich Paul.

»Sie haben alles, was sich nicht rechtzeitig tief in die Wälder geflüchtet hat, geschändet und massakriert. Die Häuser, in denen wenig zu holen war, haben sie aus Wut angezündet, die anderen, in denen sie was zum Saufen und Plündern fanden, aus Freude am Zündeln. Berlinchen hat schon oft schwere Zeiten mitgemacht, das letzte Mal wurde der Ort im Dreißigjährigen Krieg in Schutt und Asche gelegt, doch er hat sich dank seiner fleißigen Bewohner und der günstigen Lage immer wieder erholt, aber diesmal dauert es verdammt lange ... es fehlt einfach an Geld, an Handel und Wandel. Dieser verfluchte Krieg kostet den König zu viel – und uns auch. Die Eltern von Grete und der kleinen Magda wurden auch umgebracht, ich habe sie aufgenommen, damit sie wenigstens ein Dach über dem Kopf haben.« Er blickte nachdenklich aus dem Fenster in die dunkle Nacht hinaus, dann murmelte er leise, als würde er sich seiner Worte schämen: »In diesen Zeiten gibt es für junge Frauen nur wenig Möglichkeiten, etwas Geld zu verdienen, um sich wenigstens eine kleine Aussteuer zusammenzusparen.« Er stand abrupt auf.

»Haben die Herren noch Wünsche? Wann wollen Sie morgen geweckt werden?«

»Eine gute Stunde vor Sonnenaufgang, wenn es recht ist. Das Essen war vorzüglich, vielen Dank.«

»Dann wünsche ich Ihnen eine gute Nacht.« Auch diesmal klangen seine Worte keineswegs anzüglich, sondern eher etwas traurig. Er verschwand wieder in seiner Küche.

»Ein sonderbarer Kauz«, stellte Peter fest.

»Nein, ein anständiger Mann«, verbesserte ihn Paul, »der mit seinen rechtschaffenen Prinzipien in harten Zeit klarkommen muss.«

Karl und Franz nickten stumm. Die beiden untersetzten Bauernburschen fühlten sich in der unmittelbaren Gegenwart der beiden jungen Adligen noch immer befangen, wenn man sich auch schon seit frühester Jugend kannte. Beide waren kräftig gewachsen, aber während Franz semmelblond und blauäugig war und über außergewöhnliche Körperkräfte verfügte, hatte Karl rote Haare, grüne Augen und unzählige Sommersprossen. Er wirkte nicht so bullig wie Franz, sondern war agiler und fixer – auch im Denken!

»Wie dem auch sei, ich bin jedenfalls rechtschaffen müde.« Peter reckte und streckte sich, trank seinen Humpen leer und stand auf. Er blickte sich suchend um, als er aber niemanden sah, zuckte er mit den Schultern und ging mit schweren Schritten zur Treppe. Auch die anderen erhoben sich und gähnten herzhaft. Paul folgte ihm über die steile Stiege nach oben, während Franz und Karl hinüber zum Stall schlenderten. Der Wirt würde sicher die Lampe löschen, sobald er merkte, dass sie fort waren.

Vor den Kammern trennten sie sich mit einem kurzen Gutenachtgruß. Paul quetschte sich in das enge Verlies, entkleidete sich schnell und schlüpfte unter das dicke, kalte Federbett. »Wird schon warm werden«, murmelte er schläfrig und fasste nach seinem Dolch, den er griffbereit unter das Kopfkissen legte. Nebenan hörte er das Bett seines Bruders ächzen, als sich dieser hineinfallen ließ. Er war schon fast in das Land der Träume hinübergeglitten, als ihn ein leises Geräusch auf dem Flur elektrisierte. Er packte den Dolch – für den Gebrauch des Säbels war hier kein Platz – und spitzte die Ohren. Sollte er ihre Verfolger wieder falsch eingeschätzt haben? Er verwarf diesen Gedanken sofort, denn jetzt war nicht die richtige Zeit für die Mordbuben, die würden – wenn überhaupt – am frühen Morgen zuschlagen, um mit dem anbrechenden Tageslicht flüchten zu können. Allerdings …? Vor wem mussten sie weglaufen, vor ein paar alten Knackern und Kriegsinvaliden? Er hörte, wie die Tür zu Peters Kammer vorsichtig geöffnet wurde, nackte Füße huschten über die Dielen. Peter sagte leise etwas, ein unterdrücktes Kichern antwortete ihm. Kurz darauf knarrte und ächzte nebenan das Bett nochmals kurz auf, dann war nur noch summendes Geflüster zu vernehmen.

Paul stieß langsam den Atem aus und steckte den Dolch wieder in die Scheide unter dem Plumeau. »Warum immer nur der«, stöhnte er voller Selbstmitleid. »Die Kleine mit den dunklen Augen mag dich, pah!« Dann zuckte er erneut zusammen, seine Tür öffnete sich sehr behutsam, und ein von einem langen, dunklen Haarschopf umrahmtes weißes Gesichtchen schaute durch den Spalt und schien zu lauschen. Er wagte nicht, sich zu rühren. Das Mädchen huschte herein und näherte sich zögernd dem Bett. Als sie sah, dass er sie anstarrte, fuhr sie zurück. »Ich wollte nur nachschauen, ob Ihnen noch etwas für die Nacht fehlt, junger Herr«, flüsterte sie ernst. In Pauls Kopf drehten sich bunte Kreise, ein unbändiges Verlangen laut herauszulachen überkam ihn, denn mit dieser Frage hatte er nun wirklich am allerwenigsten gerechnet. Mühsam beherrschte er sich. »Wenn ich so darüber nachdenke, dann fällt mir tatsächlich etwas ein!« Ausnahmsweise schien das diesmal die richtige Antwort gewesen zu sein, denn die junge Frau nickte ernsthaft und trat an das Bett. Trotz der Kälte trug sie nur ein dünnes Leinenhemd, das sie jetzt von ihren Schultern rutschen und zu Boden fallen ließ. Sie stieg aus dem Hemd und kreuzte beide Arme vor ihren Brüsten. Völlig fasziniert starrte Paul auf das dunkle Dreieck zwischen ihren Schenkeln. Er schluckte trocken und atmete keuchend, das Lachen war ihm vergangen.

»Mir ist kalt«, flüsterte die Kleine.

»Komm rein zu mir, Magda«, krächzte Paul heiser. Er rückte weiter an die Wand heran und hielt das Deckbett in die Höhe. Lautlos glitt sie neben ihn und drängte sich an seinen Körper. Ihre Haut war kühl, die Hände und Füße eiskalt. Mannhaft unterdrückte Paul einen protestierenden Aufschrei. Sie roch nach einfacher, selbstgefertigter Seife und Lavendel. Er vergrub sein Gesicht in ihr Haar, das frisch roch und noch feucht war. Die Frauen mussten sich, während sie gegessen hatten, noch schnell die Haare gewaschen haben. Sein Mund glitt schnell weiter, fuhr halbgeöffnet über ihre Wange und fand ihren Mund. Ungeschickt küsste er sie. Sie spürte seine Unsicherheit und übernahm die Initiative. Sein Kopf wurde sanft auf ihre Brust gedrückt, und er musste zugeben, dass diese beiden kleinen, festen Halbkugeln eine längere Untersuchung wert waren. Mit der einen Hand streichelte sie sein Haar, die andere fuhr sanft über seinen Nacken und den Rücken. Er erschauderte. Ihr Atem begann rascher zu gehen, und die Hand drückte ihn jetzt leicht auf die Seite, dann wanderte sie aufreizend über seine Brust, mit der anderen führte sie seine linke Hand an ihren Schenkel. Er hatte das Gefühl, sein zuckendes Glied würde jeden Moment explodieren. Als sie es mit einem freudigen Aufstöhnen fest umfasste und streichelte, gab es kein Halten mehr, er rollte sich aufschluchzend auf den Rücken und öffnete alle Schleusen.

»Du hattest deine Muskete wohl dreifach geladen und eine sehr kurze Lunte, mein Liebster«, hauchte sie erstaunt in sein Ohr.

Aha, die Herren von der Infanterie waren auch schon auf dem Exerzierfeld, dachte Paul, der atemlos und etwas peinlich betroffen war.

Sie stand auf und holte einen nassen Lappen vom Lavoir, mit dem sie ihn säuberte. Er sah ihr zu, und die Bewegungen ihres nackten Körpers regten ihn schon wieder auf. »Niemand kann seine Muskete schneller nachladen als ein preußischer Grenadier«, scherzte er verlegen nach seinem Schnellschuss.

»Ja, das sieht sehr vielversprechend aus«, gurrte sie und schmiegte sich wieder an ihn.

In den folgenden zwei, drei Stunden lernte Paul mehr für seinen weiteren Lebensweg als in den zehn Jahren, in denen sich seine Hauslehrer mit ihm abgemüht hatten – jedenfalls in gewisser Hinsicht. Das Mädchen war von einer naiven Hingabe, die ihn überraschte. Obwohl sie offensichtlich schon mit einer ganzen Reihe von Männern geschlafen hatte, war an ihr nichts von der Abgebrühtheit der Marketenderinnen zu spüren, die dem Heer folgten und von denen sich Paul immer ferngehalten hatte, weil ihn ihre offen zur Schau getragene moralische Verworfenheit und ihr schmutziger Jargon abgestoßen hatten. Als sie endlich völlig erschöpft und zufrieden aneinandergekuschelt einschliefen, ging ihm noch durch den Kopf: Peter hat recht, *carpe diem*. Es gibt Dinge, die sollte man sich zur Gewohnheit machen, und diese äußerst befriedigende Beschäftigung zu zweit gehörte ganz gewiss dazu.

Ganz hinten in seinem protestantisch prüden Gewissen rührte sich ein kleiner, widerspenstiger Gedanke, der ihm die genossenen Freuden vermiesen wollte: *Wie konntest du dich am Leidenstag unseres Herrn Jesus Christus so der Fleischeslust hingeben und deinen viehischen, niederen In-*

stinkten frönen. Pfui, Paul, das war ein Sakrileg! Aber war der Sohn Gottes nicht gerade den Tod am Kreuz gestorben, weil er wusste, dass die Menschen allemal Sünder sind, und er sie mit seinem Blut vor dem Vater reinwaschen wollte? Hieß es nicht, gelobet seien jene, die reinen Herzens sind? Und sie beide hatten sich wie Adam und Eva im Paradies ganz naiv aus vollem, reinem Herzen an der Liebe erfreut. Fast erstaunt stellte Paul fest, dass er zu keinem Zeitpunkt das Gefühl gehabt hatte, etwas Sündiges zu tun. Schließlich hatte eine andere Magdalena mit einem sehr zweifelhaften Ruf unter dem Kreuz des Herrn gestanden und war von IHM nicht verdammt worden …

Er drückte den Kopf des Mädchens nochmals sanft an sich, atmete tief durch und ließ sich dann in die dunklen Gefilde des Schlafes sinken. Es musste schon ein Traum gewesen sein, in dem er Peter spöttisch flüstern hörte: »Was wird nur dein Schwertarm morgen früh zu diesen lasterhaften Ausschweifungen sagen?«

Irgendjemand antwortete verschlafen: »Du kannst mich mal …«

Kapitel 6

April 1760, Woldenberg (Nmk.)

Er lag auf einer duftenden Wiese in der warmen Sonne, den weichen Leib Magdas in den Armen. Alles war gut. Aber plötzlich war da ein störender Schatten, ein gereizter Stier stieß mit den Hörnern nach ihm und brüllte zornig in seine Ohren. Verdammtes Mistvieh! Konnte man denn nicht wenigstens dieses eine Mal in Ruhe und Frieden ausschlafen? Erschrocken schlug er die Augen auf. Der Stier entpuppte sich als sein lieber Bruder, der sich mit einer Kerze über ihn beugte, ihn heftig schüttelte und scheinheilig anmotzte: »Das sind mir die Richtigen – andere Leute mit ihrer Herumhurerei um den verdienten Nachtschlaf bringen und dann selbst nicht aus den warmen Federn finden!«

Paul blickte ihn aus verklebten Augen an, dann stellte er fest, dass er keineswegs die kleine Magda im Arm hielt, sondern nur das dicke Federbett. Krächzend fuhr er seinen Bruder an: »Fahr zur Hölle, liebes Bruderherz, und komm so bald nicht wieder!«

»Was sind denn das für gotteslästerliche Reden am Ostersonnabend? Ich fürchte, unser Herr Vater hat das Geld für deine Erziehung aus dem Fenster geworfen. Kaum einen Tag vom Schürzenzipfel der Mutter weg, schon sind Sitte und

Anstand vergessen! Nun aber raus aus der Flohkiste, du Hurenbock, wir haben ein schweres Tagewerk vor uns, wie du weißt!«

Siedendheiß fielen Paul ihre blutrünstigen, wilden Verfolger ein. Er schwang die Beine aus dem Bett, was Peter zum Rückzug aus der engen Kammer zwang. Feixend retirierte er: »Wir treffen uns gleich unten zum Frühstück, und vergiss den Sündenlohn für dein Betthäschen nicht.«

Paul blickte aus dem Fenster. Draußen über dem See war es noch stockfinster, aber das hatten sie ja auch so gewollt. Seine Gefühle waren zwiespältig. Einerseits fühlte er sich ob seiner Premiere als Mann wunderbar entspannt und stolz, andererseits meldete sich da wieder zögerlich bohrend das schlechte Gewissen. Verwundert überlegte er, dass er von seinen neuen Eindrücken so völlig absorbiert gewesen sein musste, dass er von Peters Aktivitäten im Nebenraum absolut nichts mitbekommen hatte, und unter gewissen Umständen konnte das lebensgefährlich sein. Er sprang auf und wusch sich, auf die Rasur verzichtete er heute großzügig, zog sich an und packte das Wenige zusammen, was er für die Nacht gebraucht hatte. Seinen Dolch befestigte er wieder hinten am Gürtel. Er musste schmunzeln, als er an Magdas entsetztes Gesicht dachte, die bei ihren tollen Spielchen unerwartet die Waffe entdeckt hatte, als sie das Kopfkissen als Unterlage für ihren kleinen Pöker zweckentfremden wollte. Er sah sich nochmals wehmütig im Zimmerchen um und überlegte kurz, ob er wohl jemals an diesen Ort zurückkehren würde. An ihm sollte es nicht liegen …

Seine Kameraden hatten sich schon um den Esstisch versammelt und stärkten sich mit dick belegten Wurstbroten. Zu trinken gab es frische, noch warme Ziegenmilch, die Peter allerdings verschmähte, denn er zog klares Quellwasser vor. Unauffällig sah sich Paul nach den beiden Frauen um, konnte sie aber nicht entdecken. Nachdem alle gesättigt waren, gingen Karl und Franz mit dem Gepäck ihrer Herren wieder zum Stall hinüber, um die Pferde vorzubereiten, während Peter und Paul die Rechnung beglichen, die erstaunlich niedrig ausfiel. Großzügig rundeten sie nach oben auf. Der Wirt bedankte sich artig, wünschte ihnen einen guten Weg und stapfte in seine Küche. Von den Mädchen sagte er nichts. Fragend blickten sich die Brüder an, dann wandten sie sich achselzuckend um und gingen zur Tür, die in den Hof führte. Draußen war es erstaunlich mild, vom See wehte ein beinahe lauer, aber mit Feuchtigkeit gesättigter Wind herüber. Nur über dem Eingang zum Stall brannte eine funzelige Laterne, in deren Lichtschein sich kleine Nebelfetzen drehten. Ihre Köpfe fuhren herum, als sie plötzlich ein Hüsteln in der neben dem Stall stehenden Scheune hörten. Die kleine Tür, die in das große Schiebetor eingelassen war, stand einen Spalt breit offen, und eine Hand winkte ihnen zu. Sie sahen sich an und gingen schnell hinüber. Kaum hatte sich Paul hinter Peter durch die enge Tür gedrängt, als ihm auch schon zwei Arme um den Hals geworfen wurden und sein Mund mit einem leidenschaftlichen Kuss verschlossen wurde. Er fühlte, wie ihm schwindlig wurde.

»Guten Morgen, mein starker Bär«, flüsterte Magda und drängte sich auf Zehenspitzen stehend dicht an ihn. »Musst du wirklich schon fort? Könnt ihr nicht noch ein paar Tage bleiben? Die Weisheiten der Universität laufen euch ganz gewiss nicht fort!«

»Nein, wir können unmöglich bleiben, aber das hat wirklich nichts mit dir zu tun. Wenn ich so könnte, wie ich wollte, würde ich bei dir Wurzeln schlagen.«

Sie rieb sich an ihm, so dass er den Druck ihrer festen Brüste durch seinen Rock spürte. »Das ist zwar eine Lüge, aber eine schöne«, flüsterte sie. Wieder küsste sie ihn.

Er spürte, dass sein Widerstand in dem Maße dahinschmolz, wie sich seine Männlichkeit versteifte. Aber es durfte nicht sein. Er schüttelte benommen den Kopf. »Wenn wir bleiben würden, dann könnten alle hier im Ort in Gefahr kommen. Wir müssen weg!«

Sie sank in sich zusammen und flüsterte leise. »Das war auch eine Lüge, aber eine dumme. Wer sollte euch vier jungen, starken Männern etwas antun? Es hätte zusammen mit dir endlich wieder ein fröhliches Osterfest werden können.«

»Ich habe nicht gelogen. Es gibt Mächte, die stärker sind als wir.« Er küsste ihr die Tränen von den Wangen.

»Seid ihr Deserteure? Wir könnten euch verstecken, hier in den Wäldern findet euch niemand!«

Paul schluckte gerührt, er wusste, welche Strafen auf Zivilisten warteten, die Deserteuren auf ihrer Flucht halfen; selbst das Nichtanzeigen, dass man einen Fahnenflüchtigen gesehen hatte, stand unter schwerer Strafe. Ihm war das alles peinlich. Ungeschickt und mit schlechtem Gewissen fischte er in seiner Rocktasche nach dem Louisdor, den er seinem Geldbeutel schon oben in der Schlafstube entnommen hatte. Er suchte nach den passenden Worten, die ihm aber partout nicht einfallen wollten. Er hörte, wie Gretel ein paar Schritte weiter kicherte und Peter einen schmatzenden Kuss aufdrückte. Wütend auf sich selbst, drückte er dem Mädchen die Goldmünze in die Hand. »Ich habe keine Ahnung, ob ich je wieder in diese Gegend kommen werde, aber am Himmelszelt hat heute Nacht ein guter Stern über uns gewacht, und wenn ich in Zukunft zu ihm aufschaue, wirst du immer bei mir sein, meine kleine, zärtliche Geliebte. Ich wünsche dir von ganzem Herzen, dass du bald einen guten Mann findest, der dich aufrichtig liebt und dich glücklich machen wird.«

Als sie das Geldstück in ihrer Hand gespürt hatte, war sie zuerst in seinen Armen abwehrend ganz steif geworden, aber bei seinen Worten, die völlig aufrichtig klangen, hatte sie sich wieder entspannt. Sie stellte sich auf die Zehenspitzen, küsste ihn auf den Mund, dann war sie aufschluchzend in der Dunkelheit verschwunden.

Peter riss ihn mit einem Hüsteln aus seiner Erstarrung. »Nun komm schon, Alter. Wie heißt es doch so richtig: Wohlan, es muss geschieden sein …«

Schweigend gingen sie zu den wartenden Pferden hinüber. Gewohnheitsmäßig prüften sie die Sattelgurte und die Verschnürung ihres Gepäcks, dann saßen sie auf. Als sie aus dem Tor auf die Straße ritten, blickte sich Paul noch einmal um. Aber selbst die kleine Laterne schien traurig den Versuch aufzugeben, die Nebelschwaden zu durchdringen. Im Osten über den Hügeln wurde der Himmel milchig grau.

Schon nach wenigen Schritten erreichten sie im Zentrum des Ortes eine große Kreuzung. Paul zügelte sein Pferd, die anderen machten es ihm notgedrungen nach.

»Nun komm schon, wir haben es eilig«, schnarrte Peter verärgert.

»Eilig, wohin zu kommen …?«, fragte Paul gedehnt. »In die Kiste sechs Fuß unter der Erde?«

»Dem Himmel sei gedankt! Paulchen fängt wieder an zu stänkern, also weilt er voll und ganz unter uns und beginnt wieder, seinen Kopf zu benutzen«, frotzelte Peter bissig. »Würde der Herr so gütig sein, uns an seinen erhabenen Gedankengängen teilhaben lassen?«

»Gerne. Während wir, äääh, geschlafen haben, waren unsere Schatten sicher nicht untätig. Sollten sie vor dem Dorf Halt machen und es heute bei vollem Tageslicht nach uns durchqueren? Warum unnötiges Aufsehen erregen? So, wie die Kerle gekleidet sind, wären den Bewohnern sofort wieder die Russen eingefallen, und sie hätten so schnell wie möglich den nächsten Militärposten alarmiert. Was also werden sie gemacht haben? Sie werden den Ort im Licht des noch hellen abnehmenden Mondes umgangen und im Osten oben am Rand des Talkessels abseits der Straße ein Lager aufgeschlagen haben. Dort können sie geduldig abwarten, bis wir vorbeikommen, und sich dann wieder an unsere Fersen heften. Übermorgen sind wir im Polnischen, dann können sie uns in aller Ruhe Maß nehmen. Allerdings haben sie nicht mit dem Wetterumschwung gerechnet. Was macht der Hase, wenn ihm der Fuchs dicht auf den Fersen ist? Er schlägt einen Haken, und genau das sollten wir auch machen. Statt über Bernstein nach Ahrenswalde zu ziehen, sollten wir nach Südosten über Friedeberg in Richtung Woldenberg reiten, und zwar so schnell wie möglich. Vielleicht können wir unsere Verfolger abschütteln, und falls nicht, sollten wir zumindest einen guten Vorsprung herausholen.«

Ohne zu diskutieren zog Peter sein Pferd nach rechts herum und lenkte es auf die Straße, die parallel zum See Nipperwitz verlief. Sobald sie den Ort verlassen hatten, umgab sie dichter Nebel, aber es wurde langsam heller. Sie ritten hintereinander. Karl, dem man Katzenaugen nachsagte, ritt an der Tête und sorgte dafür, dass sie auf der Straße blieben. Manchmal hing er dabei weit nach unten aus dem Sattel. In mäßigem Trab ging es vorwärts. Sobald die Sonne genug Kraft hatte, würde der Nebel verschwinden. Paul hoffte, dass ihre Jäger annahmen, dass sie sich von dem Wetter von einem frühen Aufbruch hatten abhalten lassen und im Gasthof ruhig abwarteten, bis die Sonne wieder schien. Nach einer Viertelstunde lag der See hinter ihnen, und der Weg führte stetig bergauf. Die Sicht wurde erheblich besser, und sie beschleunigten ihr Tempo. Hoffentlich hatten die Litauer nicht an allen Ausfallstraßen Posten aufgestellt. Bis jetzt wussten sie immer noch nicht, wie viele Männer hinter ihnen her waren. Aber wenn sie große Herden junger Pferde aus Ostpolen oder der Ukraine für die unersättliche Armee herangetrieben hatten, konnten es dreißig, vierzig Männer sein. Keine sehr verlockende Aussicht. Ein Verlies in Küstrin mochte unter diesen Umständen auch seine stillen, friedlichen Reize haben. Aber sie fanden keine verdächtigen Spuren, während sie den dichten Buchenwald durchquerten. Sie wechselten jetzt regelmäßig die Gangart zwischen Schritt, Trab, Schritt und leichtem Galopp. Die Hufe ihrer verlässlichen Pferde fraßen die Meilen. Alle zwei Stunden machten sie eine kurze Rast, um den Pferden eine Pause zu gönnen. Am späten Vormittag erblickten sie das malerische Friedeberg vor sich, das von der mächtigen gotischen Marienkirche mit ihrem quadratischen Backsteinturm dominiert wurde. Vorsichtig wichen sie an den Waldrand aus und näherten sich ungesehen der Stadtmauer.

»Verdammt!«, rief Karl plötzlich aus, auf dessen scharfe Augen wieder einmal Verlass war. »Auf den Bastionen weht nicht unsere Fahne, sondern der Doppeladler der Zarin; in der Stadt liegen die Russen!«

Offensichtlich unterhielt die russische Armee zwecks Sicherung ihrer Versorgungswege und Nachrichtenverbindungen in der Stadt eine Garnison. Das war schlecht für die vier, denn sie verspürten keine Lust, sich bohrenden Fragen zu stellen, die darauf hinauslaufen konnten, sie als preußische Spione zu entlarven und an die Wand zu stellen. Das konnte aber auch etwas Gutes haben, denn es war unwahrscheinlich, dass die Litauer – wenn sie denn hier auftauchen sollten – scharf darauf waren, den verhassten Russen zu erklären, was sie hierher geführt hatte. Es musste schwierig genug gewesen sein, mit den großen Pferdeherden für die Preußen unentdeckt durchzuschlüpfen. Falls das Geschäft mit den Twelkows bar abgewickelt worden war, legten sie sicher auch großen Wert darauf, den Verkaufserlös sicher in die Heimat zu bringen. Den goldenen Schnitt bei diesem Geschäft würden ohnehin die Twelkows machen, denen man einiges nachsagen konnte, aber ganz gewiss keinen Mangel an Geschäftssinn.

Es blieb ihnen nichts anderes übrig, als die Stadt weiträumig zu umreiten und alle Vorsichtsmaßnahmen zu ergreifen, um nicht blindlings mit einer Kosakenpatrouille zusammenzustoßen. Das kostete Zeit.

Die Mittagsglocken des Domes waren hinter ihnen längst verstummt, als sie wieder die Straße nach Woldenberg erreichten. Sie hofften darauf, dass das Hauptaugenmerk der Russen der Straße nach Driesen gelten würde, das sich mit seiner Lage an der Netze als wichtige Drehscheibe für den Nachschub anbot. Tatsächlich erreichten sie unbehelligt am späten Nachmittag das Städtchen Woldenberg. Durch die erzwungenen diversen Umwege waren sie bei Weitem nicht so schnell vorwärtsgekommen, wie sie sich das am Morgen erhofft hatten, aber da ihre Pferde mittlerweile deutliche Ermüdungserscheinungen zeigten, hatte es keinen Sinn, sie jetzt noch ein oder zwei Meilen weiter zu hetzen. Das, was sie jetzt am wenigsten gebrauchen konnten, war der Ausfall eines Pferdes.

Auf der Ostseite des Städtchens, aber draußen vor den Toren suchten sie sich eine Stallung, in der sie die Pferde absattelten, trockenrieben, striegelten und fütterten. Pauls großer Brauner hatte sich hervorragend bewährt, und er dankte im Stillen seinem Vater, dass dieser so weitsichtig und großzügig gewesen war, ihm das Pferd zu schenken. Die beiden Stallknechte, ein alter, brummiger Kerl mit einem faltigen gelben Gesicht und ein junges, pfiffig aussehendes Bürschchen, hatten ihnen missmutig bei der Arbeit zugesehen, weil sie vermuteten, dass die jungen Männer ihnen das Trinkgeld missgönnten. Auf ihren Gesichtern stand geschrieben: arrogante Hungerleider! Franz beruhigte sie in seiner gelassenen Art: »Da, wo wir herkommen, kümmert man sich immer selbst um sein Pferd, ’ne Kupfermünze sollt ihr trotzdem kriegen, wenn ihr gut auf sie aufpasst.«

»Es darf auch eine Silbermünze sein«, meinte der Junge naseweis.

Peter lachte. »Das geht in Ordnung, wenn du mir verrätst, wo man in der Nähe gut essen kann.«

»Wenn die gnädigen Herren einer durstigen Seele einen guten Schluck spendieren würden, dann sollen die Pferde auch noch ein paar Forken Stroh zusätzlich unter die Bäuche und einen Beutel Hafer extra in die Mägen bekommen«, bot ihnen der Alte mit erwartungsfroh leuchtenden Augen an.

»Hans hält es aus guten Gründen mit den handfesten Sachen, denn seine Alte würde ihm sofort jeden rostigen Heller aus der Tasche konfiszieren. Sie weiß wahrscheinlich, warum. Was das gute Essen angeht, sollten Sie die Seegasse hinuntergehen und im *Alten Wels* einkehren. Die Gegend steht nicht gerade in einem guten Ruf, die Fuhrknechte und Viehtreiber, die dort übernachten, sind kantige Burschen und nehmen es mit den christlichen Geboten nicht so genau.« Er musterte sie scharf. »Aber die Herren sehen aus, als ob sie auf sich aufpassen könnten. In den Gassen dort können die Herren in Mutter Boltes ›Apotheke‹ auch eine Bouteille *Fischöl* erstehen, das ist das Lebenselixier von Hans.«

Peter warf ihm grinsend eine Münze zu: »Hol ihm lieber sofort die Medizin, sonst fällt ihm noch der letzte Zahn aus. Und du, Alter, versorgst die Pferde mit dem versprochenen Heu und Hafer!«

Der alte Säufer grinste hohlwangig und wackelte an dem ihm verbliebenen Schneidezahn. »Der sitzt noch fest«, nuschelte er und machte sich eifrig an die Arbeit. Der Junge flitzte aus der Tür.

Nachdem sie sich gewaschen und ihre Schlafstellen im Heu vorbereitet hatten, knobelten Franz und Karl, wer als Wache bei den Pferden bleiben sollte. Karl gewann. Der Stalljunge war mit einer Flasche zurückgekommen, der nach dem Öffnen ein penetranter Geruch nach allerlei Ingredienzien der Hexenküche entströmte. Gierig hatte der Alte den Korken herausgezogen und einen langen Zug genommen. Auf seinen Zügen breitete sich der friedliche Glanz der Abendsonne aus. Er stieß lautstark kräftig auf und verzog sich dann nach hinten in einen Winkel des Stalls.

Die drei jungen Männer schlenderten die Gasse hinunter und stellten fest, dass sie in einem verwirrenden Labyrinth aus Ställen, Schuppen, Scheunen, anrüchigen Spelunken und nicht sehr vertrauenerweckend aussehenden Logierhäusern gelandet waren. Wie der Stalljunge gesagt hatte, war das Publikum sehr gemischt, aber es war noch früh am Abend, und alle hatten ihr Temperament gut im Griff.

Sie fanden problemlos den *Alten Wels* und setzten sich in eine Ecke nahe der Hintertür, um ungestört zu sein. Während sie bei einem Krug Bier auf ihr Essen warteten – es sollte Fischsuppe und anschließend gedünsteten Hecht geben –, besprachen sie die Ereignisse des Tages.

»Wenn uns die Russen nicht in Friedeberg die Tour vermasselt hätten, wären wir heute bestimmt noch bis nach Groß-Dresen gekommen«, maulte Peter.

»Was mir viel mehr Sorge macht, ist, dass wir immer noch nicht wissen, wie viele dieser Schurken uns auf den Fersen sitzen: zwanzig, dreißig oder gar mehr?«

»Auf alle Fälle sind es zu viele.«

»Es ist gut möglich, dass sie sich geteilt haben. Erstens erregen sie in Gruppen von zehn bis zwölf Mann nicht so viel Aufsehen, und zweitens könnten sie dann sicherheitshalber auch die Straßen von Berlinchen nach Landsberg und

Arnswalde absuchen. Schließlich legt unser Verhalten heute Morgen den Schluss nahe, dass wir misstrauisch geworden sind, und das wiederum bedeutet, wir hätten sie im Nebel auch umgehen und unseren Weg frech nach Nordosten fortsetzen können.«

»Dein Wort in Gottes Gehörgang, dann steigen unsere Chancen ein wenig.«

»Unterschätze die Kerle nicht, wir hatten beim ersten Zusammentreffen eine Menge Glück!«

»Glück hat nur der Tüchtige!«, prahlte Peter und nahm einen langen Schluck.

Dann kam ihr Essen. Der Junge hatte sich seinen Lohn ehrlich verdient, denn der Fisch war ausgezeichnet. Schweigend vertilgten sie ihre großen Portionen und tranken noch einen Krug Bier dazu; bei Peter war es allerdings schon der dritte.

Nachdem sie ihre Teller mit Brot sauber abgewischt hatten, lehnten sie sich satt zurück. Peter stöhnte zufrieden und stand dann auf. »Ich muss mal raus, das Bier, verstehst du.«

»Warum schüttest du es dir auch so schnell hinter die Binde?«

»Pah!« Peter ging zur Hintertür und verschwand nach draußen. Der Mond war gerade über den Bäumen hinter dem See aufgegangen, und die rechte Wange des Mannes im Mond war schon etwas angeknabbert, aber er verbreitete noch immer ein helles, silbriges Licht, das vom Spiegel des Sees reflektiert wurde. Suchend blickte sich Peter um, denn anscheinend führte diese Tür nicht zum Abtritt des Lokals. Er stöhnte gequält auf, ging an einem Schuppen zu seiner Linken vorbei zu einem Gebüsch und erleichterte sich dort. Auf dem Rückweg zur Tür hörte er leise Schritte in der Gasse, die zwischen Netz- und Bootsschuppen sowie dem Gasthof nach vorne zur Straße führte. Instinktiv drückte er sich in die offene Tür des Schuppens, den er auf dem Hinweg passiert hatte. Um die Ecke des Hauses schob sich ein Kopf, und auf diesem Kopf saß eine große Fellmütze. Peters Herz schien stillstehen zu wollen. Hinter ihm raschelte es, und er wollte erschrocken zur Seite springen, stolperte aber dabei. Das war sein Glück, denn der ihm zugedachte Säbelhieb biss knirschend in den hölzernen Torrahmen. Geistesgegenwärtig hechte der Junge in den Raum hinein, rollte ab und federte wieder in die Höhe; seine Waffe fuhr mit einem hässlichen schabenden Geräusch aus der Scheide. Der Angreifer kam geduckt auf ihn zu, er bewegte sich genau im Licht, das durch das Tor fiel. Aber da war noch ein zweiter Mann, der sich von links heranpirschte. Jetzt sitze ich in der Falle, dachte Peter wütend, aber Angriff ist die beste Verteidigung! Er streckte den Säbel nach vorne und stürmte los. Damit schien er seinen Gegner tatsächlich auf dem falschen Fuß erwischt zu haben, denn dessen Parade war nur unzureichend, und die Spitze des Säbels fuhr ihm am Arm entlang nach oben. Er stöhnte auf und ließ die Waffe fallen, das besiegelte sein Ende. Der folgende Hieb durchtrennte seine Gurgel. Aber auch Peter hörte das sausende Geräusch einer Klinge und spürte ihren Luftzug an der Wange. Er fuhr herum, um sich dem anderen Kerl zu widmen, als er aus dem Augenwinkel sah, dass sich ein, zwei, drei ... vier, nein fünf verwegen aussehende Männer durch das Tor drängten. Das war es dann wohl, mein kleines Peterlein, konstatierte er kühl. Sieben, nein sechs gegen einen, das war ein wenig zu happig. Dabei habe ich es doch mindestens zum Obristen bringen wollen ... Aber wartet ab, ihr dreckigen Hundesöhne, in Preußen pflegt man mit wehenden Fahnen unterzugehen, wenn es denn schon sein muss. Den einen oder anderen wollte er mit sich in den Tod nehmen, aber dazu musste er schnell agieren. Attacke, Parade, Finte, Angriff, Doppelfinte und Treffer, zur Sicherheit noch einen Hieb hinterher!

Die anderen Männer näherten sich. Er zog sich ein paar Schritte weiter in die Dunkelheit des Schuppens zurück, bis er hinter sich Widerstand spürte. Er taste mit der Hand darüber hin, es war ein großes Boot, das kieloben auf Böcken lag. Es war ein Vorteil für ihn, dass sich die Umrisse der Gegner gegen den Mondschein draußen abzeichneten, während er fast unsichtbar war. Außerdem war der Raum beengt, und die Angreifer behinderten sich gegenseitig. Zwei der wilden Kerle knurrten wütend und schoben sich mit erhobenen Klingen heran …

Interessiert verfolgten Paul und Karl das muntere Treiben im Gastraum, dessen Wände mit Trophäen geschmückt waren. Das Prachtstück war der Kopf eines riesigen Welses, der alt wie Methusalem gewesen sein musste, als ihn sein Schicksal ereilte. Von Zeit zu Zeit war es an einem Tisch etwas lauter zugegangen, aber ein drohender Blick des bulligen Wirtes hatte die Ruhe immer schnell wiederhergestellt. Paul hatte beim Bezahlen noch sechs große geräucherte Aale und eine Flasche besten Korns zum Mitnehmen bestellt, schließlich sollte Franz auch seinen Teil abbekommen, und was heute übrig blieb, konnten sie morgen unterwegs verputzen. Der Wirt hatte ihnen den eingewickelten Fisch und die Pulle in einem kleinen angestoßenen Korb gebracht und gemeint, dass dieser den Transport sicher erleichtern würde.

Zu Karl gewandt, meinte Paul: »Mein kleiner Bruder läuft wohl aus, der kommt ja gar nicht wieder. Wie ich ihn kenne, hat der gestiefelte Kater schon wieder Witterung von einer rolligen Katze in die Nase bekommen und läuft ihr maunzend hinterher.«

Karl grinste wissend. »Tscha nu ..., dem jungen Herrn fliegen aber auch die Frauenherzen zu. Ich werde mich mal draußen umsehen, denn bei mir drückt jetzt auch das Bier.« Er schob seinen Stuhl zurück, stand steifbeinig auf und stakste nach Reiterart durch die Tür nach draußen. Kaum war er auf den Hof hinausgetreten, hörte er das Klappern von Klingen. Er machte auf dem Absatz kehrt und eilte an den Tisch zurück. »Kommen Sie schnell, ich fürchte Ihr Bruder steckt in ernsten Schwierigkeiten!«

Paul schnappte sich den Korb und flitzte Karl hinterher, der schon wieder nach draußen geeilt war. Die anderen Gäste und der Wirt beachteten sie nicht. Auf dem Hof deutete Karl zur Schuppentür, aus der deutlich metallisches Klappern und angestrengtes Ächzen und Stöhnen zu hören war. Sie schoben sich an das Tor heran, Paul stellte den Korb ab und zog seine Waffe blank. Sie blickten vorsichtig um die Ecke und sahen die Rücken von vier Männern vor sich. Weiter hinten aus der schwarzen Dunkelheit erklang dumpfes Keuchen und das helle Klirren, wenn die scharfen Klingen aufeinanderprallten. Die Männer vor ihnen fuhren herum, irgendetwas musste sie gewarnt haben, aber für drei war es zu spät. Die jungen ehemaligen Husaren kamen im Wortsinne über sie wie Ziethen aus dem Busch. Drei der gedungenen Mörder stürzten ohne echte Chance zur Verteidigung tödlich getroffen zu Boden, der Vierte stellte sich Paul entgegen, während Karl in der Dunkelheit des Hades verschwand. Pauls Gegner war ein besserer Fechter als die anderen Litauer, mit denen er es bis jetzt zu tun gehabt hatte, und er musste sein ganzes Können aufbieten, um seine Haut zu retten.

Peter hatte sich bis jetzt die beiden Männer vom Leibe halten können, indem er den einen mit der Waffe abwehrte und den anderen mit einem Reisigbesen, den er vom Boden aufgelesen hatte, irritierte. Allerdings hatte er trotzdem schon zwei leichte Verwundungen, eine am linken Arm und eine zweite am rechten Schenkel, einstecken müssen, zudem merkte er, dass seine Kräfte erlahmten. Als er zwei weitere Schatten durch das Tor huschen sah, hätte er vor Verzweiflung laut aufheulen können. Zu seiner grenzenlosen Überraschung erwiesen sich diese aber als vom Himmel gesandte rettende Engel, denn drei der Gegner wurden kurzerhand niedergemacht und der vierte in einen Kampf verwickelt. Ein dunkler Schatten huschte auf den Kerl zu seiner Linken zu, der sich verwundert umwandte und nur mit Mühe und Not einen tödlichen Hieb parieren konnte. Peter stach mit seinem Säbel nach vorne und hieb dann seinem Gegner den Besen, dessen Borsten schon von der Waffe des zweiten Mannes erheblich gekürzt worden waren, an den Kopf. Verblüfft taumelte der Kerl zur Seite, seine Deckung vernachlässigend. Er starb schnell.

Karl lieferte sich mit dem anderen Mann einen erbitterten Kampf, der beinahe fatal für ihn ausgegangen wäre, weil er in der Dunkelheit aus dem Gleichgewicht und leicht ins Stolpern kam; zum Glück taumelte er hinter einen Stützpfosten des Dachs, der den Hieb, der ihn ins Jenseits befördert hätte, aufhielt. Seinen Konterstoß, den er von der anderen Seite um den Pfosten herum führte, konnte sein Gegner allerdings nicht abwehren.

Der gedrungene Mann, mit dem es Paul zu tun hatte, wehrte sich geschickt und umsichtig, und nur langsam gewann der Junge dank seiner besseren Technik die Oberhand; es gelang ihm, den Mann Schritt für Schritt in die Enge zu treiben. Als er keinen Raum mehr zum Ausweichen hatte, setzte der Bursche alles auf eine Karte. Mit einem lauten Schrei stürmte er vor, doch Paul ließ ihn ins Leere laufen und trat ihm ein Bein weg, worauf der Mann von seinem Schwung getragen in den freien Flug überging, schwer auf den Boden krachte, sich mehrfach überschlug und schließlich auf dem Rücken liegen blieb. Sein Säbel ragte in einem skurrilen Winkel aus seinem Körper. Paul eilte zu ihm hinüber. Der Mann lebte noch, starrte ihn hasserfüllt an, und aus seinem Mund quoll ein Strom unverständlicher Worte. Paul nahm nicht an, dass es sich um Glückwünsche für seine überlegene Fechtkunst handelte. Karl war neben ihn getreten. Er murmelte: »Wenn alle diese Verwünschungen eintreffen, dann haben Sie kein angenehmes Leben vor sich, gnädiger Herr!«

»Wie, du kannst Litauisch, Karl?«, fragte Paul überrascht.

»Nein, aber der hier spricht Polnisch, und das kann ich einigermaßen von meiner Großmutter her.«

»Frag ihn, wie viele Männer hinter uns her sind und ob noch mehr von ihnen hier am Ort sind!«

Karl übersetzte, aber der Mann verzog unter Schmerzen nur höhnisch den Mund und versuchte auszuspucken. Da grinste auch Karl hämisch, fuhr mit Hand unter sein Wams und sprach schnell auf ihn ein. Der Verwundete riss erschrocken die Augen weit auf; gequält presste er ein paar Sätze heraus, aber dazwischen machte er immer länger werdende Pausen. Karl hielt ihm ein kleines goldenes Kreuz vor den Mund, das er dankbar küsste, dann brachen seine Augen.

»Es waren ursprünglich zweiunddreißig Männer, mit siebenundzwanzig haben sie uns verfolgt. Von Berlinchen aus sind zehn nach Arnswalde geritten, sieben nach Landsberg, er hat mit den restlichen neun den Weg über Friedeberg genommen. Drei Männer sind vor der Stadt bei den Pferden zurückgeblieben.«

»Gut! Untersuche mit Peter die anderen Leichen und nehmt ihnen alles ab, was für uns von Interesse sein könnte.« Karl nickte und machte sich an die unerquickliche Arbeit. Paul durchsuchte die Taschen des Getöteten. Er fand in den äußeren Rocktaschen nur eine Pfeife, einen Tabaksbeutel und ein paar lose Scheidemünzen, daher knöpfte er den Rock auf und filzte die inneren Taschen. Er wurde fündig und fischte einen dicken Packen sicher verschnürter Papiere und ein schweres Lederbeutelchen mit Silber- und Goldmünzen heraus. Dabei fiel ihm auf, dass sich unter dem Hemd des Mannes pralle Hügelchen abzeichneten, wie man sie eher bei einer Frau vermuten würde. Er riss das Hemd auf und entdeckte, dass sie von zwei großen Beuteln stammten, die durch einen Lederriemen hinter dem Hals und eine Art Gürtel um den Oberkörper an ihrem Platz gehalten wurden. Er zückte seinen Dolch und durchtrennte die Riemen. Die Beutel waren verteufelt schwer. Rasch zog er die durchschnittenen Lederbänder unter dem Hemd hervor.

»Junger Herr, ich kann Ihren Herrn Bruder nicht finden!«

Erschrocken fuhr Paul in die Höhe. »Verdammt, der kann doch nicht verschwunden sein!« Er eilte nach hinten, wo er Peter hatte kämpfen sehen. Die beiden Leichen lagen da, aber von Peter war keine Spur zu entdecken. Ratlos stützte er sich an dem aufgebockten Boot ab. Was war hier los? Er sprang aus dem Stand etwa zwei Fuß in die Höhe, als ihn etwas in die Wade zwickte und dabei gefährlich knurrte. Unter dem Boot hervor lachte Peter glucksend.

»Du bist vor Angst wohl völlig durchgedreht, du mieser Schafskopf«, fauchte Paul ihn an. »Komm raus, wir müssen hier schnellstens verschwinden!«

»Nach getaner Arbeit muss auch Zeit für ein kleines Späßchen sein, du oller Spielverderber. Immerhin habt ihr euch ganz schön Zeit gelassen, bis ihr aufgetaucht seid. Nicht dass ich die paar Männeken nicht auch allein erledigt hätte, aber schließlich wollte ich euch auch etwas von dem Spaß gönnen.«

Der Blick, den ihm Paul zuwarf, hätte einem Heiligen die

Tränen bitterster Reue in die Augen getrieben. »Karl, wie weit bist du mit dem Filzen?«

»Fast fertig. Die haben alle nur etwas Geld und persönliche Sachen in den Taschen.«

»Daran sind wir nicht interessiert. Keine Papiere?«

»Nein, nichts, gnädiger Herr.«

Paul ging zu seinem toten Gegner zurück, steckte sich die Papiere ein, die seine rechte Rocktasche ausbeulten, dann warf er sich die beiden schweren Beutel über die Schulter. Einen Teil des Inhalts des ledernen Geldbeutels verstreute er unter den erstaunten Blicken der anderen beiden auf dem Boden zwischen den Leichen, dann holte er die Schnapsflasche von draußen rein, entkorkte sie und goss den Inhalt freigiebig über den Körpern aus. Es roch sofort heftig nach Alkohol.

»Halt, halt!«, bremste ihn Peter, »nicht alles, ich könnte dringend einen Schluck vertragen, und auch meine Wunden könnten einen Schuss Alkohol gut gebrauchen!«

»Du bist verwundet? Wo?«

Peter deutete auf die dunklen Flecken auf seiner Kleidung. »Ich sagte es ja bereits, ihr hättet ruhig ein klein wenig eher kommen können.«

»Wir müssen hier verschwinden, es ist ein Wunder, dass noch niemand auf den Lärm aufmerksam geworden ist.«

»Wir sind eben sehr dezent.«

Sie arrangierten die Leichen noch etwas anders und machten sich dann schnell über den Hof und durch die Gassen auf und davon. Unterwegs fragte Paul: »Wie hast du den Kerl zum Sprechen gebracht, Karl, oder sollte ich dich besser Karel nennen?«

»Ach, das war nicht schwer. Ich habe ihm damit gedroht, ich würde ihn mit dem Fluch der heiligen Jungfrau belegen und ihn in Sünde sterben lassen. Sollte er jedoch reden, würde ich ihm mit meinem Kreuz, das von der schwarzen Madonna von Tschenstochau geweiht ist, die ewige Seligkeit verschaffen. Diese Aussicht war ihm eine Beichte wert.«

»Das hat er wirklich geglaubt?«

»Gnädiger Herr, die Polen sind ein zutiefst gläubiges, erzkatholisches Volk. Daher schauen sie auch mit einiger Arroganz auf die noch halbheidnischen Litauer im Norden, die ketzerischen calvinistischen oder lutherischen Deutschen im Westen und die missgeleiteten orthodoxen Russen im Osten herab. Am besten kommen sie noch mit ihren slawischen katholischen Brüdern in Böhmen und Mähren klar – wenn das nicht gerade Hussiten sind.«

Paul schwieg verwundert, so hatte er das noch nie gesehen. Da musste erst ein Pferdeknecht und gemeiner Husar kommen, um ihm ganz neue Einsichten über die Nachbarn im Osten zu vermitteln.

»Überzeugend dürfte aber ganz bestimmt auch die Fluchformel gewirkt haben, die aus dem reichen Schatz meiner Großmutter stammte«, fuhr Karl erläuternd fort.

Mit diesen Worten waren sie beim Stall angekommen und schlüpften hinein, nachdem sie sich nochmals nach allen Seiten vorsichtig umgeschaut hatten. Aus einer Quergasse war das Geräusch vieler eiliger Füße und aufgeregtes Geschnatter zu hören, der Schein zahlreicher Fackeln zuckte unruhig über die schiefen Wände der armseligen Hütten. Franz und der Pferdejunge blickten von ihrem Kartenspiel hoch und sprangen auf, als sie merkten, dass die Ankömmlinge in eine Auseinandersetzung verwickelt gewesen sein mussten. Der alte Säufer war nicht zu sehen, aber aus einer Ecke erklang sonores Schnarchen.

»Junge, beim *Alten Wels* hat es Ärger gegeben, lauf doch mal hin und finde raus, was da geschehen ist.« Paul blickte ihm drohend fest in die Augen. »Wir haben damit nichts zu tun … hast du das verstanden?«

»Wie sollten Sie denn auch, gnäd'ger Herr. Ich bin gleich zurück.« Er kniff verschwörerisch ein Auge zu und verschwand.

»Nun zu deinen Wunden, Peter. Hier, nimm einen Schluck!« Paul reichte Peter die Schnapsflasche, nahm sie ihm aber sofort wieder ab, nachdem der einen kräftigen Schluck genommen hatte. Während er die Fleischwunden, die zum Glück nur oberflächlich waren, mit dem Korn auswusch und anschließend verband, überlegte er laut: »Drei von den Kerlen sind noch im Ort, aber die dürften heute Nacht keine Gefahr mehr darstellen. Die Truppe, die den Weg über Arnswalde genommen hat, könnte aber schon morgen hier eintreffen.« Er untersuchte, da er gerade dabei war, auch Peters Kopfverletzung, die aber schon eine dicke Schorfschicht aufwies. »Es scheint bei dir zu einer schlechten Angewohnheit zu werden, dich von mir liebevoll verbinden zu lassen. Meinst du, es steigert deinen soldatischen Ruf, wenn du anhand deiner Narben das Ortsverzeichnis Preußens herunterbeten kannst?« Ernst fuhr er dann fort: »Wir müssen hier weg, und zwar sofort. Sattelt die Pferde!«

Sie machten sich reisefertig. Paul verstaute den einen schweren Geldsack in einer seiner Satteltaschen, den anderen drückte er dem erstaunten Peter in die Hände. »Wie es scheint, haben wir die Bezahlung für die Remonten erobert. Das wird die anderen Strauchdiebe ganz schön wild machen, sobald sie das rausbekommen.«

Die Tür öffnete sich knarrend, vier Säbel fuhren aus den Scheiden und blinkten tödlich im Licht der Stalllaterne. Der Pferdejunge prallte erschrocken zurück. Er blickte sie halb verängstigt, halb bewundernd an und hob abwehrend die Hände. »I... ich b... bin's d... doch nur, erlauchte Herren«, stotterte er, doch dann fasste er sich wieder und berichtete flüssig: »Beim *Alten Wels* hat es Mord und Totschlag gegeben. Der Ratsherr Obermeyer ist mit der Stadtwache da, er hat die Fakten des abscheulichen Geschehens resümiert und wird sie zu den Akten nehmen.«

»Was hat er denn so … resümiert?«, erkundigte sich Paul vorsichtig.

Der pfiffige Bursche konnte schon wieder grinsen. »Na, es war doch ganz eindeutig. Eine Bande von besoffenen Strauchdieben aus der Walachei hat sich über ihre Beute in die Wolle bekommen und sich gegenseitig den Garaus gemacht. Die Gewinner haben sich anscheinend mit dem größten Teil des Diebesguts aus dem Staub gemacht, es lag nur noch eine Handvoll Münzen im Staub herum. Der schiefe Koorl will am Abend ein paar zwielichtige Gestalten im Wald dicht an der Straße gesehen haben. Na ja, möglich wär's. Jedenfalls ist die Stadtwache angehalten, die Augen scharf aufzuhalten und alle Verdächtigen sofort zu arretieren. Ich bin aufrichtig froh, dass die Herren nichts damit zu tun haben. Aber wie ich sehe, wollen Sie aufbrechen.«

»Tscha, das schöne Mondlicht weckt bei uns immer das Bedürfnis nach einem romantischen Ritt durch die Nacht, dabei kommen uns die besten Ideen für unsere theologischen Studien – man fühlt sich dem HERRN dann so nahe und kann nur noch schweigen, wenn du verstehst, was ich meine?« Peter tippte ihm wie unbeabsichtigt mit der Säbelspitze leicht an die Brust. Der Junge erbleichte und stotterte: »Na … na … klar!« Zufrieden nickte Peter.

Alles war bereit, und so führten sie ihre Gäule aus dem Stall und saßen auf. Bevor sie anritten, beugte sich Peter nochmals aus dem Sattel zu ihm hinunter, legte einen Finger an die Lippen und machte bedeutungsvoll: »Pssst!« Als der Bursche eifrig nickte, warf er ihm eine Silbermünze zu, die dieser geschickt auffing und verschwörerisch ein Auge zukniff.

Vorsichtig verließen sie das enge Gassengewirr der Vorstadt und bewegten sich auf Nebenwegen nach Osten. Noch spendete der Mond ausreichend Licht, und nachdem sie wieder auf die Hauptstraße zurückgekehrt waren, trabten sie durch das Flusstal der Drage zu. Sie wollten das Licht ausnutzen, um möglichst viel Distanz zwischen sich und ihre hartnäckigen Verfolger zu legen.

Während hinter ihnen Franz genüsslich schmatzend an einem Aal kaute, unterhielten sich Peter und Paul halblaut.

»Meinst du, dass die Kerle jetzt genug haben und die Verfolgung einstellen werden?«, fragte Peter.

»Möglich wär's, immerhin haben sie ihren Anführer verloren. Andererseits – und das wiegt schwer – haben wir das Geld aus dem Verkauf der Pferde, das wird sie überhaupt nicht froh stimmen. Wie sollen sie das zu Hause erklären? Aber wir wissen jetzt, dass wir es mit dreizehn Gegnern zu tun haben, die dritte Gruppe, die über Landsberg geritten ist, können wir wohl vernachlässigen. Um ehrlich zu sein, möchte ich es nicht nochmals auf einen Kampf ankommen lassen. Wenn wir nicht so hervorragende Lehrer, die harte Schule der Husaren und bislang geradezu unverschämtes Glück gehabt hätten, könnten wir uns jetzt schon die Radieschen von unten besehen. Unsere beste Chance liegt nun in der Geschwindigkeit. Wir müssen jeden Tag und jede Nacht so viele Meilen wie nur irgend möglich zurücklegen, ohne die Pferde zu überanstrengen. Das Beste wäre es, wenn es uns gelingen würde, noch an vier weitere Pferde zu kommen, aber das dürfte selbst dann fast unmöglich sein, wenn wir einen überhöhten Preis anbieten – was wir ja kühl lächelnd tun könnten –, der Krieg hat den Bedarf der Armeen so hochgeschraubt, dass die Bauern kaum noch genug Pferde für die Bestellung ihrer Felder haben.«

»Vielleicht sollten wir es auf einem der Rittergüter probieren. Blaues Blut verbindet. Unsere sogenannten Untaten können sich bis in diese Wildnis noch nicht herumgesprochen haben.«

»Keine schlechte Idee, Brüderchen! Das morgige Osterfest, oder ist es schon das heutige, wird auch das Herz des hartmäuligsten märkischen Junkers etwas milder stimmen.

Übrigens, was ich dir noch sagen wollte, dass du dich unter dem Boot versteckt hast, fand ich gar nicht komisch. Ich hätte mir um ein Haar vor Schreck in die Hose gemacht, als du mich am Bein gepackt hast.«

Peter grinste etwas verlegen, meinte dann aber lakonisch: »Was denkst du, was ich da wohl unter dem Boot gemacht habe? Ich hatte einen dringenden Nachholbedarf!«

Kapitel 7

Ostersonntag, den 6. April 1760,
in Hochzeit (Nmk.)

Im Laufe der fortschreitenden Nacht zogen aus Westen Wolken auf, die sich langsam vor den Mond schoben und es ihnen bald unmöglich machten, weiterzureiten. Paul schätzte, dass sie gut vorangekommen waren und etwa anderthalb Meilen zurückgelegt hatten, daher mussten sie sich schon in der Nähe des Dorfes Hochzeit an der Drage befinden. Sie verließen die Straße und suchten sich im Wald einen Lagerplatz. Gerade als sie die Pferde versorgt hatten, begann es zu nieseln. Missmutig nagten sie an den ihnen verbliebenen Aalen aus Woldenberg herum, dabei teilten sie die Wachen ein. Als Ersten traf es wieder Franz, weil er nur faul Karten gespielt und dabei auch noch verloren hatte, während die anderen sich wacker mit den Litauern geschlagen hatten. Franz ertrug sein Schicksal mannhaft, ohne zu murren. Müde rollten sich die anderen drei in ihre Decken, zogen die wasserfesten Mäntel darüber und waren kurz darauf fest eingeschlafen. Es war ein langer Tag und ein sehr anstrengender Abend gewesen.

Doch schon nach vier Stunden saßen sie wieder in den Sätteln und ritten im gleichmäßig fallenden Regen weiter nach Osten. Die Sicht war mäßig, und daher hörten sie die

Kirchenglocken eher, als sie den Ort zu Gesicht bekamen. Sie folgten dem dröhnenden Klang und sahen plötzlich auf einer Anhöhe einen höchst seltsamen Sakralbau vor sich. Es handelte sich um einen Oktaeder, an dessen einer Seite aber noch eine Sakristei angefügt worden war. In der Mitte wurde das Gotteshaus von einem zierlichen Türmchen gekrönt. Vermummte Gestalten liefen hastig auf den schützenden Bau zu, um an der morgendlichen Frühmesse teilzunehmen. Die vier jungen Männer stiegen von den Pferden, banden sie an und ließen Karl als Wache zurück, dann schüttelten sie sich, nahmen ihre tropfenden Hüte ab und traten ein. Der Gottesdienst hatte noch nicht begonnen, und der Raum war nur mäßig gefüllt. Zumeist waren es Frauen, welche die frühe Morgenstunde zur Andacht nutzten, bevor sie sich ganz den Vorbereitungen für das Ostermahl widmen mussten. Still setzten sich die Jungen hinten in eine Bank, und jeder betete lautlos für sich. Grund genug, dem HERRN zu danken, hatten sie allemal. Dann standen sie leise wieder auf und verließen das Gotteshaus. Paul winkte Karl zu, auch auf ein kurzes Gebet hineinzugehen, dann ging er auf eine kleine Gruppe Mägde zu, die sich eilig näherte. Er sprach sie an: »Fröhliche Ostern wünsche ich euch! Könnt ihr mir sagen, wo ich den Gutsherrn finde?«

»Fröhliche Ostern! Ihr wollt zum Herrn von Kottwitz? Dann folgt nur der Straße, selbst bei dem Regen könnt Ihr die Abzweigung zum Herrenhaus gar nicht verfehlen, junger Herr.« Hastig machten sie einen Knicks und drängten sich an dem herauskommenden Karl vorbei in das gotische Kirchlein.

Sie schwangen sich wieder in die Sättel. Peter schnalzte mit der Zunge, und weiter ging es.

»Kennst du einen Kottwitz?«, erkundigte sich Paul bei Peter.

»Nur dem Namen nach, ist aber alteingesessener märkischer Adel.«

»Sag mal, Karl, bist du nun eigentlich katholisch oder ein guter Lutheraner?«, fragte ihn Paul, der sich plötzlich an das Kreuz erinnerte.

»Natürlich Protestant, aber die Großmutter meinte, solange ich das geweihte Kreuz der schwarzen Madonna bei mir hätte, wäre das nicht so schlimm«, erwiderte Karl halb im Scherz und halb im Ernst.

Die beiden Brüder grinsten sich an, verkniffen sich aber jede spöttische Bemerkung, schließlich sollte nach dem Willen des Königs in Preußen jeder nach seiner Fasson selig werden.

Wie die Mädchen gesagt hatten, konnte man die Zufahrt zum Schloss nicht übersehen. Es war eine breite, gepflegte Allee, die schnurgerade auf das Haupthaus zuführte. Eine Sekunde lang dachte Paul wehmütig an die ebenfalls von alten Bäumen gesäumte Straße, die zu Hause zu ihrem »Schloss« führte. Vor dem Portal brachten sie ihre Tiere zum Stehen, glitten aus den Sätteln, übergaben die Zügel ihren Burschen und stiegen die Stufen zu der prächtig geschnitzten Tür hinauf, die sich vor ihnen wie von Geisterhand öffnete. Der Geist entpuppte sich als ein würdiger Lakai mit weiß gepuderter Perücke, der zur Feier des Tages seine beste Livree angelegt hatte.

»Die Herren wünschen?«

»Die Herren wünschen zuerst einmal fröhliche Ostern! Wir sind Paul und Peter von Morin und hätten gerne mit Herrn von Kottwitz gesprochen.«

Der Diener sah aus, als hätte er in einen sauren Apfel gebissen. »Ahem, äh, fröhliche Ostern, gnädige Herren. Die Herrschaften sitzen noch beim Frühstück. Wenn Sie bitte eintreten wollen, ich werde Sie melden.« Er rang sich eine einladende Handbewegung ab.

»Wo können unsere Burschen im Trockenen warten?«

»Äääh, sie können die Pferde in den Stall bringen und sich dann in der Gesindestube melden.« Er klang so missmutig, als würde ihm jedes Haferkorn und jeder Kanten Brot, den die ungebetenen Gäste verzehrten, von seinem Lohn abgezogen. Karl und Franz verdrückten sich mit den Gäulen ins Trockene.

Dann geleitete der Diener Paul und Peter in eine große Empfangshalle, die von zwei breiten, geschwungenen Treppen beherrscht wurde, die ins Obergeschoss führten. Der Bedienstete verschwand, nachdem er ihnen die Reitmäntel und Hüte abgenommen hatte. Missbilligend musterte er ihre zivile Kleidung. Sie ließen sich in zwei bequeme Sessel sinken und wären fast auf der Stelle eingeschlafen, da die Nachtruhe doch erheblich zu kurz ausgefallen war. Glücklicherweise öffnete sich aber kurz darauf eine Tür neben der rechten Treppe und ein schlanker, mittelgroßer Herr trat heraus, der sich sehr gerade hielt. Er trug über dem blütenweißen Hemd eine seidene Weste und ein Halstuch aus feiner Spitze. Seine modische Kurzhaarperücke war einwandfrei gepudert. Sie sprangen auf. Er trat mit schnellen, energischen Schritten auf sie zu.

»Wie ich hörte, sind Sie die beiden jüngsten Morins. Ich freue mich, Sie kennenzulernen, und fröhliche Ostern!« Er musterte sie und ihre etwas derangierte Kleidung durchdringend.

»Fröhliche Ostern, Herr von Kottwitz. Wir müssen uns wirklich entschuldigen, dass wir hier so ungebührlich bei Ihnen eindringen, aber wir haben dafür gute Gründe.«

»Das will ich hoffen. Kommen Sie, wir gehen in mein Arbeitszimmer.« Er führte sie durch eine Tür an der linken Seite der Halle in einen kleinen Raum, der von einem mächtigen Eichenholzschreibtisch dominiert wurde, hinter dem er sich auf einem Sessel mit hoher Rückenlehne niederließ. Mit einer einladenden Handbewegung forderte er sie auf, Platz zu nehmen. »Nun, wo brennt's denn? Ach, bevor Sie beginnen, darf ich Ihnen einen Kaffee bringen lassen?«

Beide nickten begeistert, und der Gutsherr zog an einer Klingelschnur. Gleich darauf öffnete sich hinter ihnen eine Tür, und Kottwitz erteilte dem Diener eine entsprechende Anweisung. Nachdem sich die Tür geschlossen hatte, räusperte sich Paul und begann mit seiner improvisierten Erklärung, die aus einer wohldosierten Mischung aus Fakten und Halbwahrheiten bestand. Er bemühte sich, nicht zu lügen, ließ aber viel Raum für alle möglichen Interpretationen.

»Herr von Kottwitz, wir sind in einer – zugegeben – etwas delikaten Angelegenheit auf dem Weg nach Ostpreußen. Sie wissen um die dortigen Verhältnisse! Die Stände haben der Zarin gehuldigt, und das hat unseren Herrn und König sehr verärgert. (*Bis jetzt stimmt alles, was du gesagt hast.*) Nun möchte man in, äh, gewissen Kreisen wissen, wie es denn tatsächlich um die Loyalität des alteingesessenen preußischen Adels bestellt ist. Sie wissen schon, bei den Dönhoffs, Dohnas, Lehndorffs und anderen großen Familien. (*Nun, ich könnte mir gut vorstellen, dass das in der Tat gewisse Kreise interessiert.*) Wie Sie wissen, ist unsere Familie mit den Lehnhoffs verwandt (*Stimmt! Wir beide allerdings nicht in der Blutlinie.*), daher ist man auf uns verfallen, zumal wir, nun ja … in der Truppe leicht ersetzbar sind. (*Das ist leider absolut wahr.*)«

»Entbehrlich, wollten Sie sagen … Kornetts, vermute ich? Ein hochrangiger Offizier wäre sicher auffälliger und bei dieser Mission stärker gefährdet, könnte ich mir vorstellen«, überlegte Kottwitz laut. Er hatte sich in seinem Sessel zurückgesetzt, die Handflächen flach aufeinandergelegt und die Fingerspitzen leicht gegen seine Nasenspitze gedrückt.

Er musterte ihre Säbel, die sie zwischen die Knie nach vorn gezogen hatten. »Sie dienen bei den Husaren, wie ich sehe. Also handelt es sich wohl um eine typische Aufklärungsmission.« Er kniff verständnisinnig ein Auge zusammen. »Wo liegt jetzt Ihr Problem?«

»Aus bestimmten Gründen, auf die ich hier jetzt nicht eingehen möchte (*Nein, das möchte ich wirklich nicht!*), sind wir nicht so schnell vorangekommen, wie es vorgesehen war. Sie wissen, dass die Russen in Driesen und Friedeberg stehen (*Stimmt!*), daher mussten wir weite Umwege reiten (*Stimmt!*) und uns mit Kosakenpatrouillen herumschlagen (*Das war jetzt eine klare Lüge, HERR, verzeihe mir.*) Wie Sie sehen, ist mein Herr Bruder mehrfach verletzt worden. (*Stimmt.*)« Paul deutete auf Peters Kopf und in die Richtung seiner anderen Blessuren, die allerdings unter der Kleidung verborgen waren.

»Man hat Sie angegriffen? Das ist ja ungeheuerlich! Haben Sie den Kosaken einen Grund geliefert?«

»Nein! (*Stimmt, denen nicht!*) Wir können nur vermuten, dass unsere Mission nicht ganz so geheim geblieben ist, wie sie geplant war. (*Na ja, im Grunde stimmt auch das.*) Sie wissen ja, der Tratsch bei Hofe ... (*Dass am Hof der Tratsch und Klatsch blüht, weiß doch jeder.*)«

»Ja. Aber ich sehe noch immer nicht, warum Sie mir das alles erzählen. Ich kann nicht meine enrollierten Männer zusammentrommeln und einen Privatkrieg mit den Russen vom Zaun brechen, um Ihnen den Rücken freizuhalten.«

»Nein, selbstverständlich nicht, aber vielleicht wäre es Ihnen möglich, uns vier zusätzliche Pferde zu verkaufen, dann kämen wir sehr viel schneller vorwärts. Wenn wir erst auf ostpreußischem Boden sind, werden uns die mächtigen Hände der großen Familien zu schützen wissen. (*Da war jedes Wort die lautere Wahrheit!*)«

Die Tür öffnete sich wieder, und eine niedliche Zofe brachte ein Tablett mit einer zierlichen Kaffeekanne, zwei Tassen und einem Sahnekännchen herein. Graziös setzte sie es auf einem Tischchen zwischen ihnen ab. Sie machte stumm einen kleinen Knicks und verschwand dann wieder. Peter und Paul ließen das dampfende schwarze Gebräu in die Tassen fließen, nur Paul goss sich noch einen kräftigen Schuss von der dicken gelben Sahne zu. Erstaunt hatte er mit Kennerblick festgestellt, dass es sich um feinstes Porzellan aus Meißen und nicht etwa aus der Königlichen Porzellanmanufaktur handelte.

Herr von Kottwitz hatte inzwischen Zeit zum Überlegen gehabt. »Meine Herren, gute Pferde sind in diesen Zeiten Mangelware, aber wem sage ich das. Aber selbstverständlich werde ich Ihnen helfen, so gut ich das vermag …«

Es klopfte wieder an der Tür, und der sauertöpfische Lakai steckte seinen Kopf herein. »Gnädiger Herr, die Kutsche für den Kirchgang steht bereit, und die Damen und Kinder warten auf Sie.«

»Danke, Felix, ich komme sofort.«

Wie konnte jemand mit so einer Leichenbittermiene nur Felix* heißen, überlegte Paul milde amüsiert. Der Gutsherr war aufgestanden und ans Fenster getreten. Er schien ein paar Minuten zu überlegen, dann drehte er sich ihnen wieder zu.

»Meine Herren! Wie Sie gehört haben, ruft die Pflicht, in diesem Fall ist es aber mal eine angenehme, auch wenn unser Herr Pastor auf der Kanzel manchmal sehr ausdauernd sein kann … Sie sehen müde und erschöpft aus. Machen Sie sich frisch, versorgen Sie Ihre Wunden, dann wird man Ihnen ein kräftiges Frühstück servieren. Sobald ich zurück bin, werden wir Ihr Problem lösen, bei meiner Ehr! Falls Sie wollen, kön-

---

* Felix: der Glückliche

nen Sie natürlich auch mit uns zusammen dem Gottesdienst beiwohnen.«

Peter und Paul versicherten ihm rasch, dass sie schon die Frühmesse besucht hatten, tranken den Kaffee aus, standen auf und bedankten sich artig für die Einladung. Kottwitz machte eine abwehrende Handbewegung und murmelte nur kurz, während sie zusammen hinaus in die Halle gingen: »Es wird Ihnen an nichts mangeln.«

Und so war es denn auch.

Sie taten wie geheißen. Peters Kopfverletzung hätte eigentlich keines Verbands mehr bedurft, aber er bestand darauf, vorgeblich, weil sein Dreispitz dort scheuerte, aber Paul war sicher, dass es ihm mehr darum ging, mit seinem abenteuerlichen Anblick Eindruck bei den Zimmermädchen zu schinden, die ihnen heißes Wasser und Verbandsmaterial gebracht hatten. Bei der Versorgung der Armwunde musterten sie bewundernd seinen schlanken, muskulösen Oberkörper. Der lange Schnitt sah sauber aus und war mit hartem Blut verkrustet. Paul wusch ihn nochmals mit Branntwein aus und schmierte ihn danach dick mit einer grünen Salbe ein, die nach Aussage der Zofen von einem Kräuterweiblein aus dem Ort stammte, die damit wahre Wunder bei der Heilung von Wunden erzielte. Als dann allerdings Peter an seinem Leibriemen nestelte, um die Hosen herunterzulassen, damit auch der Kratzer am Bein seinen Teil von der Salbe abbekommen konnte, flüchteten die Mädchen verschämt gackernd. Wie es schien, wäre aber die eine oder andere ganz gerne geblieben und hätte als gute Samariterin mit Hand angelegt.

Bald darauf saßen sie zu Tisch und wurden mit allerlei

Leckereien verwöhnt. Es gab frisches Rührei mit gebratenem Speck und Kräutern, harten, trockenen Schinken, Blut- und Leberwürste, aromatischen Käse und dazu große Scheiben Landbrot mit Butter. Als Getränk wurde dickflüssige heiße, wunderbar duftende Schokolade gereicht. Dem Herrn auf Wolgast schien es finanziell nicht schlecht zu gehen.

Nach dem opulenten Frühstück trafen sie sich kurz mit ihren Burschen, um zu hören, was diese in der Gesindestube erfahren hatten. Sie hatten in der Tat interessante Neuigkeiten. Auch Herr von Kottwitz war im Pferdehandel tätig, bezog aber seine Tiere von den Gestüten befreundeter polnischer Edelleute in Großpolen. Allerdings waren erst kürzlich Aufkäufer der preußischen Armee hier gewesen und hatten nahezu alle verfügbaren Tiere erstanden. Das war keine so erfreuliche Nachricht.

Niedergeschlagen setzten sich Peter und Paul in den Besuchersalon, wo sie auf die Heimkehr des Hausherrn warten sollten. Die Zeit drängte. Sie konnten nur hoffen, dass die Litauer ebenfalls aufgehalten wurden und noch nicht zu ihrer Verfolgung aufgebrochen waren. Vielleicht litt heute ja auch der Pastor an Heiserkeit – kein sehr frommer Wunsch – und konnte seine Predigt nicht endlos ausdehnen, aber allein schon das Absingen der diversen Choräle mit ihren zehn bis zwölf Strophen würde seine Zeit brauchen. Schweigend starrten sie vor sich hin, kurze Zeit später sanken ihre Köpfe auf die Brust und tiefe gleichmäßige Atemzüge verrieten, dass die Anstrengungen der letzten Tage ihren Tribut forderten.

Herr von Kottwitz öffnete schwungvoll die Tür zum Salon, blieb aber auf der Stelle überrascht stehen, dann zog er seine

Frau zu sich heran und legte den rechten Zeigefinger auf die Lippen. Sie blickte an seiner linken Schulter vorbei in den Raum und sah die beiden schlafenden jungen Männer. Ihre Gesichter waren völlig entspannt und sahen weich und verletzlich aus.

»Mein Gott, Mann, das sind ja noch halbe Kinder. Was suchen die denn in diesem schrecklichen Krieg?«

»Vergiss nicht, Mienchen, unser Ältester wird in zwei Jahren dreizehn und wird dann auch als Kadett den Rock des Königs tragen.« Seine Frau kniff die Lippen zusammen, ihre Augen funkelten wütend, aber sie atmete langsam durch und flüsterte leise: »Gott, der Allmächtige Vater des Himmels und der Erde, möge uns Frieden schenken, bis Heinrich so weit ist.«

»Amen!«, bestätigte ihr Gatte ernst.

»Was machen wir nur mit den beiden? Lassen wir sie doch einfach weiterschlafen. Sie sehen aus, als könnten sie kein Wässerchen trüben.«

»Täusch dich nicht! Achte mal darauf, wie sie ihre Waffen positioniert haben. Die Jungs sind durch eine harte Schule gegangen. Pass auf!« Herr von Kottwitz räusperte sich lautstark. Die Hände von Peter und Paul fuhren an die Griffe ihrer Säbel, beide sprangen geschmeidig aus ihren Sesseln auf die Füße und blickten wild um sich. »Verstehst du jetzt, was ich gemeint habe, Mienchen?«

Sie nickte stumm.

»Darf ich dir die Barone Paul und Peter von Morin vorstellen, meine Liebe. Meine Herren, Frau von Kottwitz, meine Gattin.«

Die beiden Jungen machten artig einen Kratzfuß. »Es ist uns eine Ehre, Ihre Bekanntschaft machen zu dürfen, gnädige Frau.«

Sie reichte ihnen huldvoll die Hand zum Kuss. »Ich bin

entzückt, Sie unter unserem bescheidenen Dach empfangen zu dürfen. Es hat Ihnen hoffentlich während unserer Abwesenheit an nichts gemangelt?«

»Aber nein, wir sind über alle Maßen verwöhnt worden, gnädige Frau. Unseren aufrichtigen Dank dafür.«

»Sie bleiben doch zum Ostermahl?« Als sie den schnellen Blickaustausch zwischen den Brüdern sah, fuhr sie energisch fort: »Kein Widerrede! Ich werde für Sie eindecken lassen. Ihre Frau Mama würde es mir nie verzeihen, wenn ich Sie ohne ein Stück Lammbraten im Magen am heiligen Osterfest in die feindliche Welt entlassen würde.« Sie nickte ihnen zu, machte auf dem Absatz kehrt und schloss die Tür hinter sich.

»Nun zu uns, meine Herren«, sagte der Hausherr und führte sie wieder in sein Arbeitszimmer. »Wie Sie sicher in meiner Abwesenheit erfahren haben, war erst kürzlich der Aufkäufer der Dritten Dragoner bei mir, in deren Kanton wir hier liegen – Bärwalde gehört ja übrigens auch dazu – und hat nahezu alle Remonten mitgenommen. Was er übriggelassen hat, nun ja, das entsprach nicht seinen Anforderungen.« Als er die traurigen Blicke der beiden Brüder sah, fuhr er aufmunternd fort. »Nur nicht verzagen, es handelt sich dabei um keine verkrüppelten Schindmähren, die Tiere haben lediglich kleine Schönheitsfehler. Nach den schweren Verlusten, die das Regiment bei Kunersdorf erlitten hat, war ich erstaunt, dass er so wählerisch sein konnte. Ich vermute, dass er noch eine andere Quelle in der Hinterhand hatte, denn er hat mich auch noch ziemlich massiv im Preis gedrückt.« Die Morins hätten ihn aufklären können, schwiegen aber. »Das Beste wird sein, wenn wir uns die Pferde gleich anschauen, und Sie treffen Ihre Auswahl. Zugeritten sind sie.«

Die Pferdeknechte hatten die Tiere in einer Koppel am Haus zusammengetrieben. Es handelte sich um ungefähr zwei Dutzend Tiere, und schnell hatten die Brüder zehn Pferde ausgesucht, die in der Tat nur kleine Mängel im Körperbau oder im Gang aufwiesen. Kottwitz nickte anerkennend. »Die Herren haben Pferdeverstand und ein sicheres Auge. Ich mache Ihnen einen Vorschlag. Ich habe mir Ihre Reittiere angesehen, gutes Material, besonders der große Dunkelbraune, aber Sie müssen die Gäule in den letzten Tagen ziemlich hart rangenommen haben. Also lange Rede, kurzer Sinn: Sie suchen sich jetzt hier acht Pferde aus, die alle gleich frisch sind, und ich nehme Ihre Tiere in Zahlung. Über den Kaufpreis werden wir uns einig, bei meiner Ehr!«

Schnell trafen die Brüder ihre Auswahl, und im Handumdrehen waren die Pferde von der Herde getrennt und wurden auf den Hof geführt. Zurück im Büro wurden sie sich schnell handelseinig. Herr von Kottwitz war wirklich ein ehrlicher Mann, denn er verlangte von ihnen einen Preis, den man eigentlich nur als symbolisch bezeichnen konnte. Er sah es wohl als seine Pflicht an, den »Agenten des Königs« jede Hilfe zu gewähren. Als die Papiere unterzeichnet waren, schoss es Paul durch den Kopf, dass er es bis jetzt versäumt hatte, die Dokumente zu lesen, die er dem Anführer der Litauer abgenommen hatte. Er verzog schmerzhaft das Gesicht. Ihr generöser Gastgeber verstand das allerdings falsch.

»Junger Mann, ich weiß, was jetzt in Ihnen vorgeht. Wir besiegeln das Geschäft nur schnell mit einem kleinen Schlückchen Tokajer, dann gebe ich Ihnen Briefpapier und Federkiel, damit Sie Ihren lieben Eltern eine kurze Nachricht zukommen lassen können. Ich verbürge mich dafür, dass der Brief zugestellt wird, bei meiner Ehr.« Aus den Tiefen seines Schreibtischs zauberte er eine Flasche und drei Gläser hervor. Er füllte die geschliffenen Kristallkelche mit einer gelben öligen Flüssigkeit und reichte sie ihnen. Dann erhob er sich.

»Meine Herren! Auf den König!«

»Auf den König!«

Der Wein war etwas süß, hatte aber zugleich Feuer und Temperament. Kottwitz schob ihnen einen Bogen Pergamentpapier und die Schreibgarnitur zu.

»Ich schaue nach, wie weit die Frauensleut mit dem Mittagsmahl sind. Frisch ans Werk, die Herren!«

Paul ergriff den Federkiel, tauchte ihn in das Tintenfass und schilderte in knappen Sätzen den bisherigen Verlauf ihrer Reise, allerdings ohne auf die Einzelheiten in Berlinchen und Woldenberg einzugehen. Die positive Rolle des Herrn von Kottwitz strich er besonders heraus. Er ließ Peter den Brief lesen und unterschreiben, dann bestreute er ihn mit Sand, blies diesen herunter und faltete das Blatt geschickt zusammen. Gerade als sie die Wachstropfen mit ihren Ringen siegeln wollten, trat Kottwitz wieder ein. »Das ist aber auch selten, dass die Husaren mit der Feder genauso schnell sind wie mit dem Säbel«, meinte er lächelnd. »Wir können essen.«

Sie wurden im Speisezimmer dem Rest der Familie vorgestellt. Die Kinder hießen Heinrich, Friedrich, Wilhelmine, August und Elisabeth, viel Fantasie entwickelten die brandenburgischen Junker bei der Namensfindung für ihre Sprösslinge offensichtlich nicht. Ob sich der König über die Namen Heinrich, August und Elisabeth* gefreut hätte, war eher unwahrscheinlich, überlegte Paul, aber Wilhelmine, der Name seiner geliebten Schwester, das hätte ihm gefallen! Vor dem Essen sprach Heinrich, der älteste Sohn, das

---

* Friedrichs Bruder Heinrich wurde und wird von vielen Historikern und Militärexperten als der bessere Feldherr und Diplomat angesehen, August war der designierte Thronfolger, wurde aber vom König nach einer Niederlage vor versammelter »Mannschaft« runtergeputzt und in die Wüste geschickt. Elisabeth war seine ungeliebte Gattin, die er auf Anweisung seines Vaters heiraten musste und nach der Thronbesteigung aus seiner Nähe auf das Schloss Schönhausen bei Berlin »verbannte«.

Tischgebet, danach wünschten sich alle eine gesegnete Mahlzeit. Als ersten Gang gab es eine kräftige Hühnerbrühe mit Graupen und reichlich Fleischeinlage. Dazu wurde für die Erwachsenen ein spritziger Mosel gereicht. Als Hauptgang kam kross gebratenes Lammfleisch mit gelben Rüben auf den Tisch, wozu als Getränk roter Kaiserstühler oder weißer Frankenwein zur Auswahl standen. Peter wählte den Roten aus, Paul zog den würzigen Frankenwein vor. Der Nachtisch bestand aus flachen, in Fett ausgebackenen Getreideküchlein, die dick mit Honig bestrichen waren. Den Abschluss bildeten kräftiger Käse und ein Glas schweren dunkelroten Weins. Als er die fragenden Blicke seiner Gäste sah, erklärte ihnen Herr von Kottwitz, dass es sich um Portwein handelte, er reichte ihnen die ungewöhnlich geformte, dickbauchige Flasche, die sie gebührend bestaunten.

»Das war herrlich, gnädige Frau«, lobte Peter die Hausfrau. »Woher bekommen Sie nur diese Köstlichkeiten?«

»Es freut mich, dass es Ihnen geschmeckt hat. Wenn man den Wasserweg berücksichtigt, dann liegt Danzig gar nicht so fern, und in dieser Handelsmetropole bekommt man wirklich alles und kann es auch bequem und sicher bis in unsere Gegend transportieren. Die Schiffe fahren bis Bromberg, dort werden die Güter auf Fuhrwerke umgeladen, die sie über die Hügel bis Nakel bringen, dort kommen sie wieder auf ein Schiff und das bringt die Waren über die Netze hierher.«

»Beeindruckend! Nochmals vielen Dank für Ihre großzügige Gastfreundschaft.«

»Ich sehe schon, unseren jungen Freunden brennt der Stuhl unter den Reithosen«, meinte der Hausherr schmunzelnd, »wir sollten sie nicht länger aufhalten.«

»Es ist wirklich sehr ungehörig von uns, dass wir uns so überstürzt verabschieden, aber wir wollen heute noch zwei oder drei Meilen zurücklegen. Wir bitten um Ihr Verständnis.«

»Aber natürlich! Wir wünschen Ihnen eine angenehme Reise und viel Erfolg.«

Die Familie begleitete sie hinaus, und man verabschiedete sich nochmals in der Halle, wo der sauertöpfische Felix mit ihren Reitmänteln und Hüten wartete. Der kleine Heinrich bestand darauf, sie zu den Stallungen zu begleiten. Auf dem Weg dahin fragte er: »Ist das Leben als Husar wirklich so aufregend und lustig, wie man sich erzählt?«

Peter und Paul sahen sich an. Peter lächelte sardonisch und feixte: »Aufregend ist es in Kriegszeiten allemal, und wenn man hinterher noch etwas darüber erzählen kann, dann war sicher das eine oder andere auch lustig. Zufrieden?«

»Ich trete nämlich in zwei Jahren auch in die Armee des Königs ein, und ich habe gehört, dass es bei den Husaren besonders wild zugeht.«

»Nun, wir werden dir noch ein paar Österreicher übriglassen, an denen du dein Mütchen kühlen kannst. Versprochen!«

Der Junge blickte ihn ernst an und stammelte: »Danke.« Dann stotterte er aufgeregt: »In den Staub mit allen Feinden Brandenburgs!«

Verblüfft starrten sie ihn an: »Verdammt, das war aber ein stolzer Satz, wo hast du den denn her? Aber du hast recht: In den Staub mit ihnen!«

Franz und Karl warteten abmarschbereit, die Zusatzpferde waren mit Trensen und Halftern versehen, die hatte der Kottwitz noch als Draufgabe dazugegeben, das würde ihnen den Pferdewechsel erheblich erleichtern, da sie die Halfter dann nicht auch noch wechseln und einstellen mussten. Die Zwillinge überprüften die Sattelgurte ihrer neuen Reittiere, klopften ihnen beruhigend auf den Hals und schwangen sich in die Sättel. Die Pferde waren nervös und traten unruhig auf der Stelle, aber die erfahrenen Reiter redeten ihnen leise begütigend zu. Sie stellten aufmerksam die Ohren nach hinten, nahmen die Forderungen ihrer Reiter über Zügel und Schenkeldruck wahr und setzten sich langsam in Bewegung. Jeder der vier jungen Männer führte sein Ersatzpferd am Zügel, so passierten sie das große Portal des Herrenhauses, in dessen Schutz die Familie stand und ihnen ein Lebewohl zuwinkte.

»Nette junge Burschen, bei meiner Ehr«, stellte Herr von Kottwitz fest.

»Ja, hoffentlich hält der liebe Gott schützend seine Hand über sie«, ergänzte seine Frau und schaute nachdenklich den Reitern nach, die im Regenschleier zwischen den Bäumen der Allee verschwanden.

»Da haben wir aber einen riesigen Dusel gehabt, mein Lieber«, konstatierte Peter, »acht frische Pferde und pralle Bäuche. So könnte die Reise weitergehen.«

»Wirklich ein Ehrenmann, dieser Kottwitz«, bestätigte Paul, »das findet man selten bei Leuten, die das Wort Ehre so oft im Munde führen wie er.«

Wie recht er hatte, erfuhr er erst viele Monate später aus einem Brief seines Vaters. Herr von Kottwitz sorgte nämlich dafür, dass nicht nur der Brief der beiden, sondern auch ihre Pferde wieder auf dem elterlichen Gut am Mohriner See eintrafen.

Kapitel 8

April 1760, im Königlichen Preußen,*
Bromberg

Sie ließen die Pferde zuerst eine ganze Weile im Schritt laufen, erhöhten dann das Tempo und gaben ihnen danach auch kurzzeitig die Zügel für einen raumgreifenden Galopp frei. Die Pferde erkannten schnell, dass ihre Reiter auf jede ihrer Eigenarten eingingen und gegebenenfalls eine Antwort darauf wussten. Das war kein Wunder, denn die Jungs hatten sich schon auf dem Rücken von Ponys behaupten können, bevor sie richtig laufen konnten. Nach zwei Stunden wechselten sie die Pferde, und das Spielchen begann von vorne. Glücklicherweise ließ jetzt der Regen nach, und im Westen drangen vereinzelt ein paar Sonnenstrahlen durch die dünner

---

* Damit ist das königlich *polnische* Territorium gemeint, wobei aber die Bevölkerung, insbesondere in den Städten, überwiegend aus Deutschen bestand. Die Nationalität spielte in der damaligen Zeit noch keine so große Rolle wie nach den Napoleonischen Kriegen. Der Deutsche Ritterorden hat die politische Gewalt über Preußen nicht etwa wegen der Niederlage bei Tannenberg (Grünewald) verloren, sondern weil ihm die (deutschen) Städte und (deutschen) adligen Großgrundbesitzer die Unterstützung versagten – besonders die finanzielle. Ihnen war ein schwacher und daher »liberaler« polnischer König als Landesherr allemal lieber als die gestrengen Herren in den Ordensburgen, zumal diese über ein ausgeklügeltes, effektives Verwaltungssystem verfügten.

werdende Wolkendecke. Aber der Boden war tief, und deshalb forcierten sie das Tempo nicht übermäßig. In der Nähe von Groß Drensen schlugen sie ihr Lager auf und ergriffen wie üblich ihre Vorsichtsmaßnahmen.

Der nächste Tag verlief ereignislos, und sie legten bei typisch unbeständigem Aprilwetter zehn Meilen zurück, was sie bis hinter Schneidemühl brachte. Am Abend, als sie sich am Feuer an ihren Vorräten gütlich taten und ihre steifen, müden Knochen wärmten, besprachen sie ihr weiteres Vorgehen.

»Wie es scheint, haben wir unsere Verfolger endgültig hinter uns gelassen«, frohlockte Peter.

»Das ist gut möglich. Wir dürften erheblich schneller vorangekommen sein als sie, auch wenn sie noch sehr vor Wut schnauben. Zudem dürften sie darüber nachgrübeln, welchen Weg wir eingeschlagen haben. Reiten wir auf Thorn zu oder haben wir uns seitwärts in die Büsche geschlagen, um den Pommerschen Höhenrücken in Richtung Danzig zu überqueren. Das wäre der kürzere Weg. Aber sie kennen ja unser Ziel nicht genau. Nochmals werden sie nicht den Fehler begehen und sich teilen«, resümierte Paul. »Übrigens sind mir heute die Worte unserer großzügigen Gastgeberin nicht aus dem Sinn gegangen, die uns erklärt hat, wie sie zu all den leckeren Dingen kommt, die man in Danzig erstehen kann. Da war doch von Bromberg und dem Wasserweg die Rede. Nun liegt zwar der kleine Ort Bromberg nicht direkt an der Weichsel, aber es kann nicht weit bis zum Strom sein. Bis Thorn wäre es nochmals ein weiterer knapper Tagesritt.«

»Bruder, nun sag schon, was hast du wieder ausgebrütet?«

»Nun, wenn wir in Bromberg ein Flussschiff finden sollten, das uns stromabwärts mitnimmt, schonen wir zum einen unsere Gäule, zum anderen müssen wir uns dann auch nicht unsere Rücken auf dem kalten, nassen Waldboden verbiegen – und Spuren hinterlassen wir auch keine!«

»Das hört sich gut an«, frohlockte Peter, auch die andern beiden blickten ihn hoffnungsvoll an und nickten stumm.

»Dann sollten wir es so machen. Wir biegen morgen früh von der Hauptstraße nach Thorn in Richtung Bromberg ab und werden uns dort nach einer Möglichkeit umsehen, nach Danzig zu gelangen.«

Knapp zehn Meilen hinter ihnen kauerten acht Männer um ein qualmendes Feuer, um sich zu wärmen und ein paar Hühner zu braten, die sie auf einem abgelegenen Bauernhof hatten mitgehen lassen. Sie sahen in ihren Felljacken, den Pelzmützen und den dichten, buschigen Bärten zwar ziemlich wild aus, in erster Linie aber erschöpft. Auch ihre Reittiere schienen mit den Kräften am Ende zu sein. Sie hatten die Beine nach außen gestellt und ließen die Köpfe hängen.

»Bei allen Heiligen, wenn man nur wüsste, wohin diese Milchbärte wollen, dann wäre schon viel gewonnen!«, knurrte einer der Kerle wütend.

»Man könnte meinen, diese verfluchten Ketzer wären mit dem Teufel im Bunde«, stöhnte ein anderer und bekreuzigte sich.

»Ein volles Dutzend unserer Kameraden haben sie schon unter die Erde gebracht, der Herr sei ihren armen Seelen gnädig. In Woldenberg sind wir den bewaffneten Wachen gerade noch entkommen und konnten euch entgegenreiten und warnen!«

»Ja, sie sind teuflisch geschickt! Ich muss sie fast schon dafür bewundern, was sie sich alles einfallen lassen. Es war schon eine geniale Idee, den Verdacht für das Massaker in dem Bootsschuppen auf euch zu lenken«, zischte ein kleiner, zäh aussehender Mann mit einem Tatarenbärtchen und dunklen, funkelnden Augen, in denen unversöhnlicher Hass brannte. »Aber sie werden dafür bezahlen, sobald wir sie haben. Es wird mir eine persönliche Genugtuung sein, sie langsam in Stücke zu schneiden.«

»Da hast du auch allen Grund zu, Augustinas«, stimmte ihm ein anderer zu, »immerhin haben sie zwei deiner Brüder auf dem Gewissen.«

»Und meinen Schwager!«

»Mögen sie in Frieden ruhen. Aber mich ärgert nicht minder, dass sie das Geld für die Pferde geklaut haben. Wie sollen wir das unseren Herren erklären? Drei Herden zu je zweihundert Pferden haben sie uns übergeben. Die haben wir nachweislich auch abgeliefert, aber wir kommen ohne das Geld nach Hause. Außerdem fehlen vierzehn unserer Kameraden, einschließlich unseres Anführers. Das glaubt uns doch kein Mensch, wenn wir erzählen, dass das alles das Werk von vier grünen Jungs ist, die kaum trocken hinter den Ohren sind. Man wird annehmen, dass unsere Freunde mit dem Geld abgehauen sind ...«, flüsterte ein anderer bitter.

»Na ja, alle vierzehn gehen ja auch nicht auf ihr Konto, zwei von uns waren so dumm, sich mit den Kosaken auf eine Verfolgungsjagd einzulassen. Mit ihren ausgepowerten Gäulen hatten sie keine Chance gegen die Patrouille, die Kerle haben sie einfach von hinten aufgespießt. Wahrscheinlich haben sie sie für Deserteure gehalten.«

»Das wäre doch, verdammt noch mal, eine plausible Erklärung! Die Kosaken haben uns gestellt. Wir mögen sie nicht, sie mögen uns nicht, da flogen die Klingen und wir mussten sehen, dass wir mit dem Leben davonkamen – leider ohne das Geld ...«

»Schluss jetzt damit! Wir schnappen uns die Kerle und ziehen ihnen bei lebendigem Leib die Haut ab!«, wetterte der kleine Giftzwerg.

»Ach, Augustinas, unsere kleine Schar schmilzt immer mehr zusammen. Die verdammten Kerle haben sich frische Pferde besorgt und sind jetzt sogar doppelt beritten, die haben inzwischen schon einen Vorsprung, den wir nicht mehr einholen können, es sei denn, du lässt uns Flügel wachsen!«

»Dann müssen wir uns eben auch frische Zossen besorgen!«

»Wie denn das? Die Bauern hier in Polen haben selbst keine, sie pflügen mit Ochsen oder spannen sich selbst vor den Pflug. Die Magnaten lassen ihre verfluchten Schindmähren sorgfältig bewachen – und kaufen können wir uns keine! Drei unserer Kameraden konnten uns schon nicht mehr folgen, weil ihre Schinder gelahmt haben oder durchgeritten sind. Wer weiß, wen es morgen erwischt. Die Tiere sind alle am Ende ihrer Kräfte und müssen dringend ein paar Tage ausruhen, sonst brechen sie unter uns zusammen.«

Der kleine, hasserfüllte Mann, den sie Augustinas genannt hatten, spuckte ins Feuer, ballte die Fäuste und fauchte: »Ich schwöre bei der Heiligen Jungfrau Maria, dass ich nicht eher aufgeben werde, bis diese Hundesöhne vor mir im Staub liegen und ich auf ihre Leichen spucken kann.«

»Dann sei dir ein langes, langes Leben beschieden, Augustinas!«

Die anderen Männer lachten unfroh, warfen die abgenagten Hühnerknochen ins Feuer, legten die Pelzmützen auf ihre Sättel, rollten sich auf den Pferdedecken zusammen und deckten sich mit ihren langen Fellmänteln zu.

Am nächsten Nachmittag erreichten die vier Preußen die kleine Stadt Bromberg, die wirtschaftlich völlig im Schatten der großen Nachbarstadt Thorn stand. Sie suchten sich eine Herberge, stellten die Pferde im Stall ein, versorgten sie und gingen dann auf ihre Zimmer. Peter und Paul sorgten sich etwas um den gewichtigen Inhalt ihrer Satteltaschen, den sie bisher noch nicht näher untersucht hatten, aber dafür würde auch noch heute Abend genug Zeit bleiben. Sie kamen überein, dass Peter auf die schweren Beutel aufpassen würde, während sich Paul mit Karl, dessen Polnischkenntnisse hilfreich sein konnten, am Hafen umsehen sollte.

Gesagt, getan. Die beiden schlenderten los und standen bald am Hafenbecken, in dem ein halbes Dutzend schwarzer, plumper Kähne lag. Es war eine völlig neue Welt, die sich vor ihnen auftat. Das Wasser roch anders, als das des Mohriner Sees. Auf den gepflasterten Flächen zwischen den Wänden des Hafenbeckens und den Toren der Lagerhäuser und Speicher herrschte ein lebhaftes Treiben. Männer schleppten sich mit Säcken, Kisten und Kästen ab oder rollten Fässer hin und her. Sie rannten schwungvoll mit ihren Lasten über Laufplanken oder hoben sie mit einem Kran, der mit Muskelkraft über große Räder bedient wurde, aus den Schiffen oder in sie hinein. Schwere Fuhrwerke warteten darauf, beladen zu werden oder ihre Ladung loszuwerden. Dazwischen hetzten Schreiber herum; ihre fadenscheinigen Röcke waren an den Ellenbogen abgewetzt, und in den Händen hielten sie lange Listen. Ihre misstrauischen Blicke wanderten ständig zwischen den aufgetürmten Waren und ihren Aufzeichnungen hin und her. Von Zeit zu Zeit spazierten noch einige scharfäugige Herren in gut geschnittenen, teuren Anzügen herum. Gelegentlich blickten sie prüfend durch ihr Lorgnon oder klemmten sich ein Monokel ins Auge. Sicher handelte es sich dabei um Handelsherren, die sich in höchsteigener Person vom äußeren Zustand der Güter überzeugen wollten. Ab und zu begegneten sie sich wie zufällig, lüfteten höflich ihre Hüte und waren gleich darauf in eine intensive Unterhaltung versunken.

Nun verstanden die beiden Landeier von Schiffen so viel wie ein Ochs vom Fliegen, aber ihnen wurde doch schnell klar, wonach sie suchen mussten. Ihr Traumschiff musste mit dem Be- oder Entladen möglichst fertig sein und sein Ziel stromabwärts liegen. Falls es beladen war, musste es genügend Platz für die Pferde haben, denn von denen wollten sie sich nicht trennen, da sie noch nicht wussten, wie es an der Küste weitergehen würde. Ging man nach diesen Kriterien vor, fielen vier Schiffe gleich aus dem Raster, denn auf dreien wurde noch gearbeitet, und eine kurze Frage bei den Arbeitern ergab, dass sie auch noch morgen und übermorgen hier liegen würden; das vierte Schiff schwamm hoch auf dem Wasser auf, war also völlig leer und wartete geduldig auf seine Beladung. Der nächste Kahn dagegen lag so tief im Wasser, dass sein Gangbord neben den Luken fast überspült wurde. Da der Wasserstand im Hafen wegen der Schneeschmelze in den Bergen hoch war, konnten sie nicht in die Ladeluken hineinblicken, um zu sehen, was er geladen hatte und ob er sich für ihre Zwecke eignete. Paul wollte schon zum letzten Schiff weitergehen, weil er nicht glaubte, dass dieser Kahn noch acht Pferde und vier Männer aufnehmen konnte, ohne auf den Grund des Hafenbeckens zu versinken.

Karl allerdings hatte sich einem kräftig gebauten Mann genähert, der hinten auf dem Schiff saß und seine Pfeife rauchte. Er trug eine kurze, dicke blaue Joppe, einen Pullover von undefinierbarer Farbe und eine Hose aus dickem dunklem Tuch. Ein flacher Hut und hohe Stiefel vervollständigten seine Kleidung. Paul musste lächeln, als er Karl beobachtete, denn der sah wirklich einem Fuchs verdammt ähnlich, der sich mit einer Miene, als könne er kein Wässerchen trüben, seiner Beute näherte. Allerdings bezweifelte Paul stark, dass sich der Mann auf dem Schiff als ein verschrecktes Hähnchen erweisen würde. Franz kam mit dem maulfaulen Raucher langsam und umständlich ins Gespräch, offensichtlich war es nicht so einfach, diesem Informationen aus der Nase zu ziehen. Langsam schlenderte Paul heran. Er kam gerade recht, um zu hören, wie der Flussschiffer gedehnt erklärte: »Jo, morjen früh wull ick dann wohl los und zu Tal fohrn. In twee Dog schall ick dann in Danzig ween.«

Paul konnte genug märkisches Platt, um ihn zu verstehen. »Nehmen Sie auch Passagiere gegen Bezahlung mit?«

»Ohne een poor Dalers nu schon glicks gor nich!«

»Wie viel Platz haben Sie denn noch zur Verfügung?«

»Min Jung, wenn ick denn von allens so veel heben deit wie vun Platz, dann hätt ick keene Sorgen nich.«

»Sie können also vier Männer und acht Reitpferde unterbringen?«

Der Mann richtete sich interessiert schlagartig auf, ließ sich dann aber sofort wieder zurücksinken und blickte träumend seinen blauen Rauchwolken nach.

»Jo, den Ruum dafför hätt ick woll.« Pause. »Dat is aber nich ganz billich.«

»Was soll es denn kosten?«

»Nu, da sün jo nu erst mol die Kerls, die freten mi bestimmt die Hoor vun de Kopp, dann die Zossen, für die möht wie unten«, er zeigte mit dem Pfeifenstiel in Richtung der Ladeluke, »een Verschlog buen und dann brukt wie noch een Barg vull Stroh und Heu und wat weet ick nich noch allens.« Pause. »Nu, ick denk, wenn ick allet in allem vier Doler kriegen dei…«

Paul nickte schnell.

»… för di Kerls, und noch mal twee Doler för jedes Paard,

also lumpsum, wie man so to sagen deit, sün dat dann twinnich Doler. Godet Freten vör die Kerls und Hafer vör die Beester is da binnen und to suupen gift dat ok wat, un allet nich to knapp …«

»Jetzt sagen Sie bloß nicht, bei meiner Ehr!«, knurrte Paul erbost.

»Nee, nich doch, wi schnackt doch hier vom Geschäft, oder?«, grinste der Mann ungerührt.

Zwanzig Taler war eine Menge Geld für zwei Tage. Das war der Lohn eines guten Tagelöhners für drei Monate Arbeit. Es entsprach jetzt mitten im Krieg einem Drittel des Kaufpreises für ein Pferd der leichten Kavallerie. Aber andererseits wusste der Mann natürlich, dass er hier keine Konkurrenz zu fürchten hatte, zumal es seine Passagiere in spe augenscheinlich eilig hatten, denn wer reiste sonst schon mit zwei Reitpferden pro Person. Paul blickte ihn scharf an, dann verlangte er: »Zeigen Sie uns, wie Sie uns unterbringen wollen.«

»Tscha, dann kommen Sie mol an Bord, junger Herr.«

Paul und Karl kletterten über die Laufplanke auf das Deck. Paul warf sofort einen neugierigen Blick in den Laderaum. Er stieß den Atem verblüfft aus, denn da unten war tatsächlich noch viel Platz.

»Steine brauchen nich viel Platz, wiegen aber ’ne Menge. Alles Material für den Festungsbau in Danzig. Da achtern im Unterstau können meine Jungs einen Verschlag für die Pferde bauen.« Der Schiffer sprach jetzt plötzlich, nachdem er sicher war, dass sein Kunde den Köder geschluckt hatte, fast perfektes Hochdeutsch. »Da ist es drööge und worm. Für Sie und Ihre Kameraden ist da auch noch reichlich Platz im Stroh und Heu. Wann soll’s denn losgehen? Wir bräuchten noch den Abend, um alles klar zu machen, aber morgen in aller Frühe sollten wir in die Brahe eindrehen, um ein gutes Stück vorwärtszukommen.«

»In Ordnung! Können wir heute Abend noch die Pferde an Bord bringen? Wir selbst würden aber noch an Land schlafen.«

»Das ist in Ordnung. Bringen Sie sie etwa eine Stunde nach Sonnenuntergang her, dann wird alles vorbereitet sein«, versprach er, dann hielt er unmissverständlich die hornige Hand auf.

Paul schüttelte amüsiert den Kopf. »Geschäft ist Geschäft, *do ut des**, wie man wohl unter königlichen Kaufleuten so zu sagen pflegt. Sobald wir morgen früh alle an Bord sind und nichts zu bemängeln haben, gibt es zehn Taler Anzahlung, den Rest bei der Ankunft in Danzig.«

Der Schiffer sah ihn scharf an, zuckte dann aber mit den Schultern und streckte ihm die Hand entgegen: »Topp!«

Mit einem Handschlag besiegelten sie den Passagevertrag.

Zurück im Gasthaus wollte Paul seinem Bruder sofort von ihrer Abmachung erzählen. Er klopfte an dessen Tür und wollte sie öffnen, aber sie war fest verschlossen. Peters Stimme klang ziemlich nervös: »Wer ist da?«

»Ich natürlich, oder wen erwartest du sonst, die Parade der Zimmermädchen zur freien Auswahl?«

»Warte.« Schritte näherten sich, der Schlüssel wurde im Schloss herumgedreht, die Tür öffnete sich einen Spalt, und Peter schob den Kopf hindurch. Vorsichtig schaute er den Gang entlang, dann öffnete er die Tür ganz, packte Paul am Arm und zog ihn hastig in den Raum. Rasch verschloss

---

* Frei übersetzt: Zug um Zug

er hinter ihm die Tür wieder und lehnte sich dagegen. Mit einem Blick erfasste Paul die Situation. Peter hatte sich in seiner Abwesenheit von der Neugierde getrieben über die großen Lederbeutel, die er bewachen sollte, hergemacht. Er hatte sie auf der Tischplatte ausgeschüttet und den Inhalt dann zu ordentlichen Stapeln aufgetürmt. Es waren Säulen aus purem Gold. »Das war eine verflucht mühselige Arbeit, denn es handelt sich um verschiedene Münzarten: Louisdor, Doublonen, Rubel, Gulden und Pfund, die ich erst mal sortieren musste. Überschläglich siehst du ein Vermögen von mindestens 24000 Reichstalern vor dir!«

»Dafür muss selbst ein Präsident einer Kriegs- und Domänenkammer ein volles Dutzend Jahre lang arbeiten! Die Litauer müssen fünf- bis sechshundert Pferde herangeschafft haben, ungefähr den Bedarf eines halben Husarenregiments. Wenn die Twelkows mit einer Gewinnspanne von 30 Prozent rechnen, dann könnte deine Schätzung stimmen. Kein Wunder, dass die Litauer nach dem Zwischenfall in Woldenberg hinter uns her sind wie die Fliegen hinter einem Stier mit Dünnpfiff! Was machen wir nun?« Sie blickten sich schweigend an, dann zuckte Peter gleichmütig mit den Schultern und schlug vor: »Wir teilen den Zaster auf und verstecken ihn auf mehrere Beutel verteilt ganz unten in den Satteltaschen. Dann reden wir nicht mehr darüber und verhalten uns, als hätten wir nur das Geld zur Verfügung, das uns Vater mitgegeben hat. Dank der Großzügigkeit des Herrn von Kottwitz haben wir ja noch nicht allzu viel davon verbraucht.«

»In Ordnung, so soll es geschehen.«

Sie machten sich an die Arbeit, und Paul unterrichtete Peter dabei über die getroffene Vereinbarung mit dem Binnenschiffer. »Damit dürften wir dann unsere Verfolger endgültig los sein.« Nachdem sie alles verstaut hatten, gingen sie zum Essen hinunter. Paul hatte das Päckchen mit den Dokumenten zwar wieder nachdenklich und abwägend in der Hand gehalten, es dann aber auch wieder mit den anderen Sachen in die Satteltasche gestopft; ihm war nicht nach dem Studieren von Kaufverträgen zumute, außerdem hatte er bei einer flüchtigen Durchsicht festgestellt, dass es sich durchweg um Korrespondenz in polnischer Sprache zu handeln schien.

Die Mahlzeit verlief schweigend, jeder hing seinen Gedanken nach und überlegte, was der morgige Tag bringen würde. Eine Schiffsreise war für alle etwas Neues und nicht zu vergleichen mit dem gelegentlichen Übersetzen an Bord einer Fähre über die Oder. Gegen acht Uhr abends brachten Franz und Karl die Pferde in den Hafen auf das Schiff, und Franz kehrte schon nach erstaunlich kurzer Zeit wieder zurück. Der Schiffer und seine kleine Besatzung, die sich inzwischen wieder vollzählig an Bord eingefunden hatte, hatten alles mustergültig vorbereitet. Die Pferde wurden über breite Laufplanken, die mit Querleisten versehen waren, von Land auf den Kahn geführt, dann folgte der schwierigste Abschnitt, nämlich sie die Schräge in den Laderaum hinunterzudirigieren. Aber da unten Licht brannte, es nach Heu und Hafer roch und sie die Nähe der vertrauten Menschen spürten, wurde auch diese Schwierigkeit gemeistert. Der Schiffer ließ ihnen ausrichten, dass sie sich eine Stunde vor Sonnenaufgang an Bord einfinden sollten. Karl war als Betreuer der Pferde auf dem Schiff geblieben, man hätte es auch als Wache bezeichnen können, denn mehr konnte der Skipper gar nicht verdienen, wenn er sich mit den acht Pferden heimlich auf dem Weg machte.

Als Paul mit hinter dem Kopf gefalteten Armen auf seinem Strohsack lag und hinauf zur dunklen Decke starrte, wurde ihm klar, dass heute genau eine Woche seit dem vermaledeiten Duell vergangen war. Was war seitdem nicht alles passiert. Pjotr von Twelkow war seiner Verletzung erlegen und in aller

Eile beigesetzt worden, ein Dutzend Pferdetreiber oder gedungene Mörder, wie immer man sie bezeichnen wollte, war von ihm, seinem Bruder und ihren Burschen ins Jenseits befördert worden. Er schluckte schwer, als er an die verzerrten Gesichtszüge des Mannes dachte, der im Wald vor Bärwalde an seinem eigenen Blut erstickt war. Hastig verdrängte er die Erinnerung daran, und erst als ihm die kleine Magda einfiel und die schönen Stunden, die sie zusammen verlebt hatten, beruhigte er sich wieder und lächelte vor sich hin wie ein geiler Faun. Vielleicht würde sich in Danzig eine Gelegenheit ergeben, an diese Erfahrung anzuknüpfen, überlegte er lüstern. Geld hatten sie ja genug … verdammt, das Geld! Es war ein Vermögen. Was konnte man sich davon nicht alles kaufen, aber es war auch eine verdammte Last. Es stimmte, wenn man sagte, dass einem zu viel Geld mindestens genauso viel Kopfschmerzen bereitete wie zu wenig. Ständig musste man darüber nachsinnen, wie man es sicher verwahren konnte. Eigentlich gehörte ihnen das Geld ja gar nicht, aber es war sehr beruhigend, dass es die schändlichen Mordbuben nicht mehr im Besitz hatten, denn sonst wären auch sie möglicherweise in der Lage gewesen, sich mit frischen Pferden zu versorgen. Keine sehr angenehme Vorstellung. Anderseits … vielleicht hätten sie die Verfolgung auch schon längst aufgegeben, wenn sie das Geld noch in ihrem Besitz hätten. Er seufzte, rollte sich auf die Seite, und seine Gedanken wanderten zurück in das Haus am großen See: Großvater und Vater würden wissen, wie die Sache anständig zu regeln war. Er streckte unter dem dicken Deckbett wohlig die geschundenen Knochen. Die Augen fielen ihm zu, und als letzter Gedanke schoss ihm noch ein passendes Zitat durch den Kopf: *Pecunia non olet*! Wie war doch gleich der Name des römischen Kaisers gewesen, dem man dieses sehr pragmatische Bonmot zuschrieb? Titus? Nein, Vespasian. Titus war sein Sohn gewesen, der ihn für die Besteuerung der öffentlichen Bedürfnisanstalten gerügt hatte.

Vielleicht war er ein Dieb, aber dann wenigstens einer mit humanistischer Bildung. Er grinste, Kaiser Vespasian hatte recht gehabt, die goldenen Münzen hatten weder nach Pferdeschweiß noch nach Menschenblut gerochen, so wenig wie die Münzen im alten Rom nach dem Ort gestunken hatten, an dem die Steuer erhoben worden war.

Kapitel 9

April 1760, auf der Weichsel

Nach einem kurzen, frugalen Frühstück, das aus einem Becher dünnen Muckefucks sowie Schmalzbrotscheiben und Wurst mit großen Speckstücken bestand, verließen sie die Herberge und gingen mit geschulterten Satteltaschen und Deckenrollen durch die Dunkelheit zum Hafen hinunter. Auf dem Kahn brannte achtern eine Laterne. Die Luken waren mit dicken, geteerten Persenningen gegen möglichen Regen zugedeckt worden, die man über hölzerne Lukendeckel gelegt und mit Keilen gesichert hatte. Nur achtern hatte man eine breite Öffnung gelassen, damit Luft und Licht in den Laderaum gelangen konnten. Von unten hörte man das unruhige Schnauben der Pferde. Peter und Franz stiegen hinunter, um Karl zu helfen, sie zu beruhigen. Paul blieb an Deck, zum einen, weil er, wie versprochen, dem Schiffer die erste Rate der Passage bezahlen wollte, und zweitens, weil er neugierig war. Der Schiffer stand achtern neben der langen, massiven Pinne des großen Plattenruders. Drei Männer befanden sich auf dem Vorschiff, davon hatten zwei lange Stangen in der Hand. Der dritte schien auf etwas zu warten. Ein vierter saß noch abwartend an Land auf einem Steinpoller.

»Schmiet man allens los, zuerst hier achtern!«, brummte

der Schiffer und warf eine Leine los, die auf einem Doppelpoller belegt gewesen war. Der Mann sprang auf, hob das eingespleißte* Auge vom steinernen Poller an Land ab, worauf der Schiffer die Leine mit langen, gleichmäßigen Armbewegungen, scheinbar ohne jede Hast, einholte und sie mit ruhiger Routine aufschoss, dann stellte er sich an die Pinne, sah sich prüfend um und streckte die Nase schnuppernd in die Luft. Es war fast windstill, der Himmel war bedeckt, aber es regnete nicht und im Osten zeigte sich unter den Wolken der erste graue Streifen des neuen Tages. Er nickte zufrieden. Inzwischen war auch die Vorleine eingeholt worden, und der vierte Mann hatte das Schiff vom Kai abgedrückt, sich dann behände aufs Deck gezogen und war nach vorne zu den anderen gegangen.

»Platz da!«, bellte der Schiffer Paul an und drückte die Pinne in Richtung des Kais. »Jungs! Auf geht's!« Die beiden dunklen Gestalten mit den Stakstangen steckten diese in den Grund, lehnten sich mit ihren Schultern dagegen und begannen mit aller Kraft zu drücken. Langsam und völlig geräuschlos nahm das Schiff Fahrt auf, die Männer wanderten auf dem Deck nach achtern. Der Bug drehte vom Kai weg, der Skipper legte die mächtige Pinne mittschiffs, und kurz darauf etwas zur anderen Seite. Auf dem Vorschiff verankerten jetzt die anderen beiden Männer ihre Stangen im Grund, die ersten beiden zogen die ihren heraus, wuchteten sie sich auf die Schultern und eilten wieder nach vorne. Der Kahn glitt parallel zu den anderen Schiffen aus dem Hafenbecken in den Flusslauf der Brahe. »Achtung an Stürbord! Glicks kriegt wir den Strom auf den Backbordbug, drückt uns noch een lütt beeten nach Backbord rum!« Sie schienen ohne jeden Zweifel

* Durch Verflechten der Kardeele (der drei Bestandteile, aus denen das Seil geschlagen wird) entsteht ein dauerhaftes Auge.

auf der Backbordseite der Hafenausfahrt auflaufen zu müssen, aber plötzlich wanderte der Bug herum, daran änderte auch die harte Ruderlage der Pinne nach Steuerbord nichts, aber alles zusammen bewirkte, dass sie plötzlich draußen auf dem grauschwarzen Fluss schwammen. Wieder wurde die Pinne energisch gelegt, diesmal nach Backbord, und nach ein paar korrigierenden Ruderausschlägen bewegten sie sich dem roten, flammenden Streifen entgegen, der den Sonnenaufgang ankündigte. Paul war beeindruckt, wie der Schiffer dieses massige Ungetüm so elegant unter den beengten Raumverhältnissen manövriert hatte.

»Wie lange braucht man, bevor man das so perfekt beherrscht?«, erkundigte er sich.

»Was? Das Ablegen und Ausfahren in den Strom? Das kommt ganz drauf an, junger Herr. Manch einer lernt es nie, und andere haben von Natur aus das richtige Gefühl dafür. Es ist nämlich in erster Linie eine Gefühlssache. Zwischen dem Mann am Roer und dem Schiff muss eine Verbindung bestehen wie zwischen Ross und Reiter.«

»Der Reiter muss schon vor dem Pferd wissen, was sein Gaul als Nächstes vorhat, meinen Sie das?«

»Besser hätte ich es nicht ausdrücken können! Genau so ist es.«

»Würden Sie mich nachher auch mal an dieses … dieses, äh, lange Holzding lassen?«

»An die Pinne? Nun ja, warum nicht, aber erst, wenn wir draußen auf der Weichsel sind, da haben wir mehr Platz. Bis dahin sind es noch gute anderthalb Stunden. Jetzt wollen wir erst mal ein ordentliches Schifferfrühstück zu uns nehmen, das der Junge schon für uns bereitgestellt hat!«

Paul beugte sich in die Luke hinunter, um Peter Bescheid zu sagen, dabei stellte er fest, dass es da unten ganz behaglich aussah. Sein Bruder schien es sich gerade im Stroh gemütlich machen wollen, um seinen verkürzten Nachtschlaf nachzuholen, aber das Zauberwort Frühstück brachte ihn wieder auf die Beine, auch ihre beiden Burschen spitzten die Ohren, und Paul versicherte ihnen, dass auch sie ihren Teil abbekommen würden.

Als er sich wieder aufrichtete, sah er, dass zwei der Schiffsknechte am Bug in einer kleinen Luke verschwanden, die gegen Wind und Wetter mit einer Art gewölbter Haube aus Holz geschützt war. Einer der anderen beiden blieb am Bug stehen, der zweite kam nach achtern gelaufen und übernahm dort die Pinne vom Schiffer.

Sie warteten auf Peter, dann schob der Skipper eine hölzerne Abdeckung auf Schienen zurück, unter der eine Treppe sichtbar wurde. Er stieg über ein hohes Süll* vor der ersten Stufe und verschwand in der Tiefe. »Wenn die jungen Herren mir bitte folgen wollen … Am besten wird es sein, wenn Sie rückwärts runtersteigen.« Der Niedergang war recht steil, und so kletterten sie in der Tat ziemlich ungeschickt mit dem Rücken voran hinunter, während sie sich mit beiden Händen an seitlichen Handläufen festhielten. Unten angekommen, sogen sie erstaunt die Luft ein. Der Schiffer bewohnte hier allein ein gemütliches Appartement, das sich über die gesamte Schiffsbreite erstreckte und zweckmäßig, aber gemütlich eingerichtet war. Die Wände waren mit hellem Birkenholz verkleidet, und auf jeder Seite ließen drei runde Fenster in Messingrahmen das erste Tageslicht herein. An der Rückseite führte eine Tür wahrscheinlich in die Schlafkammer des Schiffers.

---

* Eine Art Schwelle, die verhindern soll, dass Wasser vom Deck ins Schiff läuft

»Wir haben uns noch gar nicht vorgestellt«, stotterte Paul etwas verlegen.

»Och, das macht nichts. Wenn ich mir das so überlege, dann möchte ich eigentlich Ihre Namen gar nicht wissen. Für mich sind Sie einfach die Bromberger Reiter, das genügt. Mein Name ist übrigens Max Fischer, Skipper des guten Kahns *Lisa* aus Elbing. Aber jetzt wollen wir erst mal einen kräftigen Happen nehmen.« Er deutete auf den Tisch, der mit allerlei leckeren Sachen beladen war. Für Peter und Paul war es für fetten geräucherten Fisch und Genever zum Runterspülen desselben noch etwas zu früh, aber ansonsten ließen sie sich nicht lange bitten und hieben kräftig rein. Bei einer letzten Tasse starken, heißen echten Bohnenkaffees, der sie die miese Lorke im Gasthof vergessen ließ, versicherte ihnen der Schiffer, dass sie bei der herrschenden Strömung ganz bestimmt übermorgen gegen Mittag in Danzig ankommen würden. »Heute kommen wir bis Graudenz, morgen bis Dirschau, na und dann sind wir auch schon so gut wie da.«

Nach dem Frühstück verschwand Peter wieder im Laderaum, um sich ins Heu zu legen. Paul war viel zu sehr an den für ihn neuen Vorgängen an Deck interessiert, um auf den Gedanken zu kommen, es ihm nachzutun.

Der Himmel war mit einer lockeren Bewölkung bedeckt, durch die immer wieder die wärmenden Strahlen der Sonne fielen. Ein leichter Wind aus südlichen Richtungen kam auf. Nachdem der Skipper wieder die Pinne übernommen hatte, ließ er an dem einzig vorhandenen kurzen Mast ein braunes viereckiges Segel setzen, dessen obere, hintere Ecke (wie Paul es nannte) von einer Stange gehalten wurde, die ziemlich weit unten am Mast beweglich befestigt war.

»Das Sprietsegel gibt uns noch etwas zusätzlich Fahrt, und vor allem kriegen wir zum Einlaufen in den großen Strom noch mehr Schwung«, erklärte ihm Max Fischer. »Wir müssen uns dicht unter dem rechten Ufer halten, denn auf der anderen Seite können sich im Winter durch die Kehrströmung tückische Sandbänke aus dem Geschiebe gebildet haben, deren Verlauf ich jetzt noch nicht genau kenne. Allerdings sollten wir bei dem herrschenden Hochwasser keine Probleme bekommen, aber bekanntlich ist Vorsicht die Mutter der Porzellankiste …«

Paul nickte weise, ohne ein Wort zu verstehen. Fischer lachte meckernd, als er das Fragezeichen in seinem Gesicht sah. »Wenn der Hauptstrom an einem Nebenfahrwasser vorbeiläuft, dann zweigt ein Teil der Strömung ab und will in den kleineren Fluss hineinlaufen, dabei wird seine Fließgeschwindigkeit geringer, und der ganze Modder und Schlamm, den er mit sich herumschleppt, sinkt auf den Grund ab – und schon entsteht eine Untiefe. Ist doch alles ganz einfach, oder nicht, junger Herr?«

»Wenn Sie mir das so erklären, dann ja«, bestätigte Paul. »Und welche Aufgabe hat nun das Segel?«

»Dat Sprietsegel verschafft uns zusätzlichen Vortrieb … also Schwung, damit wir von der Strömung der Weichsel nicht so schnell talwärts versetzt werden und auf Schiet landen, außerdem lässt sich das Schiff bei achterlichem Strom besser steuern, wenn wir auch Fahrt durchs Wasser machen.«

»Wir fahren doch aber durchs Wasser, oder nicht?«

»Ohne Segel bewegen wir uns nur über den Grund vorwärts. Sie sehen selbst, dort drüben, das Stück Treibholz, es bewegt sich fast mit derselben Geschwindigkeit vorwärts wie wir. Nur der zusätzliche Vortrieb des Segels macht uns schneller.«

»Aha …!« Paul hatte bereits viel gehört, worüber er nachdenken musste.

Bald darauf erreichten sie die Einmündung in die Weichsel,

wo Paul das Einlaufen in den breiten Strom mit ganz anderen Augen verfolgte, weil er jetzt wusste, worauf es ankam.

Die Fahrt auf dem großen Strom war recht beschaulich und führte sie an vielen Inseln, Abzweigungen und Einmündungen vorbei. Die größte Schwierigkeit schien in Pauls Augen darin zu bestehen, den richtigen Weg zu finden, aber damit schien der Schiffer überhaupt keine Probleme zu haben. Nach einer Weile forderte Fischer ihn auf: »Stellen Sie sich auf die andere Seite der Pinne, legen Sie Ihre Hand darauf, lehnen Sie sich mit Ihrer Hüfte dagegen und konzentrieren Sie sich auf die Bewegung des Bugs.«

Paul tat, wie ihm geheißen. Nach einiger Zeit bekam er ein Gefühl dafür, wie stark der Schiffer die Pinne bewegte, sobald der Bug auszuwandern begann, oder wenn er selbst den Kurs des Schiffes ändern wollte. Mit der Zeit wurden Fischers Eingriffe schwächer, er überließ es weitgehend Paul, den Kurs zu korrigieren, und griff nur ein, wenn er zu zaghaft oder zu ungestüm agierte. So wurde es Zeit zum Mittagessen, und danach war auch Paul rechtschaffen müde. Er holte sich seine Deckenrolle und legte sich auf das Vordeck. Die glucksenden Wellen des Stromes spielten ihm ein Schlaflied.

Am Abend erreichten sie die Gegend von Graudenz, wo sie aber, um Gebühren und Abgaben zu sparen, nicht unter den wuchtigen Mauern der Festung anlegten. Sie ankerten ein Stück weiter stromab in einem Altarm und wollten dort eine ruhige Nacht verbringen.

Etwa zu dieser Zeit ritten zwei Männer auf völlig erschöpften Pferden, von denen eins leicht lahmte, in die Stadt Bromberg ein. Auch die Reiter sahen müde und abgespannt aus. Allerdings brannte in den Augen des einen ein fanatisches Feuer, fast, als ob er Fieber hätte. Am Hafen hielten sie an, banden ihre Gäule fest, die sofort weit die Köpfe hängen ließen und kaum noch die Kraft hatten, mit dem Schweif nach den Fliegen zu schlagen. Ihre Herren gingen mit staksigen Schritten zum Kai, wo sie ein paar herumlungernde Faulenzer in ein Gespräch verwickelten. Was sie in Erfahrung brachten, schien sie nicht zu erfreuen, denn der eine riss sich die Fellmütze vom Kopf und trampelte wütend darauf herum. Sein Begleiter zog ihn am Arm wieder zu den Pferden hin. Nachdem der Tobende sich wieder beruhigt hatte, saßen sie auf und ritten langsam aus der Stadt.

Wieder bei ihren Kumpanen angelangt, deren Anzahl sich weiter gelichtet hatte, bekam Augustinas erneut einen Tobsuchtsanfall. »Weg! Weg! Verschwunden sind die verdammten Hurensöhne, möge der HERR ihre Eier verkümmern lassen und ihnen das schwarze Fieber schicken!«

»Was heißt weg?«, erkundigte sich einer der anderen Männer. »Sie können doch nicht spurlos verschwunden sein.«

»Doch, in gewisser Weise schon«, berichtete der Begleiter von Augustinas. »Sie hinterlassen keine Spuren mehr auf dem Boden. Sie könnten genauso gut in einem feurigen Wagen zum Himmel aufgefahren sein.« Er seufzte tief. »Sie haben sich mitsamt ihren acht Gäulen auf einem Kahn eingeschifft und sind seit heute Morgen unterwegs nach Danzig. Aber natürlich können sie auch überall unterwegs anlegen, sich wieder auf die Pferde schwingen und über Land weiterreiten! Das war's dann wohl, Kameraden. Wir sollten uns jetzt eine wirklich gute Geschichte für unsere Herren ausdenken, sonst sitzt unser Kopf verdammt locker.«

Der Giftzwerg Augustinas starrte finster vor sich hin, dann knurrte er wie ein tollwütiger Kettenhund: »Und ich kriege die Mörder meiner Brüder doch!«

»Wie willst du das denn machen? Mit deinem Pferd kommst du niemals rechtzeitig nach Danzig … falls das denn überhaupt ihr Ziel sein sollte.«

»Ich fahre mit dem nächsten Schiff hinterher. Morgen Nachmittag geht eins dorthin ab. Und wenn ich mein Pferd verkaufen muss, aber ich werde an Bord sein!«

»Dann wirst du aber sehr allein sein, mein Freund, denn wir reiten jetzt auf dem kürzesten Weg in die Heimat – nachdem wir unseren Pferden ein paar Tage Ruhe gegönnt haben und alle unsere Freunde wieder bei uns angekommen sind.«

»Feiglinge, verfluchte, dreckige Schlappschwänze, ihr seid allesamt keinen Schuss Pulver wert.«

»Schon recht, alter Tatar, aber man muss auch wissen, wann man verloren hat, und eigentlich hatten wir schon den Kürzeren gezogen, als sie sich frische Pferde besorgt hatten. Nur dir zuliebe haben wir unsere Pferde fast zuschanden geritten … nun ja, um das Geld für die Pferde ging es uns dabei natürlich auch.«

Ein alter Mann fuhr sich langsam wiederholt mit den Fingern durch den Bart und schlug bedächtig vor: »Ich kann den Augustinas ja gut verstehen, wir sollten versuchen, ihm zu helfen. Er soll sich erkundigen, was die Passage für ihn allein ohne Verpflegung kostet, dann kratzen wir zusammen, was wir noch an Geld haben, und unterstützen ihn damit. Etwas zum Essen geben wir ihm auch mit. Wir nehmen sein Pferd mit nach Hause, dann ist er das Problem los. Falls die vermaledeiten jungen Burschen vor Danzig wieder auf ihre Pferde wechseln, hat er ohnehin keine Chance, ihnen zu folgen, weil er das noch nicht mal merken wird. Seid Ihr damit einverstanden, oder hat irgendjemand einen besseren Vorschlag?« Alle schwiegen. »Dann machen wir das so.«

Nach dem Hieven des Ankers am nächsten Morgen drehten sie wieder in den Strom und setzten ihre Reise fort. Paul lernte schnell immer neue Begriffe und verbesserte sich unter Fischers Anleitung in der Kunst des Steuerns. Der Schiffer brachte ihm auch bei, wann das Segel auf die andere Seite genommen werden musste. Erforderte das Fahrwasser eine Kursänderung, fiel als Folge davon der Wind anschließend manchmal über die andere Seite des Hecks ein, dann musste »gehalst« werden, drehte dagegen der Wind bei konstantem Kurs auf die andere Seite, »schifteten« sie das Segel. Paul war fasziniert. In seinem Kopf schwirrten so viele neue Begriffe und Namen herum, wie Backbord, Steuerbord, Vor- und Achterschiff, mittschiffs, Wanten, Stage, Falle, Schoten, Gangbord, Bulleye, Kiel, Schandeckel …

So vergingen auch dieser Tag und die Nacht. Am Nachmittag des Freitags begrüßten sie die hohen Türme der ehrwürdigen Hansestadt Danzig, die sich, obwohl im Königreich Polen gelegen, ihre Autonomie bewahrt hatte.

Die Zwillinge hatten lange darüber debattiert, wie es in Danzig weitergehen sollte. Sollten sie auf dem Land- oder Seeweg nach Ostpreußen weiterreisen? Beiden war die Vorstellung, sich weiter Litauen anzunähern, nicht sonderlich sympathisch. Auch der Gedanke, dass sie dort faktisch Untertanen der Zarin wurden, machte ihnen zu schaffen. Daher entschieden sie sich nach einigem Hin und Her dafür – wohl auch weil Paul seine Liebe zu Schiffen entdeckt hatte –, nach Großbritannien zu segeln.

Nachdem die Pferde an einem geeigneten Liegeplatz vorsichtig und mit einiger Nachhilfe durch Ziehen und Schieben wieder festen Boden unter die Hufe bekommen hatten, verabschiedeten sie sich vom Schiffer, wobei sich Paul besonders für den erteilten Unterricht, Peter für den vorzüglichen Genever bedankte. Die *Lisa* verholte dann zu dem Liegeplatz, an dem ihre steinerne Ladung gelöscht werden sollte. Vielleicht würde man sich später im Stadthafen nochmals wiedersehen. Auf der Suche nach einer Herberge in unmittelbarer Nähe des Hafens kamen die jungen Abenteurer zufällig an einem Pferdemarkt vorbei. Sie beschlossen, das als einen Wink des Schicksals anzusehen und die Gelegenheit beim Schopf zu ergreifen. Sie würden ihre Pferde verkaufen und gewissermaßen die Schiffe hinter sich verbrennen. Aber zuerst mussten sie eine Unterkunft finden.

»Besser hätten wir es nicht treffen können«, flüsterte Paul seinem Bruder zu, als sie die vielen Gäste in seemännischer Kleidung im Gastraum erblickten. Sie mieteten beim Wirt zwei Doppelzimmer und verstauten dort ihr Gepäck einschließlich der Sättel. Paul und Franz blieben zurück, während Peter und Karl mit den Pferden zum Markt zurückkehrten. Eigentlich war das Geschäft für diesen Tag schon so gut wie vorbei, aber es befanden sich noch eine ganze Reihe von Pferdehändlern auf dem Platz, die zusammenstanden und die Geschäfte des Tages besprachen, vielleicht auch über die Kriegsereignisse debattierten, oder welche Frau mit welchem Kerl ihren Mann betrog und vice versa. Die beiden Neuankömmlinge erregten mit den acht ausgeruhten, gut genährten Pferden bei den Fachleuten sofort Aufsehen.

»Na, Husaren, war es euch auf dem Feld der Ehre zu heiß?«, spottete einer der Männer mit deutlich polnischem Akzent.

Peter und Franz blickten sich erstaunt an, bis ihnen klar wurde, dass ihre Schläfenlocken und die krummen Säbel sie hinlänglich als Husaren identifizierten. Das war wohl auch der Grund gewesen, warum der Schiffer ihre Namen nicht hatte wissen wollen, auch er hatte sie für Deserteure gehalten. Peters Schläfenadern schwollen schon wieder gefährlich an, er wurde puterrot und seine Hand fuhr zum Säbel. Karl rettete die Situation, indem er auf polnisch antwortete: »Mag sein, Frantisek, aber wenn du willst, können wir dir mit unseren Instrumenten *hier* zu einem heißen Tänzchen aufspielen.« Er klopfte auf seinen Säbel. »Wäre eine Mazurka recht?«

Der Mann kniff die Lippen zusammen, funkelte ihn zuerst wütend an, dann aber entspannte sich seine Miene. »Wenn ich es mir recht überlege, geht mich das ja nichts an. Womit kann ich den Herren dienen?«

»Gib uns fünfhundertvierzig Taler für diese edlen Rösser, dann hast du ein gutes Geschäft gemacht, und wir reden nicht mehr darüber«, schlug ihm Karl mit todernstem Gesicht vor. »Das Zaumzeug bekommst du als Dreingabe.«

Der Händler machte einen Schritt zurück und schlug mit gespielter Empörung die Hände über dem Kopf zusammen. »Die Tiere mögen dir lieb und teuer sein, mein Junge, aber wenn ich dir dafür zweihundert Taler gebe, dann werden mich alle meine Kollegen hier auf dem Platz wegen meiner Gutmütigkeit und Dummheit verspotten.«

»Das will ich nicht, du scheinst ja ein anständiger Kerl zu sein, ein weißer Rabe unter den Pferdehändlern, daher wirst du auch einsehen, dass ich keinesfalls unter vierhundertneunzig Taler gehen kann, weil mich sonst meine Kameraden mit ihren Säbelspitzen so kitzeln werden, dass *ich* mich totlache.«

»Ja, ehrlich bin ich gewiss, aber wie sieht es mit dir aus, sicher hast du doch Papiere für die Pferde?«

Peters Säbel war wegen der in der Frage enthaltenen Unterstellung schon wieder halb aus der Scheide.

»Aber sicher doch, mein misstrauischer Freund. Für alle Pferde haben wir einen unterschriebenen und gesiegelten Kaufvertrag«, beruhigte ihn Karl und zog die Dokumente aus

Peters Ärmelstulpe. Der Pferdehändler war verblüfft, damit hatte er eigentlich nicht gerechnet.

»Nun, wenn das so ist, kann ich dir zweihundertfünfzig Taler geben.«

»Vierhundertachtzig für die Pferde!«

»Du willst mich ruinieren! Guck dir doch die Pferde an, sie haben alle Mängel! Die nimmt mir doch kein Mensch mit Pferdeverstand wieder ab. Aber weil du mir sympathisch bist, mein letztes Wort, dreihundertzwanzig !«

»Abgemacht, vierhundertvierzig!«

»Jesus und Maria, das ist unmöglich ...«

Karl nickte Peter zu, und sie wandten sich gleichmütig mit einer grüßenden Kopfbewegung zum Gehen.

»Halt, wartet! Die Pferde stehen ja immerhin gut im Futter, vielleicht kann ich beim Pferdeschlächter einen guten Kilopreis raushandeln ... Ich werde an diesen Tag ewig denken müssen, an dem ich das schlechteste Geschäft meines Lebens gemacht habe ... Aber sei es drum ... vierhundertzwanzig Taler mit Zaumzeug. Topp!«

»Topp!«

Sie schlugen sich dreimal in die Hände. Die Zuschauer grinsten und applaudierten. Der Händler zog eine Geldkatze heraus und zählte die Münzen ab. Karl prüfte sie sorgfältig. »Nicht dass ich dir nicht trauen würde, Frantisek, mein Freund, aber sieh dir diese hier mal genauer an, da hat dich jemand beschissen ... Hoffentlich weißt du noch, von wem du die bekommen hast ...« Unter dem höhnischen Gelächter seiner Kollegen musterte der Mann scheinbar überrascht die Münze, steckte sie zähneknirschend wieder ein und gab Karl eine andere.

»Es war uns ein Vergnügen, mit dir Geschäfte zu machen.«

»Ganz meinerseits«, gab der Pferdehändler zurück und

stimmte in das Lachen mit ein. »Und pass auf deinen hitzköpfigen Freund mit dem flinken Säbel auf. ›Wer das Schwert erhebt, wird durch das Schwert sterben‹, steht in der Heiligen Schrift, wenn ich mich nicht irre.«

Peter wollte schon wieder zur Waffe greifen, aber Karl zog ihn schnell am Ärmel fort und rief dem Polen nach hinten gewandt zu: »Gürte ein jeglicher sein Schwert auf seine Lenden, 2. Buch Moses, du Bibelkenner!« Peter schlug die Hand weg und funkelte den Händler drohend über die Schulter an, beruhigte sich dann aber schnell wieder. »Den hast du aber ganz schön abgekocht, Karl. Wo hast du nur das Feilschen gelernt?«

»Das muss mein polnisches Erbteil sein, die Großmutter konnte jeden jüdischen Krämer zu bitteren Mitleidstränen rühren. Aber der Pferdehändler hat doch gar kein schlechtes Geschäft gemacht. Ich wette, dass er die Pferde für mindestens sechzig Taler weiterverkauft. Sie haben zwar kleine Fehler, sind aber gesund und wohlgenährt, er muss sie also nicht lange aufpäppeln. Außerdem haben wir ihm das Zaumzeug dazugegeben.«

Am Abend saßen alle vier unten im Schankraum zusammen. Seit dem Verkauf der Pferde hatte sich das Verhältnis zwischen ihnen irgendwie verändert, obwohl es dafür keine logische Erklärung gab. Sie hatten eine unsichtbare Grenze überschritten, denn sie wollten sich einem Element anvertrauen, das ihnen allen noch völlig unbekannt war.

»Nun werden wir Meerhusaren, oder wie heißen die Kerle auf den Schiffen?«, sinnierte Karl vor sich hin.

Peter, der im Geiste noch immer den Pferdehändler in Stücke hieb, knurrte: »Wir haben den Rubikon überschritten.«

»*Aleae iacta sunt*«*, gab auch Paul seinen Senf dazu.

---

* Die Würfel sind gefallen.

Franz schwieg beredt und verdrehte ob so viel Gelehrtheit schicksalsergeben die Augen.

Zur gleichen Zeit saß Augustinas auf der Luke des Kahns, auf dem er eine Passage gefunden hatte. Er brütete über seinen Rachefantasien und malte sich in den schillerndsten Farben aus, was er mit den Mördern seiner Brüder und seines Schwagers machen würde, bevor er ihnen gnädig gestattete, zu sterben. Aber zuerst musste er sie ausfindig machen und in seine Gewalt bringen. Wenn alles glatt ging, würde er übermorgen in Danzig sein. Dort würde er bestimmt auf Landsleute treffen, die ihm bei seiner Mission als rächender Engel behilflich sein würden.

Er zog sein Messer heraus und schnitt sich eine Scheibe Brot und ein dickes Stück Speck ab, die er beide hungrig verschlang. Dann wischte er das Messer an seiner Hose ab, ließ einen Finger prüfend über die Schneide gleiten, grunzte zufrieden und steckte es wieder weg. Er verstaute seine karge Verpflegung in einem Beutel, stand auf und ging zu seinem Lager, das er sich in einer geschützten Ecke des Decks eingerichtet hatte. Er blickte noch einmal über den dunklen, sich träge vorbeiwälzenden Strom, spuckte in die schwarzen Fluten, dann rollte er sich auf seiner Lagerstatt zusammen und versuchte zu schlafen. »Mein ist die Rache …«, flüsterte er, und ein gemeines Lächeln umspielte seinen Mund; aber das konnte zum Glück niemand sehen, denn es deutete auf äußerst krankhafte Verwerfungen in Augustinas Charakter hin.

Kapitel 10

April 1760, Danzig

Am nächsten Morgen nach dem Frühstück machten sich Paul und Franz auf die Suche nach einem geeigneten Schiff. Peter hatte daran nicht viel Interesse gezeigt.

»Ooch, mach du das mal, Brüderchen, du bist doch der große Schiffsexperte von uns beiden«, war sein kurzer Kommentar gewesen.

»Du siehst doch schon wieder so aus, als ob du einen Unterrock entdeckt hättest, für dessen Trägerin du dich meinst vordringlich interessieren zu müssen, darin bist *du* ja unser großer Experte.«

»Nur keinen Neid, aber du hast ja recht, es gibt da so eine Kleine mit drallen Formen und einer mitleidigen Seele, der ich den Wunsch nicht abschlagen konnte, meine Wunden neu zu verbinden.«

»Ich fasse es nicht! Die Kratzer sind alle längst verheilt, und du markierst hier den verstümmelten Kriegsinvaliden!«

»Aber einen besseren Vorwand, die Hosen runterzulassen, gibt es nicht, das musst doch selbst du einsehen.«

»Tu, was du nicht lassen kannst, aber bring uns nicht wieder mit deinen Weibergeschichten in die Bredouille. Und denk an … nun, du weißt schon was …«

»Selbstverständlich, Herr Admiral. Der Franz wird wie der olle Zerberus persönlich wachen, nur Schatten haben Einlass in unsere heiligen Gemächer.«

Der maulfaule Franz war auf dem Gut und der Umgebung für seine körperlichen Kräfte bekannt und gefürchtet gewesen. Es ging die Sage, er hätte einmal einen Stier mit einem einzigen Faustschlag vor die Stirn betäubt. Er mochte nicht der schnellste Denker sein, aber er war absolut zuverlässig, und wer zwischen seine Pranken geriet, der hatte nichts zu lachen, besonders dann nicht, wenn er wütend war. Dabei war er von Natur aus eher sanftmütig wie ein Lamm.

Natürlich führte der Weg Paul und Karl hinunter an die Mottlau, wo sie sich nach Schiffen umsahen, die nach Großbritannien bestimmt waren. Sie passierten Schiffe aus aller Herren Länder, die nach St. Petersburg, Stockholm, Lübeck, Stralsund, Riga oder Reval segelten, andere gaben als Zielhafen Kopenhagen, Bremen, Amsterdam oder Bergen an, dazu kamen die Namen einiger Häfen, deren Namen sie noch nie gehört hatten, nur ein britischer war nicht darunter. Auf ihrem Weg kamen sie am Krantor vorbei, dem größten und leistungsfähigsten* Kran Europas, dessen Mechanik von Sträflingen in Betrieb gesetzt wurde, die in die Holzräder kriechen und sie dann durch ihr Körpergewicht in Bewegung setzen mussten. Staunend begafften sie das Wunderwerk der Technik, ehe sie ihre Suche fortsetzten. Nun, es war nicht aller Tage Abend, und so ließen sie sich nicht entmutigen. Es mochte auch sein, dass einige der Skipper geflunkert hatten, weil sie ihr wahres Ziel aus politischen Rücksichtnahmen nicht verraten wollten, schließlich stand England auf Seiten Preußens im Krieg mit allen Großmächten des Kontinents. Nachdem sie die Wasserfront bis zum Grünen Tor abgeschritten hatten, durchquer-

* Es konnten damit Lasten bis zu 4000 kg gehoben werden.

ten sie dieses und gelangten auf den Langen Markt mit dem Neptunbrunnen. Paul war zwar schon in Berlin gewesen und hatte beim Anblick des mächtigen barocken Stadtschlosses, der halbfertigen St. Hedwigs-Kathedrale, deren gewaltige Kuppel schon zu erahnen gewesen war, und der von Georg Wenzeslaus von Knobelsdorff neu erbauten Oper, dem größten Opernhaus Europas, vor Staunen den Mund fast nicht mehr zubekommen, aber die Ansammlung von prächtigen Gebäuden hier, mit denen die stolzen Danziger ihren Reichtum zur Schau stellten, ging weit über das hinaus, was Berlin »Unter den Linden« zu bieten hatte. In der Verlängerung des Langen Marktes kam man in die Lange Gasse, an deren Ende das Goldene Tor und dann das Hohe Tor lagen. Auf diesem Weg zogen die polnischen Könige in die Stadt ein – wenn sie denn zu einem ihrer äußerst seltenen Besuche in Danzig weilten. Völlig sprachlos machte die beiden Jungs allerdings der Anblick der gewaltigen Marienkirche. Ein Stadtsoldat sah ihr Erstaunen und gesellte sich zu ihnen.

»Das ist das gewaltigste Gotteshaus der evangelischen Christenheit und die größte Backsteinkirche auf dieser Welt«, erläuterte er ihnen so stolz, als ob er sie selbst mit erbaut hätte. »Sie bietet 25 000 Gläubigen Platz, das entsprach bei ihrer Fertigstellung der gesamten Bevölkerung Danzigs, meine Herren.« Paul und Karl waren gebührend beeindruckt. Sie stellten sich vor, wie die unendlichen Massen von gebrannten Ziegeln mühsam herantransportiert und dann höher, immer höher übereinander geschichtet worden waren. »Sie sollten nicht versäumen, drinnen eine stille Andacht zu verrichten, um sich danach die astronomische Uhr aus dem Jahre 1446 anzusehen. Ihr begnadeter Schöpfer hatte leider das Pech, auf Anordnung des damaligen Bürgermeisters geblendet zu werden, damit er kein zweites Werk von dieser Perfektion schaffen konnte. Auch um die zweite Sehenswürdigkeit rankt sich eine keineswegs nur fröhliche Geschichte. Das Triptychon ›Das jüngste Gericht‹ des Meisters Hans Memling aus Brügge wurde 1473 von unserem unvergleichlichen Orlogschiff »Peter von Danzig« in die Stadt gebracht, das im Auftrag der Hanse ein britisches Schiff gekapert hatte. Das führte zu einem heftigen Streit, in dem der Papst uns sogar mit dem Kirchenbann gedroht hat. Aber schauen Sie doch selbst.«

Sie befolgten seinen Rat und waren in der Tat über alle Maßen beeindruckt, als sie das Gotteshaus wieder verließen.

»Ein sehr beeindruckendes Bauwerk mit wahrlich großartigen Sehenswürdigkeiten«, stellte Paul tiefbewegt fest.

»Besonders hat mich die Darstellung der Hölle mit ihren fürchterlichen, dämonischen Gehilfen des Satans beeindruckt, die an den Verdammten zerren«, flüsterte Karl, der beinahe furchtsam zu zittern schien, wahrscheinlich schlug bei ihm sein katholisches Erbteil durch.

»Der Maler lässt sie auf der rechten Seite des Triptychons tatsächlich auch räumlich nach unten in die Abgründe der Hölle abstürzen, das haben andere Künstler bis jetzt noch nicht gewagt, soweit ich weiß. Sie haben immer eine Darstellung auf derselben Ebene mit dem Himmel bevorzugt«, überlegte Paul halblaut.

Durch die Frauengasse mit ihren Terrassen vor den Häusern, welche die schmale Gasse noch weiter verengten, kehrten sie zum Kai zurück. Woher der Name dieses Gässchens stammte, daran konnte es keinen Zweifel geben. Auf ihrem weiteren Weg kamen sie an zahlreichen Läden vorbei, die ein unglaublich vielfältiges Sortiment aus allen vier Himmelsrichtungen dieser Welt anboten. Neben vielen anderen entdeckten sie auch einen, in dessen Schaufenster sie Tauwerk, Blöcke, Pützen, Seestiefel und andere Ausrüstungsgegenstände für den Seemann sahen. Auf dem Ladenschild stand »Schiffsausrüster«, aber der Inhaber schien auch mit allem zu handeln, was man als einfacher Seemann bei der Schifffahrt brauchte. Neugierig traten sie ein und blickten sich interessiert um. Ein Ladenschwengel trat auf sie zu, er musterte sie erstaunt und abschätzend. Routiniert nahm er ihre Frisur, die Kleidung und den Ring an Pauls rechter Hand zur Kenntnis.

»Womit kann ich Ihnen dienen, junge Herren?«, erkundigte er sich mit einem blasierten Lächeln.

Peter würde es schon wieder in der Säbelspitze jucken, überlegte Paul belustigt. »Wahrscheinlich können Sie uns gar nicht helfen, bester Mann«, erwiderte er spöttisch, »wir wollen uns nur mal umsehen, was man hier so alles an schönen Sachen kaufen könnte, wenn man eine längere Seereise machen wollte.«

»Sehr wohl, die Herren, schauen Sie sich in Ruhe um. Wir führen nur beste Qualität und alles zu günstigsten Preisen. Zögern Sie nicht, mich zu rufen, wenn Sie einen Rat benötigen sollten.« Sprach's und entschwand zu einem Stehpult, das auf einem Podest stand und hinter dem ein alter Mann mit krummem Rücken gebeugt in einem dicken Buch arbeitete. Er flüsterte dem Alten etwas halblaut ins Ohr. Der Alte schaute auf, starrte sie prüfend über den Rand seiner Brille an, steckte die Schreibfeder in das Tintenfass, sprang erstaunlich behände von seinem erhöhten Platz hinunter und wieselte zu ihnen herüber. Sie übersahen ihn zunächst und taten sehr beschäftigt mit den ausgestellten Kleidungsstücken.

»Ophagen mein Name, Prinzipal dieses Unternehmens. Wie mir mein Gehilfe mitteilte, erwägen die hohen Herren, eine Seereise zu unternehmen. Da ich auch Schiffsmakler bin, könnte ich Ihnen meine guten Dienste für die Vermittlung einer Passage anbieten.« Er rieb sich geschäftstüchtig die Hände. »Wohin soll es denn gehen?«

Paul blickte vielsagend zu dem Verkäufer hinüber, der sich, scheinbar beschäftigt, wieder näher herangeschoben hatte.

»Willi, geh doch bitte in den Keller und hol uns eine Flasche 56er Rheinwein herauf. Ich darf doch die Herren auf eine kleine Erfrischung einladen?«

Willi verschwand beleidigt, sein steif durchgedrückter Rücken war eine einzige Beschwerde über die ungerechte Behandlung.

»Nun, junger Herr?«

»England.«

Ophagen verzog keine Miene, er nahm die Brille ab, putzte sie geistesabwesend, derweil sein Blick in unendliche Fernen gerichtet schien. »Amsterdam wäre einfacher gewesen«, murmelte er.

»Einfach kann jeder, M'sieur Ophagen.«

»Richtig, junger Herr, sehr richtig! Ich sage ja auch nicht, dass es nicht möglich wäre, ich wollte nur ausdrücken, dass es gewisse Schwierigkeiten geben könnte.«

»Sie können uns also eine Passage für vier Personen vermitteln?«

»Für vier, äh, ich muss da erst ein paar Dinge klären, Sie verstehen bestimmt ...«

Paul konnte sich zwar nicht im Einzelnen vorstellen, was geklärt werden musste, außer der Höhe des Fahrpreises, aber er nickte weltmännisch.

»Folgen Sie mir doch bitte in mein Kontor«, forderte sie Ophagen auf. Willi erschien wieder mit einer Flasche und drei Gläsern, die er hart auf den Tisch des Kontors stellte. Ein eisiger Blick seines Chefs ließ ihn um einen Fuß zusammenschrumpfen. Ophagen entkorkte die Flasche und goss die Gläser voll. Er schnüffelte genüsslich an seinem Glas und hob es in ihre Richtung. »Allzeit eine gute Fahrt, die Herren, prosit!«

Sie erwiderten den Gruß. Der Wein war kühl, schmeckte angenehm fruchtig und hatte eine erfrischende Säure im

Abgang. Paul nickte anerkennend. Karl machte es ihm geflissentlich nach.

Ophagen schmatzte schwelgerisch, dann lächelte er: »Ich trinke selten, aber wenn, dann soll es auch ein gutes Tröpfchen sein. Aber nun zum Geschäft. Also vier Personen nach England! Haben Sie einen bestimmten Hafen im Auge? Legen Sie Wert auf großen Komfort? Wann wollen Sie ablegen? Was den letzten Punkt angeht, würde ich vermuten, dass Sie am liebsten schon gestern die Leinen losgeworfen hätten, habe ich recht, hä, hä, hä?«, lachte er meckernd.

»Richtig geraten. Was die anderen Punkte angeht: kein bevorzugter Hafen, keine besonderen Ansprüche. In welchen Zeiträumen denken Sie?«

»Äh, das kann ganz schnell gehen.«

»Dann sollten wir uns umgehend eine entsprechende Ausrüstung bei Ihnen aussuchen. Was benötigt man auf See? Sie können uns von Ihrem Gehilfen eine Liste erstellen lassen – mit günstigen Preisen, wie uns Ihr geschätzter junger Herr Willi vorhin versichert hat.«

»Selbstverständlich. Wir haben alles in prima Qualität am Lager und bei einer vierfachen Grundausstattung ist natürlich auch ein Rabatt möglich, die Herren. Am besten wird sein, wenn einer von Ihnen mit Willi mitgeht, wenn er die Liste macht, damit Sie wissen, was die einzelnen Posten bedeuten. Sie werden vielleicht schon die Erfahrung gemacht haben, dass die Seemannssprache manchmal nicht so ohne Weiteres verständlich ist.« Ophagen ging zur Tür. »Willi, komm mal her! Erklär dem Herrn hier«, er deutete auf Karl, der ohne besondere Aufforderung hinter ihn getreten war, »was alles bei einer Grundausstattung in die Seekiste gehört.« Als er die Tür wieder geschlossen und sich gesetzt hatte, fuhr er geheimnisvoll fort: »Zuerst brauchen Sie natürlich eine Seekiste, und da habe ich für Sie etwas Besonderes!« Er nahm einen Schluck

Wein, erhob sich dann wieder und ging zu einer Tür im Hintergrund, die in einen kleinen Lagerraum führte, in dem er offensichtlich seine besonderen Schätze aufbewahrte.

Ophagen wuchtete eine Kiste von einem Regal herunter. Paul fiel an ihr nur auf, dass die Bodenfläche größer als die des Deckels, der Querschnitt also trapezförmig war. Weiter verfügte sie über ein solides Schloss, und ihr Deckel war mit dem Bild eines Segelschiffs unter vollen Segeln geschmückt. Die Ecken und Kanten waren mit Metall beschlagen. Der Kaufmann öffnete sie und ließ Paul hineinschauen. »Fällt Ihnen etwas auf, junger Herr?« Paul untersuchte sie genau, aber er musste verneinend den Kopf schütteln. »Das ist gut«, schmunzelte Ophagen, »dann passen Sie mal auf.« Er drehte an der Rosette, die das Schlüsselloch einfasste und drückte dann einen Messingbeschlag am linken unteren Rand. Daraufhin hob sich der untere Boden der Kiste etwas an. Ophagen klappte ihn völlig auf, und man konnte in ein ziemlich geräumiges Geheimfach blicken, das sich über die gesamte Bodenfläche erstreckte. Paul atmete tief durch. Das Ding konnten sie gut gebrauchen. »Man hat ja manchmal Dinge bei sich, die man nicht an jeder Zollstation vorzeigen will, nicht wahr, junger Herr?« Der Alte griente verschwörerisch. Wofür hält der uns, dachte Paul, für Agenten vielleicht? Möglicherweise für Kuriere, die geheime Depeschen an den Hof von St. James überbringen sollen. Egal, jedenfalls war die Kiste wie für sie gemacht. Er bemühte sich, nicht zu interessiert auszusehen und hüstelte: »Äh, ja, ja, ein schönes Spielzeug. Hübsch gearbeitet, besonders das Boot auf dem Deckel.« Ophagen verzog bei diesen laienhaften Worten schmerzhaft das Gesicht, denn immerhin handelte es sich bei dem abgebildeten Schiff um eine große Fregatte unter Vollzeug. Paul ließ unbeeindruckt von seinem Fauxpas den Blick über die Regale schweifen. Seine Augen blieben an einem breiten Lederbandelier hängen, das auf der Brustseite mit einem kunstvoll aus Messing getriebenen Löwenkopf geschmückt war, auch sonst wies er viele Ornamente auf, die ins Leder geschnitten oder aus Metall getrieben waren, dazu kamen noch blanke Zierknöpfe. Er ging hinüber und nahm das Lederband in die Hand. Verblüfft stellte er fest, dass es viel schwerer war, als er erwartet hatte. Ophagen seufzte auf. »Ein Ladenhüter, muss ich gestehen, dabei ist es eine so schöne Arbeit. Aber leider unverkäuflich, weil es den Leuten zu schwer ist – und außerdem, wer kann schon wirklich gut mit Messern werfen?«

Paul blickte ihn erstaunt an. »Wie soll ich das verstehen?«

Der Kaufmann nahm ihm das breite Bandelier aus den Händen und deutete auf verschiedene Ausschmückungen. Er schob einen Messingknopf nach oben, und eine Fingerspanne darüber schien ein Wurfmesser aus dem Leder zu wachsen. Paul nahm es in die Hand und wog es fachmännisch in der Hand. Es war so ausbalanciert, dass die Spitze um ein Weniges schwerer war als der Griff, daher würde es tief in das Ziel eindringen. Prüfend sah er sich um, in acht Schritt Entfernung entdeckte er einen massiven Stützbalken, er holte kurz aus und schleuderte das Messer in diese Richtung. Zitternd blieb es im Balken stecken. Ophagen wurde etwas blass um die Nase und räusperte sich dann. »Ahem, ich denke, dass wir uns über den Preis einigen können. Im Wehrgehänge sind zwei von diesen Dingern versteckt, eins auf der Vorderseite, und ein zweites gleich hinter der Schulter. Um das ziehen zu können, bedarf es sicher etwas Übung. Allerdings kann man einem Gegner eine unangenehme Überraschung bereiten, wenn man es beherrscht.«

»Wohl wahr!«

Sie gingen mit der Kiste und dem Bandelier zurück ins Kontor, wo sie sich nach einem weiteren Glas Wein über den

Preis einig waren. Dann trat auch Karl mit einer Liste in der Hand wieder ein. Paul warf den Ledergurt in die Kiste, verschloss sie, hängte sich den Schlüssel, der an einem kräftigen, geflochtenen Lederband hing, um den Hals. »Vielen Dank, Herr Ophagen, wir melden uns morgen früh wieder bei Ihnen, ist das recht?«

»Das ist mir sehr recht, obwohl morgen Sonntag ist, junger Herr. Klopfen Sie einfach nach dem Kirchgang an die Tür. Sollte ich bei meinen Sondierungen Erfolg haben, dann können wir auch über die Ausrüstung reden. Einen schönen Abend noch.«

»Den wünsche ich Ihnen auch. Auf Wiedersehen, Monsieur Ophagen.«

Kaum hatten sie den Laden verlassen und waren um die nächste Ecke verschwunden, packte Paul Karl am Arm und zischte: »Halt! Wenn mich nicht alles täuscht, wird sich unser Pfiffikus bald auf den Weg machen, um den Schiffer aufzusuchen, an den er uns vermitteln will. Es ist nicht gesagt, dass er aus dem Vordereingang kommt, aber er muss zum Fluss runter, so viel ist sicher, also postiere dich so, dass er dir möglichst nicht entwischen kann. Es ist den Versuch wert. Ich bringe die Kiste zum ›Goldenen Anker‹. Mal sehen, was mein kleiner Bruder inzwischen angestellt hat. Eins weiß ich, in der Kirche war er ganz gewiss nicht!«

Karl grinste breit, gluckste in sich hinein und tauchte in der Menge unter.

Als Paul kurze Zeit später an der Tür ihres gemeinsamen Zimmers klopfte, stand plötzlich Franz hinter ihm. Paul fuhr erschrocken zusammen, denn er hatte den schweren Mann nicht kommen hören.

»Der junge Herr Peter schläft, Herr Paul. Er hatte nach dem Mittagsmahl Besuch von einer, ääh … jungen Deern«, druckste Franz herum.

»Schon gut, Franz. Wie spät ist es eigentlich?«

»Die Kirchturmuhr hat eben die dritte Nachmittagsstunde geschlagen.«

»Was, so spät schon. Da hat der Kleine aber lange genug geschlafen. Na, den werde ich anlüften!« Er klopfte energisch gegen die Tür, worauf drinnen ein müdes Stöhnen zu hören war. »Mach sofort auf, du verhurtes Murmeltier«, grollte Paul.

»Ja, ja, ich komm ja schon. Wo brennt's denn!« Das Schloss knackte und die Tür öffnete sich. Paul trat mit seiner Last ein. Im Zimmer roch es nach ... nun ja, wie es so riecht, wenn ... Er riss das Fenster auf.

»Willst du mich umbringen, du ungehobelter Klotz?«, schimpfte Peter und sprang wieder in sein Bett. Er war splitterfasernackt. Von den Verbänden war nichts mehr zu sehen. Die Wunden waren alle gut verheilt und sahen schön sauber und rosa aus.

»Wie war es mit deiner Samariterin, du Unhold? War die Heilbehandlung erfolgreich?«, erkundigte sich Paul nicht ohne einen Anflug von Neid.

»Wie man es nimmt. Nun, erfolgreich, wie du das nennst, war das Rendezvous schon, aber kurz, sehr kurz ... leider. Der Wirt passt höllisch auf, daher konnte sie nur ein knappes Stündchen nach dem Mittagessen heraufkommen. Aber sag mal, was hast du denn da angeschleppt?«

»Eine Seekiste mit Pfiff!«, meinte Paul stolz und führte ihm seine Erwerbung vor.

»Wirklich nicht schlecht, Brüderchen, da drinnen können wir unsere kleinen goldenen Lieblinge gut verstecken. Wer stiehlt schon eine Kiste mit Seemannskleidung?«

So geschah es. Sie brachten alle Münzen und die Briefe in dem Geheimfach unter, wobei sie sorgfältig darauf achteten, dass nichts klappern konnte. Währenddessen erzählte

Paul von ihrer Stadtbesichtigung und der Unterredung mit dem Kaufmann Ophagen. Paul verstaute auch noch seine Satteltaschen und seine Kleidung in der Kiste, bevor er sie wieder verschloss. »Wir bleiben ja zwangsläufig bis England zusammen, Peter, da du unterwegs wegen deiner mangelnden Schwimmkenntnisse das Schiff nicht verlassen kannst«, neckte er seinen Bruder, der etwas traurig in seine jetzt wieder viel leichtere Satteltasche schaute.

»Sehr witzig! Mir graut jetzt schon davor, auf so einen unsicheren Kahn gehen zu müssen.«

»Ach was, sei ein Mann, denk an Magellan oder Kolumbus und ihre winzigen Schiffchen, von denen uns unser gelehrter Hofmeister erzählt hat.«

»Ich heiße aber nicht Kolumbus und muss Amerika auch nicht nochmals entdecken.«

Es klopfte.

»Herein!«, riefen sie wie aus einem Munde.

Karl trat ein, Franz folgte ihm auf dem Fuß. Die beiden Morins sahen den sommersprossigen Rotschopf, der breit grinste, fragend an.

»Ich bin dem Krämer unauffällig gefolgt, das war bei den vielen Menschen auf dem Kai nicht schwer. Er überquerte die Mottlau und ging auf die Speicherinsel. Dort eilte er durch die Gassen auf die andere Seite zu einem holländischen Schiff, das *Oranjeboom* heißt. Er ging an Bord und verschwand unter Deck. Nach einer Viertelstunde erschien er wieder und schien sehr vergnügt zu sein. Ich bin noch geblieben und habe ein wenig mit den Hafenarbeitern geschwatzt. Sie erzählten mir, dass das Schiff Tuchballen lädt, aus denen man Segel schneidern kann, sowie bearbeitete Holzstämme, ich glaube, sie nannten sie Spieren oder so, die auch auf Schiffen benötigt werden. Auf meine Frage, wohin die Ladung bestimmt wäre, lachten sie und meinten nur spöttisch, dahin, wo es sehr viele, sehr, sehr viele Schiffe gäbe, jedenfalls nicht nach Preußen. Sie fanden ihre Antwort wohl überaus witzig.«

Paul schlug sich mit der flachen Hand vor die Stirn. »Natürlich, darauf hätte ich auch kommen können. Wir hätten nicht nach dem Bestimmungshafen, sondern nach der Ladung fragen sollen. England ist für den Nachschub für seine Flotten auf das Baltikum angewiesen. Und auf der Rückseite der Speicherinsel sind wir auch nicht gewesen.«

»Was machen wir jetzt?«, erkundigte sich Peter gähnend in seinem Bett.

»Ich würde vorschlagen, dass wir alle ein Nickerchen machen, bevor wir heute Abend noch auf einen Streifzug durch die Stadt gehen.«

»Manchmal hast du richtig gute Ideen, mein Bruderherz. Das war doch ein Wort ganz nach meinem Geschmack«, seufzte Peter wohlig auf und drehte sich unter seiner Bettdecke zur Wand.

Sie schliefen bis zur Abenddämmerung und machten sich dann zum Ausgehen fertig. Da sie ihren wertvollsten Besitz in der Seekiste sicher glaubten, gingen sie zu viert los. Neugierig und mit großen Augen streiften sie durch das Hafenviertel, in dem sich ein buntes Völkchen drängte. Seeleute, Decksmänner von den Flusskähnen, Fuhrknechte von den schweren Überlandkutschen, leichte Mädchen und auch eine ganze Reihe zwielichtiger Typen, denen man nicht unbedingt in einer einsamen, dunklen Gasse begegnen wollte. Mehrfach musste Paul seinen Bruder am Arm mitziehen, der sich immer wieder in intensive Gespräche mit jungen Frauen einließ, die alle nur das »Eine« wollten – sein Geld. Sie schauten in verschiedene Wirtshäuser hinein; in allen war es laut und alle Tische schienen besetzt zu sein.

»Ich weiß nicht, wie es euch geht, aber ich sterbe vor Hunger«, stellte Paul plötzlich fest.

»Ich bin eher am Verdursten«, korrigierte ihn Peter.

Ihren Hunger stillten sie in einer Garküche, in der frischer Seefisch auf unterschiedlichste Art zubereitet wurde. Sie empfanden es als äußerst positiv, dass man die Gräten der Seefische viel leichter entfernen konnte, als die der Flussfische, die sie kannten. Zum Essen tranken sie gutes Danziger Bier. Inzwischen ging es auf die zehnte Stunde zu, und bald würden die Stadtsoldaten ihre Runde machen, um für Ruhe am heiligen Sonntag zu sorgen. Sie zahlten und machten sich langsam auf den Heimweg. Peters Blick fiel zufällig in eine Seitengasse, und sein Auge wurde von einer Laterne angezogen, unter der ein mehrfarbiges Schild einen seltsamen bunten, sehr fremdartigen Vogel darstellte. Er blieb stehen und ging dann in die Gasse hinein.

»Peter, sapperlot noch mal, wo willst du denn jetzt schon wieder hin? Nein, sage nichts, ich kann es mir schon denken!«

»Ach, Quatsch! Kommt doch mal her, das sieht interessant aus.«

Sie folgten ihm und konnten bald auch die Inschrift entziffern: *Zum Papagei.*

»Da muss ich rein! Kommt, einen Krug Bier können wir noch gut als Schlummertrunk vertragen.« Mit diesen Worten stieß er die Tür auf. Bei ihrem Eintritt drehten sich alle Köpfe in dem verhältnismäßig kleinen Schankraum zu ihnen um. Neben der Tür hing ein großer Vogelkäfig, in dem ein wunderbar bunter, großer Papagei auf einer Stange saß. Er legte den Kopf schief, kratzte sich mit einer Kralle am Kopf und knarzte: »Kloor zum Brassen!« Scharfe Augen musterten sie – nun ja, zugegeben, einige der Augen guckten schon ganz schön glasig – und wandten sich dann geringschätzig wieder ab. *Landratten* besagten die abweisenden Mienen. An jedem Tisch schien eine andere Sprache gesprochen zu werden, denn die Gäste waren ihrer Kleidung nach durch die Bank Seeleute. Sie fanden in einer Ecke einen kleinen Tisch, der offensichtlich frei war. Gerade als sie sich setzen wollten, knurrte eine drohende Stimme neben ihnen: »Der Tüüsch is besetzt, hicks, such dir 'nen anderen!«

»Wer sitzt denn hier? Ich sehe niemanden!«, schnarrte Peter gereizt.

»Isch, hicks, weiß gar nisch, ob isch dir dasch sagen sollte, aber isch will, hicks, mal nisch so sein: das ischt der Tüüsch der Winde, und die kann man, hicks, natüürlisch auch nisch sehen. Neee, sehen kann man die nisch ... hicks.«

»Was kann man die denn?«

»Jungsch, dieser grüne Bengel fragt misch, hicks, was man mit den Winden kann, is dasch nisch komisch ... hicks?« Er gackerte belustigt vor sich hin, dann drehte er sich mit erstaunlicher Behändigkeit um, bückte sich und ließ einen donnernden Afterwind in Peters Richtung fahren.

»Rüüschen kann man sie, Jungschen, rüüschen, ha, ha, ha!«

Seine Schiffskameraden brüllten vor Lachen und hieben sich auf die Schenkel oder trommelten mit den Fäusten auf die Tischplatte.

Peters Gesicht hatte die Farbe einer überreifen Tomate angenommen, seine Augen waren zu schmalen Schlitzen zusammengekniffen und sein Säbel war schon halb aus der Scheide, da legte sich ihm eine große Pranke auf den Arm. Franz schüttelte abwehrend den Kopf. Als sich der Stinker wieder aufrichtete und umdrehte, sah er sich dem vierschrötigen Knecht gegenüber. Er schluckte überrascht, dann bekam er eine Maulschelle, die ihn von den Füßen holte und zwischen seine grölenden Kumpane warf. Sein Schluckauf war verflogen, als er auf die Tischplatte knallte. Wie auf Kommando sprangen seine Kameraden auf und stürzten sich auf die vier Märker. Da die sich den Ecktisch ausgesucht hatten, konnte ihnen niemand in den Rücken fallen. Das war auch gut so, denn sie hatten nach vorne alle Fäuste voll zu tun.

Erstaunlicherweise blieben die anderen Gäste nicht als unbeteiligte Zuschauer sitzen, sondern schienen für die eine oder andere Gruppe Partei zu ergreifen. Mit anderen Worten, innerhalb kürzester Zeit entbrannte eine herzhafte Prügelei. Krüge und Flaschen zersplitterten, Stühle und Tische zerbarsten, der eine oder andere Kombattant spuckte verbittert einen Zahn aus – oder auch mehrere, manches Auge schwoll zu und einige Nasenbeine verloren ihre Form. Paul und Franz kämpften in der vorderen Frontlinie, während Peter und Karl die Flanken sicherten.

Franz räumte seine Gegner mit der stoischen Gelassenheit einer Windmühle aus dem Weg, während Paul doch mehre schwere Schläge verdauen musste, wovon einer ihm die linke Augenbraue aufplatzen ließ. Das herunterfließende Blut blendete ihn, das machte ihn erst recht wütend, und er erwischte seinen Gegner mit einem schwungvollen Heuholer am Ohr. Vermutlich war der Siegelring schuld, jedenfalls löste sich das Ohr zur Hälfte vom Kopf, was den anderen aber nicht zu stören schien, erst als er ihm voll mit dem Knie in den Bauch trat und dann mit den gefalteten Fäusten auf den Hinterkopf drosch, ging er schnaufend in die Knie, und ein zweiter Stoß von Pauls Knie warf ihn auf den Rücken. Diese Kampfmethode war zwar nicht gerade eines Aristokraten würdig, aber sehr effektiv ... und sie war in den ländlichen Keilereien mit den Twelkows erprobt. Natürlich durften Vater und Großvater davon nichts wissen, aber wenn mal wieder blauviolett zugeschwollene Augen zu bewundern waren, an denen bockende Pferde die Schuld tragen sollten, dachten sie sich ihr Teil. Und dann war da auch noch der alte Schulze mit seinen erprobten Kernsätzen und den unfairen, aber wirkungsvollen Hilfestellungen zum Überleben in einer unfeinen Welt.

So schnell, wie die Schlägerei begonnen hatte, war sie auch vorüber, als der Wirt mit seinen Knechten eine Kette gebildet hatte, über die Wassereimer nach vorne gemannt und über den Streithähnen ausgeleert wurden. Die Kombattanten standen im Wortsinne da wie begossene Pudel und schüttelten sich laut schimpfend. Es war erstaunlich, wie unwillig die Seeleute auf einen überraschenden Guss mit ihrem angestammten Element reagierten.

»Schluss! Aus! Ende!«, brüllte der Wirt. »Gleich kommen die Stadtsoldaten, bis dahin habt ihr alles bezahlt und euch getrollt, verstanden, ihr nichtsnutziges Pack! Falls nicht, landet ihr in einem wenig einladenden Schlafgemach mit Ketten an Armen und Beinen in der Gesellschaft von Ratten, die euch eine kleine Nachtmusik* aufspielen!«

Lammfromm trotteten die Männer zum massiven Tresen, um ihre Zeche und ihren Anteil an der verwüsteten Einrichtung zu bezahlen. Obwohl der Wirt dabei sicher ein gutes Geschäft machte, gab es keine lauten Widerworte, und beim Gehen warfen ihnen die meisten Männer einen fröhlichen Blick zu und kniffen ein Auge zusammen, als könnten sie sich keinen größeren Spaß vorstellen als eine handfeste Keilerei.

---

* Der Autor weiß natürlich, dass ein gewisser Wiener Musikus namens Mozart erst im Jahr 1787 ein gleichnamiges Musikstück komponiert hat, aber ob er jemals in Danzig im *Papagei* gewesen ist und vom Wirt auf die kleine Nachtmusik der Knastratten hingewiesen worden ist, darf mit Fug und Recht bezweifelt werden. Nach allem, was man so über ihn gehört hat, hätte es ihm aber im *Papagei* bestimmt gefallen.

Schließlich waren alle gegangen und Paul trat vor. »Verzehrt haben wir ja nichts, aber wie hoch ist unser Anteil?«

»Lass mal stecken, Jungchen, das haben die anderen schon alles mitbezahlt, und eine Kanne Bier vom Besten bekommt ihr auch noch. Auch kein fußkranker Landlubber* soll behaupten können, dass er den ›Papagei‹ mit trockener Kehle hat verlassen müssen.«

Die Knechte brachten ihnen und dem Wirt große Humpen mit kräftigem braunem Bier. Sie stießen damit an und leerten sie genüsslich.

Paul versuchte, sich das Blut aus dem Gesicht zu reiben. Er bestellte beim Wirt einen doppelten Korn, den er auf sein Sacktuch goss und damit die Wunde reinigte.

»Geht das hier jeden Abend so ... ääh ... gemischt zu?«, erkundigte sich Peter.

»Nein, nur vielleicht zwei- bis dreimal im Monat. Aber das reicht mir auch. Unangenehm wird es nur, wenn die Kerle auch noch anfangen, ihre Messer zu benutzen, da sind dann viele Fragen zu beantworten, wenn einer das Atmen vergisst. Da hilft dann nur die Salzfleischmethode ...« Der Wirt erleichterte sich mit einem dröhnenden Aufstoßen.

»Die Salzfleischmethode ...? Das verstehe ich nicht«, meinte Paul.

»Dat will ich wohl glauben, jong Kerl«, fuhr der Kröger grinsend fort und rieb sich die Nase. »Die Kerls sind alle nicht von hier, nicht wahr, und warum sollen wir hier viel Gewese mit dem Senat um einen Ausländer machen? Daher packen wir den toten Kerl in ein Fass, füllen es schön mit hochkonzentrierter Salzlake und verschließen es fachmännisch, dann liefern wir ihn als ›Soltfleesch‹ an Bord seines Schiffes ab, wo er zwischen die anderen Fässer gestaut wird. Der Skipper

* Eine Person, die keine Ahnung von der Seefahrt hat

kann sich dann überlegen, was er mit ihm anstellt. Der Kerl hält sich jedenfalls eine ganze Weile frisch«, konstatierte der Wirt ungerührt.

Paul spürte, wie sich ihm der Magen langsam umdrehte. Warum musste er auch immer so neugierig fragen? Schnell trank er aus und winkte seinen Kameraden, ihm zu folgen. Als er an dem Papagei vorbeiging, trat der aufgeregt von einem Bein auf das andere und krähte freudig: »Hoool an die Fockschot!«

Draußen vor der Tür atmete er tief durch und schüttelte sich. Seine Kameraden drängten sich, begleitet von den Kommentaren des Papageis, durch die Tür. Langsam setzten sie sich in Bewegung und sahen etwa zwanzig Meter weiter die Gasse runter ein wildes Getümmel dunkler Schatten. Sie näherten sich vorsichtig, dann vernahmen sie auch das Stöhnen und Keuchen der Kämpfenden. Aus der Gruppe lösten sich ein paar Gestalten und griffen sie an. In der engen Gasse waren die Säbel eher hinderlich, so dass sie ihre Dolche zückten und vor den Körper hielten. Peter und Karl bildeten diesmal die erste Reihe, denn es konnten nur zwei Männer ohne sich gefährlich zu behindern mit ihren Messern nebeneinander kämpfen. Auch die Angreifer waren mit Messern bewaffnet. Die Lampe über dem Eingang des *Papagei* war bereits gelöscht worden, so dass es zwischen den Hauswänden fast völlig dunkel war. Die Kämpfer sprangen mit den Klingen in den ausgestreckten Händen vor und zogen sich sofort wieder zurück, sobald der Angriff abgewehrt worden war. Peter und Franz bewegten sich geschmeidig wie Katzen. Hier waren sie mit ihrem schlanken Körperbau im Vorteil. Man hörte das Scharren der Füße, das Schnaufen der Kämpfer, stürmisches Keuchen, wenn einer mit aller Kraft zustieß und heftiges, erschrockenes Einsaugen der Luft beim Zurückweichen vor einer gefährlich dicht vorbeizuckenden Klinge. Aber schon nach kurzer Zeit stieß Peters Gegner einen unverständlichen Fluch aus, als er getroffen wurde. Er rief seinen Freunden etwas halblaut in einer fremden Sprache zu, worauf diese sofort begannen, sich zurückzuziehen. Nur einer kniete noch am Boden über einem Mann, drückte dessen abwehrende Arme zur Seite und hob seine rechte Hand mit der blanken Waffe weit über den Kopf, um zuzustechen. Paul zögerte keine Sekunde und warf seinen Dolch mit voller Wucht. Der Mann erstarrte mitten in der Bewegung, ließ sein Messer fallen und fiel mit einem gurgelnden Aufschrei zur Seite auf den Boden. Die übrigen Angreifer waren plötzlich wie vom Erdboden verschluckt. Stöhnend und fluchend erhoben sich die anderen Männer und klopften sich Hosen und Röcke ab. Allerdings blieben zwei dunkle Bündel am Boden liegen. Von der Hauptstraße her hörte man die herannahende Patrouille der Stadtsoldaten.

»Schnell, packt die Toten und dann zurück zum *Papagei*, macht schnell!«, befahl Paul und eilte zur Tür der Kneipe. Er klopfte energisch. Von drinnen erklang ein missmutiges: »Geschlossen!«

»Machen Sie schnell auf! Es hat hier draußen Ärger gegeben!«

Die Tür öffnete sich einen Spalt, und der Wirt blickte misstrauisch heraus. »Was gibt's denn noch?«

»Wir haben Nachschub an Salzfleisch«, bemerkte Peter sarkastisch.

»Verdammt! Nicht auch noch das! Aber was geht mich das an.«

»Doch, doch, für zwei Fässer. Genau vor Ihrer Tür und die Patrouille kommt!«

Der Wirt öffnete und ließ sie schnell hinein. »Lass fallen Anker!«, krächzte der Papagei. Es stellte sich heraus, dass die Männer, denen sie geholfen hatten, Holländer waren. Alle hatten mehrere, wenn auch leichte Schnitt- und Stichverletzungen erlitten. Ein großer blonder Mann stöhnte: »Dieser Hund da«, er stieß den einen Toten mit dem Fuß an, »hätte mich beinahe fertig gemacht, aber dann muss ihn jemand gerade noch rechtzeitig erwischt haben.« Paul bückte sich und zog seinen Dolch aus dessen Wanst. »Aah, du warst das, ich verdanke dir mein Leben. Das war ein toller Wurf.«

»Ich denke, dass es ein Glückstreffer war, der Herrgott wollte Sie wohl noch nicht vor Seinem Thron sehen.«

Peter ergänzte zynisch: »Das mit dem Glückstreffer ist wohl Ansichtssache, der hier wird das wohl kaum so sehen.« Er stieß den Toten mit der Fußspitze an.

»Ich bin jedenfalls verflucht froh, dass du getroffen hast, Junge, sonst wäre Piet van Rijn jetzt an seiner Stelle und könnte mit dem armen Vincent zusammen an die Himmelspforte klopfen.«

»Der Kerl war doch vorhin auch hier«, stellt der Kröger fest, »er gehörte zu den Schweden, wenn ich nicht irre.«

»Du hast ganz recht, er ist Schwede und fährt … fuhr auf der *Viking*. Die Kerle haben schon vorhin die ganze Zeit herumgestänkert.«

»Es ist immer dasselbe mit den Skandinaviern«, brummte der Wirt missmutig. »Es sind liebe, nette Leute, aber wenn sie Alkohol im Kopf haben, dann werden sie unberechenbar.«

»Dann müssen die Schweden in Vorpommern ständig im Vollrausch sein, so wie sie dort kürzlich wieder gehaust haben«, murrte Peter halblaut.

»Es sind nicht immer die Besten, die sich zu den Soldaten melden, mit Verlaub gesagt, junge Herren. Ich lasse euch jetzt alle vorsichtig raus, die Patrouille ist vorbei. Wann läuft die *Oranjeboom* aus?«, erkundigte sich der Wirt.

»Montagmittag sollten wir fertig beladen sein.«

Peter und Paul blickten sich überrascht an. Wenn das kein

glücklicher Zufall war. »Sollen wir euch zum Schiff begleiten? Es könnte doch sein, dass sich die Schweden nochmals irgendwo auf die Lauer gelegt haben«, erkundigten sie sich fast wie aus einem Munde.

»Das ist nicht nötig. Aber wenn ihr wollt, dann könnt ihr mich morgen an Bord besuchen. Ich bin der Groot* der *Oranjeboom*, mein Skipper wird sich freuen, euch die Hände zu schütteln, weil ihr seinem Maat das Leben gerettet habt.«

»Vielen Dank für die Einladung, wann dürfen wir unsere Aufwartung machen?«

»Ach, kommt doch zum Mittagsmahl nach dem Gottesdienst. Die *Oranjeboom* liegt an der äußeren Seite der Speicherinsel.«

Beinahe wäre Peter rausgerutscht, dass sie das wüssten, aber er bekam gerade noch den Dreh, räusperte sich und meinte dann: »Ahem, ääh ..., ich hoffe, dass es kein Salzfleisch geben wird.«

Die Umstehenden starrten ihn mit gerunzelter Stirn missbilligend an. Paul, dessen Magen sich schon wieder unangenehm bemerkbar machte, mischte sich schnell ein. »Mein Bruder entwickelt manchmal einen höchst zweifelhaften Sinn für Humor.« Er warf Peter einen wütenden Blick zu.

»Der Jong ist für sein Alter ganz schön abgebrüht«, murmelte van Rijn.

»Das macht der Krieg«, seufzte der Wirt. »Was sind das für Zeiten, in denen solch junge Bengels mit dem Messer töten wie alte Landsknechte und ein schändliches Mundwerk haben wie abgefeimte Marketenderinnen ... Jetzt aber raus mit euch, bald kommt die nächste Ronde.« Er drückte sie aus der Tür und schloss hinter ihnen ab. Schweigend schlichen

---

* Steuermann

die Männer die Gasse bis zum breiten Kai hinab, dort verabschiedeten sie sich und machten sich in verschiedene Richtungen davon.

Als Paul in seinem Bett lag, schwirrte ihm der Kopf von den vielen Eindrücken, die heute auf ihn eingestürmt waren. Aber immer wieder hatte er das Bild des Schweden vor Augen, wie er auf dem Boden der Kneipe gelegen hatte, mit starren, weit aufgerissenen Augen, eine Hand zur Kralle gekrümmt, die nach dem Griff des Dolches tasten wollte. Es war richtig, er hatte dem Holländer das Leben gerettet, aber er konnte nicht sagen, dass er sich deshalb besonders gut fühlte. In der Nacht schreckte er mehrfach schweißnass aus dem Schlaf in die Höhe, wenn ihn eine Lawine aus Salzfleischfässern zu überrollen drohte, aus denen zu Krallen verkrümmte Finger herausragten.

Auf einem Altwasserarm der Weichsel ankerte der Kahn, auf dem sich Augustinas eingeschifft hatte. Auch er war aus dem Schlaf hochgeschreckt, als es neben der Bordwand laut geklatscht hatte. Ein großer Fisch musste gesprungen sein, aber jetzt lag das schwarze Wasser wieder ruhig und fast bewegungslos da. Augustinas zog aus seinem Bündel eine Flasche hervor, zerrte den Korken heraus und nahm einen langen Zug. Der scharfe Schnaps lief ätzend durch seine Gurgel, dann die Speiseröhre hinunter, um sich endlich in seinem Magen wärmend auszubreiten.

»Morgen, morgen ...«, murmelte er und grinste böse. Er würde die Kerle finden, ganz bestimmt würde er sie finden ... Er nahm noch einen Schluck, dann rollte er sich wieder unter seinem Fellmantel zusammen.

Kapitel 11

April 1760, Danzig

Die mächtigen Glocken der Marienkirche begleiteten die beiden Brüder auf ihrem Weg zur Speicherinsel. Wuchtiges Brummen und dumpfes Dröhnen mischte sich mit dem durchdringenden hellen Klang der kleineren Glocken zu einem aufregenden Jubilate. Das Wetter zeigte sich launisch, mal schickte die Sonne ihre warmen Strahlen zwischen den Wolkenbergen hindurch, dann prasselten wieder heftige Regenschauer auf die Pflastersteine und ließen die vielen Besucher des Gottesdienstes und weniger gottesfürchtige, aber dafür umso neugierigere Flaneure schutzsuchend in ihren Häusern oder einladend wartenden Schenken und Wirtshäusern verschwinden.

Paul fühlte sich nach dem Besuch des Gottesdienstes wieder besser. Es tat ihm zwar herzlich leid um den schwedischen Seemann, aber er hatte dem anderen Mann einfach helfen müssen. Nach Piets Schilderung war es anscheinend so gewesen, dass die Schweden aus dem Hinterhalt über die Holländer hergefallen waren und gleich beim ersten Ansturm einen von ihnen abgestochen hatten.

Im Kampf einen feindlichen Soldaten niederzustrecken war eine Sache, einen Gegner zu töten, der einen in mörderischer Absicht angriff, eine zweite, aber jemanden umzubringen, zu dem man keinerlei Beziehung hatte, war wieder eine ganz andere Geschichte. Peter, der gespürt hatte, dass seinen Bruder Gewissensbisse quälten, hatte ihn zu trösten versucht. Aber seine aufmunternden Sprüche waren in diesem Fall keine große Hilfe gewesen. So marschierten sie jetzt schweigend durch die Speichergassen zum Kai, an dem die *Oranjeboom* liegen sollte. Als sie aus dem Gewirr der Speicher heraustraten, entdeckten sie auch bald an einem Masttopp einen langen rotweiß-blauen Wimpel. Sie gingen hinüber und betrachteten das Schiff genauer. Es sah doch erheblich anders aus als die *Lisa*, der Weichselkahn, auf dem sie nach Danzig gekommen waren. Es verfügte über zwei hohe Masten, um die sich ein wahres Spinnwebengewirr von Stricken spannte, dazu kam noch ein weit nach vorne und schräg nach oben herausragendes Rundholz. Am vorderen Mast befanden sich drei waagerecht ausgerichtete Spieren, am achteren dagegen waren nur zwei jetzt in der Horizontalen übereinandergelaschte Bäume zu sehen. Da heute nicht gearbeitet wurde, waren die Luken verschlossen. Auf einer der beiden Luken hockten zwei Männer, von denen sie einen bei näherem Hinsehen als einen der Männer aus dem *Papagei* identifizierten. Er winkte ihnen freundlich zu und deutete auf eine Laufplanke, die auf das Deck führte. »Einen schönen guten Tag wünsche ich euch. Kommt an Bord, der Ool und der Groot erwarten euch achtern in der Staatskajüte.«

»Euch auch einen guten Morgen. Wie ich sehe, seid ihr gut an Bord gekommen.«

»Ja, zum Glück gab es kein Problem mehr, aber jetzt geht nach achtern, der Ool wartet nicht gern.«

Achtern öffnete sich eine geschnitzte Tür mit Butzenscheiben, und sie erkannten den weißblonden Schopf des Piet van Rijn. Er winkte ihnen zu. Als sie bei ihm ankamen, schüttelte er ihnen kräftig die Hände und begrüßte sie herzlich. »Kommt unter Deck, Jungs, wir haben schon auf euch gewartet.« Er verschwand wieder im Niedergang. Vorsichtig folgten sie ihm in einen engen holzgetäfelten Vorraum, von dem drei Türen abgingen, die aber alle geöffnet waren. Außerdem gab es noch eine Art Garderobe, deren Wände mit geteerter Leinwand ausgekleidet waren, und der Boden bestand aus einem Holzgitter. Piet sah ihre fragenden Blicke und erklärte: »Das ist unser Ölzeugschrank, da kommen die nassen Klamotten und Seestiefel rein, wenn es draußen haarig wird, und das Wasser sammelt sich unter der Gräting. Dadurch bleibt es in den Kabinen trockener. Hier geht es übrigens in meine Kammer, und da drüben ist die Pantry. Aber nun kommt zum Kaptein.«

Paul warf einen schnellen Blick in Piets Kammer. Sie war wirklich nicht besonders groß, machte aber einen gemütlichen Eindruck. Was Piet als Pantry bezeichnet hatte, war eine kleine Anrichte, in der ein junger Mann in einer weißen Jacke mit Töpfen und Geschirr hantierte. In der dritten Tür mittschiffs erschien jetzt ein gedrungener älterer Mann. Er war in schlichtes blaues Tuch gekleidet, aber alle Materialien waren von bester Qualität. Er musterte sie durchdringend, dann lächelte er und streckte ihnen die Hand entgegen. »Willkommen auf dem guten Schiff *Oranjeboom* aus Haarlem. Ich freue mich aufrichtig, die beiden jungen Herren an Bord begrüßen zu können, die meinem Steuermann und lieben Schwiegersohn Piet van Rijn das Leben gerettet haben. Mein Name ist Hugo de Vries.«

»Peter und Paul von Morin, Herr Kapitän de Vries. Wir danken für die Einladung und freuen uns sehr, Ihre Bekanntschaft machen zu dürfen«, übernahm Peter aufgeräumt die Vorstellung. Sie schüttelten sich fest die Hände. »Tretet ein, junge Herren, wir wollen uns einen gemütlichen Sonntagnachmittag machen.«

Die Kajüte war ziemlich groß und mit erlesenem Geschmack ausgestattet. Sie erstreckte sich über die gesamte Schiffsbreite, und achtern fiel durch eine Reihe von Fenstern das Tageslicht auf eine gepolsterte und mit Seidenstoff bespannte Sitzbank, die sich darunter von Bordwand zu Bordwand erstreckte. Die Möbel waren aus einem fremdländischen Holz gearbeitet und schimmerten in einem warmen rötlichen Farbton, die Beschläge bestanden aus glänzendem Messing. Die Wände waren teilweise mit Fliesen aus Delfter Fayencen verziert. Sie nahmen auf bequemen Stühlen mit Armlehnen an einem wuchtigen Esstisch Platz. »Jan, bring uns den Sherry!«, rief de Vries in Richtung der Pantry.

Der junge Mann trat ein und balancierte ein Tablett, auf dem vier Gläser und eine Schale mit Gebäck standen. »Dry, Medium oder Cream?«, erkundigte er sich, während er einen Weinschrank öffnete. Die Brüder schauten sich fragend an. »Trocken, halbtrocken oder süß«, wiederholte er mit ausdrucksloser Miene.

»Ich würde vor dem Essen den trockenen empfehlen«, schlug Piet vor. Sie nickten stumm. Nachdem sie an ihrem Wein genippt hatten, verzogen sie die Gesichter. Piet lachte schallend. »So etwas kennt ihr wohl nicht, der Fino ist für euch Milchbärte anscheinend *zu* trocken. Nichts für ungut, meine Freunde, das sollte keine Beleidigung sein. Das nächste Mal probiert ihr den Amontillado, den Oloroso würde ich vor dem Essen nicht empfehlen, der ist etwas für danach.«

»Also ich würde einen Portwein vorziehen«, ließ sich Paul weltmännisch vernehmen, immerhin hatte er davon schon einmal ein Glas bei den Kottwitzens getrunken.

Die beiden Holländer sahen sich überrascht an und grinsten dann breit. »Jan, schenk dem jungen Herrn einen Tawny ein. Danach wollen wir uns dem Mittagsmahl widmen, ich habe Hunger.«

Feinstes chinesisches Porzellan kam auf den Tisch, Gläser

aus geschliffenem Kristall und Bestecke aus schwerem Silber. Paul musste an die Worte seines Bruders Friedrich denken, dass woanders an diesem Krieg massig Geld verdient wurde. Auch bei den Holländern schien der eine oder andere Gulden kleben zu bleiben. Das Menu begann mit einer sahnigen Suppe mit Fisch und Gemüseeinlage, die pikant mit unbekannten Gewürzen abgeschmeckt war und den jungen Märkern hervorragend mundete. Während des Essens entwickelte sich eine lebhafte Konversation. Geschickt hatte es der Skipper verstanden, das Gespräch auf ihre Herkunft zu bringen.

»Meine lieben jungen Herren«, er hob sein Glas mit kühlem Rheinwein, »seid nochmals ganz herzlich bedankt für eure mutige Tat gestern Nacht. Meine Tochter, die Beatrix, hätte erst mir die Augen ausgekratzt und sich dann die ihren ausgeweint, wenn ich ohne ihren lieben Piet nach Hause gekommen wäre. So wie ihr gekämpft habt, erst im *Papagei* und danach in der Gasse, bin ich ganz sicher, dass ihr keine herumziehenden Scholaren seid, wie ihr euch der Kleidung nach gebt, sondern Soldaten des Königs von Preußen. Wenn auch Piet mit seinem schändlichen Lästermaul meint, dass der Bartwuchs noch etwas dünn wäre, so weist euch eure Haartracht als Husaren aus. Seht mir meine unverzeihliche Neugierde nach, gnädige Herren, aber was hat die preußische Kavallerie nach Danzig verschlagen?«

»Das sind rein persönliche Gründe«, erwiderte Paul vorsichtig. »Sie können es eine Sache der Ehre nennen, wenn Sie möchten.«

De Vries nickte stumm vor sich hin. »So etwas habe ich mir schon fast gedacht. Noch eine andere Frage: Könnte es sein, dass es sich bei euch um zwei der vier Passagiere handelt, die mir Ophagen für die nächste Reise vermitteln wollte?« Er vermied es sorgfältig, seinen Bestimmungshafen zu benennen. Bevor Paul antworten konnte, wurde der Hauptgang aufgetragen. In einer großen Schüssel befand sich ein dampfender Berg klebriger weißer Körner, in einer zweiten kleingeschnittene Fleischstücke in einer sämigen gelben Sauce, in mehreren kleineren Schalen wurden weitere Beilagen, wie gehackte Zwiebeln, geschnittene hartgekochte Eier, braune, rote und grüne Pasten gereicht. »Mmm, lecker, lecker, Reis mit Curryhuhn. Lasst es euch schmecken, liebe Freunde«, schnalzte Piet genießerisch mit der Zunge. »Aber seid vorsichtig, die roten Chilis sind verdammt scharf.« Der Skipper und Piet häuften sich Reis und Curryhuhn auf die großen Teller und verteilten am Rand einige der Beilagen. Die Brüder taten es ihnen nach und probierten vorsichtig, stellten aber schnell fest, dass dieses Gericht zwar ungewohnt, aber äußerst interessant schmeckte.

»Ich bin lange für die Ostindische Handelskompanie gefahren, da lernt man viele Dinge schätzen, die man hier in unserem alten Europa nicht kennt«, erklärte ihnen de Vries, »dazu gehören auch Essgewohnheiten.«

Nachdem er sich mehrfach bedient hatte, lehnte sich Paul zufrieden auf seinem Stuhl zurück, tupfte sich den Mund mit der weißen Leinenserviette ab und seufzte zufrieden: »Wenn man bei der Handelskompanie jeden Tag so isst, dann werde ich darüber nachdenken, dort – wie sagt man doch bei der Seefahrt – anzuheuern.«

»Vergiss es«, lachte Piet, »bei der VOC* bekommt man die meiste Zeit auch nur Schiffszwieback, Erbsenbrei und Salz…, ähhh, gepökeltes Rind- und Schweinefleisch zwischen die Zähne.«

Paul hatte bei der Erwähnung des Salzfleischs heftig schlucken müssen und ein Glas alten Genever in einem Zug hinuntergekippt. Er hustete, dann räusperte er sich und sagte:

* Vereinigte Ostindische Compagnie

»Ahem … ja, wir möchten nach England, um unsere Verwandten zu besuchen. Wir haben in der Tat mit Herrn Ophagen darüber gesprochen. Wäre es denn möglich, dass wir auf der *Oranjeboom* mitfahren könnten?«

»Ich kann euch diesen Wunsch natürlich nicht abschlagen, muss euch aber darauf hinweisen, dass die Reise nicht ganz ungefährlich ist. Zu den üblichen Gefahren der Seefahrt, wie zum Beispiel den Frühlingsstürmen, und den gefährlichen, weil untiefen Fahrwassern kommt die Gefährdung durch französische Kriegs- und Kaperschiffe, die auf Beute aus sind. Außerdem sind wir eigentlich ein reiner Frachtsegler und daher nicht auf Passagiere eingestellt.«

»Was die Gefahren der See angeht, so wollen Sie doch sicher selbst auch wieder heil nach Hause kommen, und außerdem kennen Sie Ihr Metier. Und was die Franzosen angeht, denen werden wir uns schon zu erwehren wissen.«

»Gut gebrüllt Löwe, aber unterschätze die französischen Freibeuter aus der Normandie oder der Bretagne nicht, die sind aus einem anderen Holz geschnitzt als die Stoppelhopser des Louis.«

»Schon recht. Was soll die Passage kosten …?«

»Ich trage euch in die Musterrolle als Decksarbeiter ein, dann könnt ihr euch die Passage erarbeiten – außerdem spart ihr die Provision für Ophagen. Das wird ihm zwar nicht besonders behagen, aber er verdient schon genug an mir.«

»Wir wollten bei ihm unsere Ausrüstung kaufen. Eine Seekiste habe ich schon bei ihm erstanden.«

»Das könnt ihr machen, aber er wird versuchen, euch allen möglichen Schnickschnack zu überteuerten Preisen anzudrehen. Das Beste wird sein, wenn Piet das in die Hand nimmt, dann bekommt ihr wirklich nur das, was ihr wirklich braucht, und zwar zu einem anständigen Preis.«

»Sehr schön! Ich interessiere mich wirklich für die Seefahrt und bin ganz erpicht darauf, möglichst viel zu lernen. Unsere beiden Burschen sind stark und willig, die werden kräftig anpacken, wenn man ihnen zeigt, was zu tun ist.« Nach einem Seitenblick auf das leidende Gesicht Peters fuhr er fort: »Allerdings fürchte ich, dass mein Bruder bis jetzt sein Herz für die Schifffahrt noch nicht so recht entdeckt hat.«

»Um deine Ausbildung werde ich mich persönlich kümmern, dein Bruder kann sich dem anschließen, wenn nicht, schickt ihn der Skipper in die Kombüse zum Erbsenzählen! Ha, ha, ha!« Piet lachte polternd, und Peters Gesicht begann rot anzulaufen. »Das war nur ein Scherz, mein Lieber, für dich finden wir auch etwas Passendes. Und um eure Burschen wird sich der Bootsmann zusammen mit den anderen Matrosen kümmern. Es sind alles sehr erfahrene Männer, die ihnen in kurzer Zeit die wichtigsten Grundbegriffe des Handwerks beibringen werden.«

Jan räumte den Tisch ab, um dann große Platten mit verschiedenen Käsesorten aufzutragen. Dazu gab es wahlweise Portwein oder Sherry. Der Käse war vorzüglich, und zusammen mit dem ausgesucht guten Rotwein ergab das einen exquisiten Genuss.

»Wie lange werden wir bis England brauchen, und in welchem Hafen werden wir anlegen?«

»Die Ladung ist für Chatham bestimmt, tscha ... und die Zeit für die Passage liegt wie immer in Gottes Hand. Ich möchte hoffen, dass wir es in vier bis fünf Wochen schaffen sollten. Aber wenn wir viel Sturm aus westlichen und besonders südwestlichen Richtungen bekommen, dann kann es auch länger dauern. Wenn ihr euren Verwandten schreiben wollt, dann solltet ihr eure Ankunft für spätestens Ende Mai ankündigen.«

»Wann können wir an Bord kommen?«

»Ihr könnt nach dem Essen eure Sachen holen, dann bleibt

heute am arbeitsfreien Tag noch genug Zeit, euch einzurichten und das Schiff etwas kennenzulernen.«

»Ach, das hätte ich beinahe vergessen, wir sollten uns heute von Ophagen die Antwort abholen, ob er eine Passage für uns gefunden hat. Wie regeln wir das?«

»Während ihr eure Sachen holt, wird Piet zu ihm gehen und mit ihm alles klar machen.«

Die Käseplatten wurden abgetragen, dafür erschienen Schälchen mit Konfekt, Flaschen mit bunten Likören, ein dickbauchiges Tabaksgefäß und langstielige Tonpfeifen. Dazu wurde duftender Kaffee serviert.

Peter, der den alkoholischen Getränken reichlich zugesprochen hatte, wie es so seine Art war, begann spannende Episoden aus ihrer Zeit bei den Ziethenhusaren zu erzählen. Als der Kaffee ausgetrunken und ein letztes Glas Orangenlikör getrunken war, verabschiedeten sich die beiden Brüder fürs Erste, um ihre beiden Kameraden und ihre Siebensachen aus dem *Goldenen Anker* zu holen. Die frische Luft an Deck holte Peter fast von den Beinen, aber er weigerte sich, an Bord zu bleiben, um ein kleines Nickerchen zu machen. »Frische Luft und ein Spaziergang werden mir gut tun!«, trompetete er lautstark und marschierte steifbeinig und kerzengerade von Bord. Zusammen mit Piet durchquerten sie das Speicherviertel. Als sie die Brücke zur Stadt überschritten, sah Paul, dass die *Lisa* gerade bei den Speichern anlegte. Er nahm sich vor, ihrem Schiffer heute Abend noch einen kurzen Besuch abzustatten.

✵

Der Nachmittag verging wie im Fluge. Franz und Karl fanden vorne im Mannschaftslogis noch Platz und würden keine

Schwierigkeiten haben, sich dort einzufügen. Für Peter und Paul hatte man achtern beim Rudergeschirr mit Planken und Segeltuch einen Raum abgeteilt, in dem sie sich einrichten konnten. Tageslicht gab es dort allerdings nicht, und allerlei undefinierbare Gerüche stiegen ihnen in die Nase. Auf See würde sie das ständige Quietschen und Knarren des Rudergeschirrs als Schlaflied begleiten. Nachdem sie ihr weniges Gepäck verstaut hatten, zeigte ihnen Piet, wie man eine Hängematte aufriggte und bestieg, ohne sofort wieder auf der anderen Seite herauszufallen. Peter, dessen Kopf zwar schon wieder klarer war, beschloss trotzdem, die Hängematte gleich einem Praxistest zu unterziehen. Paul ging zusammen mit Piet zurück an Deck, wo seine Einweisung begann. Er lernte, dass es sich bei der *Oranjeboom* um eine Schonerbrigg handelte, was bedeutete, dass ihr Vormast rahgetakelt, der Großmast aber gaffelgetakelt war. Vom Fockmast zum Bugspriet und Klüverbaum verliefen Vorstage, an denen der Innen- und Außenklüver sowie der Flieger gesetzt wurden; zwischen den Masten ließen sich weitere Schratsegel setzen. »Mit dieser Zwitterbesegelung können wir einerseits ganz gut Höhe laufen, zum anderen aber bei raumem Wind auch recht schnell segeln«, erläuterte der Steuermann. Nach einer Stunde schwirrte Paul der Kopf. Er war sicher, dass er in dieses Gewirr von Schoten, Brassen, Fallen, Nieder- und Aufholern, Geien und Gordingen nie eine Ordnung hineinbekommen, geschweige denn ihre Namen richtig lernen würde. Schuster, bleib bei deinen Leisten, seufzte er insgeheim. Piet, der seine Verzweiflung spürte, tröstete ihn: »Warte ab, mein Freund, das ist alles gar nicht so kompliziert, wie es sich jetzt anhört. Kümmere dich zuerst nur um die Bedienung des Gaffelsegels achtern und sieh zu, was man durch das Trecken oder Fieren der Tampen bewirkt, dann erklärt sich das alles von selbst.«

»Na, wenn du das sagst …«, erwiderte Paul zweifelnd.

»Lass uns nochmals rekapitulieren, was beim Setzen des Gaffelsegels zu beachten ist.

Erstens: Das Schiff sollte im Wind oder doch fast im Wind stehen – man kann das Segel dann einfacher setzen.

Zweitens: Kommando ›Klar zum Setzen des Gaffelsegels!‹

Drittens: Rückmeldung abwarten. In der Praxis mit einer eingespielten Mannschaft erkennst du alleine, wann die Kerls bereit sind.

Viertens: Den Baumlasching an der Halterung lösen. Die Segelbändsel bis auf zwei, die auf Slip gesetzt sind, lösen. Toppnant durchsetzen, die Besanschoten etwas auffieren. Flaggenleine klarieren.

Fünftens: Kontrolle, ob die Klotjes frei sind, dann die letzten beiden Segelbändsel loswerfen und Klau- und Heißfall holen, Letzteres etwas langsamer. Zum Schluss beide gut durchsetzen, dabei die Schoten etwas auffieren. Falle belegen.

Sechstens: Nach dem Abfallen die Schoten richtig einstellen. Flagge vom Stock an die Gaffelnock umsetzen.

Alles klar? Mit einer eingespielten Mannschaft geht das ruck, zuck.«

»Na ja, wenn du meinst …«, sagte Paul kopfschüttelnd.

»Genug für heute, mein Freund, und verzeih mir, dass ich dich einfach duze, aber du hast mir das Leben gerettet, daher bist du so etwas wie ein Bruder für mich, und da ist man bei uns nicht so förmlich.«

»Das ist schon in Ordnung, dann lass aber auch brüderliche Milde walten, wenn ich mit diesen ganzen Strippen nicht klarkomme.«

Piet verzog bei dem Wort »Strippen« schmerzhaft das Gesicht, sagte aber nichts.

»Wie hat der Ophagen auf deinen Besuch reagiert?«

»Na ja, er war nicht gerade beglückt, aber nachdem ich ihm erzählt habe, dass wir uns gestern ganz zufällig an Land kennengelernt haben, konnte er nichts mehr dagegen sagen. Viel härter hat ihn getroffen, dass ich ihm seine Ausrüstungsliste energisch zusammengestrichen und den Preis heruntergehandelt habe.«

»Hab vielen Dank dafür. Wann wird er liefern?«

»Gleich morgen früh. Wir wollen sofort ablegen, sobald wir die letzte Hieve übernommen haben. Sicher ist dir aufgefallen, dass sich die Schauerwolken verzogen haben und ganz weit oben am Himmel weiße Sturmwolken aus Südwesten aufziehen. Wenn wir Glück haben, kommen wir noch mit dem Südwest- oder Westwind frei von der Halbinsel Hela, ehe er nach Nordwest umspringt. Aber jetzt lass uns zu Abend essen.«

Sie gingen unter Deck, wo sie am Kartentisch den Skipper und Peter ins Gespräch vertieft vorfanden. Offensichtlich erklärte ihm de Vries, wie man einen Kurs absetzte und wie man auf See die Position des Schiffes feststellen konnte.

»Faszinierend, wirklich faszinierend«, murmelte Peter bewundernd, »darüber will ich alles wissen.«

»Na, Vadder, dann haben wir anscheinend jetzt sowohl einen neuen Boots- als auch einen Steuermannsmaaten«, ulkte Piet.

»Halt! So schnell schießen die Preußen nicht! Ich will das auch lernen«, meldete sich Paul zu Wort.

»Schon recht. Woher kommt eigentlich dieses merkwürdige Sprichwort, das du eben zitiert hast? Ich dachte immer, dass die preußischen Infanterieregimenter beim Feuern und Nachladen die schnellsten der Welt wären.«

»Das stimmt auch, aber der Satz bezieht sich darauf, dass die Vorgänger des Großen Friedrich jeder kriegerischen Auseinandersetzung tunlichst aus dem Weg gegangen sind. So hat zum Beispiel der oft gescholtene Soldatenkönig nur einmal dem Kaiser pflichtgemäß Truppen zur Verfügung gestellt, und ein anderes Mal hat er mit Waffengewalt Stettin besetzt, das die Schweden nicht vertragsgemäß räumen wollten. Dazu kommt auch noch, dass selbst bei schweren Delikten in der Armee Todesurteile nur selten vollstreckt werden – von dem unglücklichen Leutnant Katte wollen wir hier nicht reden. Das hat nur zu einem geringen Teil etwas mit aufgeklärtem Herrschertum zu tun, sondern vor allem damit, dass ein fertig einexerzierter Mann dem König im Wortsinn einfach zu teuer ist, um ihn einfach über den Haufen zu schießen oder beim Gassenlaufen totschlagen zu lassen.«

Sie setzten sich zu Tisch und machten sich über die Platten mit kaltem Fleisch, Schinken, Wurst und Käse her.

»Euer jetziger König scheint, was das Leben seiner Soldaten angeht, nicht so sparsam wie sein Vater und Großvater zu sein.«

»Inzwischen wäre er es bei Gott wahrlich nur zu gerne. Brandenburg-Preußen ist ein dünn besiedeltes Land, und da muss er jeden Grenadier, Füsilier, Musketier mit Gold aufwiegen. Unsere Fußtruppen haben längst nicht mehr die Qualität der ersten beiden Kriege. Der Ersatz aus den Kantonen wird ohne Ausbildung in die Regimenter eingereiht und muss sehen, dass er sich recht schnell alles von den alten Füchsen abschaut, davon hängt das Überleben ab. Die Österreicher wissen das genau und tauschen seit einiger Zeit keine Gefangenen mehr aus, lieber füttern sie unsere Soldaten auf ihre Kosten durch, als dem König altgediente, erfahrene Haudegen wieder zur Verfügung zu stellen.«

»Aber hat er den Krieg mit den Habsburgern nicht leichtsinnig vom Zaun gebrochen?«

»Wahrscheinlich ist jeder Krieg leichtsinnig, den man anfängt, und zwar gleichgültig, ob man fundierte rechtliche Positionen durchsetzen will oder einen fadenscheinigen Vorwand benutzt.«

»Man hört doch, dass Preußen gar keinen Rechtsanspruch auf Schlesien gehabt habe.«

»Ich will euch nicht mit den Einzelheiten langweilen, daher nur so viel dazu: Einen Rechtsanspruch auf große Teile von Schlesien gibt es durchaus, Friedrichs Vater ist von den Österreichern mehrfach böse betrogen worden. Der Soldatenkönig hat das auch klar erkannt und ihnen vorhergesagt, dass sie das noch reuen würde, wenn mal ein anderer auf seinem Thron sitzt. Sehr prophetisch! Ob er dabei allerdings an seinen Sohn gedacht hat, ist sehr ungewiss. Übrigens kann man bei den verwickelten dynastischen Beziehungen in Mitteleuropa eigentlich immer einen Rechtsanspruch konstruieren, und dem König, der, wie man hört, sehr zynisch sein kann, war die rechtliche Legitimität ohnehin ziemlich egal, was politisch ganz sicher ein schwerer Fehler war. Man sagt, dass er den Krieg angefangen hat, weil er in Schlesien ein *rendezvous avec la gloire* hatte. Und Ruhm haben ihm diese Kriege wahrlich übergenug eingebracht. Aber wie man auch hört, wäre ihm heute *la paix* um fast jeden Preis lieber, doch da ihn seine Feinde zum Zaunkönig von Brandenburg zurechtstutzen wollen, kann er den Frieden eben nicht zu *jedem* Preis schließen. Jetzt rächt sich sein Desinteresse an einer sorgfältigen diplomatischen Absicherung seines Angriffs. *Così fan tutte.* Alle Herrscher Europas sind darauf aus, ihre Territorien zu vergrößern, wenn es ihnen möglich ist. Geht das ohne Krieg, umso besser, aber wenn der Fürst glaubt, dass seine Rivalen seine neue Eroberung, wenn auch vielleicht zähneknirschend, akzeptieren, dann setzt er ohne zu zögern auch seine Streitkräfte ein. Alle Welt sieht in der erzreaktionären Katholikin Maria Theresia das arme unschuldige Opferlamm, dabei geht es der weniger um Schlesien als darum, zu verhindern, dass an ihrer Nordgrenze ein gleichberechtigter protestantischer Staat entsteht. Dem ehemals protestantischen Kurfürsten von Sachsen, August dem Starken, war die Krone von Polen bekanntlich eine Messe wert. Die schlesischen Protestanten jedenfalls waren überglücklich über unseren Einmarsch. Sie haben allerdings dem König verübelt, dass er ihnen untersagt hat, zur Abwechslung mal die Katholiken zu schikanieren und zu malträtieren. Auch dass die alle ihre Kirchen behalten durften, fand nicht ihren Beifall. Man erinnere sich, nach der Rückgabe der evangelischen Grafschaft Schwiebus durch Friedrich I. brannte schon am selben Abend die erste protestantische Kirche.«

»Sehr interessant, min Jong, wirklich sehr interessant. Von wem hast du diese Weisheiten?«

»In erster Linie vom Großvater, der hat gute Beziehungen nach Berlin und Potsdam, aber auch von meinem Vater, der mit dem Prinzen Heinrich in Rheinsberg in Verbindung steht.« Er nahm einen tiefen Schluck aus seinem Bierkrug. »Nach der Niederlage bei Kunersdorf im letzten Herbst lag es wirklich nur an der Unfähigkeit oder Uneinigkeit unserer Feinde, dass nicht alles vorüber war. Der König jedenfalls hatte schon alles verloren gegeben.«

Die Tischrunde schwieg, jeder dachte sich seinen Teil. Schließlich meinte de Vries langsam: »Es wird in diesem Krieg nach meiner Ansicht nur einen großen Gewinner geben, und das wird England sein. Ob Preußen, wenn es dann noch existiert, ein paar Quadratmeilen größer ist und am unteren Ende des Tisches der Großen in Europa mitessen darf, ist den Engländern doch völlig egal. Sie werden sich unterdessen ein Weltreich zusammengestohlen haben, aus dem sie unermessliche Reichtümer ziehen werden.«

»Sehr gut scheinen Sie nicht auf die Briten zu sprechen sein.«

»Nein, sie haben die Holländische Ostindische Handelskompanie so gut wie ruiniert, deshalb habe ich mich auch aus diesem Geschäft zurückgezogen, solange es noch mit Gewinn möglich war. Am liebsten würden die Engländer alle, die Franzosen, die Spanier, die Portugiesen, die Dänen und uns aus dem Überseegeschäft vertreiben und sich die ganze Welt untertan machen. Wen interessiert in London da schon – wie sagt man in Deutschland – die Streusandbüchse des Heiligen Römischen Reiches?«

»Mein ältester Bruder Friedrich hat das ganz ähnlich gesehen«, mischte sich Peter ein, der schon wieder ganz glänzende Augen vom Bier und Genever hatte. »Aber nun mal etwas ganz anderes, gehen wir heute noch mal an Land? Es kann schließlich lange dauern, ehe wir wieder festen Boden unter die Füße bekommen.«

Er wusste gar nicht, wie recht er mit dieser Prophezeiung hatte.

»Ich wollte noch mal zur *Lisa* hinüber, um mich ein wenig mit dem Schiffer zu unterhalten. Er hat mir auf der Weichsel das Steuern auf seinem Kahn mit der Pinne beigebracht.«

»Nein, mich kriegen hier keine zehn Pferde mehr an Land«, wehrte Piet ab und streckte beide Hände nach vorne aus.

»Na, dann werde ich Franz und Karl fragen, ob sie mitkommen wollen. Ich würde gerne ... äh ... nun ja, es kann schließlich lange dauern, bis man wieder mal eine Frau zu Gesicht bekommt ...«

Piet lachte dröhnend. »Wie es scheint, kommt es auf den Bartwuchs gar nicht so entscheidend an. Bevor du losgehst, schau mal kurz in meine Kammer herein, ich werde dir etwas mitgeben. In Hafenstädten sollte man beim Andocken etwas vorsichtig sein, sonst hat man schnell ein bleibendes Andenken!«

Als sie von Bord gingen, war es bereits wieder stockfinster, die Sterne waren hinter einer dichten Schleierwolkendecke verschwunden, und außerdem herrschte Neumond. Paul begleitete das Trio bis zur Frauengasse, kehrte dann aber wieder um, um zur *Lisa* zu gehen. Er überquerte die Brücke und schlenderte am Kai entlang, mit neu gewonnenem Interesse musterte er die dort vertäuten Seeschiffe, merkte sich die unterschiedlichen Takelungsarten, um Piet morgen zu fragen, wie man sie nannte und welche Vor- bzw. Nachteile sie hatten. Bei der *Lisa* angekommen, blieb er stehen. Sie lag in völliger Dunkelheit am Kai, da an Deck kein Licht brannte. Wahrscheinlich sind die auch an Land gegangen, dachte er bei sich. Was soll's, ich klopfe einfach mal am Niedergang an. Er schritt über die Gangway an Bord und ging langsam nach achtern. Verblüfft stellt er fest, dass die Klappe zur Eignerkammer offen stand, obwohl unten alles finster war. Seine Nackenhaare sträubten sich, und er zog den Dolch. Vorsichtig ließ er sich vorwärts die steile Stiege hinuntergleiten. Von drinnen erklang ein unterdrücktes Stöhnen. Er stieß die Tür weit auf, schob sich lautlos hinein und stellte sich mit dem Rücken an die Wand. Durch die Bullaugen fiel ein schwacher Lichtschein von den Laternen auf der anderen Seite der Mottlau, und was er sah, ließ ihm das Blut in den Adern gerinnen. Ein Mann lag nackt auf dem Tisch, seine Arme und Beine waren an die Tischbeine gefesselt; er war über und über mit Blut bedeckt, und in seinem Mund steckte ein Knebel. Paul atmete flach, sein Augen wanderten in der Kabine herum, aber außer ihm und dem gemarterten Mann befand sich niemand im Raum. Er ging zum Tisch hinüber. Der Mann atmete röchelnd, stöhnte leise und schaute ihn aus glasigen Augen leer an. Es war Max Fischer, jedenfalls das, was von ihm noch übrig war. Man hatte ihn grausam gefoltert. Aber warum? Was hatte man von ihm erfahren wollen? Paul durchschnitt seine Fesseln und überlegte, was er mit dem Mann machen sollte. Am besten wäre es, er würde die Stadtwache alarmieren. Puh, das war vielleicht doch keine so gute Idee. Wie sollte er seine

Anwesenheit erklären. Endlose Verhöre, vielleicht Haft … Morgen wollten sie auslaufen … Er hörte ein leises Kratzen hinter sich, ein scharfes Einatmen, dann spürte er einen starken Schlag in seinem Rücken. Er stürzte auf den Tisch nach vorn, der unter dieser Belastung zusammenbrach, dadurch verlor auch sein Angreifer das Gleichgewicht. Ein ekelhafter Geruch von altem Schweiß, rohen Zwiebeln, Knoblauch und faulenden Zähnen hüllte ihn ein. Das Durcheinander war vollkommen, der nackte, blutige Körper des Schiffers, der gesplitterte Teil des Tisches und zwei zu allem entschlossene Männer mit Messern in den Händen rollten über den Boden. Der Angreifer war nicht besonders groß und stark, aber flink und wendig. Sie wälzten sich auf dem Boden herum, mit der Messerhand versuchten sie zuzustechen, mit der anderen hielten sie die Waffenhand des Gegners gepackt. Als es dem Angreifer einmal in der Oberlage gelang, sich aus Pauls Griff zu befreien, stieß er mit einem triumphierenden Lachen zu, aber Paul konnte seinen herabschießenden Arm zur Seite ablenken, das Messer bohrte sich in den Körper von Max Fischer, der daraufhin die Luft tief ausstieß und sich lang ausstreckte. Der Gegenstoß bohrte sich von unten in Augustinas Brustkorb. Der Litauer blickte ihn ungläubig an und bemühte sich, sein Messer aus dem Leib des Schiffers zu ziehen. Es dauerte immer einige Zeit, bis ein von einem Messer tödlich Verwundeter realisierte, dass es mit ihm vorbei war, wenn der Stich nicht direkt ins Herz getroffen hatte. Er murmelte unverständliche Satzfetzen vor sich hin. Vermutlich waren es keine Segenswünsche für Pauls weiteren Lebensweg. Dann brach er mit einem tiefen Seufzer über Max Fischer zusammen. Paul rollte sich unter ihm hervor und kam mit zitternden Knien auf die Füße. Verdammt, dachte er, wie konnte ich den Schlafraum des Schiffers vergessen, dort musste der Kerl seinen dicken Pelz ausgezogen und auf seine Chance gewartet haben. Wie pflegte der alte Sergeant Schulze immer zu sagen: »Leichtsinnige haben ein fröhliches und abwechslungsreiches Leben, allerdings ist es meist recht kurz.« Ein schneller Blick zeigte ihm, dass Fischers Leiden ein Ende gefunden hatte. Aufmerksam musterte er den Raum. Der Litauer lag halb über Fischer; sein Messer, das er noch immer umklammerte, steckte in dessen Körper. Er suchte und fand ziemlich rasch Fischers Bordmesser, das er ihm blutbeschmiert in die Hand drückte, nachdem er ihn gänzlich von den Resten der Fesseln befreit hatte. Es konnte auf den ersten Blick so aussehen, als ob dieser den für Augustinas tödlichen Stoß geführt hätte. Dann stützte er sich auf dem kleinen Schränkchen an der Seite ab, weil ihm die Beine den Dienst zu versagen drohten. Mühsam hievte er sich den Niedergang hoch, blickte sich sichernd um, zog die Luke hinter sich zu, stolperte keuchend über das Deck und kletterte an Land, wo er im Schatten der Speicher verschnaufte. Mit weichen Knien wankte er in die nächste Gasse, stützte sich an der Ziegelmauer eines Speichers ab und erbrach sich ausgiebig.

An Bord der *Oranjeboom* zurückgekehrt, kroch er sofort in seine Hängematte. Seine Kleidung war über und über mit Blut verschmiert. Beim Ausziehen hatte er festgestellt, das ihm das Wurfmesser hinten in seinem neuen Bandelier das Leben gerettet hatte, denn es hatte den wuchtigen Stoß abgefangen, den Rest hatte das dicke Leder besorgt. »Danke, M'sieur Ophagen«, flüsterte er. Er wusste nicht, wie lange er düstere Gedanken wälzte. Was hatte dieser Litauer von dem Schiffer erfahren wollen? Es konnte kein Zufall sein, dass er sich Max Fischer ausgesucht hatte. Er musste zu dem Twelkowschen Mordgesindel gehören und in Erfahrung gebracht haben, mit welchem Kahn und wohin sie unterwegs waren. Dann war er ihnen gefolgt und hatte herausfinden wollen, wo sie abgeblieben waren und was sie als Nächstes vorhatten. Er konnte ja nicht wissen, dass Fischer keine Ahnung von ihren Plänen gehabt hatte. Der hatte überhaupt nichts wissen wollen. Für seine Diskretion hatte er einen hohen Preis bezahlt. War der Kerl alleine gewesen, oder liefen da draußen noch mehr von diesem Gesindel herum? Bei diesem Gedanken schoss er jäh in die Höhe. Er musste Peter und die anderen beiden warnen. Er wusste ja, in welchem Bordell sie verschwunden waren. Gerade als er seine Beine aus der Hängematte schwingen wollte, hörte er ein dreifaches Poltern an Deck. Schritte entfernten sich nach vorn und andere näherten sich leicht schlurfend dem Niedergang zu ihrer spartanischen Behausung. Leise vor sich hin summend begann sich Peter auszuziehen. Eine deftige Bierfahne umgab ihn. Gut gelaunt wollte er ihm noch von seinen neuesten Bettabenteuern erzählen, aber Paul brummte nur etwas und gab vor, schon tief zu schlafen. »Dann eben nicht, du alter, muffiger Tugendbold, aber du hast was verpasst. Dieses Danzig ist wirklich eine tolle Stadt – und die Weiber, einfach ganz große Klasse!«

Wer hat hier was verpasst?, dachte Paul grimmig. Wenn ich vorher gewusst hätte, was mich erwartet, wäre ich ganz bestimmt nicht auf die *Lisa* gegangen, lieber hätte ich mich durch die Frauengasse rauf und runter gevögelt. Alles wäre besser gewesen, als die grässlichen Wunden ansehen zu müssen, die der perverse Kerl dem unglücklichen Max Fischer zugefügt hatte. Tränen stiegen ihm in die Augen; er ließ ihnen freien Lauf, während sein Bruder in seiner Hängematte lautstark zu schnarchen begann …

Am nächsten Morgen wurde die Beladung fortgesetzt. Piet hatte Paul, der in seiner neuen Seemannskluft auf dem Achterdeck stand und alles aufmerksam beobachtete, ein paar Mal nachdenklich angeschaut, aber nichts gesagt. Aber nachdem er sich längere Zeit mit einem Vormann der Stauer unterhalten hatte, kam er herangeschlendert und lehnte sich lässig an die Reling. Anscheinend gelangweilt blickte er zur Wolkendecke auf, deren Untergrenze immer tiefer herabsank; bald würde es wohl anfangen zu regnen.

»Zum Glück sind wir in einer halben Stunde fertig mit Laden, der Alte ist schon an Land, um uns auszuklarieren. Die Ostsee wird uns bestimmt mit ihrer weniger angenehmen Seite empfangen: mit Regen und Wind. Es wird Zeit, dass wir hier verschwinden, Danzig scheint ein ganz gefährliches Pflaster zu sein. Der Vormann hat mir gerade erzählt, dass gestern Nacht der Schiffer eines Weichselkahns in seiner Kajüte überfallen und umgebracht worden ist. Nach den Ermittlungen der städtischen Behörden muss ein Strauchdieb aus dem Osten in die Kabine eingebrochen sein, wahrscheinlich hat er geglaubt, dass alle Männer an Land gegangen wären. Er hat den Schiffer überrascht, ihn gefesselt, geknebelt und dann, weil er vermutlich nichts Wertvolles gefunden hat, bestialisch gefoltert. Man nimmt an, dass der arme Mann ihm ein Versteck verraten hat, aber als der Verbrecher es durchsuchte, gelang es dem Opfer, sich seiner Fesseln zu entledigen. Es kam zu einem Kampf, bei dem sich beide gegenseitig erstochen haben. Das Messer des Mörders steckte noch im Körper des armen Kerls. Es ist erstaunlich, dass der geschundene Schiffer noch die Kraft aufgebracht hat, seinen Peiniger abzustechen, denn der arme Mann war wirklich arg zugerichtet …, hat der Vormann gemeint.«

»Mmh, mmh …«

»Du weißt nicht zufällig etwas darüber?«

»Ich, wieso?«

»Nun, es war der Schiffer der *Lisa*, und ich erinnere mich

dunkel, dass das der Name des Kahns war, mit dem ihr nach Danzig gekommen seid. Und wolltest du nicht gestern Abend den Schiffer besuchen?«

»Ich habe mit dem Schiffer der *Lisa* nicht gesprochen! Als ich an den Liegeplatz kam, war auf dem Kahn alles dunkel, und weil ich sehr müde war, bin ich zurück an Bord und habe mich schon früh in die Koje gelegt.«

»Ja, ich habe gehört, wie du an Bord gekommen bist. Es war wirklich sehr zeitig. Der Tote wurde erst heute Morgen entdeckt, also weiß niemand genau, wann es passiert ist.«

»Wie hat mal ein weiser Mann gesagt? *Quid bonum?* Wir hatten alle nicht den geringsten Grund, feindselige Gefühle gegen den armen Schiffer zu hegen. Ganz besonders ich hatte keinerlei Veranlassung, ihm etwas Böses zu wünschen, geschweige denn anzutun, denn er war sehr freundlich zu mir und hat mir geduldig viel beigebracht.«

»Aber vielleicht haben dafür andere sehr feindliche Gefühle – man könnte sagen, mörderische Gelüste – euch gegenüber. Hast du nicht gesagt, ihr seid wegen einer Ehrensache von zu Hause weg?«

»Wer viel fragt, bekommt viele Antworten, Piet. Mit – wie hast du es doch gleich ausgedrückt – Strauchdieben aus dem Osten pflegen wir gesellschaftlich nicht zu verkehren, und satisfaktionsfähig sind die auch nicht.« Da war er, dieser hochmütige, durchaus arrogante Ton, mit dem alter Adel klarmachte, wer das Sagen hatte, und der den stolzen Holländer einen Moment verärgert schlucken ließ. Leicht verschnupft fuhr er fort: »Es war ja auch nur so ein Gedanke, schließlich weiß ich, wie gut du mit dem Messer bist. Es ist schon seltsam, dass sich der Schiffer in seinem elenden Zustand von seinen Fesseln befreien und seinen Peiniger auch noch erstechen konnte.« Er blickte wieder zum Himmel hoch, aus dem die ersten Tropfen fielen. »Gott verdomme, jetzt fängt es wahrhaftig an zu pieseln. Es wird wirklich Zeit, dass wir die Luken verschalkt kriegen und hier verschwinden.«

»Wo du recht hast, hast du recht, mein lieber Piet«, stimmte ihm Paul aus vollem Herzen, wenn auch aus anderen Beweggründen zu.

Piet trieb seine Matrosen an, die Luken zu verschließen und das Schiff seeklar zu machen.

Erwähnenswert war noch, dass zwei Stunden zuvor ein Pferdekarren längsseits auf der Pier zum Stehen gekommen war. Der Fuhrmann war abgestiegen, an Bord gekommen und hatte Piet halblaut zugeraunt: »Das vermisste Fass Salzfleisch liegt dort oben auf meiner Ladefläche. Sorgen Sie doch bitte dafür, dass es abgeladen und an Bord gebracht wird.«

Piet hatte bedächtig genickt und vier Seeleute für diese Arbeit abgeteilt, diese waren erstaunlich vorsichtig und – fast möchte man sagen – respektvoll mit dem Fass umgegangen.

Vier Stunden später versank die Silhouette der Freien Hansestadt Danzig im Grau des gleichmäßig fallenden Regenschleiers hinter dem Heck der *Oranjeboom*. Paul blickte achteraus, ihm war schwer ums Herz. Ein beklemmendes, schmerzhaftes Gefühl des Verlusts schnürte ihm die Brust zu und ließ ihm Tränen in die Augen steigen. Er hatte das Gefühl, dass hinter ihm eine Tür zufiel, die er nie wieder würde aufstoßen können.

Teil Zwei

Peter und Paul stellen fest, dass der Beruf des Seemanns hart ist, besonders wenn sich das Wetter auf Ost- und Nordsee gegen das Schiff und seine Besatzung verschworen hat. Die Seekrankheit und das knappe Vermeiden eines Schiffbruchs setzen ihnen zu. Allerdings geht ihnen auch auf, dass die Praxis die beste Lehrmeisterin ist. Schließlich reißt ein missgünstiges Schicksal in Gestalt eines französischen Freibeuters die Zwillinge auseinander, und es ist keineswegs sicher, wer von den beiden den besseren Teil erwischt hat. Paul verschlägt es auf eine Fregatte der Royal Navy, auf der er sich im Mannschaftslogis durchsetzen muss. Peter strandet in einer Zelle der Festung Fécamp, wo ihm der Aufenthalt allerdings von einem menschenfreundlichen Aufseher erleichtert und einer liebreizenden jungen Dame verschönt wird, was aber deren Verlobtem nicht verborgen bleibt. Es kommt, wie es kommen muss …

Kapitel 1

April 1760, auf der Ostsee

Nein, er wollte nicht aufwachen! Er wollte nicht wieder hoch an Deck in die durchdringende Nässe, in den eiskalten Wind, auf die glitschigen Planken. Sein Magen rebellierte, er fühlte sich hundeelend, und alle Knochen taten ihm weh. Aber da war wieder die drängende Stimme: »Reise, reise! Es ist gleich Mitternacht! Reise aus Quartier!«

»Ja, ja, ich komm ja schon!«

Mühsam rollte er sich aus der Hängematte und kleidete sich unter Schwierigkeiten an. Auf der Seekiste sitzend zog er sich die Seestiefel an, dann streifte er sich unsicher balancierend den Ölmantel über und band den Südwester unter dem Kinn fest. Sein Mageninhalt – und der war gering genug – begann schon wieder in seiner Speiseröhre nach oben zu klettern. Der Schweiß trat ihm aus den Poren. »Ich fahre gern zur See!«, flüsterte er, »die Seeluft ist so herrlich frisch. Wenn ich sie doch bloß schon in der Nase hätte und nicht diesen fauligen Gestank der Bilge.«

Er tastete sich zum Niedergang vor und zog sich nach oben an Deck. Dort war es stockfinster, nur im Kompasshaus glühte ein Lämpchen. Das Wetter hatte sich nicht gebessert. Um es deutlich auszusprechen, das Wetter war seit dem Auslaufen am vergangenen Montag eine einzige Katastrophe gewesen, jedenfalls für die Landratten. Paul suchte sich einen Platz, an dem er etwas Schutz vor dem überkommenden Spritzwasser fand, und ließ seine Gedanken zum vergangenen Montag zurückwandern.

Der Anfang war sogar noch recht vielversprechend gewesen, wenn man das gleichmäßige Rauschen des Regens nicht rechnete. Kaum war der hohe, wuchtige Turm der Marienkirche im Regengrau verschwunden, hatten sie alle Segel gesetzt. Paul war überrascht gewesen, wie reibungslos und mit wie wenig Gebrüll das abging. Er hatte sich nach dem Ablegen in Danzig auf das Setzen des Besansegels konzentriert und schon da war alles genauso abgelaufen, wie es ihm Piet geschildert hatte, aber auch das Setzen der Rahsegel am Vormast auf dem offenen Meer lief scheinbar ohne jede Hast ab, trotzdem wölbten sich schon nach wenigen Minuten die bauchigen Segel im Wind, der schräg von achtern einfiel. Das Wasser am Bug begann zu schäumen, das Heckwasser gurgelte und zog eine blasige Spur durch die grauen Fluten.

»Wir laufen jetzt fast mit raumem Wind auf dem Steuerbordbug«, hatte ihm Piet erklärt, nachdem die Segel zu seiner Zufriedenheit getrimmt waren. De Vries hatte ihm das Kommando überlassen und nur von der Heckreling aus alles beobachtet. Dann hatte er ihnen zugenickt und war unter Deck verschwunden, um sich den Ladungspapieren zu widmen. »Unser Kurs ist Nordost-zu-Nord, und der Wind weht etwa aus Westsüdwest«, fuhr Piet in seinen Erklärungen fort, aber er unterbrach seine Ausführungen, als er Pauls verständnislosen Blick sah, und winkte ihn an das Kompasshaus. Dort hatte er ihm den großen Messingkessel gezeigt, in dem eine Scheibe mit vielen Richtungspfeilen in einer Flüssigkeit schwamm. Die Markierungen dieser Rose gaben Paul ein Rätsel auf. Die Nordrichtung konnte er nach kurzem Überlegen erkennen, weil diese Pfeilspitze besonders aufwendig gestaltet war, aber mit den anderen Bezeichnungen wusste er nicht viel anzufangen.

»Das ist ein Kompass«, dozierte Piet, »die Kompassrose hat an der Unterseite Stabmagnete. Um die Reibung gering zu halten, liegt die Rose in der Mitte mit einem Hütchen auf einer Pinne – einer Art Nadel – auf. Vorne am Kompasskessel siehst du den Steuerstrich, der genau die Mittschiffslinie markiert. Das Teuflische bei der Geschichte ist, dass man den Eindruck bekommen könnte, dass der Steuerstrich immer feststeht und sich die Kompassrose unter ihm nach links oder rechts wegbewegt. Das ist natürlich nicht der Fall, denn der Kompass zeigt immer nach Norden, folglich ist es das Schiff, das sich von der Kurslinie entfernen will, und genau das muss der Rudergänger durch Legen des Ruders verhindern. Es ist gut, dass du schon auf der Weichsel mit der Pinne nach Landmarken gesteuert hast, aber am Ruderrad nach dem Kompass zu steuern ist doch noch eine andere Sache – aber du wirst es lernen. Na, dann mal los, lös den Rudergänger ab!«

»Was, jetzt gleich?«, erwiderte Paul, der versuchte, auf dem leicht schwankenden Deck sein Gleichgewicht zu halten.

»Na klar, außerdem hast du dann etwas, woran du dich festhalten kannst.«

Piet hatte sich neben ihn gestellt, und zusammen hatten sie in die hölzernen Speichen des großen Rades gefasst.

»Unter dem Steuerstrich muss die kleine Pfeilspitze bleiben, genau zwischen der großen rechts mit der Bezeichnung NE und der etwas größeren links, an der NNE steht. Bei diesen Bezeichnungen handelt es sich um die Windrichtungen, wie du dir sicher schon gedacht hast. Man hat den Kreis zuerst in die vier Hauptrichtungen geteilt, also in Nord, Ost, Süd und West, dann jedes Viertel wieder in der Mitte, hier ergibt das also Nordost oder NE, die Achtel wiederum, was einmal NNE und zum anderen ENE macht, dazwischen hat man dann noch die Striche NzE, NEzN, NEzE und EzN eingefügt. Wenn du es richtig gelernt hast, dann kannst du auf einen Viertelstrich genau steuern, aber jetzt halte erst mal den Kurs NEzN!«

Zuerst war es Paul erschienen, als säße er auf einem nervös bockenden Pferd, denn die Rose schien ein Eigenleben zu haben und ständig unter dem Steuerstrich wegdrehen zu wollen. Er hatte gespürt, wie Piet ihm die Richtung vorgab, in die er das Ruder legen musste, dann aber schnell wieder die Drehung abstoppte und das Rad zurückdrehte. Nach kurzer Zeit hatte er gelernt, dass es keiner großen Ruderlagen bedurfte, um den Kurs zu halten. Als er nach einer Stunde abgelöst wurde, hatte Piet nicht mehr so häufig eingreifen müssen und klopfte ihm anerkennend auf die Schulter. »Schon ganz gut ... jedenfalls für einen Husaren!«

Erstaunt merkte Paul, dass ihn dieses Lob freute ... und dass seine Übelkeit fast vergangen war.

Kurz danach hatte ein Matrose, der als Ausguck auf dem Vorschiff stand, etwas nach achtern gerufen, worauf die Männer der Wache aus den geschützten Ecken aufgesprungen waren, in denen sie vor dem Regen Schutz gesucht hatten.

»Zwei Strich anluven!«, rief Piet, und die Seeleute eilten an die Taue, die nach Pauls Erinnerung Schoten und Brassen genannt wurden.

»Uns kommt ein Schiff entgegen, mein Freund, daher gehe ich höher an den Wind und lasse ihn in Lee durchlaufen. Bei jeder Kursänderung müssen wir die Segelstellung dem Wind anpassen, um keine Fahrt zu verlieren.«

Kurz danach hatten sie in einiger Entfernung an der Steuerbordseite den Schatten eines großen Schiffes vorbeigleiten sehen, der fast augenblicklich wieder vom Regen verschluckt wurde. Piet wies den Rudergänger an, erneut auf den alten

Kurs zu gehen, und die Matrosen trimmten die Segel wieder entsprechend.

»Wir dürften jetzt sieben bis acht Knoten laufen. Das ist für uns der günstigste Kurs zum Wind, und wir können gerade noch alle Segel tragen, aber wenn wir die Spitze von Hela passiert haben, ist es vorbei mit der Gemütlichkeit.«

Die Dunkelheit brach früh herein, und als von der Schiffsglocke zwei Doppelschläge ertönten, kamen de Vries, Peter und die Männer der anderen Wache an Deck.

»Na, ist das Feuer von Hela schon in Sicht?«, erkundigte sich der Skipper.

»Nein, bis jetzt nicht, aber die Sicht ist auch verflucht saumäßig!«, brummte Piet. »Der Ausguck steht auf der Back, im Topp sieht er bei dem Wetter auch nicht mehr, und ein Blick durch den Kieker bringt nichts.« Er deutete mit der Hand zu den Fernrohren, die in einem geschützten Gestell am Kompasshaus griffbereit standen. »Wir könnten zur Sicherheit noch einen Strich weiter abfallen, Vadder.«

»Das wird nicht nötig sein, Wind und Strom werden uns ohnehin etwas nach Osten versetzen. Was wir jetzt an Luvraum verschenken, müssen wir später mühsam wieder gutmachen.«

»Ich werde trotzdem vorsichtshalber das Log werfen lassen«, schlug Piet vor und winkte auch schon zwei Matrosen heran. »Wir wollen loggen!«

»Loggen, aye.«

Die beiden Männer holten aus einer großen Backskiste eine Rolle, aus der an beiden Seiten ein Handgriff herausragte. Auf der Rolle befand sich eine dünne Leine, an deren Ende ein dreieckiges Holzstück hing. Sie gingen damit zum Heck, und einer der Matrosen steckte einen kleinen Holzpflock mit einem Bändsel in ein Loch an einer Ecke der Scheibe; jetzt waren alle drei Ecken fest mit der Leine verbunden, und der andere Seemann hob die Rolle hoch über seinen Kopf. Sein Kamerad rollte ein paar Fuß der Leine ab, ging mit dem Loggscheit, dessen unterer Rand mit Blei beschwert war, an die Reling, dort drehte er sich nach Piet um. Der hatte ein kleines Stundenglas herausgesucht und winkte dem Mann zu, der daraufhin die Scheibe achtern über die Heckreling warf und die Lose durch die Hand laufen ließ. Einen Arm hatte er in die Luft gereckt, den er plötzlich ruckartig nach unten riss, und auf dieses Signal hin drehte Piet das Stundenglas um. Die Leine schnurrte von der Rolle ab. Piet beobachtete den hindurchrieselnden Sand, und als dieser fast durchgelaufen war, rief er zuerst: »Achtung!« und kurz darauf: »Null!« Der Matrose packte die auslaufende Leine mit seiner hornigen Pranke. Durch den Ruck war der Pflock aus dem Loggscheit gesprungen und dieser hüpfte ohne großen Widerstand über die Wellen. Der Seemann blickte abschätzend auf die Leine und rief dann: »Gut sieben Knoten, Stürmann!«

»Aye.«

Während die beiden Männer die Leine wieder sorgfältig aufrollten, sah Paul, dass sich in der Leine tatsächlich Knoten befanden. Er nahm sich vor, Piet später danach zu befragen. Jetzt war der Zeitpunkt wohl ungünstig, denn die beiden Nautiker suchten immer noch nach dem Leuchtfeuer von Hela. Ein Ruf vom Vorschiff ließ sie zusammenzucken: »Feuer vier Strich an Backbord voraus!«

»Na also«, brummte de Vries zufrieden. »Wir laufen jetzt quer, loten die Tiefenlinie an, dann luven wir auf Kurs Nordwest an. Bis Mitternacht sollten wir noch im Landschutz laufen, dann wird's haarig werden. Geht jetzt nach unten und ruht euch aus.«

Paul hatte nach einem kurzen Abendbrot, das ihm gar nicht so recht schmecken wollte, in seiner Hängematte gelegen und auf die ungewohnten Geräusche gelauscht. Das Schiff hatte sich plötzlich weit auf die Seite gelegt, und er hatte schon befürchtet, dass es umkippen würde, aber es segelte weit nach Steuerbord überliegend schwankend weiter. Als er um Mitternacht geweckt wurde, schien es ihm, als hätte er nur fünf Minuten geschlafen. Wie zerschlagen zog er sich an und taumelte in die Pantry. Der Kaffeegeruch stieg ihm unangenehm in die Nase, und auch die dick belegte Brotscheibe, die ihm Piet reichte, konnte ihn nicht reizen.

»Du solltest besser etwas essen, mein Freund«, redete ihm Piet gut zu, »dann kotzt es sich besser.«

Paul schaute ihn aus traurigen Spanielaugen waidwund an, drehte sich auf dem Absatz um und stolperte laut aufstoßend an Deck. Piet verstaute schnell sein Frühstück seefest und eilte ihm dann hinterher. Er packte ihn am Kragen, zog ihn in Lee zu den Wanten des Großmasts, schlang ihm einen Tampen um die Brust und laschte ihn damit fest. »Kotz dich nur aus, min Jong, das ist keine Schande. Ich bring dir gleich eine Handvoll Schiffszwieback, den mümmelst du immer wieder zwischendurch, denn sonst kommt irgendwann nur noch gelbe Galle, und die schmeckt nun wirklich ganz und gar nicht.«

Das war zu viel. Paul krümmte sich zusammen, als hätte ihn jemand in den Magen geschlagen, und übergab sich in weitem Bogen über die Reling. Tränen strömten über sein Gesicht, sein Magen zog sich wieder und wieder krampfartig zusammen, seine Hände umklammerten die Reling, und seine Augen starrten in die vorbeirauschenden grauen Fluten, die nicht weit unter den Speigatten entlanggurgelten. Plötzlich richtete sich das Schiff wieder etwas auf, er blickte auf und sah, dass Männer im Fockmast auf den Rahen arbeiteten. Schon die Vorstellung, jetzt dort oben arbeiten zu müssen, ließ ihn wieder heftig Neptun opfern. Als er wieder hinaufblickte, waren die Rahsegel verschwunden; sie waren so eng wie möglich fest an die Rahen gezeist worden. Der

Flieger vorne war geborgen worden, und auch hinter seinem Rücken rumorte es. Er stellte fest, dass das Gaffelsegel verkleinert wurde. Auch Karl befand sich unter den arbeitenden Männern. Er sah zwar auch ziemlich fahl im Gesicht aus, soweit das Paul beurteilen konnte, aber er setzte im Takt mit den anderen ein Fall durch.

Die Wellen wurden von Minute zu Minute höher und länger, und die Bewegungen des Schiffes änderten sich. Es suchte sich stampfend und rollend seinen Weg schräg gegen die aus Südwesten heranstürmenden Wogen. Paul hatte nur einen Wunsch: Er wollte tief und traumlos schlafen und erst wieder aufwachen, wenn dieser Alptraum vorüber war. Er hätte Piet sofort seine gesamte persönliche Habe geschenkt, wenn der ihn in die Hängematte geschickt hätte, aber dieser undankbare Patron schien sich an seinem elendigen Zustand zu weiden und achtete darauf, dass er zu jeder Wache pünktlich an Deck erschien. Außerdem schien es ihm große Freude zu bereiten, ihn mit allen möglichen gemeinen Arbeiten zu beschäftigen, so dass er nicht einfach still in einer Ecke zusammengekrümmt sitzend auf sein unausweichlich bevorstehendes Ende warten konnte. So ließ er ihn alle zwei Stunden die Bilge lenz pumpen, schickte ihn mit einem alten, erfahrenen Salzbuckel über das Deck, um die Verschlüsse der Luken und Niedergänge zu kontrollieren, ja sogar auf das Vordeck scheuchte er sie, wo sie die Ankerlaschings und die Befestigungen der Messingkanonen überprüfen sollten. Bei Tageslicht stellte er sich scheinbar freundschaftlich mit ihm zusammen ans Ruder und zeigte ihm, wie man die Wellenberge ansteuern musste. Im Tal etwas anluven, auf dem Berg leicht abfallen und Fahrt aufnehmen und wieder anluven, abfallen und … Erstaunlicherweise vergaß Paul beim Steuern immer öfter für eine immer längere Zeitdauer seine Übelkeit. Am Donnerstag hatte er während der Tageswachen nicht mehr gespuckt, allerdings war er überzeugt, dass das nur daran gelegen hatte, dass es in ihm nichts mehr gab, was er hätte opfern können, trotz des Schiffszwiebacks, auf dem er gehorsam nach den krampfartigen Anfällen herumkaute. Aber in der Dunkelheit, wenn man keinen festen Punkt hatte, auf dem man das Auge ruhen lassen konnte, wenn man nicht am Ruder stand ... Ach ja, aber inzwischen konnte er auch schon recht gut in der Dunkelheit steuern. Es hatte wieder etwas gedauert, bis er begriffen hatte, dass es beim Laufen am Wind nicht mehr auf den Kompasskurs ankam, sondern auf den Einfallswinkel des Windes, den er am Flögel und den Lieken der Segel ablesen konnte, und auf das richtige Ansteuern der Wellen. Inzwischen ging er den Rudertörn nicht mehr zusammen mit Piet, sondern mit einem alten, faltigen Matrosen, der zuerst etwas muffig gewesen war, weil er die Hauptarbeit dabei leisten musste, aber nach einem halben Dutzend Wachen hatte er nach der Ablösung einen dicken Strahl Tabaksbrühe dicht vor seinem Gesicht vorbei in die See gespuckt und fast freundlich geknurrt: »Wird schon, Jungchen.« Die Vorstellung eines Priems im Mund hatte bei Paul sofort zu einem intensiven Gespräch mit Neptuns Dienern geführt. Aber hinterher wischte er sich den Mund ab, rieb sich die Tränen aus den Augen, steckte sich einen Brocken Zwieback in den Mund und machte mit seiner zugewiesenen Arbeit weiter.

Sie hatten sich mühsam Schlag für Schlag gegen den ungewöhnlich beständigen stürmischen Südwester vorangearbeitet. Auf dem Schiff war alles nass oder doch zumindest feucht. Sie hatten keinen trockenen Faden mehr auf dem Leib, selbst das Bettzeug war klamm. Pauls Hals war vom harten Ölzeug wundgescheuert, seine Augen waren vom Salzwasser gerötet und brannten, die Lippen aufgeplatzt und die Hände rau und schrundig vom Ziehen an den Schoten beim Wenden. Er hätte jeden Preis für ein Bad in weichem, heißem Süßwasser gezahlt – oder zumindest für eine gründliche Wäsche unter einer Pumpe – und einem anschließenden erquickenden Schlaf in einem trockenen, warmen Federbett, das nicht wie ein bockiger Maulesel auf und ab sprang.

Peter schien weniger unter der Seekrankheit zu leiden als sein Bruder. Sein Patentrezept lautete: Immer einen Schluck Genever und einen Becher Bier zu jeder Mahlzeit, dann kommt der Magen auf keine dummen Gedanken. Daneben beschäftigte er sich unter der Anleitung von de Vries mit der Navigation, aber von den niedrigen Arbeiten der Matrosen hielt er sich geflissentlich fern. Auch Karl und Franz schienen sich recht schnell an die Bewegungen des schwankenden Untersatzes gewöhnt zu haben. Ein paar Mal hatte Paul allerdings auch sie in Lee über der Reling hängen sehen. Doch so langsam schienen selbst ihm Seebeine zu wachsen. Während der Tageswachen konnte er sogar schon ungerührt zuhören, wenn sich die Matrosen in seiner Nähe sehnsüchtig mit den Lippen schnalzend – scheinbar ohne ihn zu beachten – über Teller voller Spiegeleier unterhielten, auf denen sich Berge kross gebratenen fetten Specks türmten. Aber als einer von ihnen von seiner Fahrenszeit bei einem geizigen Friesen aus Groningen erzählte, der so sparsam war, dass es zum Abendessen nur einen geräucherten Fisch für alle gab, musste er sich sehr zusammenreißen, um den Kerlen keine Vorstellung zu bieten! Das Geheimnis dieser Speisung lag nämlich darin, dass am Schwanz dieses Fischs ein Segelgarn verknotet war, an dem er nach dem Verzehr wieder ans Tageslicht zurückbefördert wurde und dann dem nächsten in der Rangfolge vorgelegt wurde …

Wie sich Franz hielt, konnte er nicht beurteilen, weil der in der anderen Wache arbeitete, doch Karl hatte er sogar schon oben im Rigg des Fockmasts gesehen.

Aber heute war Montag, es war kurz nach Mitternacht,

und sie waren seit über sechs Tagen unterwegs, immer gegen den Wind, der zuerst aus WSW geweht hatte, aber dann pünktlich bei Bornholm auf West gedreht hatte, so dass sie ihn wieder auf den Kopf bekamen. Jetzt mussten sie irgendwo südlich der Einfahrt zum Sund stehen. Zum Glück hatte es wenigstens aufgehört zu regnen, aber der Himmel war immer noch überwiegend bedeckt. Nur gelegentlich war ein Stern zu sehen, und ab und zu konnte man den Schein des Mondes erahnen, der im ersten Viertel stand.

»Paul, wir wollen mal versuchen, ob wir das *Kriegers Flak* anloten können. Begleite Jan Priem nach vorne und geh ihm zur Hand!«

Jan war der Tobakkauer, der spucken konnte wie eines dieser sagenhaften wolligen Fabelwesen aus den Bergen Südamerikas, aber sonst war er ein prima Kerl und ein ausgezeichneter Seemann sowieso – wie alle Männer auf der *Oranjeboom*. Wie Paul nach und nach erfahren hatte, waren die Älteren alle schon mit dem Skipper bei der VOC gefahren. Da sie ihn als Skipper und Menschen schätzten und er obendrein auch noch gut zahlte, hatte er sich die besten Leute aussuchen und auf sein eigenes Schiff mitnehmen können. Es waren fast alles ältere Matrosen, die hofften, in diesem Fahrtgebiet häufiger ihre Familien sehen zu können.

Jan entnahm der Backskiste ein schweres, achteckiges, längliches Eisengewicht und eine Leine, die in regelmäßigen Abständen bunte Markierungen und Lederbändsel aufwies. Er drückte ihm das Gewicht in die Hand, an dessen oberem Ende sich ein Tauring befand, und marschierte an Backbord nach vorne zu den Leewanten des Vormasts. Dort angekommen, steckte er das in der Lotleine eingespleißte Auge zuerst durch den Tauring und dann von unten über den Lotkörper. Mit einem Ruck zog er die Verbindung fest. Er grinste breit: »Gewusst wie, min Jong!« Ein brauner Strahl Tabaksaft flog über die Kante. »Der Stürmann wird gleich etwas Fahrt aus dem Schiff nehmen, dann werfe ich den Lotkörper mit viel Schwung voraus, und wenn alles gut läuft, dann kann ich die Tiefe ablesen, wenn die Leine auf und nieder steht.«* Er drehte den Lotkörper um und zeigte ihm eine runde Aussparung im Boden. »Hier kann man Talg reinschmieren und bekommt dann noch gratis eine Bodenprobe mitgeliefert, die man mit den Angaben in der Seekarte vergleichen kann. Alles klar?«

Paul nickte, ohne ihn wirklich verstanden zu haben.

Jan schoss die Lotleine klar zum Laufen auf, drückte den Tampen Paul in die Hand, dann kletterte er auf die Plattform, auf der die Juffern** der Wantenspanner befestigt waren, dort sicherte er sich mit einem Tampen und sorgte dafür, dass er einen sicheren Stand hatte. Plötzlich richtete sich das Schiff auf und wurde langsamer. Piet hatte das Besansegel und den Klüver etwas auffieren lassen. Jan fierte das Gewicht bis dicht über die Wasserfläche und schwang den Lotkörper weit vor und zurück, dann ließ er ihn in einem weiten Bogen nach vorne fliegen. Die Lotleine glitt rasch durch seine Finger. Dann rief er nach achtern gewandt: »Gut sechzehn Faden zu Wasser!« Mit weit ausgreifenden Bewegungen holte er das Lot wieder ein und sprang dann zurück an Deck. Die Schoten wurden wieder dicht geholt.

»Was bedeuten die Markierungen?«, erkundigte sich Paul, während er zusah, wie Jan die Leine aufschoss.

»Nun, ein Faden hat sechs Fuß. Für die Markierung der Füßchen benutzen wir Stofflappen, beispielsweise aus alten

---

* Senkrecht auf dem Meeresgrund

** Runde Holzscheiben mit Löchern, durch die ein Tau geschoren wird. Es entsteht eine Art Flaschenzug, mit dessen Hilfe man die Wanten spannen kann.

Flaggen. Ein Fuß – ein blauer Lappen, zwei Fuß – ein weißer, drei ein roter, vier ein gelber, fünf ein grüner, dann kommt ein Lederbändsel mit einem Loch für den ersten Faden und so weiter, klaro? Aber bei dieser großen Wassertiefe ist die Leine nur bei den vollen und halben Faden markiert. Das reicht hier aus.«

Paul nickte beeindruckt. »Und wie merkt man, dass das Lot den Grund erreicht hat?«

»Das merkst du ganz deutlich in der Hand, der Lotkörper zieht nicht mehr!«

Sie loteten jede Viertelstunde, aber die Tiefe blieb mit geringen Abweichungen über sechzehn Faden, erst beim letzten Wurf kamen sie auf vierzehn Faden. Danach gingen sie nach achtern, um das Ruder zu übernehmen, und einer der Rudergänger löste sie beim Loten ab. Piet trat neben das Ruder, um den Kurs zu kontrollieren.

»Warum loten wir denn hier, sind wir so dicht unter Land?«, wollte Paul wissen.

»Nein, zum Glück nicht, aber wir wissen leider nicht genau, wo wir stehen, und voraus liegen die dänischen Inseln Mön und Seeland. Zwischen den beiden erstreckt sich aber die weite Faksebucht nach Westen, und dahinein wollen wir nicht unbedingt laufen. Zum Glück liegt eine Untiefe, eben *Kriegers Flak*, der Küste vorgelagert, und wenn unsere Koppelung stimmt, dann müssten wir sie auf dem anliegenden SSW-Kurs überlaufen. Sobald wir sie angelotet haben, werden wir uns mit mehreren Schlägen bis zu ihrem westlichen Ende herantasten und dann hoffentlich den Kurs in den Sund absetzen können. Wenn der Wind so durchsteht, sollten wir dann bald wie ein Windhund nach Norden preschen, ha, ha, ha!«, meinte Piet und rieb sich vergnügt die Hände. »Und du kannst mal wieder vernünftig in das vorzügliche Essen unseres Smutjes reinhauen.«

»Na, wenn du das sagst …«, brummte Paul wenig überzeugt.

Bei jedem Loten wiederholte sich das Spiel. Zuerst wurden die Schoten des Besansegels und des großen Klüvers geschrickt, die Rudergänger versuchten das Schiff genau an der Windkante möglichst aufrecht zu segeln, dann wurde das Lot geworfen, anschließend gingen sie noch einen Viertelstrich höher an den Wind, um das erneute Dichtholen der Schoten zu erleichtern. Das war Präzisionsarbeit, denn keinesfalls durften die Vorsegel backschlagen und das Schiff in den Wind drehen. Paul war stolz wie ein Pfau, dass ihn Jan mehrfach dieses schwierige Manöver allein hatte durchführen lassen und nur zum Eingreifen bereitgestanden hatte.

»Elf Faden an der Markierung!«

Sie loteten weiter, und nach einer Stunde hatten sie die Bank überlaufen. Piet ließ wenden. Hier zeigte sich der Vorteil der Takelung der *Oranjeboom* als Schonerbrigg. Nach einem kurzen Abfallen, um Schwung zu holen, drehte der Bug in den Wind, der backstehende Klüver unterstützte die Drehung weiter, die Stagsegelschoten wurden gefiert und auf der anderen Seite wieder durchgesetzt, und das Gaffelsegel kam polternd über. Nach einer guten Stunde verließen sie die Bank wieder und wendeten erneut. Bei acht Glasen loteten sie immer noch weniger als zehn Faden und wurden abgelöst. In seiner Hängematte bekam Paul unterschwellig noch zwei weitere Wenden mit, wobei die zweite ziemlich rasch auf die erste folgte. Anschließend schien man den Kurs beizubehalten, und er versank in einen tiefen Schlaf, denn um acht Uhr begann seine nächste Wache. Sie gingen auf der *Oranjeboom* ein gemischtes Wachsystem aus sechs und vier Stunden, was zur Folge hatte, dass man an einem Tag vierzehn, am anderen aber nur zehn Stunden Wache hatte, und heute war ein langer Tag an der Reihe.

Als er um acht Uhr wieder an Deck kam, war der Himmel fast wolkenlos, der Wind hatte nachgelassen, und im Licht der Morgensonne strahlten im Südwesten die weißen Kreidefelsen von Möns Klint und im Nordwesten die von Stevens Klint herüber. Piet arbeitete mit dem Diopter auf der Peilscheibe und verschwand dann kurz im Kartenraum. Er tauchte mit einem seltsamen Gerät in der Hand wieder auf. Als er Pauls neugierigen Blick sah, erklärte er ihm: »Das ist ein Oktant, damit kann man Höhenwinkel messen, also beispielsweise die Höhe der Sonne über der Kimm – dem Horizont, wie du wohl sagen würdest –, aber natürlich auch die Höhe dieser Klippen darüber. Da ich weiß, wie hoch die Klippen sind und wie hoch sich mein Auge über der Wasseroberfläche befindet, könnte ich eigentlich ganz leicht berechnen, wie weit ich von den Klippen entfernt bin. Das Problem ist, dass ich leider den Fuß der Klippen nicht sehen kann, weil der unter der Kimm liegt, dadurch wird die Rechnung erheblich komplizierter. Wenn du willst, kannst du mir beim Rechnen helfen. Der Skipper bleibt jetzt sowieso an Deck.«

Sie verschwanden im Kartenraum, wo Piet auf die ausgebreitete Karte deutete. »Nach unserer Loggerechnung stehen wir hier.« Er deutete mit der Zirkelspitze auf einen kleinen Strich senkrecht zur Kurslinie, an der mit Bleistift 08.00 vermerkt stand. »Unser gegisster Ort bei Wachwechsel.«

»Was heißt Loggerechnung und was gegisster Ort?«

Piet lachte. »Das ist ein großer magischer Zauber, mein Freund, eigentlich bräuchten wir dafür einen schwarzen Medizinmann mit grauseliger Maske, einem Wedel aus Zebrahaar und vielen unverständlichen Beschwörungsformeln. Solange wir keine terrestrischen oder astronomischen Standlinien bekommen, die uns unseren wahren Ort offenbaren, reihen wir die abgesegelten Kurse und die darauf vermutlich zurückgelegten Distanzen unter Berücksichtigung der Windabdrift und der Abtrift durch den Strom aneinander und hoffen, dass wir alle variablen Größen einigermaßen richtig geschätzt haben! Die Logge gibt uns leider nur die Fahrt durch das Wasser an und nicht die über dem Grund, das Schätzen der Windabdrift ist Erfahrungssache, aber ihre Größe hat man auf seinem Schiff recht gut im Griff, die große Unbekannte ist immer der Strom! Deshalb versuche ich jetzt einen wahren Ort aus vier Standlinien zu bestimmen. Ich habe zwei Peilungen und zwei Abstände. Mal sehen, wo wir wirklich stehen. Zu meinen Seitenpeilungen muss ich jetzt die Kurse addieren, die jeweils zum Zeitpunkt der Peilung anlagen, dann kann ich sie eintragen.« Er rechnete die Peilungen auf einem Stück Papier aus und griff dann nach einem Parallellineal, das er über eine der in der Karte eingedruckten Kompassrosen legte und erst zu der einen, dann mit dem zweiten errechneten Wert zu der anderen Klippe hin verschob. Die beiden dünnen Bleistiftstriche, die er in der Nähe der Kurslinie eingetragen hatte, schnitten sich westlich der ihres Loggeortes.

»Und deine Kurslinie ist keine Standlinie, wie du das nennst?«

»Nee, die ist nur die Absichtserklärung des Navigators. Es wäre schön, wenn wir darauf stehen würden, in den meisten Fällen klappt das aber nicht. Eine Standlinie ist ein geometrischer Ort, der eine bestimmte mathematische Forderung erfüllen muss. So ist der Peilstrahl der geometrische Ort für alle Beobachter, die zu einer bestimmten Zeit ein definiertes Objekt im selben Winkel peilen, und der Abstandskreis ist die Standlinie für alle Beobachter, die zur selben Zeit dasselbe Objekt in derselben Höhe messen. Ich brauche also immer mindestens zwei Standlinien, um einen wahren Ort zu erhalten, besser sind immer drei oder vier. Sicher ist sicher, *capito, hombre*!«

»Du mich auch.«

»Dir geht es wieder gut, die Klappe funktioniert schon wieder. Dann wollen wir mal die Abstände berechnen.« Er schlug eine dünne Formelsammlung auf und deutete auf ein wahres Ungetüm von Formel. »Auf geht's. Du rechnest die eine Höhe, ich die andere, wer zuerst fertig ist, bekommt heute Mittag das dickste Stück Fleisch.«

Pauls Magen knurrte lautstark. Er merkte plötzlich, wie hungrig er nach seiner Zwangsdiät der langen letzten Woche war. Mit Feuereifer stürzte er sich auf die Rechenaufgabe. Da er sich für artilleristische und trigonometrische Rechnungen in der Kartographie interessiert hatte, waren ihm derartige Formeln nicht fremd. Das Wurzelziehen und Auflösen von Klammern ging ihm flott von der Hand. Bei solchen Arbeiten war er immer viel besser als Peter gewesen, den so etwas nur mäßig interessiert hatte. Aufseufzend unterstrich er sein Ergebnis doppelt: 10,6 sm. Piet schaute ihn überrascht an, denn er war noch über seiner Berechnung am Knobeln. Schließlich war auch er fertig, er kam auf 9,8 sm. Er nahm den Zirkel und trug auch diese beiden Standlinien in die Karte ein, deren Tangentenschnittpunkt in der Nähe des Schnittpunktes der beiden Peilungen lag.

»Oh«, seufzte Paul enttäuscht, »die treffen sich ja gar nicht in einem Punkt, also wissen wir immer noch nicht, wo wir uns genau befinden.«

»Zwischen den Peilungen und den beiden Vertikalwinkelmessungen sind ja ein paar Minuten vergangen, also muss ich die Peilungen entlang der Kurslinie um die zurückgelegte Distanz versegeln.« Er arbeitete wieder mit dem Parallellineal, und im Ergebnis lagen jetzt die vier Standlinien doch wesentlich enger beieinander. »Der Rest ist Messungenauigkeit und wird Fehlerviereck genannt. Ich behaupte einfach mal, dass wir genau hier in der Mitte stehen!« Er zeichnete zwischen die Standlinien ein Kreuz ein, um das er einen Kreis zog und mit der Uhrzeit 08.12 versah. »Wunderschön, der Alte wird sich freuen! Bringen wir ihm die frohe Botschaft.«

Während sie unter Deck gewesen waren, hatte der Wind zurückgedreht, er fiel jetzt fast von der Seite ein. Die Schoten waren aufgefiert worden, und am Vormast wurden die Rahsegel gesetzt. Unter dem Druck der Segel legte sich das Schiff auf die Backe und schnaubte mit schäumender Bugwelle durch die See. Gegen Mittag beim Wachwechsel erschien im Norden eine dünne schwarze Linie, die Küste der dänischen Hauptinsel Seeland. De Vries war die ganze Zeit über an Deck geblieben und übernahm jetzt auch offiziell wieder die Wache. Piet und Paul gingen unter Deck, um ihr Mittagsmahl zu verzehren. Besonders der Letztere sprach den Speisen kräftig zu. Als er satt war, erkundigte er sich: »Wie geht es jetzt weiter, Piet?«

»Nun, wir werden an der schönen Stadt Kopenhagen vorbeilaufen, unseren obligatorischen Sundzoll entrichten, anschließend Hamlet einen Gruß zuwinken und dann das Kattegatt und das Skagerrak durchqueren, bevor wir in die graue Nordsee einlaufen. Wollen wir hoffen, dass uns der Wettergott gewogen bleibt.«

»Sag mal, ist das immer so eine aufwendige Rechnerei, wenn man eine Höhenmessung zur Standortbestimmung benutzt?«

»Nein, wenn der Fuß des Objekts zu sehen ist, gestaltet sich die Rechnung wesentlich einfacher. Und dann gibt es noch den Sonderfall des Feuers in der Kimm, dabei braucht man noch nicht mal einen Oktanten, sondern nur eine Tabelle.«

»Das verstehe ich nicht.«

»Nun, bedingt durch die Erdkrümmung wird für einen Moment das Feuer eines Leuchtturms genau in der Kimm – das ist die Linie, an der Himmel und Meer zusammenstoßen – zu sehen sein. Sind die Augenhöhe und die Feuerhöhe bekannt, kann man mit diesen beiden Werten in eine Tabelle eingehen und erhält als Ergebnis die Entfernung des Feuerträgers. Peilt man das Feuer dann auch noch genau in diesem Augenblick, erhält man …«

»… zwei Standlinien!«

»Gott verdomme, der Kerl lernt schnell! Allerdings muss man das Ergebnis manchmal mit Vorsicht betrachten. Besondere atmosphärische Verhältnisse können das Ergebnis verfälschen, folglich wird man immer …«

»… den ungünstigeren Fall annehmen.«

»Aye, Herr Kapitän! Was rede ich hier überhaupt noch, soll der Kerl doch erst mal alle Fehler machen, die ich auch gemacht habe!«

»Lieber Piet, jeder Mensch lernt aus Fehlern, er muss sie aber nicht alle selber machen.«

»Die prägen sich aber besonders gut ein! Merke dir meine goldenen Worte: Navigation ist zu einem ganz großen Teil einfaches Handwerk, gemischt mit etwas präziser Rechnerei und einer Riesenportion Misstrauen gegen das Ergebnis. Wenn dein Kopf den schönen Zahlen vertrauen will, dann horche in dich hinein, was dein Bauch dazu sagt. Der nimmt nämlich die Signale der Wellen, der Strömungen, des Windes auf und sagt dir, dass deine schönen Ziffern einen Scheißdreck wert sind, weil nämlich in Lee eine unbekannte Sandbank auf dich lauert. Du musst die Botschaften des Meeres lesen lernen! Erst wenn dir das gelingt, bist du ein wirklicher *Seemann*. Beobachte mal den Alten, wenn der seinen dicken Riechkolben witternd wie ein Jagdhund nach allen Richtungen in die Höhe streckt und lange scheinbar völlig geistesabwesend in die See starrt, dann liest er die warnenden Zeichen.«

»Kannst du mir das beibringen?«

»Ich fürchte nicht. Ich selbst kann es nämlich auch nur so recht und schlecht, also nur, wenn die Buchstaben so groß wie Scheunentore sind. Es scheint so zu sein, dass der eine dafür eine natürliche Begabung hat, der andere aber wird es nie können ...«

Nach dem Essen gingen sie wieder an Deck. Die Küste war jetzt deutlich zu erkennen. Das Schiff lief unter vollen Segeln mit hoher Fahrt nach Norden. Auch an Steuerbord war jetzt eine flache Küste zu erkennen.

»Was hat das mit dem Sundzoll auf sich?«, wollte Paul wissen.

»Am besten wird sein, wenn du mal in den Mast aufenterst und dir einen Überblick verschaffst. Dann wirst du sehen, dass sich hier die gesamte Schifffahrt durch ein Nadelöhr fädeln muss. Wer diese Enge militärisch beherrscht, kann daher von den durchfahrenden Schiffen eine Abgabe verlangen, und das lassen sich diese geldgierigen Dänen natürlich nicht entgehen. Seit die Hanse ihre Macht verloren hat, sahnen diese Burschen hier gnadenlos ab.«

»Der HERR sei gepriesen, dass es die Holländer gibt, die den Seehandel völlig selbstlos betreiben.«

»Ja, so ist es, der HERR hat leider vergessen, uns so eine schöne Meerenge zu bescheren, das ist ihm wirklich vorzuwerfen. Ich gebe ja zu, dass ich neidisch bin. Es ist aber auch wirklich ungerecht, auf so einfache Art sein Geld zu verdienen, während andere sich auf See den Hintern abfrieren oder die Seele aus dem Leib kotzen ...«

»Nun ja, wenn du das so siehst.«

»Jetzt machen wir beide einen Spaziergang in die luftige Höhe, auf geht's!«

Paul blickte beklommen am Mast empor, der ihm plötzlich doppelt so hoch wie sonst erschien, aber er sagte nichts, sondern folgte Piet, der an den Luvunterwanten auf ihn wartete, und schwang sich auf die Webeleinen.

»Schau immer nach oben, dahin, wo du hinwillst«, riet Piet unter ihm. Bald hatte Paul die Mars erreicht und zog sich durch das Loch auf die Plattform. Piet verschmähte dies allerdings und hangelte sich zeitweise mit dem Rücken nach unten hängend an den Püttingswanten über die Kante. »Du solltest nie das ›Soldatenloch‹ benutzen, Paul, darin sehen die Jantches ein Zeichen von Feigheit.« Er wies mit dem Kopf weiter nach oben. Paul schluckte, vermied es, nach unten zu schauen, und kletterte weiter hoch. Oben an der Saling umfasste er das Querholz mit einem Arm und klammerte sich daran. »Setz dich auf die Saling und halte dich gut fest!«, befahl ihm Piet. Letzteres hätte er ihm nicht ausdrücklich empfehlen müssen. Er fand Halt auf der Saling und packte mit beiden Händen Teile des stehenden Gutes. Piet stellte sich auf die Saling und blickte angestrengt nach vorne. Paul sah, dass auch auf dem Fockmast ein Ausguck entspannt auf der Saling saß. Er ließ seinen Blick herumwandern; es war erstaunlich, wie sich die Perspektive hier oben von der auf dem Deck unterschied. Sobald ich mir vor Angst nicht mehr in die Hose mache, könnte das hier mein Lieblingsplatz werden, überlegte Paul.

Vor ihnen breitete sich das Panorama der südlichen Ansteuerung des Sundes aus. An Backbord voraus war an der Küste ein kleiner Ort mit leuchtend gelben Häusern zu sehen. Rechts voraus erhob sich eine flache, sandige Insel aus dem Wasser. Vier Strich an Steuerbord erstreckte sich die schwedische Küste. Alles schien mit rasanter Geschwindigkeit näher zu kommen.

»Wir können die Insel Saltholm entweder an Backbord

oder Steuerbord lassen. Wie ich den Skipper kenne, wird er den mitlaufenden Strom voll ausnutzen wollen und durch den *Drogden* und das *Holländerdyb* gehen.«

So geschah es. Mittags kurz nach dem Wachwechsel passierten sie die Lotsenstation von Dragör, und eine Stunde später drehten sie schon unter stark verkürzten Segeln auf der Reede von Kopenhagen in den Wind und Strom und ließen den Anker fallen. Es dauerte nicht lange, bis sich ihnen eine Schaluppe näherte, in der ein paar uniformierte Männer saßen.

»Untersuchen die jetzt die Ladung?«, fragte Paul.

»Vielleicht machen sie eine Stichprobe. Normalerweise begnügen sie sich mit den Angaben der Konnossementskopien und des Manifests. Danach wird die Höhe des Sundzolls berechnet.«

»Konnosse... was ...?«

»Traditionspapiere, in denen der Wert der Ladung angegeben wird.«

»Aha«, sagte Paul, ohne etwas verstanden zu haben.

Die Schaluppe schor mit einem sauberen Aufschießer längsseits, eine Vorleine flog herüber, die Segel wurden weggenommen. Dabei war kein lautes Wort zu hören. Schon jumpten die Zöllner an Deck, wo sie von de Vries begrüßt und in seine Kabine geleitet wurden.

Auf dem Achterdeck fanden sich Peter, Paul, Franz und Karl zusammen. Durch den Wachturnus und das schlechte Wetter hatte man in der letzten Woche kaum Gelegenheit gehabt, miteinander zu reden. Gemeinsam bewunderten sie die beeindruckende Silhouette der großen Stadt mit ihren vielen architektonisch reizvollen Türmen. Das war ein so ganz anderer Baustil als der, den sie aus der Mark oder auch aus Danzig kannten. Hinter den mächtigen, düsteren Wällen der Befestigungsanlagen mit ihren drohenden Schießscharten und Feueröffnungen für schwere Geschütze ragte ein Mastenwald in den Himmel.

»Na, Brüderchen, geht es dir wieder besser? Doch nein, was muss ich sehen, ganz offensichtlich verlierst du deine gesunde grüne Gesichtsfarbe, die dir doch so gut gestanden hat!«

»Sehr komisch, wirklich sehr komisch!« Wenn Blicke töten könnten, hätte es Peter auf der Stelle lang auf das Deck hingestreckt. »Wie ist es denn euch beiden ergangen?«, erkundigte sich Paul bei Karl und Franz. »Mein Bruderherz hat die Unbilden der Seefahrt bekanntlich in seinem gleichmäßig gepflegten Rausch gut überstanden. Wahrscheinlich haben die Schwankungen seines Körpers das Schaukeln des Schiffes neutralisiert.«

»Nur kein Neid, ich bin eben ein geborener Seefahrer, ein Christopher Vespucci sozusagen, hä, hä, hä ...«

»Uns war auch nicht gerade zum Lachen zumute«, berichtete Karl, »aber die Arbeit hat uns abgelenkt. Als ich das erste Mal ins Rigg musste, war mir doch ziemlich blümerant, aber die Kameraden haben auf mich aufgepasst, und ich hatte auch gar keine Zeit, richtig Angst zu haben. Du machst einfach nach, was die anderen machen, und dann geht es auch. Wir haben schon eine Menge gelernt. Die Bezeichnungen für das stehende und laufende Gut, eine Menge wichtiger Knoten.« Er zog einen Tampen von etwa zwei Fuß Länge aus dem Hosensack und knüpfte mit zwei geschickten Handbewegungen eine Schlaufe. »Ein Palstek, bitte schön, ohne Netz und doppelten Boden, Geschwindigkeit ist keine Hexerei.«

»Sehr gut, Karl«, meinte Paul beeindruckt und nahm sich vor, seine Kenntnisse im praktischen Bereich der Seemannschaft ebenfalls zu verbessern.

Nach etwa zwei Stunden gingen die Offiziellen wieder von Bord; ihre Gesichter waren gerötet, und sie waren ziemlich redselig und lachten laut, als sie auf ihre Schaluppe überstiegen. Einer der Zöllner wäre um ein Haar ins Wasser gefallen, worüber sich die anderen ausschütten konnten vor Lachen. Auf dem Boot stiegen die Segel in die Höhe, alle Leinen bis auf die Achterspring wurden gelöst, die Stagfock kurz backgehalten, das Großsegel dichtgeholt und schon klappte der Bug weg. Die Achterspring wurde losgeworfen, die Fock übergeholt, und das Boot fiel vom Wind ab und schoss in Richtung Hafen davon.

De Vries hatte ihm nachgesehen, jetzt donnerte er mit seiner besten Kommandostimme: »Die Luke auf und die Ladetaljen an der Fockrah und dem Stengestag aufriggen! Garnier- und Stauholz und Enden zum Laschen von Fässern bereitlegen. *Pronto, marineros*!«

Es wäre keine Eile nötig gewesen, denn es dauerte abermals zwei Stunden, ehe sich ihnen wieder ein Boot von Land näherte. Es war eine plumpe Barkasse, aber auch ihr Schiffer beherrschte sein Handwerk und brachte sie problemlos längsseits. In ihrem Inneren lagen etwa drei Dutzend Holzfässchen, die jeweils ungefähr zehn Gallonen fassen mochten. Der Bootsmann und die Matrosen der *Oranjeboom* hatten alles vorbereitet und auch Fasshaken bereitgelegt. Nach zwei Stunden waren die Fässer übernommen und nach einer weiteren hatte man sie zur vollen Zufriedenheit Piets gestaut und gelascht. Die Ladetakel waren bereits wieder abgeschlagen worden, so dass nur noch die Luken seefest angedeckt und verschalkt werden mussten. Inzwischen begann schon das mühselige Geschäft des Ankerlichtens, an dem sich auch Paul und Peter beteiligten, Letzterer aber eher widerwillig. Zoll für Zoll glitt die schwere, vollgesogene Leine durch die Klüse an Deck, lief über das Bratspill und verschwand schließlich unter Deck im Kabelgatt, wo sie sorgfältig klar zum Laufen gestaut wurde. Nach einer guten Stunde wurden das Besansegel und ein Klüver gesetzt, aber es dauerte noch eine weitere halbe Stunde, ehe der Anker aus dem Grund des *Konge Dybet* brach und das Schiff Fahrt aufnahm. Es war ein unvergesslicher Anblick, als sich die Sonne blutrot hinter der vieltürmigen Silhouette Kopenhagens dem Horizont zuneigte.

»Hast du gesehen, was wir da für eine Leckerei geladen haben?«, erkundigte sich Peter bei Paul und leckte sich genießerisch die Lippen. »Bester Aquavit! Lecker, lecker, ganz etwas Feines, habe ich mir sagen lassen.«

»Für uns ist das eine Ladung wie jede andere auch, du oller Suffkopp, es könnte genauso gut Kuhschiet oder Pferdepisse sein. Wir transportieren das Zeug nur von einem Hafen zum anderen.«

»Du redest schon wie so ein bürgerlicher Pfeffersack. Vergiss nicht, wir sind Angehörige des märkischen Uradels, und dafür, dass wir dem König mit unserem Leib und Leben dienen, stehen uns auch gewisse Privilegien zu, dazu gehört auch das Privileg, das Leben zu genießen, solange wir das können!«

»Welchem König dienen wir denn?«, fragte ihn Paul traurig und starrte zu der dunklen, dräuenden Masse des Wasserforts *Tre Krona* hinüber. »Wir sind heimatlose, vagabundierende Hofhunde, die von ihrem Herrn fortgejagt wurden.«

»Na, jedenfalls ist mir Aquavit im Glas immer noch tausendmal lieber als Pferdepisse«, seufzte Peter, wandte sich um und schaute hinüber auf die rot leuchtende schwedische Küste. »Ich jedenfalls gehe jetzt unter Deck, leere meinen Futternapf, schlabbere tapfer mein Bierchen und lege mich dann in mein Körbchen, wo ich meinen Herrn und König in mein Abendgebet einschließen werde.« Er verdrehte die Augen.

»Falls es denn überhaupt noch einen König von Preußen gibt. Vielleicht sind wir schon de facto Untertanen der Zarin.«

»Dann solltest du an den alten Ovid denken: *Est quaedam flere voluptas.*«*

»Warum sollte ich darüber weinen? Unsere lieben Verwandten in Ostpreußen haben auch ohne falsches schamhaftes Zögern den Treueid auf die Zarin geleistet. In der russischen Armee dienen sehr viele deutsche Offiziere. Zu einem Teil stammen sie natürlich aus dem Baltikum, wie zum Beispiel das Geschlecht der Wrangels, aber viele andere Offizierskameraden kommen aus allen Gauen unseres schönen Vaterlandes. Was soll sein, dann saufen wir eben Wodka aus Wassergläsern und schmeißen sie anschließend an die Wand, und was es an dergleichen rustikalem Brauchtum in Russland noch so geben mag …«

»Versoffener opportunistischer Banause!«

---

* Im Weinen liegt eine gewisse Wonne.

Kapitel 2

April 1760, Kattegatt und Skagerrak

Am nächsten Morgen standen sie schon weit im Kattegatt. Seeland lag hinter ihnen. Gegen sechs Glasen auf der Abendwache hatten sie die Insel Ven an Steuerbord liegen lassen und eine Stunde später mit Nordstrom die Enge zwischen Helsingör und Helsingborg passiert. Von Hamlets Schloss war im Mondlicht nicht viel zu sehen gewesen, aber die Türme und Zinnen hatten im bleichen, fahlen Mondlicht doch gespenstisch genug gewirkt, und Paul hatte sich den jungen Dänenprinzen im trauten Zwiegespräch mit dem Schädel seines ermordeten Vaters in der Hand plastisch vorstellen können: »Sein oder Nichtsein, das ist hier die Frage …«

Der Wind war am Vormittag immer schwächer und launischer geworden und mittags dann völlig eingeschlafen. Die Segel schlugen kraftlos hin und her, woraufhin die Rahsegel geborgen wurden. Die Frühlingssonne schien warm vom blauen Himmel, und bald bildete sich über dem kalten Wasser ein dünner Dunstschleier. Ein Mann stand am Ruder, ein weiterer saß oben als Ausguck im Vortopp, die anderen waren mit seemännischen Arbeiten beschäftigt. Das bot Paul eine gute Gelegenheit, Jan auf die Finger zu schauen und sich von ihm Knoten, Spleißen und Takeln beibringen zu lassen.

Er besorgte sich vom Bootsmann aus dem Kabelgatt einen Tampen, mit dessen Hilfe er die wichtigsten Knoten während der folgenden Wachen wieder und wieder übte, bis er sie mit geschlossenen Augen und auch hinter dem Rücken stecken konnte. Mit dieser märkischen Dickköpfigkeit und Zähigkeit ging er auch an die anderen seemännischen Handarbeiten heran, so dass er nach einigen eher entmutigenden Versuchen doch bald brauchbare und vorzeigbare Ergebnisse erzielte. Außerdem bestand er darauf, mit in die Takelage aufzuentern, wenn er keinen Rudertörn ging. Er stellte fest, dass Karl recht gehabt hatte: Wenn eine Aufgabe zu erledigen war, hatte man gar keine Zeit, furchtsam nach unten zu schauen und sich ängstlich vorzustellen, was passieren würde, wenn man den Halt verlöre und die Tiefe stürzte.

Peter begnügte sich nach wie vor mit der Lösung navigatorischer Aufgaben, was Paul an sich schon erstaunlich genug fand, denn die Mathematik war nie Peters starke Seite gewesen. Aber hier kamen keine abstrakten Zahlen als Ergebnis heraus, sondern etwas, das er sofort anschaulich in die Praxis umsetzen konnte. Für die Artillerie hatte er sich nie begeistern können, obwohl selbst der in vielen Bereichen sehr konservativ denkende König im Laufe der Feldzüge gelernt hatte, ihren Wert immer höher einzuschätzen – es waren bittere Lektionen gewesen, die ihm die Österreicher auf diesem Gebiet erteilt hatten. Friedrich war sogar so weit gegangen, neben der bespannten Feldartillerie noch zusätzliche Batterien der berittenen Artillerie aufzustellen, die besonders flexibel waren und schnell von einem Brennpunkt zum anderen geworfen werden konnten. Peter war in dieser Hinsicht nicht besonders lernfähig, seine Waffen waren der Säbel und der Dolch. Wie hatte es ein gefangener russischer Infanterieoffizier bei einem gemeinsamen Umtrunk ausgedrückt: »Die Kugel ist ein Weib, der blanke Stahl ist der Mann!« Er hatte dann weiter breit grinsend ausgeführt: »Ich weiß gar nicht, warum wir so viel Geld ausgeben, um unseren schwachsinnigen Bauerntrampeln Musketen in die Hände zu drücken. Sie lernen ohnehin nie, richtig damit umzugehen. Ein Besenstiel mit einem Bajonett vorne drauf würde denselben Zweck erfüllen! Prost!«

Auch die Kartenarbeit im Stab war nicht Peters Geschäft gewesen. Warum sollte er die Lage feindlicher Geschützstellungen mit Hilfe der Trigonometrie mathematisch bestimmen, wo es doch im Grunde nur darauf ankam, den Feind im Sturmangriff daraus zu vertreiben, oder falls das nicht möglich war, ihn zu umgehen, ihm den Nachschub abzuschneiden, damit er, vom Hunger gepeinigt, die Stellung freiwillig räumen musste. All das konnte man sehr viel einfacher und schneller auf dem Rücken eines guten Pferdes mit dem Säbel in der Faust erreichen als am Kartentisch mit Tabellen, Lineal und Zirkel.

Hier auf See sah die Sache ganz anders aus. Man musste sich seinen Weg mit Hilfe von Land- und Seezeichen suchen. Unter der weiten, trügerischen Wasserfläche lauerten überall Gefahren in Form von Sandbänken und großen Unterwasserfelsen. Der Wind war launisch und der Strom kaum berechenbar. Da lernte man dankbar zu sein für jede in der Karte eingezeichnete Windmühle, jeden Kirchturm oder jede markante vielhundertjährige Eiche. Jede unverwechselbare Klippe, jede Flussmündung, jede enge Durchfahrt zwischen zwei Inseln konnte eine Standlinie liefern, und zwar eine, die man im Kriegsfall nicht einfach beseitigen oder einziehen konnte wie Baken oder Tonnen. Auch Reihenlotungen in festgelegten zeitlichen Abständen hatten durchaus etwas für sich, und häufig genug gab die Grundprobe in der Lotspeise zusätzlich einen wichtigen zusätzlichen Anhaltspunkt. War der Sand grau, rötlich oder weiß, war er fein oder grobkörnig, enthielt die Bodenprobe viele Muschelschalen? All das war von Wichtigkeit, konnte aber nur ausgewertet werden, wenn man darüber korrespondierende Angaben in der Seekarte oder den Segelanweisungen der Handbücher fand. Sowohl der Skipper als auch Piet besaßen ein dickes schwarzes Buch mit einem wetterfesten Leineneinband, in das sie alle ihre Beobachtungen eintrugen, sofern diese von navigatorischer oder meteorologischer Bedeutung waren.

Vom Skipper erfuhr Peter, dass dieser schon eine ganze Sammlung dieser Bücher besaß, nämlich von allen Seegebieten, die er in seinem langen Seemannsleben befahren hatte.

An Deck überholte die Mannschaft das stehende Gut. Die Wanten, Pardunen und Stage wurden nachgespannt, weil sie sich während der Sturmtage lose gearbeitet hatten. Auch wurden alle Leinen einschließlich des laufenden Gutes daraufhin untersucht, ob sie schamfielt* hatten. War das der Fall, wurden sie erneuert. Jan war zusammen mit Paul vom Bootsmann damit beauftragt worden, die beschädigten Stellen aus den Leinen herauszuschneiden, die Tampen mit genähten Taklingen zu versehen und dann sauber aufgeschossen im Kabelgatt zu verstauen. Dazu brachten sie zuerst an den entsprechenden Stellen Behelfstaklinge an, schnitten dann die beschädigten Schwachstellen heraus, anschließend drückte ihm Jan Priem einen Lederriemen in die Hand, den man über die Hand streifen konnte, der aber ein separates Loch für den Daumen und an der Handinnenseite eine in Leder gefasste Bleiplatte aufwies. »Das ist ein Segelmacherhandschuh«, erklärte Jan, reichte ihm eine dreieckige Nadel und Takelgarn und zeigte ihm, wie man damit einen haltbaren Takling auf den Tampen aufsetzte. Während sich Paul noch mit seinem ersten abmühte, hatte Jan schon drei fertig-

* gescheuert

gestellt. »Jetzt müssen wir die Länge der Leinen ausmessen und sie sauber aufschießen. Breite mal deine Arme aus!« Er musterte die Spannweite von Pauls Armen kritisch, brummte dann aber zufrieden: »Das dürfte exakt ein Faden sein, das vereinfacht die Sache für dich. Du schießt jetzt diese Leine auf und zählst dabei die Faden mit.« Nach fünf Minuten stand Paul schweißüberströmt in einem Schlangennest. Jan kicherte und verschluckte sich fast an seinem Priem, Lachtränen liefen ihm über die Wangen. »Bei allem, was Recht ist, hat man so etwas schon gesehen?«, schnaubte er. Er hielt ihm die Leine vor das Gesicht. »In welche Richtung verläuft die Keep? Nach rechts, nicht wahr? Es handelt sich also um rechtsgeschlagenes Tauwerk, folglich musst du es auch rechtsherum aufschießen. Besonders einfach wird es, wenn du dabei dem Tampen mit Daumen und Zeigefinger einen kleinen Rechtsdrall gibst. Pass mal auf.« Er machte es ihm langsam vor, und tatsächlich legte sich die Leine in sauberen Buchten übereinander. »*Claro*, Jungchen?« Beschämt nickte Paul. »Jetzt gib mir mal den Tampen und schmeiß den von dir produzierten Whooling über die Kante!« Jan packte das Ende fest mit seinen hornigen Pranken, und Paul warf die vertörnte Leine über die Verschanzung. Jan drückte ihm den Tampen wieder in die Hände und befahl: »Nun mal los, die Törns können sich jetzt am losen Ende rausdrehen, also immer vom festen Tampen her aufschießen, *claro*!« Paul nickte und machte sich ans Werk – und siehe da, es klappte auf Anhieb. Die aufgeschossenen Leinen wurden beigebändselt und dann markiert im Kabelgatt verstaut.

Paul staunte immer wieder, wie geräuschlos, fast ohne ein lautes Wort, alle Arbeiten ausgeführt wurden. Jeder Seemann schien genau zu wissen, was zu tun war und wer welche Aufgabe am besten erledigen konnte. Weiter fand er es faszinierend, wie geschickt die Matrosen die physikalischen Gesetze ausnutzten. Da spielte keiner den starken Mann, wenn ein sinnvoll eingesetzter Hebel oder eine kleine dreischeibige Talje die Arbeit zum Kinderspiel machen konnte. Wie hatte es Piet ganz richtig auf den Punkt gebracht: »Die alten Salzbuckel arbeiten mit Geist und Kraft! Die haben es nicht nur hier«, dabei hatte er mit dem Zeigefinger auf seinen Bizeps getippt, »sondern auch da!« Der Zeigefinger war an die Stirn gewandert.

Nach dem Ende der Wache hatte Piet den Koch angewiesen, einen großen Topf Frischwasser zu erhitzen. Jeder der Freiwächter hatte eine volle Pütz in eine Waschbalje gießen dürfen. Zuvor hatte Paul seinen bis dahin guten Ruf fast ruiniert, als er darum bat, sich zuerst unter dem Strahl der Deckwaschpumpe abseifen zu dürfen. Völlig verständnislos hatten ihn die Matrosen dabei beobachtet, als er splitterfasernackt unter dem eiskalten Strahl herumtanzte und sich mit der schmierigen Seife abschrubbte. Die mit Kopfschütteln abgegebenen Kommentare reichten von: »Das kann nicht gesund sein!« bis »Der arme Kerl muss bei der Seekrankheit einen guten Teil seines Gehirns ausgekotzt haben!« Aber Paul genoss es. Das heiße Frischwasser anschließend war eine echte Wohltat und wurde danach dazu benutzt, die Wäsche zu waschen. Diese Arbeit übernahm der Kabinenjunge für die besseren Herren des Achterschiffs. Er hatte im Übrigen schon im Laufe der vergangenen Woche Pauls blutverschmierte Kleidung so gut es ging gereinigt, ohne davon viel Aufhebens zu machen. Piet, der ihn dabei beobachtete, hatte nur schief grinsend vor sich hin gebrummt: »Dachte ich es mir doch!« Eigentlich hatte Paul die Kleidungsstücke über Bord werfen wollen, aber die sich überstürzenden Ereignisse oder, besser gesagt, sein immer auf Entleerung drängender Magen hatten das verhindert.

Der Skipper, Piet, Peter und Paul standen nach Einbruch

der Dunkelheit noch einige Zeit auf dem Achterdeck zusammen. Paul fragte nachdenklich: »Vielleicht täusche ich mich, aber ich habe den Eindruck, dass es hier länger hell bleibt als bei uns in der Mark, in Schlesien oder Böhmen zu dieser Zeit im April.«

»Gut beobachtet, mein junger Freund«, gab ihm de Vries recht. »Je weiter man im Sommerhalbjahr nach Norden kommt, desto länger währt der Tag, bis es dann jenseits des Polarkreises gar nicht mehr dunkel wird. Aber jetzt habe ich mal eine interessante Aufgabe für meine beiden Steuermannsmaaten. Wir stehen jetzt mindestens rund achtzehn Meilen von jedem Land entfernt, können also keine Peilungen nehmen. Wie immer ist der Strom die große Unbekannte in unserer Koppelrechnung. Wohin setzt er? Wie stark ist er? Ich warte auf Vorschläge, wie wir uns zumindest einen ungefähren Eindruck darüber verschaffen können.«

»Paaah!«, schnaufte Peter und machte eine abschätzige Handbewegung. »Das geht gar nicht!«

»Nicht so schnell mit den jungen Pferden«, gab ihm de Vries zu bedenken.

Paul blickte nachdenklich auf das trübe, dunkle Wasser. Wie hatte sein Vater gesagt: Wenn du nicht weiter weißt, dann fange an, »ostisch« zu denken. Verwirf alles, was du bis dahin als gesichertes Wissen akzeptiert hast, und beginne Schritt für Schritt von vorne. Der Kompass half ihm bei dieser Aufgabe nicht weiter, die Logge nicht, auch der Oktant war keine Hilfe, was blieb da noch? Nur das Lot. Aber eine Lotreihe war bei Nullfahrt durch das Wasser auch nicht möglich. Halt! Stockend begann er seine Gedanken zu formulieren: »Angenommen, wir fieren das Lot an den Grund, dann müsste es auf und nieder stehen, wenn wir keine Fahrt über Grund machen. Versetzt uns aber der Strom, dann müsste der Lotkörper am Grund liegen bleiben, während das Schiff vertreibt. Die Richtung der Lotleine würde uns die Stromrichtung anzeigen.«

»*Chapeau, m'sieur, excellent!* Völlig richtig! Und wie sieht es mit der Stärke des Stroms aus?«

»Na, das ist doch einfach«, ließ sich Peter vernehmen, der beflissen versuchte, die Scharte wieder auszuwetzen. »Pythagoras. Während einer gegebenen Zeit stecken wir die Lotleine aus und bestimmen nach Ablauf der Zeit die ausgelaufene Länge, anschließend loten wir die Tiefe am Schiff, damit haben wir die Länge zweier Seiten eines rechtwinkligen Dreiecks, der Rest ist simple Rechnerei, paaah!«

»Wir können von Glück sagen, dass Preußen keine Seemacht ist, sonst wären wir armen Holländer schon längst nur noch arme Kuhbauern, weil wir von solchen nautischen Koryphäen von der See vertrieben worden wären«, stöhnte Piet mit gespielter Verzweiflung.

»Du solltest nicht vergessen, dass die Mark fast so etwas wie eine holländische Provinz ist. Südlich von Berlin trägt eine ganze Gegend den Namen Fläming, und woher diese Bezeichnung kommt, kannst du dir selbst zusammenreimen. Außerdem stammte die Frau des Urgroßvaters unseres jetzigen Königs aus dem Hause Oranien – der Name ihres Mustergutes nördlich von Berlin erinnert daran: Oranienburg. Die Bevölkerung der Mark ist ein abenteuerliches Gemisch aus der Hefe halb Europas: Salzburger, Schweizer, Holländer, Polen, Franken, Hessen, Wenden, Sorben, Italiener, jede Menge französische Hugenotten und wer weiß ich noch alles. Und alle haben ihre Eigenheiten, Fähigkeiten und Ideen mitgebracht, das fördert die geistige Auseinandersetzung bis hin zu manch handfestem Familienkrach, aber dann greift die Obrigkeit mit aller Strenge ein. Jeder mag wohl nach seiner Fasson selig werden, aber Ordnung muss sein. Die Gesetze gelten für alle gleichermaßen – auch für den König, na ja beinahe. Jedenfalls leidet die Kurmark nicht an inzüchtiger Auszehrung.«

»Ich hoffe, du spielst damit nicht auf unser kleines Heimatland an!«

»Wie käme ich dazu? Außerdem habt ihr ja uns als liebe Nachbarn.«

»Das ist es ja gerade, preußische Truppen in Ostfriesland und Kleve sind ungefähr genauso beliebte Nachbarn wie die Insassen einer Leprakolonie ... ähhh, ahem ... das war ziemlich unhöflich, fürchte ich.«

»Nun ja, ich glaube, ich verstehe, was gemeint war, vor einem großen, mächtigen Nachbarn hat man immer etwas Angst. So geht es uns mit den Österreichern, den Franzosen, den Schweden und vor allem den Russen.«

»Um die Sache ein für allemal zu klären, liegt ihr jetzt mit allen Genannten ja auch im Krieg. Das nennt man wohl preußische Gründlichkeit«, spottete Piet. »Wie man hörte, standen bei Kriegsbeginn den 140 000 preußischen Soldaten über 400 000 Österreicher, Franzosen, Russen, Schweden und Reichstruppen gegenüber. Brandenburg-Preußen war völlig eingekreist, und Ostpreußen mit den westlichen Provinzen militärisch nicht zu halten.«

Peter zog missmutig die Achseln in die Höhe. »Das ist ein klarer Erfolg der diplomatischen Bemühungen der Königin von Ungarn, möge der HERR bald ihre schwarze rachsüchtige Seele zu sich rufen. Aber wahrscheinlich hat er Angst um seinen Platz auf dem Thron, wenn sie oben eintrifft. Sie soll ja noch katholischer als der – wie sagt man doch gleich – Heilige Vater sein!«

Sie lachten und blickten dann nachdenklich in die Dunkelheit hinaus, bis sich die Freiwächter in die Koje verabschiedeten.

Die ganze Nacht über trieben sie auf der öligen schwarzen

Fläche auf der Stelle umher. Die Sterne und der halbe Mond spiegelten sich auf der gläsernen Oberfläche. Von Zeit zu Zeit näherten sich kleine Kräuselwellen dem Schiff, schnell wurden die Schoten getrimmt, aber kaum war das erfolgt, war der leise Windhauch wieder vorbei, nur um einige Zeit später aus einer völlig anderen Richtung wieder aufzukommen. Man konnte die Vermutung haben, dass er sie nur zum Narren und in Bewegung halten wollte. In den Pausen dazwischen saß Paul auf der Luke bei den Matrosen, die ihr Garn über lange hinter ihnen liegende Reisen spannen: Geschichten von der holländischen Stadt am Fuße des Tafelbergs an der Südspitze des afrikanischen Kontinents, von Batavia auf der Insel Java, von Willemstad auf Aruba, einer der verfluchten Fieberinseln Westindiens oder Kanton am Perlfluss im fernen China. Die Welt dieser Männer war groß und weit, dachte Paul neiderfüllt. Wie eng war dagegen die Neumark, wo schon eine Reise nach Berlin beinahe als eine gefährliche Expedition in die Fremde angesehen wurde. Er beschloss, dass er alles daransetzen wollte, einen langen Blick in diese große, bunte Welt zu werfen. Was hatte er zu verlieren? Es mochte sehr ehrenvoll sein, in Kunersdorf oder auf einem anderen von Gott verfluchten lausigen Acker für den König von Preußen ins Gras zu beißen, aber dass dieser Tod besonders süß sein sollte, leuchtete ihm inzwischen nicht mehr so recht ein. Falls man einigermaßen gesund überlebte, konnte man es im Laufe der Jahre – wenn der König noch viele Kriege führen musste – zum Oberst bringen und dann eine Familie ganz anständig ernähren. Man konnte aber auch als Capitain* oder Major versauern. Auch da draußen, weit hinter der Kimm, konnte man sein Leben auf vielerlei Weise verlieren: im Kampf gegen Piraten oder feindliche Kriegsschiffe, durch Fieberkrankheiten,

* Hauptmann bzw. Rittmeister

durch Schiffbruch oder einen Sturz vom Mast – Gelegenheiten für ein rasches Ableben bot die Seefahrt viele. Aber sie eröffnete einem nachgeborenen Sohn eines kleinen märkischen Landadligen, der keine Aussicht darauf hatte, ein Stückchen Acker zu erben, auch die Möglichkeit, ungeahnte Reichtümer zu erwerben: durch Handel, Prisengeld, Belohnungen, durch Geldgeschenke, die für geleistete Dienste vergeben wurden, und … nun ja, manchmal auch durch quasi sanktionierten Raub, Diebstahl und Plünderung. Die Grenzen schienen da sehr fließend zu sein, jedenfalls gewann Paul bei den Erzählungen diesen Eindruck. »Etwas Besseres als den Tod finden wir überall …«, flüsterte Paul in Gedanken versunken halblaut vor sich hin. Nach dem Ende der Wache kroch er in seine Hängematte, deren Bettwäsche ungewohnt gut roch, weil sie am Nachmittag längere Zeit an Deck zum Lüften aufgehängt worden war. Er versank sofort in einen unruhigen Schlaf, in dem ein Tafelberg aus Gold, grüne Inseln mit Bäumen voller Smaragden und helle, funkelnde Wasserfälle aus Diamanten eine große Rolle spielten.

Auch am nächsten Vormittag änderte sich das Wetter zunächst nicht, aber aus Südwesten kam allmählich eine lange, flache Dünung auf, in der sich das Schiff wie eine faule Sau im Stroh wälzte. Mittags wurde der Horizont im Süden grau und schmierig, dann kam plötzlich ein warmer Lufthauch auf, und mit diesem kam der Nebel. Innerhalb weniger Minuten hatte die dicke Suppe sie verschluckt. Man konnte vom Achterdeck kaum noch den Klüverbaum erkennen. Auf einen kurzen Befehl hin wurden alle Segel gesetzt, und bald meldete der Rudergänger: »Ruder im Schiff! Was soll ich steuern?«

»Geh mal auf Kurs NW!«

»Kurs NW!«

Äußerst bedächtig schlichen sie durch den pottendicken Nebel, das Werfen der Logge ergab, dass sie nicht mehr als anderthalb Knoten machten, aber immerhin ging es wieder vorwärts, wenn auch erschreckend langsam. Wassertropfen liefen die Segel herunter und fielen von den Leinen des Riggs auf das Deck. De Vries ließ einen der Sechspfünder klarmachen. Paul sah zu, wie die Bedienungsmannschaft die Laschings löste, die Lafette binnenbords rollte, eine Pulverkartusche in die Mündung einführte und diese mit dem Rammer feststieß. Der Geschützführer hatte sich ein Pulverhorn um den Hals gehängt und kontrollierte, ob die langsam abbrennende Lunte in der mit Sand gefüllten Pütz ordentlich glühte. Jedes Mal wenn die große Glocke eine volle Stunde glaste, wurde anschließend ein Schuss gelöst. Danach lauschten alle angespannt in die graue Suppe, die sie wie eine wattige, feuchte Decke einhüllte. Aber es kam keine Antwort. Auch der Ausguck im Vortopp, der von Zeit zu Zeit einen Blick über die Waschküche werfen konnte, meldete kein anderes Fahrzeug. Stunde um Stunde verstrich, Wache auf Wache verging, und sie geisterten weiter blind durch den Nebel. Nur die wechselnden Tiefenangaben des Lotes zeigten an, dass sie sich in der Tat vorwärtsbewegten. Aber wo sie sich genau befanden, war völlig ungewiss. Dementsprechend finster waren die Mienen des Skippers und seines Steuermanns. Während der Nachtstunden hatte man zwar einige Male den Eindruck, dass der Nebel dünner würde, aber das erwies sich stets nach kurzer Zeit nur als eine vorübergehende Laune des Wettergottes.

Quälend langsam vergingen die Nacht und der nächste Tag. Am späten Nachmittag saß Paul oben auf der Saling des Fockmasts und bewunderte die unter ihm wabernden Schwaden. So weit er sehen konnte, erstreckte sich eine weißgraue Decke, deren Oberseite wellenförmig strukturiert war. Täler wechselten sich ab mit höher aufragenden Bergformationen. Fast hatte er den Eindruck, als ob er ein Vogel wäre, der über den Wolken dahinflog. Plötzlich stieß ihn der neben ihm sitzende Matrose an und deutete nach Westen. Dort ragten in drei bis vier Meilen Entfernung aus den Wellen der Nebelballen die Toppen von drei hohen Masten heraus. Das Schiff musste hoch am Wind liegen, denn es steuerte einen Kurs, der ungefähr in eine südöstliche Richtung verlief.

Der Seemann beugte sich nach hinten und rief nach unten: »An Deck! Schiff vier Strich an Backbord! Liegt auf Backbordbug hoch am Wind! Könnte ein Kriegsmann sein!«

»Frage: Flagge?«, erklang es vom Achterdeck.

»Nicht auszumachen, aber ganz sicher kein Däne oder Schwede.«

Es dauerte nicht lange, dann gesellte sich Piet mit seinem langen Fernrohr zu ihnen. Er stützte es an der Stenge ab und blickte angestrengt zu dem fremden Schiff hinüber, in dessen Masttopp auch Bewegung zu herrschen schien.

»Verdammt, ein Russe!«, fluchte Piet. »Auch einer von denen, der nicht möchte, dass die Engländer Nachschub bekommen.« Geschickt warf er sich das Teleskop auf den Rücken, packte eine Pardune und rutschte an ihr zurück aufs Deck, wo er dem Skipper seine Beobachtung mitteilte. Paul spürte kurz darauf, wie das Schiff langsam, jedes Mal nur einen viertel Strich, seinen Kurs nach Steuerbord änderte, bis sie das fremde Schiff querab hatten. Der Russe seinerseits zögerte. Was sollte er tun? Was konnte er tun? Das kleine Handelsschiff mochte ihm verdächtig vorkommen. Der holländische Wimpel im Topp wies es zwar als Neutralen aus, aber gerade die pflegten die besten Geschäfte mit den kriegführenden Parteien zu machen. Wenn er es sich näher ansehen wollte, dann musste energisch abfallen, was bei einem Dickschiff so seine Zeit brauchte und Fahrt kostete. Eine Verfolgung war bei diesem schwachen Wind für den dicken Pott nicht günstig – und in drei Stunden würde die Dunkelheit hereinbrechen. Es war mehr als fraglich, ob er bis dahin sein Opfer eingeholt hatte. In der Dunkelheit würde ihm seine Beute ganz gewiss entwischen. Sollte er tatsächlich das Schiff stellen und sich dann herausstellen, dass es keine Konterbande an Bord mitführte, hatte er viel wertvollen Luvraum verschenkt und durfte sich wieder daranmachen, mühsam Schlag für Schlag nach Süden aufzukreuzen. Da zerriss ein rollender Donner die abendliche Stille, und der Nebel an der Bordwand des Russen verfärbte sich bräunlichgelb. Offensichtlich versuchte er es mit der Einschüchterungstaktik. Der Versuch war zwar achtbar, aber vergebens. Unbeirrt hielt die *Oranjeboom* ihren Kurs nach Norden durch, und sobald die Masten des Dickschiffs nur noch als Nadelspitzen über den Wolkenpolstern zu erkennen waren, ging sie wieder auf ihren alten Kurs.

Als Paul in der Nacht während seiner Freiwache in der Hängematte lag, wurde es plötzlich laut an Deck. Füße trampelten, Blöcke quietschten, das Rudergeschirr ächzte, das Deck erzitterte und legte sich auf die Seite. Wasser gurgelte an der Bordwand. Zufrieden grinste Paul in sich hinein. Der Wind musste gedreht und aufgefrischt haben, sicher hatte er auch dieses Leichentuch von Nebel weggeweht. Bei Beginn seiner nächsten Wache war die Kimm tatsächlich wie blank gefegt, und eine frische Brise aus Westnordwest ließ sie mit schäumender Bugwelle nach Norden eilen.

»Dort drüben an Steuerbord liegt die Insel Anholt«, erklärte ihm Piet und machte eine vage Handbewegung in Richtung eines flachen, dunklen Schattens im Mondlicht, auf dem ein paar rötliche Feuer brannten. »Wegen der haben wir uns etwas Sorgen gemacht, schließlich sind wir ziemlich lange mit verbundenen Augen herumgeirrt. Wir hätten unseren Kurs natürlich auch so absetzen können, dass wir sie an Backbord hätten liegen lassen, aber das hätte uns dichter unter die schwedische Küste gebracht. Die ist nicht ungefährlich. Wenn es hier richtig brettert, dann aus westlichen Richtungen, und da möchte man wirklich keine felsige Schärenküste unmittelbar in Lee haben.«

Sie liefen parallel zur Küste Jütlands nach Norden, aber je weiter sie sich Skagen näherten, desto mehr drehte der Wind nach Nordwest, so dass sie schließlich einen Kurs von NNE steuern mussten. Dadurch hielten sie sich gut frei vom Kap mit seinen tückischen Strömungen und unangenehm steilen Wellen, aber endlich konnten sie wenden und den Sonntag über mit Kurs West in die Nordsee einlaufen. Doch mit des Geschickes Mächten ist kein ew'ger Bund zu flechten, und das Unglück schreitet schnell, wie ein unbekannter Seemann*

* Ein Gerücht besagt, dass sich dieser Seemann in späteren Jahren in einer süddeutschen Universitätsstadt eine Gastwirtschaft gekauft hat, die auch stark von Studenten frequentiert wurde. Unser Hein Seemann hatte während seiner Fahrtzeit im Mittelländischen Meer mit der Fabulierkunst der Griechen Bekanntschaft gemacht und war ein begeisterter Anhänger ihrer Balladen und Heldengesänge geworden, die er nach bestem Wissen und Können übersetzte, mit eigenen Werken ergänzte und zu vorgerückter Stunde dem dankbaren Auditorium zu Gehör brachte. Ein häufiger Gast in seiner Schankstube war auch ein junger, oft kränklicher Student der Medizin, der in seiner knappen Freizeit nicht nur die jungen Damen der Stadt betörte, sondern auch literarisch tätig war. Fama est, dass einige seiner Balladen sehr stark vom Einfluss des leider unbekannten Seemanns geprägt waren. Sie haben unter dem Namen des später fahnenflüchtigen Regimentsmedikus im deutschsprachigen Raum eine gewisse temporäre Bekanntheit erlangt. Ihre Beliebtheit beschränkte sich allerdings in erster

mal richtig festgestellt hat. Und so dauerte es nicht lange, bis der Wind zu voller Sturmstärke auffrischte und nach Westen zurückdrehte, was sie dazu zwang, einen Kurs von etwa SSW über Grund zu laufen. Die Gesichter der Nautiker wurden wieder ernst und sorgenvoll.

Der Skipper marschierte auf der Luvseite auf und ab, dabei hob er von Zeit zu Zeit die Nase schnüffelnd in den Wind, dann blieb er plötzlich abrupt stehen und befahl laut, den Sturm übertönend: »Klar zur Halse!« Die Männer eilten auf ihre Stationen, und dank der stark gerefften Segelfläche verlief das Manöver schnell und reibungslos. Auf dem neuen Bug konnten sie einen nordöstlichen Kurs anliegen, obwohl es schwer war, bei den unruhigen Bewegungen des Schiffes überhaupt einen Generalkurs zu ermitteln. »Alle Mann! Klar zum Streichen der Bram- und Marsrah!« Das war unter diesen Bedingungen ein sehr gefährliches Manöver und erforderte alles Können der alten Salzbuckel. Paul half lediglich bei den Arbeiten auf dem Deck mit, aber jede Hand war bei der Bedienung der schweren Takel willkommen. Als die massiven Spieren schließlich sicher an Deck gelascht waren, wischte sich Paul den Schweiß von der Stirn, der sich trotz des über den Bug fliegenden kalten Spritzwassers dort gesammelt hatte.

»Am liebsten hätte der Ool wohl auch noch die Stenge wegnehmen lassen, aber das wäre doch kriminell geworden«, stöhnte Piet. »Aber der Mast arbeitet auch so schon nicht mehr so hart. Hoffen wir bloß, dass wir genug Raum nach Lee haben!«

Linie auf die Philologen innerhalb der Kaste der Pädagogen, was insofern beachtenswert ist, da der besagte Literat sehr aufrührerische Bühnenwerke verfasste, welche die Autorität der Mächtigen im höchsten Grade anzweifelten. Bestand die deutsche Lehrerschaft aus Sadomasochisten, oder handelte es sich um verkappte Revolutionäre? Wölfe im Schafspelz gar?

Sie stampften und rollten zurück in Richtung Skagerrak. Immer wieder wanderten die Blicke der Männer verstohlen nach Lee, aber außer den sich schäumend überschlagenden Wellenbergen gab es da nichts zu sehen. Die *Oranjeboom* verfügte wie die meisten holländischen Schiffe über einen verhältnismäßig geringen Tiefgang, was ihr die Fahrt in den flachen holländischen Küstengewässern erleichterte, aber leider auch für eine erhebliche Abdrift verantwortlich war. Andererseits sorgte ihr füllig geschnittenes Vorschiff mit seinem großen Reserveauftrieb dafür, dass sie auch bei hohem Seegang vergleichsweise »trocken« segelte, natürlich kam jede Menge Spritzwasser über, aber nur selten kletterten grüne Brecher über die Verschanzung. Selbstverständlich waren Strecktaue über das Deck gespannt worden. Am Morgen des Montags meldete der Ausguck etwa vier Strich an Steuerbord Land. De Vries und Piet untersuchten den dunklen Streifen am Horizont mit ihren Fernrohren. Endlich stieß der Skipper scharf die Luft zwischen den Zähnen hindurch und knurrte missmutig: »Na schön, es ist der lausige Hafen von Hirtshals, so weit, so gut, aber davor türmen sich mächtige Grundseen bis weit auf See hinaus auf. An denen müssen wir ungeschoren vorbei! Rudergänger, wenn dir deine Klöten lieb sind, dann fällst du keine Schamhaarbreite unnötig nach Lee ab, verstanden?«

»Aye, Skipper!«

Der dunkle Streifen kam langsam näher, aber er schien gleichzeitig auch auf geheimnisvolle Weise dichter an die Kurslinie heranzuwandern. Nach einer Stunde konnte man die kochende See vor der Huck deutlich ausmachen und vermeinte auch schon das Donnern der Brecher zu hören, aber das beruhte wohl eher auf Einbildung, da die Orkanböen jedes Geräusch von ihnen wegwehten. Schon bald waren dann auch die kleinen geduckten Häuser um den Hafen zu erkennen, und auf einigen erhöhten Stellen standen Menschen und sahen zu ihnen herüber.

»Die überlegen schon, was wir wohl geladen haben und wie viel sie am Strandgut verdienen können«, meinte Piet finster. »Aber ihr werdet leer ausgehen, wir schaffen es nämlich, uns freizusegeln, ihr blutrünstigen Halunken!«

Und in der Tat, es war zwar äußerst knapp, aber es gelang ihnen gerade noch, außerhalb des Bereichs der sich donnernd überschlagenden Grundseen zu bleiben, in dem kein sicheres Steuern mehr möglich gewesen wäre, von einer Wende oder Halse ganz zu schweigen. Sie liefen noch eine halbe Stunde weiter auf diesem Kurs, dann fielen sie um gut einen Strich ab und schrickten die Schoten der kleinen Sturmbesegelung entsprechend auf. Das Steuern war Schwerarbeit, und die Rudergänger wurden halbstündig abgelöst. Von Hirtshals bis Skagen waren es vierzig Seemeilen, und noch vor Mitternacht bekamen sie das Feuer des Leuchtturms in Sicht. Sie rundeten das Kap mit seiner kochenden See in gebührendem Abstand, um dann auf dem Backbordbug unter Land zu halten. Im Schutz der Luvküste wurden die Wellen bald niedriger, und auch der Orkan verlor etwas von seiner mörderischen Gewalt, da er von den Bäumen an Land etwas abgebremst wurde. Aber die Luft war noch immer erfüllt vom Heulen des Sturms und dem röhrenden Donnern der Orkanböen. Es erinnerte Paul an das ohrenbetäubende Getöse, das er einmal erduldet hatte, als er sich mit seinem Pferd unter einer hölzernen Brücke versteckt hatte, über die eine mit sechs Kaltblütern bespannte Batterie von 32-Pfündern in voller Karriere gedonnert war, auf jeder Seite von galoppierenden österreichischen Dragonern begleitet. Er war sich anschließend nicht ganz sicher gewesen, wer mehr Angst gehabt hatte: er oder sein Pferd. Sein Wallach hatte jedenfalls einen riesigen Berg Pferdeäpfel mitten in einen großen See aus schäumender

Pferdepisse abgesetzt, und Paul hatte gerade noch vermeiden können, es ihm gleichzutun. Unter ständigem Loten näherten sie sich dem Ufer und ankerten auf zehn Faden Wasser. Es wurde reichlich Kabel ausgesteckt, während man gleichzeitig die verbliebenen kleinen Segel barg. Als das Schiff hinter dem Anker eingetörnt hatte, versuchte Piet mehrere Peilungen von markanten Objekten an Land zu nehmen, aber das gestaltete sich in der Dunkelheit schwierig. Am Großmast wurde über dem aufgetuchten Besansegel ein kleines dreieckiges Segel aus schwerem Tuch gesetzt, das mit Hilfe von zwei Taljen mittschiffs geschotet wurde. Als Piet den fragenden Blick von Paul bemerkte, klärte er ihn kurz angebunden auf: »Damit wird der Bug im Wind gehalten. Der Skipper will den zweiten Anker in Reserve halten und noch nicht setzen. Liegt der Segelschwerpunkt hinter dem Lateralschwerpunkt, ist das Schiff luvgierig, *capito*?« Er ließ achtern ein Lot auf den Grund fieren, um ein eventuelles Vertreiben möglichst umgehend festzustellen. De Vries sagte etwas zu ihm, und Piet röhrte lauthals: »Alle Mann achteraus!«

Der Skipper ließ den Blick über seine kleine, erschöpfte Mannschaft gleiten, die sich mit krummem Rücken und hohläugig vor ihm eingefunden hatte.

»Jungs, ich danke euch für die gute Arbeit!«, lobte er seine Männer. »Jetzt ist Ausscheiden für alle bis auf den Stürmann und zwei Freiwillige.« Er blickte sich um. »In Ordnung, der junge Herr Paul und … Leichtmatrose Karl! In der Früh wird uns der Smut etwas Deftiges zum Beißen servieren, sonst soll ihn der Düwel holen! Steward, wo bleibt die Buddel Genever! Besanschot an!«

Der Steward reichte ihm die Flasche und ein Glas, und die Männer traten der Reihe nach vor, um sich grinsend ihren wohlverdienten Schluck abzuholen. Sie sahen mit ihren salzverkrusteten Haaren, den entzündeten Augen, den Bartstoppeln, ihren blutigen Scheuerstellen am Hals und schwarzen aufgerissenen Händen mitgenommen genug aus.

Piet blickte Karl aus geschwollenen, blutunterlaufenen Augen an, kniff eins zusammen und stellte anerkennend fest: »Das war gerade eine offizielle Beförderung vom Decksmann zum Leichtmatrosen – von der Landratte zum Seemann. So etwas sagt der Alte nicht zum Spaß. Gratulation, du hast das verdient!«

Auch Paul gratulierte ihm, aber ein ganz klein wenig neidisch war er doch. Piet schien das spüren, denn er meinte lachend: »Unser Seekadett macht sich ja auch schon ganz ordentlich, aber bis zum Vollmatrosen ist es auch für ihn noch ein weiter Weg. Wenn man allerdings bedenkt, dass ihr erst seit zwei Wochen an Bord seid, dann habt ihr jetzt schon mehr gelernt, als es mancher Decksmann in der Kuhl eines Kriegsschiffes in seiner ganzen seemännischen Karriere schaffen wird.« Dann teilte er die Ankerwache ein und vergatterte den Mann auf dem Vorschiff nochmals eindringlich, regelmäßig seine Hand auf die dicke Trosse zu legen, um festzustellen, ob diese ruckte. »Sollte der Anker im Grund rutschen, dann teilt sich das auch der Trosse mit.«

»Ist es nicht gefährlich, so dicht unter Land zu ankern?«, wollte Paul wissen.

»Es ist äußerst unwahrscheinlich, dass der Wind in ganz kurzer Zeit auf Ost umspringt. Wir haben also bei einer Winddrehung Zeit genug, den Anker zu hieven und uns davonzumachen. Aber so weit ist es noch lange nicht, würde ich denken, das hat sich bestimmt heute noch nicht ausgeweht!«

Mit dieser Prophezeiung behielt er recht. Sie blieben bis Mittwoch früh im Schutz des Landes liegen, überholten die Takelage auf Schäden und gaben auch die gestrichenen Rahen wieder nach oben. Aber am Morgen des Mittwochs hievten sie dann den Anker wieder aus dem Grund und segelten bei einem Starkwind aus Nord mit einem Kurs ENE aus der Landabdeckung. Als sie sich genügend Höhe geholt hatten, wurde gewendet und Skagen wiederum gerundet. Mit günstigem Wind steuerten sie bis zum 5. Meridian östlicher Länge, bevor sie den Generalkurs über die Nordsee auf die Ostküste Norfolks bei Great Yarmouth absetzten. Aber bis dahin war es noch ein weiter Weg, auf dem viel passieren konnte.

Kapitel 3

Mai 1760, Nordsee

Pünktlich zu Vollmond hatte sich das Wetter geändert, glücklicherweise zum Besseren, aber leider blieb das nicht lange so. Als sie am Freitag ihren Kurs nach Südwesten ändern wollten, drehte der Wind wieder zurück und frischte erneut auf. Es folgte ein nervenzerrüttendes Sägen auf der Kreuz über die holprige Nordsee. Um das Maß vollzumachen, drehte der Wind auch noch mehrfach ungünstig, wenn sie gerade im Begriff standen, eine Wende zu fahren, so dass sie einige Male am Ende von zwei Schlägen kaum Luvraum gutgemacht hatten. Es war Knochenarbeit, der Alte war verbiestert und stampfte mit bitterböser Miene über das Achterdeck. Aber was half es? Es war ein hartes Brot. Das einzig Positive war, dass sich Pauls seemännische Fähigkeiten von Tag zu Tag verbesserten, da er seine handwerklichen Fertigkeiten ständig nutzen musste und sie dadurch kontinuierlich vervollkommnete. Er bewegte sich inzwischen bei jedem Wetter und zu jeder Tages- und Nachtzeit völlig sicher in der Takelage, konnte auch die Leinen des stehenden und laufenden Gutes beim Namen nennen, und er wusste, wo sie belegt wurden und was ihre Aufgabe war. Zwar würde er nie die katzenartige Gewandtheit erlangen, mit der sich beispielsweise Karl im

Rigg bewegte, aber wenn er zusammen mit Franz eine unter Last stehende Part durchholte, dann ersetzten sie beide leicht vier der sehnigen, schmächtigen Toppgäste. Natürlich fehlte ihm auch noch die jahrelange Routine der alten Muschelrücken, bei denen einfach jeder Handgriff saß, die keinen Handschlag und keinen Schritt zu viel machten. Bessere Lehrer hätte er sich nicht wünschen können, zumal die Matrosen auch anerkannten, dass er schnell lernte, und ihn daher nur mit einem scharfen »Wahr die ut de Kinken!« verscheuchten, wenn Gefahr im Verzug war. Seine Hände bekamen hornige Schwielen, und seine Muskulatur wurde weiter gekräftigt.

Die Tage und Nächte vergingen in der gleichförmigen Monotonie der Wachen und Manöver. Immer wenn er einen Blick auf die Karte warf, stellte er erstaunt fest, wie wenig sie ihrem Ziel näher gekommen waren, obwohl sie doch schon so viele Seemeilen über Grund zurückgelegt hatten. Als er Piet einmal darauf ansprach, stieß der langsam die Luft aus und seufzte: »Tscha, manchmal sehne ich mich auch nach den Passatbreiten, in denen der Wind immer einigermaßen verlässlich aus derselben Richtung weht und das größte Problem des Ersten Steuermanns darin besteht, sich genügend Arbeit für seine Jantjes einfallen zu lassen, damit die vor Langeweile nicht auf dumme Gedanken kommen.«

Am 8. Mai standen sie dann aber doch vor der östlichen Ansteuerung des Kanals und hofften, bald wenden zu können, um dann mit einem langen Schlag über die Untiefen der Nore in die Themsemündung einlaufen zu können. Kurz nach dem Durchgang der Sonne durch den Meridian meldete der Ausguck ein Segel im Süden, das gleich darauf seinen Kurs so änderte, dass es zu einem Zusammentreffen mit ihnen kommen musste. Der Skipper ließ daraufhin sofort wenden, um dichter unter die englische Küste zu gelangen. Wenn es sich um ein britisches Schiff handelte, dann schadete das Manöver nichts, war es dagegen ein feindlich gesonnenes, mochte es vielleicht von seinem fluchwürdigen, schändlichen Vorhaben ablassen. Aber davon konnte keine Rede sein. Das andere Schiff holte schnell auf. Es entpuppte sich als ein luggergetakelter Dreimaster, der mit einem weißen Knochen zwischen den Zähnen herangeschnaubt kam. Weglaufen war nicht möglich, da der Gegner von der Tonnage her zwar kaum größer, aber in der Wasserlinie länger als sie war und auf diesem Kurs gut voll und bei mindestens drei bis vier Knoten schneller lief, was bedeutete, er würde sie in etwa zwei Stunden eingeholt haben. De Vries hatte ihn intensiv durch sein langes Teleskop beobachtet, hatte dann das Fernrohr wütend mit einem lauten Klacken zusammengeschoben und böse geknurrt: »Ein *chasse marée*, ein verfluchter welscher Freibeuter. Schnell, schwer bewaffnet und bis zum Schandeckel mit beutegierigen Halsabschneidern aus der Normandie vollgepackt. Der Teufel soll sie allesamt holen!«

Paul stand daneben, als er sich mit seinem Schwiegersohn beriet.

»Was sollen wir tun? Das Klügste wäre es, beizudrehen und die Flagge zu streichen, denn wir können ihm nicht weglaufen, und in einem Gefecht ziehen wir auf alle Fälle den Kürzeren. Ausluven können wir ihn auch nicht, wie es uns vielleicht bei einer Sloop oder Brigg möglich gewesen wäre. Mit seiner Luggertakelung läuft der viel mehr Höhe als wir.«

»Unsere einzige Chance besteht darin, zwischen die Sände der Themsemündung zu gelangen. Bei seinen hohen, übertakelten Masten muss er einen großen Tiefgang haben, um Höhe laufen zu können. Ich werde gleich nachrechnen, wie es um die Höhe der Gezeit in ein bis zwei Stunden über den Barren aussieht. Es könnte uns gelingen, noch über den Schlick zu rutschen, wo er schon abdrehen muss«, machte Piet ihnen und sich selbst Mut.

Paul mischte sich ein. »Wie wäre es, wenn wir schon sehr frühzeitig ein Feuerwerk mit unseren Geschützen veranstalten würden. Selbst wenn wir ihn nicht treffen, könnte der Lärm patrouillierende englische Kriegsschiffe alarmieren und auf den Plan rufen und die Korsaren vertreiben.«

»Eine gute Idee! Leider haben wir keine Heckgeschütze. Wenn wir zum Feuern den Kurs ändern, dann holt er uns nur umso schneller ein, aber Lärm können wir allerdings erzeugen.«

»Wir könnten doch zwei der Stücke nach achtern an die Heckreling mannen, dann können wir ihn auch unter Feuer nehmen. Ein glücklicher Treffer kann das Blatt zu unseren Gunsten wenden«, mischte sich Peter ein.

»Diese Worte aus deinem Mund! Ich fasse es nicht, mein Bruder sagt etwas Positives über die Artillerie«, stöhnte Paul ungläubig.

»Ich habe ja nicht gesagt, dass ich diese stinkenden Dreckschleudern bedienen will, aber in dieser Situation würde ich selbst das tun, denn der Kerl da achtern kommt ja mit unglaublicher Schnelligkeit näher«, schnarrte Peter halb bewundernd, halb angewidert.

»Bootsmann!«, brüllte Piet. »Alle verfügbaren Hände achteraus! Die beiden Sechspfünder hier an die Heckreling verholen ... und ein wenig plötzlich, wenn ich bitten dürfte!«

Der Bootsmann blickte nicht sehr hoffnungsfroh achteraus, stieß einen ellenlangen niederländischen Fluch aus, der Paul und Peter ob der vielen harten Kehllaute um seine Stimmbänder fürchten ließ, dann brüllte er seine Anweisungen, und die Matrosen spritzten mit Handspaken und Taljen heran. Zum Glück lag das Deck auf diesem Kurs ziemlich eben und ruhig, und die erfahrenen Seeleute wuchteten die Kanonen auf ihren Lafetten doch recht schnell herum und rollten sie nach achtern. Ständig standen zwei Männer mit dicken Tauenden bereit, die sie vor die Räder der Lafetten werfen konnten, falls sich ein Geschütz plötzlich in eine ungewollte Richtung bewegen sollte.

In der Heckreling mussten die mittleren Durchzüge herausgehackt werden, damit die Mündungen zum Schuss ausgerannt werden konnten. Mit waagerechten Bohlen wurde die Reling verstärkt, damit die Rückstoßkräfte absorbiert werden konnten. Sobald die Taljen zum Ausrennen und die Brooktaue so gut es ging achtern angeschlagen worden waren, wurden Netze mit Kugeln und lederne Taschen mit Pulverkartuschen herangebracht. Paul erkannte schnell, dass er hier den Seeleuten einiges voraus hatte, denn in diesem Metier waren sie nicht zu Hause. Er warf de Vries einen kurzen Blick zu und deutete auf das Steuerbordgeschütz. Der Skipper nickte und befahl: »Mijnheer Morin übernimmt das Steuerbordgeschütz, der Maat das an Backbord! Bootsmann, die anderen Männer sollen mit den restlichen Geschützen ballern, was das Zeug hält, Kugeln brauchen sie dabei natürlich nicht zu laden. Veranstaltet ein Feuerwerk, als ob der selige Admiral Tromp den Engländern wieder mit einem Besen* im Großtopp zeigen würde, wer Herr des Kanals ist!«

Paul wandte sich an den Matrosen, der ein Pulverhorn um den Hals und an einem Schiemannsgarn eine lange Nadel am Handgelenk trug. Ein prüfender Blick zeigte ihm, dass sich das feindliche Schiff noch außerhalb der Reichweite der Kanone befand. Sorgfältig suchte er eine möglichst perfekt runde Kugel aus, indem er seine Hände mehrfach prüfend über ihre Oberfläche gleiten ließ. Dann befahl er, die Kartusche zu laden, den Pfropfen festzurammen, die Kugel einzuführen und

* Nachdem er die Engländer vor Dungeness geschlagen hatte, soll Tromp 1652 mit dem besagten Reisigbesen im Großtopp den Kanal heruntergesegelt sein, als Zeichen, dass er die Engländer von der See gefegt habe.

wieder mit einem Pfropfen zu sichern, und zuletzt beschloss er, die Keile unter dem Rohr herausschlagen zu lassen, um die maximale Höhenrichtung zu erzielen. Auf der Back ihres Verfolgers stieg eine helle, bauchige Wolke aus Pulverqualm auf, aus der eine orangefarbige Feuerzunge hervorstach. Der Rauch verflog schnell nach Lee. Dort drüben hatten sie möglicherweise einen Zwölfpfünder als Jagdgeschütz. Allerdings war die Reichweite eines Zwölfpfünders nicht sehr viel größer als die eines Sechspfünders. Achteraus und etwas links des Kielwassers wuchs eine weiße Wassersäule in die Höhe. Paul visierte über das Rohr, ließ die rechte Talje etwas dichter holen und die linke etwas fieren und wartete geduldig ab. Drüben blitzte es wieder auf. Das zweite Buggeschütz hatte das Feuer eröffnet, aber auch dieser Schuss lag zu kurz. Die anderen Kanonen der *Oranjeboom* feuerten, was die Rohre hergeben wollten – aber da die Seeleute auf diesem Gebiet blutige Amateure waren, ergab das keine sonderlich beeindruckende Veranstaltung. Ein Nebeneffekt davon war, dass die wabernden, schräg nach achtern abziehenden Qualmwolken dem Franzosen das Zielen erschwerte. Schließlich war der Franzose nahe genug heran, und endlich konnten auch ihre Heckgeschütze das Feuer eröffnen. Zuerst gab Piet das Kommando zum Feuern. Alle Augen verfolgten die Flugbahn der Kugel, die etwas vor dem Verfolger, aber recht deutlich an der Steuerbordseite des Bugs in die See einschlug. Paul nickte vor sich hin, blickte ein letztes Mal über das Rohr, trat dann zur Seite und nickte dem Geschützführer zu. Der hielt den Luntenstock an das Zündloch. Eine dünne blaue Rauchsäule stieg auf, dann krachte das Geschütz keifend auf, sprang ungebärdig zurück und riss an den Relingsstützen, die gefährlich ächzten. Wieder warteten alle gespannt auf den Einschlag, aber zunächst hatte es den Anschein, als wäre die Kugel spurlos verschwunden. Dann sahen sie auf der Backbordseite der Back etwas Dunkles herumwirbeln, und direkt an der Bordwand stieg eine weiße Fontäne auf.

»Godverdomme«, knurrte de Vries beeindruckt, der durch sein Fernglas starrte. »Ich will verflucht sein, wenn dieser Teufelsbraten nicht dem Froschfresser den Anker samt Kranbalken weggeschossen hat. Der Anker ist zu den Fischen gesaust, die Splitter des Kranbalkens und der Reling müssen der Bedienungsmannschaft des Backbordjagdgeschützes erheblich zugesetzt haben.«

Über ihrem Kopf knallte es plötzlich trocken, und im Besansegel erschien ein sauber herausgestanztes Loch. In ihrer Begeisterung und im Lärm ihrer blinden Breitseiten hatte keiner bemerkt, dass natürlich auch der Feind wieder gefeuert hatte. Nicht dass sie etwas daran hätten ändern können ... Piets nächste Kugel lag deckend und auch Pauls nächster Schuss war nur ein Beinahetreffer. Die Antwortkugel der Franzosen überschüttete sie mit einer Seewasserdusche, für die sich Piet damit bedankte, dass er mit einem Glückstreffer das Vorstag des Außenklüvers zerfetzte; das große Segel fiel schlaff an Steuerbord über die Seite, aber da es am Hals und am Schothorn festgehalten wurde, trieb es längsseits im Wasser. Der Widerstand bewirkte, dass der Franzose unfreiwillig etwas abfiel, dadurch flog Pauls nächster Schuss über das Deck – scheinbar ohne Schaden anzurichten. Aber auf dem Achterdeck des Freibeuters herrschte plötzlich eine ebenso große Aufregung wie auf der Back, irgendetwas war da unklar gekommen.

Die *Oranjeboom* hatte wertvolle Zeit gewonnen. Aber schon bald nahm der Lugger die Verfolgung wieder energisch auf und luvte stärker an, so dass er bald in den Bereich kam, wo ihn die Gejagten ohne Kursänderung weder mit den Heckgeschützen noch mit den verbliebenen Kanonen der Breitseite beschießen konnten.

Piet nutzte die Zeit, um seine Gezeitenberechnungen im Kartenraum zu überprüfen. Als er wieder an Deck erschien, sah er durchaus zuversichtlich aus. »Wenn wir jetzt zwei Strich abfallen, können wir in zwanzig Minuten über der ersten Bank stehen. Für den französischen Hurensohn dürfte nicht genug Wasser vorhanden sein, was bedeuten würde, dass er einen Umweg von mehreren Meilen machen muss. Unsere Chancen stehen also nicht ganz schlecht.«

»Dein Wort in Gottes Ohr!«, brummte de Vries weniger optimistisch, dann befahl er dem Rudergänger: »Zwei Strich abfallen und Segel trimmen!«

Pauls Nackenhaare sträubten sich, denn er hatte das intensive Gefühl, dass sie im Begriff waren, einen großen Fehler zu machen, aber er wusste nicht, welchen. Er visierte über sein Geschützrohr und verfolgte, wie die Steuerbordseite des Luggers schnell einwanderte. Als er den Großmast fast im Visier hatte, sah er, wie beim Gegner die Klappen der Geschützpforten in die Höhe gezogen wurden und die drohenden schwarzen Mündungen der Kanonen gierig lauernd herausragten. Plötzlich wusste er, was passieren würde. Der Franzose hatte seinen Kurs nicht sofort geändert, um ihnen zu folgen, sondern behielt den alten Kurs noch etwas bei, um ihnen eine volle Breitseite zu verpassen. »Wahrschau! Volle Deckung! Der Kerl gibt uns gleich Zunder!« Er schlug seinem Geschützführer auf die Schulter. »Feuer frei!« Der Schuss löste sich, das Geschütz ruckte in die Brooktaue zurück, aber dann ging die Welt unter.

Die Bordwand des Freibeuters verschwand in einer einzigen weißgrauen Wolkenwand, aus der rotgelbe Lanzen herausschossen. Gleich darauf füllte sich die Luft mit einem jammernden Heulen. Im Rigg krachte und knallte es. Die Stenge des Großmasts wankte, schaukelte zögerlich hin und her, dann kam sie polternd von oben, mit ihr die Rute des Besansegels, die dumpf auf die Steuerbordseite des Achterdecks krachte; der obere Teil der gesplitterten Stenge fiel nach vorne und kam mit den Rahen des Fockmasts unklar. Der Besanbaum durchbrach die Steuerbordverschanzung und verkeilte sich dort. Kurzum, es herrschte ein veritables Tohuwabohu.

»Diese Hundesöhne eines räudigen Straßenköters haben mit Kettenkugeln geschossen, der Teufel soll ihre verruchten schwarzen Seelen in siedendem Öl für alle Ewigkeit gar kochen!«, fluchte Piet sehr unchristlich und kam schwankend wieder auf die Füße. Auch Paul und die meisten der anderen Männer standen zitternd auf wackligen Beinen wieder auf. Einige blieben liegen. Einem war von einer brechenden Pardune der Kopf vom Körper wie mit dem Schwert des Scharfrichters abgetrennt worden, aus seinem Torso strömte ein breiter Blutstrom über das Deck. Zwei weitere hatten leichtere Verletzungen davongetragen, einer war bewusstlos, der andere richtete sich unter Schock stehend langsam auf und blickte sich mit glasigen Augen um. Kapitän de Vries lag ebenfalls am Boden, eine Kettenkugel oder ein Stangengeschoss hatte ihm den linken Arm abgerissen, seine Schulter war nur noch eine blutige, breiige Masse. Er stöhnte und versuchte sich aufzurichten. Piet und Paul knieten sich neben ihn nieder.

Er sah sie mit weit aufgerissenen Augen an und versuchte zu lächeln, aber es wurde nur eine schiefe Grimasse. »Erzählen Sie in Preußen, dass auch die holländischen Pfeffersäcke zu kämpfen und zu sterben verstehen. Ich werde dafür da oben verbreiten, dass die preußischen Husaren gute Seeleute sind. Ich schenke dir meine Seehandbücher, du wirst deinen Weg auf den Planken machen, min Jong, du hast den siebenten Sinn für die See … und … für … aaah …« Blut schoss aus seinem Mund, er richtete sich krampfartig auf, zuckte heftig und fiel dann mit gebrochenen Augen wieder nach hinten über. Piet drückte ihm die Augen zu, und Paul musste heftig schlucken. Er hätte heulen können, aber es blieb ihnen keine Zeit zum Trauern, denn in Luv schob sich die Silhouette des Korsaren in ihr Blickfeld.

»Ergeben Sie sich, oder wir eröffnen wieder das Feuer!«, brüllte ein Mann vom Achterdeck durch eine Flüstertüte herüber. Der Franzose hatte seine Segel gekürzt und hielt sich auf einem parallelen Kurs neben ihnen. Ohne die stützende Kraft des Besansegels war die *Oranjeboom* fast vor den Wind abgefallen und trieb mit mäßiger Geschwindigkeit nach Lee.

Piet zog seinen Hut und verbeugte sich in Richtung des Freibeuters; eine Flagge, die sie hätten streichen können, gab es nicht, denn die war mit der Gaffelrute von oben gekommen. »Klar zum Aufgeien der Rahsegel, Vorschoten los, Stagsegel wegnehmen!«, befahl er den immer noch traumatisierten Seeleuten, die erst durch die bekannten Befehle aus ihrer Erstarrung erwachten.

Nachdem das Schiff seine verkrüppelten Schwingen eingezogen hatte, rollte es ohne Fahrt im Seegang. Der Freibeuter manövrierte sein Schiff, *Le Falcon*, langsam längsseits und machte mit Wurfdraggen fest. Eine Woge von verwegen aussehenden, schwer bewaffneten Gestalten ergoss sich über die Reling, begann das Chaos in der Takelage zu begutachten und erste Schritte zu seiner Beseitigung einzuleiten. Die kleine Besatzung wurde auf dem Achterdeck zusammengetrieben und nur flüchtig auf Waffen untersucht. Unverzüglich setzte man die weiße bourbonische Lilie am Flaggenstock. Es war klar, dass den Franzosen die Zeit unter den Nägeln brannte, denn die englische Küste war nicht weit. Das Donnern der Geschütze musste weithin zu hören gewesen sein, und die britische Marine schätzte es überhaupt nicht, wenn der Fuchs in ihrem Hinterhof in den Hühnerstall einbrach.

Während Dutzende geschickter Hände Leinen spleißten,

Spieren schienten, Blöcke vorbereiteten und Taljen schoren, sprang ein junger Mann über die Verschanzung auf das Deck des Holländers. Er war besser gekleidet als der Rest der Franzosen und hatte ein längliches Pferdegesicht mit einer großen Nase und vorstehenden Schneidezähnen, wie das bei degenerierten Adligen häufig zu finden war. Offensichtlich war er einer der Anführer. Er schaute sich aufmerksam auf dem Deck um, dann kam er ohne Eile nach achtern geschlendert.

»Messieurs, mein Name ist Jean de Gravelotte, ich bin der Erste Steuermann des unter einem Königlichen Kaperbrief operierenden Schiffes *Le Falcon* aus Fécamp. Zur Zeit führe ich die Geschäfte des Kommandanten, der während der Verfolgung von einer Ihrer erstaunlich gut gezielten Kugeln schwer verletzt wurde. Er wird vermutlich den Abend nicht mehr erleben«, näselte er.

Peter platzte heraus: »Ich werde mein Lebtag nie wieder etwas gegen die Artillerie sagen, das schwöre ich beim Augenlicht meiner Mutter! Paul, du hast den Oberbanditen erwischt, gratuliere!«

Der Franzose blickte ihn eisig an, seine Hand legte sich um den Griff seines Degens. »Wer sagt das?«

Peter zog schwungvoll seinen Hut und legte einen übertriebenen höfischen Kratzfuß auf das Deck: »Peter Freiherr von Morin, Kornett der Ziethenhusaren Seiner Majestät des Königs von Preußen *Fréderic le Grand.*«

Piet und Paul verdrehten die Augen. Musste der Kerl ausgerechnet jetzt so auftrumpfen, wo Schweigen und Abwarten allemal die bessere Taktik gewesen wäre.

»Aha, Spione pflegt man bei uns nicht zu erhängen, sondern zu erschießen, Messieurs«, presste der Freibeuter zwischen zusammengekniffenen Lippen heraus.

Paul seufzte und stellte sich dann ebenfalls vor: »Paul von Morin, privat auf Reisen, darf ich Ihnen Piet van Rijn vorstellen, er ist bis vor wenigen Minuten Erster Steuermann auf diesem Handelsschiff gewesen, unser Kapitän ist leider ebenfalls gerade eben seinen Verwundungen erlegen. Ich darf Ihnen mein Bedauern aussprechen, dass Ihr tapferer Kommandant durch unsere berechtigte Gegenwehr so erheblich verwundet worden ist.«

De Gravelotte musterte ihn scharf, dann verbeugte er sich leicht. «So ist das im Krieg ... Auch ich darf Ihnen mein Beileid zum Tod Ihres Kapitäns aussprechen, der in bester Tradition der niederländischen Marine einen aussichtslosen Kampf angenommen hat ... Ich glaube, es erübrigt sich, Sie zu fragen, ob Sie Konterbande für den Feind an Bord haben. Würden Sie mir bitte die Ladungspapiere aushändigen«, fuhr er dann in geschäftsmäßigem Ton an Piet gewandt fort.

Die beiden verschwanden unter Deck. Paul fauchte Peter wütend an: »Was musstest du deinen großen Rand so weit aufreißen, jetzt werden wir eine ganze Reihe zusätzlicher Scherereien bekommen und wahrscheinlich im untersten rattenverseuchten Verlies einer miesen verlausten französischen Festung landen, wo wir bis zum Sankt Nimmerleinstag vor uns hinfaulen können!«

»Schon gut, du hast ja recht, aber ich war so wütend. Am liebsten hätte ich dem aufgeblasenen Pferdehintern mit der Säbelspitze ein paar Schnitte quer über seine arrogante Fresse verpasst, jede Narbe kann ihn nur verschönen! Weißt du, ich hatte den alten de Vries richtig liebgewonnen, er hat mir alles so geduldig erklärt.«

»Ja, ich mochte ihn auch sehr gern.«

Die beiden Brüder schwiegen und sahen mit traurigen Augen zu, wie die *Oranjeboom* wieder segelfertig gemacht wurde. Der Besanbaum, der auf der Steuerbordseite in die Verschanzung gekracht war, wurde vorsichtig aus den Trümmern befreit und wieder mittschiffs angedirkt. Plötzlich erklang oben im Topp des Franzosen ein lauter Ruf; alle Seeleute hielten mit ihrer Arbeit inne und schauten angestrengt nach Luv. Der Ausguck da oben musste ziemlich abgelenkt gewesen sein, wahrscheinlich hatte er aufmerksam die Fortschritte der Reparaturen verfolgt oder einfach ein gemütliches Nickerchen gemacht, denn im Westen waren schon von Deck aus die Bram- und Marssegel eines Dreimasters zu erkennen, der sich schnell näherte. Allerdings kam er genau aus der sich schon dem Horizont zuneigenden Sonne, was den Ausguck wahrscheinlich behindert hatte. De Gravelotte kam wie ein wütender Hofhund aus der Hütte geschossen und sprang in die Wanten des Schonermasts, wo er ein paar Meter aufenterte. Nach einem kurzen Blick fluchte er lange und beeindruckend bildhaft. Peter stieß Paul mit dem Ellenbogen an und flüsterte: »Zum Hofadel gehört *der* nicht! Außerdem stelle ich fest, die Vokabeln, die man im Leben wirklich gebrauchen kann, hat uns unser Monsieur *le professeur* nicht gelehrt!«

De Gravelotte sprang von den Wanten zurück auf das Deck und stieß einen langen Strahl Befehle hervor, was zur Folge hatte, dass die französischen Seeleute alles stehen und liegen ließen, um in aller Eile zurück auf ihr Schiff zu hasten, dann deutete er mit der Hand auf die beiden Jungen. »*Les prussiens …!*« Zwei finster blickende Burschen traten auf sie zu und wollten sie an den Armen packen, wogegen sie sich energisch verwahrten. Franz und Karl standen plötzlich hinter ihnen, worauf die Freibeuter ihre Pistolen aus den Gürteln zogen und auf sie anlegten. De Gravelotte machte mit seinem gezückten Degen eine eindeutige Bewegung in Richtung der *Falcon*.

»Es ist uns eine Ehre, Ihre freundliche Einladung anzunehmen, besonders weil sie auf so eine charmante Art erfolgt, Monsieur«, spottete Peter. Sie kletterten über die Reling auf das andere Schiff hinüber, und Franz und Karl folgten ihnen unaufgefordert. Zu seinem großen Erstaunen hatte Paul noch im letzten Moment festgestellt, dass von den Holländern niemand mehr zu sehen gewesen war. Die mussten rechtzeitig die Gunst der Stunde genutzt haben und sich klammheimlich unter Deck verdrückt haben, wo man sie erst bei einer intensiven Nachsuche hätte aufstöbern können. Die Kerle machten immer so einen tranigen Eindruck, aber wenn es darauf ankam, reagierten sie blitzschnell und richtig.

Paul blickte zu dem mit gut zehn Knoten Fahrt heranrauschenden Dreimaster hinüber. In einer knappen Viertelstunde würde er sie erreicht haben, aber Paul war sich darüber im Klaren, dass *Le Falcon* nicht auf ihn warten, sondern sich sofort unter Vollzeug davonmachen würde. Die Wurfdraggen an der Verschanzung der *Oranjeboom* wurden gelöst, Segel stiegen ratternd in die Höhe, und der Abstand zu ihrem zeitweiligen Zuhause begann sich zu vergrößern. Paul blickte nach achtern und stellte fest, dass im Kielwasser der *Falcon* ein großes Beiboot schwamm. Er stieß Peter und Karl an und deutete mit dem Kopf hinüber. »Los, Jungs, machen wir es den Kaasköppen nach und verabschieden wir uns in dem Durcheinander auf gut französisch …«

Karl und Franz nickten sofort zustimmend, Peter zögerte. Paul wusste natürlich, warum. Sein Bruder konnte nicht schwimmen. »Ich zieh dich rüber, das ist für mich kein Problem. Los komm!«

»Ich weiß nicht recht …«

»Feigling!«

»Das sagst du nicht noch mal!«

»Beweise mir das Gegenteil!«

»Was soll uns hier schon passieren?«

»Keine Ausflüchte! Los! Los!«

»Bis zu dem Boot ist es aber verdammt weit!«

»Hättest du doch bloß schwimmen gelernt, vögeln kann jeder schwachsinnige Troglodyt!«

Ihre Diskussion erregte die Aufmerksamkeit einiger Franzosen, die nun argwöhnisch in ihre Richtung blickten.

Paul packte Peter am Ärmel und zog ihn zur Heckreling, Karl sprang elegant hinüber und landete mit einem lauten Aufklatschen im Kielwasser. Peter wehrte sich mit aller Kraft gegen Pauls Zug. Matrosen stürmten auf sie ein. Franz schlug zwei mit der bloßen Faust zu Boden, einen erwischte er mit einem so gewaltigen Schwinger, dass er von dem Schlag über die Reling getragen wurde und mit einem Aufschrei ins Wasser plumpste, aber dann waren vier, fünf Männer über ihm und zwangen ihn zu Boden. Zwei weitere hatten den anderen Arm von Peter gepackt und ein großer Kerl sprang Paul an. Sie rangen direkt neben der Heckreling, und der bärenstarke Freibeuter schaffte es, seine Hände um Pauls Hals zu legen und ihn mit dem Rücken auf die Reling niederzudrücken. Paul begann rote Kreise vor den Augen zu sehen, der Atem wurde ihm knapp, er tastete mit beiden Händen nach dem Gesicht des Mannes, orientierte sich an dessen Nase und drückte ihm dann mit aller Kraft die Daumen in die Augenhöhlen. Der Franzose schrie schmerzerfüllt auf, machte einen Schritt zurück, und als sich Paul aufrichtete, stieß er ihn instinktiv mit beiden Händen von sich weg, was zur Folge hatte, dass Paul gegen die Heckreling stolperte, das Gleichgewicht verlor und über die Kante stürzte. Da er keine Zeit gefunden hatte, vor dem Eintauchen richtig Luft zu holen, wurde ihm die Zeit unter Wasser sehr, sehr lang. Rote Sterne tanzten vor seinen Augen, und seine Lungen begannen zu brennen. Als er endlich wieder auftauchte, entrang sich seiner geschundenen Lunge ein lauter Schrei. Er spürte, dass eine Hand ihn fest am Kragen packte. Es war Karl, der auf ihn gewartet hatte und ihn zum Boot dirigierte, das sich schnell näherte, denn das Schiff hatte jetzt Fahrt aufgenommen. Kleine Wasserfontänen spritzten in ihrer Nähe in die Höhe. Einschläge von Kugeln aus Handfeuerwaffen. Sie hielten sich am Dollbord fest und Paul tastete nach seinem Dolch hinten am Gürtel. Er war nicht durchsucht worden. Aber auch Karl hatte schon eine Klinge in der Hand und durchschnitt die Schleppleine, während ihn die Bleikugeln wie bösartige gereizte Hornissen umschwirrten. Schnell sackte das Boot achteraus. Sie gönnten sich etwas Ruhe und blieben an der Bordwand hängen, aber schnell spürten sie, wie die Kälte des Wassers in ihre Knochen stieg. Mühsam zogen sie sich über den Spiegel in das große Boot, wo sie erschöpft auf den Duchten zusammensanken.

Der Freibeuter hatte inzwischen alle Segel gesetzt und versuchte, mit einem Kurs hart am Wind vor dem Bug der Fregatte nach Luv zu entkommen. Zwar lag auch das Vollschiff hoch am Wind, aber der Rahsegler konnte bei Weitem nicht die Höhe laufen wie der *chasse marée* mit seinen Schratsegeln. Wie es aussah, würde der wohl nach Luv entkommen, obwohl das Kriegsschiff jetzt mit den Buggeschützen das Feuer eröffnete. Paul beobachtete es mit zwiespältigen Gefühlen. Einerseits hätte er es gerne gesehen, wenn die Briten die Kaperer aufgebracht hätten, anderseits konnte bei einem harten Seegefecht natürlich auch seinem Bruder etwas zustoßen. Eine volle Breitseite der Fregatte würde den Freibeuter aus dem Wasser pusten.

Von irgendwoher erklangen undeutliche Rufe, die mehr an ein Gurgeln erinnerten. Sie blickten sich um und entdeckten dann achteraus einen Kopf und einen winkenden Arm. Das musste der Franzose sein, der von Franzens mächtigem Schwinger über die Bordwand geschleudert worden war. Immer wieder verschwand der Kopf für kurze Zeit in den Wellentälern, um dann wieder auf einem Wellenberg zu erscheinen. Sie blickten sich im Boot um, lösten die festgelaschten Riemen und begannen zu pullen. Das Boot war groß und schwer; es war gedacht, um eine große Prisenmannschaft auf ein erobertes Schiff überzusetzen, und keinesfalls für den Betrieb durch zwei Männer ausgelegt. Aber sie kamen langsam voran, unterstützt wurden sie von Wind und Wellen. Die Pausen zwischen den Rufen wurden immer länger, schließlich verstummten sie ganz. Sie nahmen die Riemen ein, richteten sich auf und hielten nach dem Schwimmer Ausschau. Paul kletterte nach vorne in den Bug und beugte sich weit über die Bordwand. Das Wasser war von einem durchscheinenden Grün und wurde von Lichtbündeln der schrägfallenden Sonnenstrahlen erhellt. Tief unter sich vermeinte er einen weißen Fleck zu sehen, aus dem ihn zwei weit aufgerissene Augen anstarrten und ein zu einem stummen Schrei verzerrter Mund offen stand. Lange blonde Haare umgaben ihn wie ein Strahlenkranz. Paul schluckte heftig und stöhnte laut auf. Karl kniete sich neben ihn auf die Ducht und fragte: »Gibt es da etwas zu sehen?« Verwirrt schüttelte Paul den Kopf. »Ach, es ist wohl nichts. Wahrscheinlich treibt da unten eine große Qualle ihr Spielchen.« In der Tat war der unheimliche Spuk verschwunden. Die Wasserfläche in ihrer näheren Umgebung war leer. Wohin sie auch blickten, überall nur das gleichförmige Auf und Ab der Wellen.

Die *Oranjeboom* näherte sich ihnen unter stark gerefftem Besansegel und kleinen Vorsegeln. Offensichtlich hatte man es geschafft, die Besanrute behelfsmäßig wieder aufzuriggen. Sie drehte neben ihnen in den Wind, und man warf ihnen einen Tampen zu. Sie belegten die Schleppleine auf dem Poller im Vorschiff und wurden längsseits an die Bordwand geholt. Erleichtert hangelten sie sich über die Rüsten hinauf auf das Deck.

Oben angekommen, erwartete sie eine Überraschung. Während ihrer Rangelei auf dem Deck, ihres nicht ganz freiwilligen Bades und der Suche nach dem Franzosen musste die Fregatte kurz die Fahrt verringert und ihrerseits ein Boot mit einer Prisenbesatzung ausgesetzt haben, bevor sie sich an die Verfolgung der Franzosen gemacht hatte. Jedenfalls waren die Briten schon vor ihnen an Bord gelangt und hatten achtern die britische Flagge über der französischen gesetzt. Auf dem Achterdeck stand neben Piet ein schlanker Herr in blauer Uniform und Dreispitz, flankiert wurde er von einem Jungen, dessen Uniform wesentlich schlichter war, und einem Sergeanten der Seesoldaten im roten Rock des englischen Königs. Um das Ruder herum hatte eine Handvoll Marineinfanteristen Posten bezogen, und neben dem Kompasshaus wartete ein weiterer Mann in einem schlichten blauen Rock. Ein gutes Dutzend Matrosen war mit den holländischen Jantjes in der Takelage am Arbeiten. Ihr erbeutetes Boot wurde achteraus gebracht, dann die Schleppleine entsprechend gefiert und schließlich belegt, anschließend wurden die Segel auf einen Kurs am Wind getrimmt, und langsam nahmen sie Fahrt auf.

Piet war puterrot im Gesicht, seine Gesichtsfarbe stand dem Rot des britischen Uniformrocks in nichts nach. Wütend redete er auf den Offizier ein – leider auf Englisch, sodass Paul seine hitzig vorgetragene Suada nur in Bruchstücken verstand. Sinngemäß brachte er wohl vor: »Wir sind ein holländisches Schiff, unser Heimathafen ist Haarlem. Wir sind mit Nachschubgütern für die Britische Marine in die Themsemündung unterwegs. Wie können Sie es wagen, uns als Prise zu nehmen!«

Der Offizier musterte ihn kühl. »In die Themse werden Sie ganz gewiss auch einlaufen, aber unter britischer Flagge! Sir, Sie vergessen anscheinend, dass bei Ihnen am Heck die französische Nationale geweht hat, als wir an Bord gekommen sind.«

»Wir hatten noch keine Zeit gefunden, sie wieder wegzunehmen!«, argumentierte Piet schwach. Ha, dachte Paul, da seid ihr schlauen Ratten wohl etwas zu spät aus euren Schlupflöchern gekommen. Aber so richtig schadenfroh konnte er nicht sein.

»Nun, wir haben uns die Zeit genommen, unsere Flagge darüberzusetzen, Sir. Das Prisenkommando von Seiner Majestät Fregatte *Thunderbolt* wird das Schiff in die Themse bringen, dort wird das zuständige Prisengericht über die Rechtmäßigkeit der Ansprüche entscheiden. Wenn ich Ihnen einen guten Rat geben darf, dann sollten Sie die Vorgänge des heutigen Tages sorgfältig in Ihrem Logbuch dokumentieren und von Zeugen unterschreiben lassen. Sie können zu diesem Zweck in Begleitung des Midshipman Fisher unter Deck gehen, Sir.«

Piet nickte düster. »Das wird vorerst sicher das Beste sein, was ich tun kann ... Und danke für den Tipp, Leutnant Excom ...«

»Oh, ich habe nichts gegen Sie und Ihre Mannschaft persönlich. Ich finde es äußerst bewundernswert, wie mutig Sie sich gegen den weit überlegenen Gegner geschlagen haben, Sir. Mister Fisher, begleiten Sie bitte den Steuermann in die Kajüte des Kapitäns, er hat dort schriftliche Arbeiten zu erledigen.«

Der junge Mann neben ihm nickte Piet zu und folgte ihm unter Deck.

Paul schaute sich um; er wusste nicht recht, was er machen sollte. Karl tummelte sich schon wieder oben im Rigg. Aber der Bootsmann teilte Paul nicht zur Arbeit ein, und auch der Offizier wusste mit ihm wohl nicht so recht etwas anzufangen, daher übersah ihn der Leutnant einfach. Unauffällig verdrückte er sich unter Deck zu seinem Schlafplatz. Als er Peters leere Hängematte und dessen geöffnete Seekiste sah, wurde ihm das ganze Ausmaß der Ereignisse in den letzten Stunden deutlich. Sein Bruder, die andere Hälfte seines Ichs, war von seiner Seite weggerissen worden. Sie waren noch nie für längere Zeit getrennt gewesen. Selbst bei den Husaren hatten sie sich, obwohl sie in unterschiedlichen Eskadrons Dienst taten, regelmäßig gesehen. Beklommen wurde ihm klar, dass er von London aus diese schlechte Nachricht seinen Eltern mitteilen musste. Besonders seine Mutter würde es hart treffen, denn sie kannte Peters leichtfertige Art und hatte immer darauf vertraut, dass Paul ein wachsames Auge auf ihn hielt und ihn rechtzeitig zur Ordnung rief. Das hatte bis jetzt in den meisten Fällen auch ganz gut geklappt. Auf der anderen Seite hatte Peters temperamentvolle Art häufig Paul aus seiner nachdenklichen Lethargie gerissen und zum Handeln gezwungen. Traurig packte er Peters Seekiste und Kleidersack. Da er gerade dabei war, zog er seine nassen Brocken aus und vertauschte sie gegen trockene Arbeitskleidung. Dann brachte er auch seine eigenen Sachen in Ordnung. Fast missmutig dachte er an das viele Geld im doppelten Boden seiner Seekiste; viel Glück hatte es ihnen bis jetzt nicht gebracht. Dabei fiel ihm ein, was der unglückliche Skipper vor seinem Tod zu ihm gesagt hatte. Die persönlichen Seehandbücher von de Vries! Vielleicht sollte er sich umgehend darum kümmern, bevor sich ein anderer Interessent dafür fand. Wenn Piet sie an sich nahm, wäre das in Ordnung, aber irgend so ein hergelaufener englischer Banause, nein, das musste nicht sein. Er machte sich auf den Weg in die Staatskajüte. Unterwegs begegnete ihm ein Seesoldat, der ihn misstrauisch musterte. Paul funkelte ihn an, schob den Kopf nach vorne, zog die Stirn kraus und musterte ihn kritisch von oben bis unten. Es musste einen Reflex geben, der bei allen Militärs der Welt gleichermaßen funktionierte, denn unwillkürlich nahm der Mann Haltung an, präsentierte das Gewehr und blickte mit unbewegtem Gesichtsausdruck starr geradeaus, bis Paul ihn mit lässigem Gruß passiert hatte. Subalterne Dienstgrade erkannten wohl instinktiv einen Leitwolf, auch wenn der kaum die Milchzähne verloren hatte. Paul schmunzelte still in sich hinein. Wahrscheinlich war das kein Wunder, mehr als sechshundert Jahre Erfahrung mit dem Ducken von Hintersassen mussten irgendwo ihren prägenden Stempel hinterlassen.

Er betrat die Kabine. Piet saß am Schreibtisch und arbeitete mit gerunzelter Stirn und mit herausgestreckter Zungenspitze im Schiffstagebuch. Der Midshipman sah ihn fragend an und sagte etwas zu Piet; der blickte von seiner Arbeit auf, grinste ihm zu und deutete auf einen Stuhl.

»Gut, dass du kommst, du kannst gleich als unparteiischer Zeuge meine Eintragung unterschreiben. Der Text ist zwar auf Holländisch verfasst, aber die entscheidenden Fakten wirst du sicher verstehen.«

»Entschuldige, dass ich dich unterbreche und mit meiner Bitte belästige, aber ich wollte mir die Bücher des Skippers holen, bevor sich die irgendein Schlaumeier unter den Nagel reißt, du verstehst ...«

»Selbstverständlich! Ich hatte es schon wieder vergessen, aber diese Bücher sind wirklich ein Schatz, dessen Wert man kaum hoch genug bewerten kann. Ich gönne sie dir aus ganzem Herzen, ich habe ja meine eigenen Aufzeichnungen, und außerdem habe ich mir schon die wichtigsten Abschnitte aus den Segelanweisungen meines Schwiegervaters kopiert. Sie stehen dort drüben im Buchregal. Nimm sie an dich und verstaue sie gut und sicher, denn ich fürchte, dass auf uns noch eine unangenehme Umstellung zukommt.« Sein Lächeln war verflogen, und er warf dem Midshipman, der ein halbgeleertes Glas Rotwein in der Hand hielt, einen misstrauischen Blick zu. »Der Fähnrich da hat mir nach dem dritten Glas anvertraut, dass wir alle in den Dienst an Bord der Fregatte gepresst werden sollen. Er meint, dass sein Kommandant seine unfähigsten und faulsten Leute sowie die Störenfriede hier als Prisenkommando einsetzen wird, um sie loszuwerden, dazu einen Steuermannsmaaten und wahrscheinlich ihn selbst als Prisenkommandanten. Kapitän Stronghead sei ein sehr gestrenger Herr und außerdem ziemlich karrieregeil, er habe noch nicht mal Verständnis dafür, dass man als junger Mann ab und zu ein kleines Schlückchen nehmen müsse, um das Heimweh zu bekämpfen.«

Paul sah zu dem bedauernswerten Knaben hinüber, der sich gerade mit einem spitzbübischen Lächeln ein weiteres Glas vollschenkte, kurz daran schnupperte, um es sich dann schwungvoll hinter die weiße Halsbinde zu gießen.

»Die Besatzung der Fregatte war schon beim Auslaufen nicht komplett, und durch den Abgang des Prisenkommandos hat sich die Anzahl des Personals weiter verringert, daher braucht der Kommandant dringend Leute. Unter dem Siegel der Verschwiegenheit hat er mir – weil ich ihm so sympathisch bin, sagte er, aber in Wirklichkeit wohl eher, weil der Wein so hervorragend ist – den Tipp gegeben, dass wir uns freiwillig melden sollten, dann würden wir ein höheres Handgeld bekommen und wahrscheinlich auch in bessere, unseren Fähigkeiten entsprechende Positionen eingestuft. Wie es scheint, lieber Paul, werden deine Verwandten in London noch etwas länger auf dich warten müssen.«

»Auf Peter mit Sicherheit auch«, murmelte Paul missmutig.

»Oh, den habe ich in der Aufregung ganz vergessen. Was ist mit ihm geschehen?«

»Der blöde Kerl hat plötzlich Schiss vor dem Wasser bekommen und sich geweigert, über die Kante zu jumpen, da haben ihn die Welschen festgehalten – und den Franz auch.«

»Aber sie leben?«

»Ja. Jedenfalls war das der Fall, als Karl und ich ausgestiegen sind.«

»Schnapp dir die Bücher, verstau sie gut und schreibe dann deinen Verwandten einen Brief. Ich bin sicher, dass unser kleiner Kapitän in spe hier dafür sorgen wird, dass er zugestellt wird. Wahrscheinlich wird er es in London selbst übernehmen, weil er damit rechnen kann, gratis einen guten Schluck für seine ausgedörrte Kehle zu bekommen.«

Mit einem Seitenblick auf den schon leicht schielenden Fähnrich nahm Paul die schwarz eingebundenen Bücher an sich und verschwand mit ihnen in seiner Unterkunft. Dort verstaute er sie in der Seekiste, nachdem er seinen Namen unter den von de Vries gesetzt hatte. Da er das Schreibzeug schon bei der Hand hatte, verfasste er eine Nachricht an den Grafen von Wolfenstein in London, einen Neffen seiner Großmutter. Er schilderte in kurzen Zügen, was passiert war und was ihn vermutlich erwartete. Außerdem bat er darum, man möge seine Eltern darüber informieren, dass es ihm den Umständen entsprechend gut ging. Nachdem er den Brief mit Streusand bestreut und abgepustet hatte, faltete er ihn zusammen und versiegelte ihn. Dazu löste er das geflochtene Halsband, das er unter der Anleitung von Jan Priem hergestellt hatte und in dem der Siegelring kunstvoll eingearbeitet war. Der alte Matrose hatte ihn davor gewarnt, den Ring bei den Arbeiten im Rigg am Finger zu tragen, da er eine Unfallquelle darstellte. Nachdenklich betrachtete er den Abdruck im roten Wachs. Der Krebs und der Bär unter dem Baum waren deutlich zu erkennen. Er seufzte und ging dann wieder an Deck.

Die *Thunderbolt* fand sich nach der vergeblichen Verfolgung am frühen Abend wieder bei ihnen ein und drehte in Luv bei. Kurz darauf kam eine große Barkasse herübergepullt. Als Erstes entstieg ihr ein Offizier, der etwas älter sein mochte als jener, der sich bereits an Bord befand. Er hatte markante

Gesichtszüge, eine Raubvogelnase und durchdringende hellblaue Augen. Ihm folgte ein in der Tat recht merkwürdiges Sammelsurium von Seeleuten, vom schmächtigen, rundrückigen Ladenschwengel über schmierige, geduckte Gestalten mit unsteten Augen bis hin zum vierschrötigen Straßenräuber mit einem von unzähligen Kämpfen vernarbten Gesicht. Kurz, es waren Galgenvögel jeder Schattierung darunter. Paul konnte gut verstehen, dass Kapitän Stronghead auf diese exquisite Auswahl der männlichen Blüte seines Heimatlandes gerne verzichten wollte.

Piet musste seine Männer bereits informiert haben, denn die Seeleute der *Oranjeboom* hatten sich bereits fatalistisch in ihr Schicksal ergeben und warteten vor dem Logis mit ihren persönlichen Habseligkeiten auf das, was da kommen würde. Sie wurden angewiesen, sich mittschiffs aufzustellen. Der Offizier trat vor sie hin und musterte alle scharf vom Scheitel bis zur Sohle. Was er sah, schien ihm zu gefallen, denn er ließ sich zu einem dünnlippigen Lächeln hinreißen.

»Männer der *Oranjeboom*! Mein Name ist Backwater, Erster Leutnant Backwater von Seiner Britannischen Majestät Fregatte *Thunderbolt*. Wir könnten euch als Kriegsgefangene an Bord nehmen und dort in den Dienst pressen, denn als wir euer Schiff in Sicht bekommen haben, führte es die bourbonische Flagge. Aber wir wollen euch eine Chance geben. In Anbetracht eures großartigen Verhaltens im Gefecht gegen einen weit überlegenen Gegner hat mich mein Kommandant ermächtigt, euch ein überaus großzügiges Angebot zu machen. Er bietet euch an, freiwillig in den ehrenhaften Dienst der glorreichen Royal Navy einzutreten!« Er blickte sie an, als würde er erwarten, dass alle vor Freude die Hüte in die Luft werfen, einen fröhlichen Holzschuhtanz aufs Deck legen und ihn mit Küssen bedecken würden. Er schien ehrlich enttäuscht zu sein, dass er sich nur ausdruckslosen Mienen gegenübersah. »Wenn ihr euch freiwillig in die Musterrolle einschreibt, bekommt ihr ein ansehnliches Handgeld bar ausgezahlt, und ich werde euch nach eurem jetzigen Dienstrang einstellen!«

Der holländische Bootsmann nahm seine Kappe ab und antwortete: »Ich kann für alle sprechen, Sir. Wir sind Seeleute der holländischen Handelsflotte – und das würden wir auch nur zu gerne bleiben, aber wie die Dinge liegen, haben Sie ... äh ... die längere Spillspake in der Hand, sozusagen ... Wir werden daher alle freiwillig anmustern ... äh ... Sir.«

»Das ist eine sehr weise Entscheidung. Tut eure Pflicht und ihr habt nichts zu befürchten. Haltet euch klar zum Einbooten.« Er blickte sich um und sah Piet und Paul an, die etwas abseits gewartet hatten. »Was ist mit euch?«

»Piet van Rijn, Steuermann der *Oranjeboom*. Ich möchte nochmals in aller Form gegen die Behandlung meines Schiffes als Prise protestieren ...«

»Das steht hier nicht zur Debatte! Wo, auf was für Schiffen und in welcher Funktion sind Sie gefahren?«

»Ostindien, Westindien, Afrika, Mittelmeer, Ost- und Nordsee auf Kauffahrtsschiffen unterschiedlichster Größe während der letzten Jahre als Zweiter oder Erster Maat.«

»Ich stelle Sie als Steuermannsmaat ein, in Ordnung?«

»Der Not gehorchend, nicht dem eignen Triebe ...«, murrte Piet vor sich hin.

Backwater fixierte ihn mit einem starren Blick, bis Piet rot anlief und zwischen zusammengebissenen Zähnen ein mühsames »Aye, Sir« herausquetschte. Backwater deutete mit dem Kopf auf Paul: »Was ist mit dem? Der sieht mir nicht nach einem holländischen Seemann aus.«

»Nein, das ist ein Deutscher ... Sir. Spricht leider kaum Englisch, ist aber ein durchaus brauchbarer Quartermaster mit Grundkenntnissen in der terrestrischen Navigation und ein sehr guter Artillerist.«

»Zeig mir die Hände, Junge«, forderte ihn der Erste Leutnant auf und machte eine bildhafte Geste.

Paul gehorchte widerwillig. Er war doch kein Pferd, dem man vor dem Kauf ins Maul schaute.

Backwater studierte die schrundigen, hornigen Handflächen. Der Anblick schien ihn zu überraschen, und er blickte ihm gerade in die Augen. Paul hielt seinem Blick ohne mit der Wimper zu zucken stand. »Den Händen nach zu urteilen, kann er tatsächlich fest zupacken, aber den aufreizenden Blick muss er sich noch abgewöhnen, sonst wird er schnell mit unserem Haustierchen, der neunschwänzigen Katze, Freundschaft schließen müssen. Man darf bei uns keinem Vorgesetzten gerade ins Gesicht blicken. Verklaren Sie ihm das! Was ich mit dem mache, muss ich mir erst noch überlegen. Wo ist dieses Früchtchen Fisher?«

»In der Kabine des Kapitäns ... Sir.«

»Vermutlich ist er dann schon jenseits von Gut und Böse, dort gibt es doch bestimmt Alkohol?«

»Ein wenig, Sir«, antwortete Piet und versuchte, ernst zu bleiben.

Backwater fluchte halblaut vor sich hin und verschwand nach achtern. Als er an dem anderen Offizier vorbeikam, raunzte er ihn an: »Excom, wie konnten Sie zulassen, dass der Taugenichts an Alkohol kommt?«

»Diesen Kerl vom Saufen abzuhalten ist so unmöglich wie einen Apfel daran zu hindern, vom Ast nach unten zu fallen, Sir. Isaac Newton ist mein Zeuge.«

Backwater brummte etwas vor sich hin und verschwand im Achterschiff. Kurz darauf ertönte unter Deck ein so lautes, heftiges Gebrüll, dass sich das Skylight über der Staatskabine zu heben schien.

Piet wies Paul an, sein Gepäck zu holen und sich bereitzuhalten. Dann erläuterte er ihm noch schnell, wie ihm der

Erste Offizier geraten hatte, dass es einem einfachen Seemann streng untersagt war, einem Offizier – einschließlich der Midshipmen – in die Augen zu schauen. Man hatte die Kopfbedeckung abzunehmen, die Augen niederzuschlagen und die entsprechende Anweisung ohne Kommentar zu wiederholen und mit der bestätigenden Floskel *aye, Sir* oder *aye, aye, Sir* zu quittieren. »Ich habe Peters Gepäck in die Kapitänskammer hinaufgetragen und den kleinen Schluckspecht gebeten, es mit dem Brief beim Count Wolfenstein abzuliefern. Er war sehr beeindruckt und wird in Erwartung einer Belohnung den Auftrag gewiss ausführen, falls ihn nicht vorher die Leberzirrhose hinwegrafft.«

»Wie will der in seinem Brausebrand das Schiff überhaupt die Themse nach London hinaufnavigieren?«

»Ach, das erledigt der Steuermannsmaat da drüben, dessen Platz ich auf der Fregatte einnehme. Der Kommandant der *Thunderbolt* ist doch kein Narr, der so ein wertvolles Schiff einem hoffnungslosen Trunkenbold anvertraut. Er will den Fähnrich loswerden, daher hat er ihn nominell als Kommandanten eingesetzt, aber führen tut das Schiff der Steuermannsmaat, auch ein altgedienter Seemann aus der Handelsmarine.«

Eine Viertelstunde später saßen die Männer der *Oranjeboom* zusammen mit den Leutnanten Backwater und Excom sowie den Seesoldaten unter ihrem Korporal in der Barkasse. Die Holländer blickten mit trüben Augen auf ihr ehemaliges schwimmendes Heim zurück, das hinter ihnen schnell kleiner wurde. Glücklich sahen sie alle nicht aus, aber die meisten wussten doch so ungefähr, was sie erwarten würde. Nur Paul kam sich vor wie eine Schnecke, der man das schützende Haus gestohlen hatte.

»Paul Freiherr von Morin, ohne Dienstgrad, zur besonderen Verwendung, Royal Navy!«, flüsterte er bitter vor sich hin. Wenn er nicht so niedergeschlagen gewesen wäre, hätte er beinahe darüber lachen können. Aber nein, zum Lachen war ihm wahrhaftig nicht. De Vries war gefallen, Peter und Franz waren in französische Gefangenschaft geraten, er selbst sah einem ungewissen Schicksal in der britischen Kriegsmarine entgegen. Dieser 8. Mai hatte es in sich gehabt. Es war kein Freudentag gewesen, aber er bot die Chance zu einem Neuanfang. Und das war ja schließlich auch schon etwas Positives.

Kapitel 4

Mai 1760, im Kanal

Kapitän zur See Jonathan Stronghead saß hinter seinem Schreibtisch und musterte seinen Ersten Offizier wie ein satter Kater, der sich gerade aus der Küche ein riesiges Stück frisches Fischfilet »besorgt«, dieses gegen alle Widrigkeiten des Lebens verteidigt und verspeist hatte. Er trug ein makellos weißes Hemd mit Spitzenbesatz an den Ärmeln und an der Halsbinde. Seine Perücke mit dem kurzen Zopf war sorgfältig gepudert. In der Hand hielt er eine Tasse heißen Kaffee, und auch sein Erster nippte an einer Schale mit dem belebenden Getränk.

»Da haben wir ja einen richtigen Goldschatz gehoben, Mister Backwater. Die Ladung allein ist einen dicken Beutel Guineen wert, das Schiff selber ist aber auch ganz schnuckelig und wird so einiges einbringen, immer vorausgesetzt, dass das Prisengericht unserer Rechtsauffassung folgt. Aber was bedeutet schon Geld! Was mir viel wichtiger als der schnöde Mammon ist: Wir sind die faulen Äpfel los, die uns den ganzen gesunden Rest im Korb hätten verderben können. Dafür haben wir über ein gutes Dutzend erstklassiger erfahrener Seeleute eingetauscht, von denen jeder Einzelne mehr wert ist als dieser ganze menschliche Schrott, den wir zum

Kasernenschiff für den Ersatz auf dem Nore zurückgeschickt haben. Soll sich doch damit ein anderer unseliger Kommandant herumärgern.«

Der Erste Leutnant nickte bestätigend, auch wenn er bezüglich des sogenannten schnöden Mammons so seine eigene Meinung hatte und auch seinem Kommandanten dessen lässigen Widerwillen gegen einen Batzen goldener Guineen nicht so recht abnahm. »Aye, Sir, die Matrosen sind wirklich erstklassige Männer, das gilt auch für den Steuermannsmaat van Rijn und den neuen Bootsmannsmaat, den ehemaligen Bootsmann der Prise. Nur aus diesem Morin werde ich nicht so recht klug. Er wurde mir als eine Art Steuermannsmaat, Quartermaster und guter Artillerist vorgestellt, aber er ist dafür viel zu jung und ganz sicher kein professioneller Seemann, obwohl seine Hände die Spuren harter Arbeit zeigen, außerdem passt sein ganzes Auftreten nicht dazu. Er verbreitet die Aura natürlicher Arroganz alten Adels um sich. Überdies ist er Preuße, und seit wann fahren die als Matrosen zur See? Seine Frisur weist ihn eher als Kavalleristen aus, außerdem schwimmt dieser andere junge Kerl ständig in seinem Kielwasser wie ein Pilotfisch bei einem Hai, und auch der hat die typischen Husarenlocken. Es könnte sich daher durchaus um Deserteure aus der Armee des Königs von Preußen handeln, Sir.«

»Na, und wenn schon! Wenn er jetzt in der Marine des Königs von England dient, bekämpft er denselben Feind wie vorher, und hier an Bord können sie nicht wegrennen.«

»Nun, irgendwie machen die beiden aber nicht den Eindruck, als ob sie aus Feigheit desertiert wären. Wie ich gehört habe, hat der Morin sich im Gefecht gegen die Franzosen hervorragend geschlagen, hat den Froschfressern einen Anker weggeschossen und den Oberfrosch platt aufs Deck gelegt. Die Franzosen wollten ihn mit sich nehmen, aber er ist mit seinem Schatten über die Kante gejumpt und hat sich mit dem Langboot der Freibeuter in Sicherheit gebracht.«

»Hmmm, anscheinend ein sehr interessanter junger Mann. Haben Sie ihn schon mal intensiv befragt?«

»Er spricht kaum Englisch, Sir.«

»Na, dann versuchen Sie es eben auf Französisch, Mister Backwater, wenn der Kerl ein preußischer Adliger ist, spricht er diese Sprache ganz gewiss fließend!«

»Äh ... ahem ... leider gehört diese Sprache nicht zu den Dingen, die ich beherrsche, Sir«, musste Backwater hüstelnd bekennen und wurde vor Verlegenheit etwas rot.

»Sehr bedauerlich, ahem ... Sir, wirklich ...« Stronghead hob missbilligend eine Augenbraue. »Der Mangel an Verständigungsmöglichkeiten könnte der Grund sein, warum er sich Ihnen noch nicht offenbart hat. Nun, was soll schon sein, Sie werden ihn zum Dienst einteilen, aber ein scharfes Auge auf ihn haben.«

»Nun, Sir, da ist noch etwas. Der Leutnant der Seesoldaten hat mir mitgeteilt, dass ihm sein Korporal, der gestern drüben auf der Prise war, gemeldet hat, dass dieser Morin unserem in Alkohol schwimmenden Midshipman Fisher einen versiegelten Brief übergeben hat. Ahem ... es könnte sein, dass dieser junge Herr in London über gute Verbindungen verfügt, Sir.«

»Warum haben Sie das nicht gleich gesagt, verdammt, Sir!« Stronghead sprang auf und trat achtern an seine Heckfenster und starrte ins Kielwasser. »Äh ... das ändert natürlich die Situation grundlegend. Seit dieser äh ..., nun ja, Hannoveraner auf dem Thron sitzt, hat er viele Angehörige seiner deutschen Adelsclique nachgezogen, die inzwischen schon über einen nicht zu unterschätzenden Einfluss verfügen, und das nicht nur im Parlament von Westminster, sondern auch in der Admiralität ...« Er erweckte fast den Anschein, als habe er die Anwesenheit seines Ersten Leutnants vergessen, und beschäftigte sich, ganz in Gedanken versunken, mit den unerwartet auftauchenden Klippen, an denen seine Karriere scheitern konnte. Nach einigen Minuten ging er zum Weinschrank hinüber und holte eine Flasche Sherry heraus, goss zwei Gläser ein und stellte sie auf den Schreibtisch; dann setzte er sich wieder in seinen Armsessel. »Eigentlich ist es dafür ja noch zu früh, aber ungewöhnliche Situationen rechtfertigen ungewöhnliche Reaktionen, Backwater.« Er hob sein Glas in die Höhe gegen das Licht, betrachtete wohlwollend die bernsteinfarbene Flüssigkeit, nickte Backwater zu, zog genüsslich den aromatischen Duft ein und nahm dann einen kleinen Schluck. »Wenn die Dons alles so gut könnten wie Wein herstellen, dann hätten wir auf See keine Chance gegen sie, ha, ha, ha!«

»Aye, Sir.«

»Fassen wir mal zusammen. Alles spricht also dafür, dass dieser Morin ein Aristokrat mit guten Verbindungen zu gewissen hohen Herren in London ist. Aus uns nicht bekannten Gründen gefällt es ihm, den einfachen Seemann zu mimen. Unverständlich, völlig unverständlich ...«

»Nun, Sir, vielleicht interessiert ihn der Beruf des Seeoffiziers? Die Preußen haben immerhin ja auch Seehäfen. Wenn ich nicht irre, sogar einen in der Nordsee, nämlich Emden an der Grenze zu Holland. In der Ostsee sind in erster Linie Stettin und Königsberg zu nennen. Seit die Schweden zunehmend an Einfluss verlieren, könnte Frederic the Great auf den Gedanken gekommen sein, seinen Einfluss im Baltikum mit Hilfe einer Flotte zu vergrößern und die Schweden endgültig von deutschem Territorium zu vertreiben. Das wäre doch ein schöner Zuwachs für sein Flickwerk-Königreich.« Backwater grinste bei der Vorstellung der weit auseinandergerissenen Landesteile Preußens auf der Landkarte. »Was läge da näher, Sir, als einen jungen, engagierten, aufstrebenden

Offizier inkognito in die größte und beste Marine der Welt einzuschleusen, um ihn aus erster Hand lernen zu lassen, wie wir unseren Dienst organisiert haben ...«

»Respekt, Mister Backwater, wie ich sehe, haben Sie sich mit den verwirrenden Verhältnissen auf dem Kontinent befasst. Ihre Argumentation ist nicht ganz von der Hand zu weisen. Bis auf eine winzige, aber nicht ganz unwichtige Kleinigkeit ... der König von Preußen muss erst noch diesen Krieg gewinnen. Aber vielleicht haben Sie recht, wahrscheinlich denkt er langfristig, denn wie kann Preußen wirklich im Konzert der Großen mitspielen wollen, wenn es auf See quasi nicht existent ist – das haben selbst die Russen begriffen, die die Seefahrt nun wahrlich nicht erfunden haben. Apropos Russen, hat nicht auch irgend so ein russischer Zar früher einmal das Zimmermannshandwerk inkognito in Holland erlernt?«

»In der Tat, Sir, Peter der Große, das hat seine Politik lebenslang beeinflusst.«

»Ahem ...« Der Kapitän leerte sein Glas in einem Zug und drehte es aufgeregt zwischen den Fingern. »Je länger ich darüber nachdenke, desto plausibler erscheint mir die Sache. Die *Oranjeboom* war von Danzig nach London unterwegs. Man wollte den Mann also ganz unauffällig von einem neutralen Hafen aus nach London einreisen lassen. Unter Ausnützung der politischen Verbindungen und etwas richtig platzierten Geldes wäre es sicher möglich gewesen, ihm eine Stelle – als Fünfter oder Sechster Leutnant – auf einem Flaggschiff der Ersten Klasse zu verschaffen. Von Seemannschaft und Navigation hätte er da nichts verstehen müssen, aber dennoch Einblick in die Befehlstrukturen und den Dienstbetrieb bekommen. Er hätte aus erster Hand vor Augen geführt bekommen, wie wir unseren Laden schmeißen. Schlau, schlau ... wirklich sehr schlau ...!«

»Und dann tauchten die Franzosen auf. In deren Hände

durfte so ein wichtiger Mann aus dem nächsten Umfeld des Königs nicht fallen, das erklärt den fast selbstmörderischen Widerstand des kleinen Handelsschiffs, Sir.«

»In der Tat, Sir, in der Tat.« Stronghead füllte die Gläser wieder auf. »Die Frage ist, was machen wir mit dem Kerl. Wir müssen sehr vorsichtig zu Werke gehen. Wenn es denn sein Wunsch ist, im Zwischendeck zu logieren und das Leben eines einfachen britischen Seemanns kennenzulernen, dann müssen wir das akzeptieren – aber keinesfalls darf er von den Bullbeißern unter den Männern, dem Bootsmann und seinen Maaten, dem Profos oder unseren ungestümen ›jungen Gentlemen‹* tyrannisiert oder schikaniert werden! Stellen Sie sich bloß den Aufschrei des Hofes vor, wenn so etwas passieren würde ... Wäre eine verdammt unangenehme Geschichte, sehr scheußliche Sache, in der Tat.« Er schlürfte mit gerunzelter Stirn seinen Sherry. »Sie werden sich etwas einfallen lassen, Mister Backwater ... und halten Sie mich ständig auf dem Laufenden, Sir! Guten Morgen.«

»Aye, aye, Sir.« Konnte Backwater mit etwas anderem antworten, als mit dieser stereotypen Bestätigungsformel der Navy? Er erhob sich und verließ die große Kabine des Kommandanten. Dann kletterte er den Niedergang zum Achterdeck hinauf, schaute kurz auf den Kompass und in die Segel, wechselte ein paar belanglose Worte über das Wetter mit dem Dritten Offizier Isaac Smyth, dann ging er nach vorne an die Reling und blickte hinab in die Kuhl, wo die Wache ihren Arbeiten nachging. Er fluchte still vor sich hin und ballte die

* Midshipmen: zusammenfassender Dienstrang für Kadetten und Fähnriche in der Royal Navy. Es wurde nicht zwischen den zwölf- bis vierzehnjährigen Jungen und den u.U. schon über zehn Jahre älteren Männern unterschieden, die schon mehrfach das Leutnantsexamen nicht bestanden hatten. Für die Mannschaften galten alle gleichermaßen als Offiziere, denen Gehorsam zu leisten und Respekt zu zollen war.

Fäuste. Nicht genug damit, dass er aus diesem frisch zusammengewürfelten Sauhaufen in kürzester Zeit eine schlagkräftige Truppe machen musste, die in jedem Wetter das Schiff beherrschen und jedem Gegner die Stirn bieten konnte, nein, jetzt musste er noch unauffällig die Gouvernante für einen verwöhnten, vermutlich intriganten Aristokraten vom Kontinent spielen, der es in der Hand hatte, seine Karriere mit einer hingeworfenen Bemerkung in das richtige Ohr abrupt zu beenden. Allerdings, das gestand er sich fairerweise ein, war der junge Mann nicht aus eigenem Antrieb hier an Bord gekommen, und wenn man die Karte richtig spielte, konnte seine Karriere durch diese Zufallsbekanntschaft sogar gefördert werden. Backwater seufzte halblaut, musste dann aber bei den Aussichten, die sich ihm boten, schon wieder lächeln. Er war ein typisch angelsächsischer Pragmatiker.

Er erspähte sein Sorgenkind, das in einer Gruppe von Landratten stand, die sich an den Koffeinägeln am Fuß des Großmastes drängten und von einem Bootsmannsmaaten in die Funktion der dort belegten Leinen eingewiesen wurden. »Verdammt!«, fluchte er leise, zu diesen absoluten Grünschnäbeln, die ständig über ihre eigenen Beine stolpern, gehört der nun ganz gewiss nicht, auch wenn er kein Englisch spricht. Was sollte er bloß mit ihm anfangen? Kabinenjunge? Nein, völlig unmöglich. Steuermannsmaat? Ging auch nicht, dafür fehlte ihm ganz sicher die nötige Qualifikation. Quartermastermaat? Dafür reichten die Sprachkenntnisse nicht aus, am Ruder musste er alle Befehle sofort verstehen und umsetzen. Matrose? Zu wenig Erfahrung. Leichtmatrose? Das mochte gehen, wenn er ihn in eine solide Messe einteilte, die im Dienstbetrieb und bei den Rollenmanövern ein Auge auf ihn hielt. »Bootsmann! Auf das Achterdeck!«

Plötzlich schoss ihm noch ein Gedanke durch den Kopf. Gab es da nicht einen jungen Mann, der aus der preußischen

Hauptstadt stammte und sich inzwischen schon ganz ordentlich auf Englisch verständigen konnte? Ja, richtig, einer der Stewards der Offiziersmesse kam aus Berlin. Wie hieß er doch gleich? Ach ja, George oder so ähnlich – ausgerechnet Georg, wie der König. Er hatte diesen beliebten Posten bekommen, weil er sehr flink und behände war sowie eine äußerst schnelle Auffassungsgabe hatte. Er schien die Wünsche der Messemitglieder schon zu erahnen, bevor sich diese selbst darüber klar geworden waren. Backwater musste heute Nachmittag ohnehin alle Dienstpläne und Rollen überarbeiten, da konnte er den Jungen der Messe von Morin zuteilen. Zusammen mit ein paar englischsprechenden Holländern und zwei alten britischen Matrosen würde der Kerl dann schon schnell Englisch lernen, und wenn nicht, dann sollte ihn der Teufel holen. Er grinste bei dem Gedanken in sich hinein, denn George, neugierig und penetrant wie er war, hätte ganz gewiss bald alles Wissenswerte aus dem Störenfried herausgeholt, und er würde seinen Ersten Offizier nicht darüber im Dunkeln lassen, wenn der ihm klarmachte, dass es auch wesentlich unangenehmere Aufgaben auf einer Fregatte gab, als in der Offiziersmesse aufzuwarten.

»Sir?« Der Bootsmann war unbemerkt an ihn herangetreten.

Backwater fuhr herum. »Äh, Bootsmann, gut, dass Sie da sind. Wie machen sich die Neuen?«

»Welche meinen Sie, Sir? Die Kaasköppe sind Spitzenseeleute, mit denen gibt es überhaupt keine Schwierigkeiten. Sie müssen sich nur an unser Rigg gewöhnen, dann wird alles perfekt laufen. Mit dem Ersatz, den wir auf dem Nore bekommen haben, wird das sehr viel länger dauern, obwohl wir ja gestern die schlimmsten Blindfische losgeworden sind.«

Die *Thunderbolt* stand schon ein Jahr im Dienst und hatte den auf der Westindischen Station hinter sich gebracht. Nach etlichen Gefechten mit französischen Kriegsschiffen und Freibeutern hatte sie einige erhebliche Beschädigungen davongetragen, die auf Antigua nicht vollständig beseitigt werden konnten. Dazu kam der Verlust an Menschenleben, allerdings zum größten Teil durch tropische Fiebererkrankungen verursacht. Daher war sie vom kommandierenden Admiral der Station ausgewählt worden, wichtige Depeschen nach London zu übermitteln. Nach den notwendigen Reparaturen in der Königlichen Werft waren ihnen vom Rekrutierungsschiff Ersatz für ihre Verluste überstellt worden. Leider handelte es sich dabei zum größten Teil um wenig brauchbare Leute, zu einem Teil waren es zwar willige, aber völlig unerfahrene Landratten, zum anderen schlicht und einfach Gesindel, das dem Galgen oder dem Schuldturm entgehen wollte. Diese brisante Mischung in die alte, eingefahrene Besatzung zu integrieren stellte für jeden Ersten Leutnant eine echte Herausforderung dar. Nach seiner Wache würde der Erste den ganzen Tag damit zubringen, die Wach-, Manöver- und Gefechtsrollen auf den neuesten Stand zu bringen. In der Zwischenzeit würden der Segelmeister und die anderen Wachoffiziere das ganze Programm an Segelmanövern mit den Männern durchgehen. Zuerst langsam und dann immer schneller, bis jeder Handgriffe saß – aber das würde Tage, wenn nicht Wochen dauern. Dazu kam dann außerdem der Drill an den Stücken und die Ausbildung mit den Handwaffen. So viel war sicher, Langeweile würde keine aufkommen, auch nicht bei den alten Hasen an Bord, weil die aufpassen mussten, dass ihnen die Grünschnäbel keinen Kinken* um den Fuß legten. Man konnte sich eben noch nicht blind aufeinander verlassen.

»Äääh, na ja, das war ja zu erwarten. Ich denke, wir soll-

---

* Schlinge eines Taus

ten die Holländer überwiegend am Besanmast einsetzen, da müssten sie sich am schnellsten zurechtfinden. Ich werde die Wachen und Rollen entsprechend einteilen. Die Landratten stecken wir erst einmal in die Kuhl, es wird sich ja bald zeigen, ob wir den einen oder anderen davon auch im Rigg selbst einsetzen können. Übrigens, was ist mit den beiden preußischen Husaren?«

»Die sind ganz in Ordnung, aber es hapert mit der Verständigung. Es wird sich sicherlich positiv auswirken, wenn die beiden mit Männern zusammenarbeiten, die ihnen unsere Sprache beibringen können, Sir.« Der Bootsmann zögerte, schaute den Ersten Leutnant schräg von der Seite an und überlegte offensichtlich, ob er noch etwas hinzufügen sollte.

Backwater, der das merkte, blaffte ihn an: »Raus mit der Sprache, Mann, was gibt es da noch?«

Ben Fist, der Bootsmann, blickte etwas beunruhigt übers Deck, räusperte sich dann ausgiebig und begann schließlich: »Es ist eigentlich nicht groß der Rede wert, etwas, das in den ersten Tagen immer vorkommt, wenn die Neuen die Spielregeln der Navy noch nicht kennen und die alten Hasen klarstellen wollen, wer das Sagen hat.« Benjamin Fist, ein vierschrötiger Geselle, genauso breit wie hoch, mit einem von langen Jahren auf See verwitterten Gesicht, das nur aus Falten und Furchen bestand, und Händen wie Klosettdeckel so groß, schien sich in seiner Haut nicht recht wohl zu fühlen.

»Zur Sache, Sir!«

»Verdammt will ich sein, Sir, aber dieser Morin ist eine verflucht gefährliche Mine mit einer kurzen Zündschnur. Sie kennen doch den Vollmatrosen Bully Sullivan, stark wie ein Stier, aber etwas schlicht im Kopf, Sir.«

Backwater nickte unfroh. Ihm kroch ein ungutes Gefühl den Rücken empor. Sullivan war in der Tat ein Bulle von einem Kerl, aber wegen seiner aus Dummheit resultierenden

Disziplinlosigkeit hatte er ihn schon mehrfach dem Kapitän zur Bestrafung melden müssen. Falls sich dieses massige Paket aus soliden Muskeln und schweren Knochen des jungen Morin angenommen hatte, konnte er sich schon überlegen, wie er, Herbert Backwater, Leutnant R. N. *im Ruhestand* sein weiteres Leben mit Halbsold an Land gestalten wollte. Er schluckte hart.

Der Bootsmann fuhr fort: »Nun, Sir, unser lieber Bully macht sich an den Jungen heran und will an einer Flechtarbeit, die jener um den Hals trägt, herumfummeln. Der sagt ruhig etwas zu ihm auf Deutsch – was es wörtlich war, weiß ich natürlich nicht, aber der Sinn war wohl eindeutig. Sullivan ließ sich natürlich davon nicht beeindrucken und rückte ihm noch dichter auf den Pelz. Morin hat nochmals etwas gesagt, ihm mit dem Finger gedroht und ihm dann einen leichten Klaps auf die Hand gegeben …«

Backwater schluckte hart. Warum hatte er von dem Zwischenfall noch nichts erfahren? Der Junge musste doch vom Schiffsarzt behandelt worden sein. Aber nein, da drüben stand er, machte einen völlig unversehrten Eindruck und schaute kühl gelangweilt über die Köpfe der Landratten nach oben in die Toppen.

»Natürlich hat das Klein-Bully nicht gefallen. Er soll wie ein gereizter Eber gegrunzt haben und wollte den Jungen mit seinen langen Armen, die fast so dick wie Ankertrossen sind, umfassen, um ihm an seiner stinkenden, pelzigen Brust die Luft aus den Lungen zu pressen.« Der Bootsmann verzog die Lippen zu einem dünnen, spöttischen Grinsen. Wenn der jetzt nicht sofort zum Punkt kommt, degradiere ich ihn zum Lokusreiniger, schäumte Backwater innerlich. »Es kam anders, Sir«, Ben Fist schnalzte genüsslich mit der Zunge, »der Junge muss ihn zuerst voll mit dem Knie in die Familienjuwelen getreten haben, worauf Bully seinerseits alle Luft aus den Lungen abließ und sich nach vorne zusammenkrümmte. Dort bekam er das andere Knie voll auf seine vorspringende Galion, und gleichzeitig einen gewaltigen Hieb mit beiden Fäusten in den Nacken. Das streckte ihn auf das Deck hin.« Der Bootsmann lächelte bei der Erinnerung versonnen vor sich hin. »Kaum lag er schnaufend, zusammengekrümmt auf den Planken und hielt sich die Eier, äh, Verzeihung, Sir, da sprang ihm der junge Teufel mit beiden Knien auf den Rücken, worauf unser lieber Bully zum zweiten Mal den Atem wie ein Wal abblies und langsam grün im Gesicht wurde.« Ben Fist fing jetzt wirklich an, leise glucksend zu lachen.

»Falls es Ihnen nichts ausmacht, Sir, würde ich den Rest der Geschichte auch noch erfahren, verdammt!«, schnarrte Backwater.

»Verzeihung, Sir, selbstverständlich, Sir, aber es war wirklich sehr beeindruckend. Sullivan lag wie ein gestrandeter Pottwal auf dem Deck, der junge Morin kniete auf seinem Rücken, packte ihn mit der einen Hand am Zopf und drehte damit Bullys Kopf zu sich herum, in der anderen hatte er plötzlich ein Messer, dessen Spitze er in Sullivans Nasenloch hielt, dann sagte er in schauderhaftem Englisch, aber völlig gelassen und ernsthaft: ›You mee no touch, sonst you tot ... dead! Claro!‹ Sie hätten Klein-Bully sehen müssen, Sir! Er verdrehte die Augen, bis man nur noch das Weiße sah, wagte es nicht, seinen Rüssel auch nur einen Viertelzoll zu bewegen, wechselte die Farbe von Blau über Rot zu Grau und entschied sich dann für ein ausdrucksstarkes Kalkweiß. Dann öffnete er sein kleines Plappermäulchen und sprudelte nur so hervor: ›Sorry, Sör, it was my fault, you big master, didn't know that. Will never happen again, I swear! I am your servant forever, you tell me what to do, I will do it, Sör!‹ Es war wirklich eine gelungene Vorstellung, Sir, das schwöre ich Ihnen!«

Backwater stieß die angestaute Luft aus den Lungen aus.

»Hat Sullivan das ernst gemeint, oder wartet dieser Gorilla von jetzt an nur auf eine Gelegenheit, sich zu rächen, was meinen Sie, Bosun?«

Ben Fist hob unschlüssig die Schultern. »Wenn ich es mir so überlege, dann glaube ich, dass er es aufrichtig meinte, Sir. Erstens ist es ihm wohl noch nie passiert, dass ihn jemand in so kurzer Zeit platt gelegt hat, das hat ihm imponiert, und zweitens fehlt ihm der Grips, sich zu verstellen. Morin ist aufgesprungen, hat ihm die Hand gereicht und gesagt: ›Now we're good friends!‹ Es klang jedenfalls so ähnlich.«

»*Noli me tangere*, das wäre wohl der passende Wahlspruch für diesen jungen Herrn«, flüsterte der Erste vor sich hin und sah sinnend nach Luv. Mmm, vielleicht können wir diese Geschichte ausnutzen, sozusagen zwei Fliegen mit einer Klappe erlegen. Der Preuße hat einen zweiten Leibwächter, vor dem selbst die Bootsmannsmaaten und, wie ich eben aus der Erzählung des Scheichs* erkennen konnte, auch er selbst wegen dessen Stärke und Unberechenbarkeit wenn schon nicht Angst, so doch gehörigen Respekt haben. Auf der anderen Seite könnte Morin den Raufbold an die Kandare legen und ihn disziplinieren, was es uns zukünftig ersparen könnte, ihn bestrafen zu müssen. Seine Gedanken überschlugen sich, dann räusperte er sich umständlich: »Ahem ... Bootsmann, teilen Sie George Leeman**, Sullivan, einen guten Quartermastermaat***, sagen wir Jack Meyers, sowie zwei gut Englisch sprechende Holländer den beiden Deutschen in der Messe zu und lassen Sie mich die Namen wissen, damit ich die entspre-

* Bootsmann

** Georg Lehmann

*** Auf einem Schiff der 6. Klasse wurden zwei Quartermaster mit zwei Maaten gefahren. Zu ihren Aufgaben gehörte es, das Schiff zu steuern bzw. die Rudergänger zu überwachen, das Rudergeschirr in Ordnung zu halten, das Stundenglas umzudrehen etc.

chenden Eintragungen vornehmen kann. Ansonsten verfahren Sie, wie besprochen. Heute Abend habe ich die Dienstpläne und Rollen fertig. Und ... Bootsmann, lassen Sie ein Wort in der Unteroffiziersmesse fallen, dass der Kommandant es vorerst sehr, sehr ungern sehen würde, wenn unsere preußischen Verbündeten unnötig hart mit dem Starter traktiert oder gar aus Jux und Dollerei zur Bestrafung gemeldet würden. Machen Sie das auch dem Vorsitzenden der Fähnrichsmesse klar. Habe ich mich deutlich genug ausgedrückt?«

»Aye, aye, Sir! Samthandschuhe!«

»Nein, aber äußerst korrektes Verhalten.«

»Aye, Sir.«

»Machen Sie weiter, Bootsmann! Ach ja, schicken Sie den jungen Morin als Ausguck bis zum Ende der Wache in den Besantopp. Mal sehen, wie er sich dabei anstellt. Das wird ihn sicher etwas abkühlen.«

»Aye, Sir, aber Abkühlung braucht der eher nicht, Sir, der ist so kalt wie die Nase eines sibirischen Wolfes im Winter, wenn es darauf ankommt.«

So kam es, dass Paul sich ein paar Minuten später unter den kritischen Augen des Ersten Leutnants auf dem Weg nach oben in den Topp des achteren Masts befand. Er nahm natürlich den Weg über die Luvwanten außen um die Mars herum und erreichte schnell die Saling unter dem Flaggenknopf. Der bisherige Ausgucksmann knurrte nur: »Nichts in Sicht!« und glitt dann an einem Backstag in die Tiefe. Paul richtete sich in der luftigen Höhe bequem ein und genoss es, das Schiff unter sich in seiner ganzen Länge und Breite ungestört überschauen zu können. Er war froh, endlich mal allein für sich sein zu können. Das störte ihn an seiner neuen Situation am meisten, dass er keinen privaten Rückzugsraum mehr hatte, so eng und ungemütlich es auch im dunklen Heck der *Oranjeboom* gewesen war. Bewundernd musterte er das Schiff unter sich. Die Fregatte war erheblich größer als der kleine holländische Handelssegler und bot ein beeindruckendes Bild, wie sie unter vollen Segeln unter dem Press des Windes vorwärtsstürmte. Die beiden Schiffe verhielten sich zueinander wie ein geduldiges, nützliches Lastenmuli zu einem nervösen Vollblut.

Die *Thunderbolt* war ein Schiff der 6. Klasse mit zweiundzwanzig Neunpfündern, dazu kamen die Sechspfünder-Jagdgeschütze vorn und achtern sowie die sechs Vierpfünder auf dem Achterdeck und die zwölf Halbpfünder-Drehbassen. Sie war als Schiff getakelt, das heißt alle drei Masten waren mit Rahsegeln versehen, sie führten also alle Bram- und Marssegel, am Vormast darunter die Fock und am Großmast das Großsegel. Am Besanmast wurde allerdings kein Kreuzsegel gefahren, dafür aber ein trapezförmiges Besansegel, das bei entsprechenden Windverhältnissen durch ein beträchtlich größeres ersetzt werden konnte, dessen Unterliek lose an einem weit über das Heck hinausragenden Besanbaum gefahren wurde. Im Dreieck zwischen Fockmast und Bugspriet/Klüverbaum wurden der Außen- und Innenklüver sowie die Stagfock gesetzt. Unter den beiden weit nach vorne herausragenden Spieren befanden sich zusätzlich zwei Rahen mit Segel. Zwischen den Masten konnten jeweils drei bis vier Stagsegel gefahren werden und auf raumachterlichen Kursen ließen sich an zusätzlichen Spieren an den Rahen Leesegel aufriggen. Eine wahrhaft beeindruckende Ansammlung von Segeltuch. Die Bedienung dieser Leinwandgebirge erforderte natürlich eine große, gut gedrillte Besatzung. Jeder der drei Masten unterstand daher einem erfahrenen Matrosen, dem Toppkäpt'n, der als Vormann agierte, und auch auf der Back, in der Kuhl und auf dem Achterdeck kam ein Vormann zum Einsatz. Darüber stand in der Hierarchie der Bootsmann mit seinen Maaten. Zusammen mit dem Segelmacher und dem Seiler waren sie für den einwandfreien Zustand des Riggs und die reibungslose Durchführung der Segelmanöver zuständig. Eine Sisyphusarbeit.

Der Masttopp beschrieb eine immer wiederkehrende kreisförmige Bahn, aber das machte Pauls Magen keine Beschwerden mehr. Während er den dunstigen Horizont des Kanals mit den Augen absuchte, ließ er die vergangenen Stunden vor seinem inneren Auge Revue passieren.

An Bord der *Thunderbolt* angekommen, waren ihre Seekisten unter Aufsicht des Profos unter Verschluss gekommen. Das war eine übliche und unvermeidliche Maßnahme, da der Platz im Zwischendeck einfach zu sehr beengt war, als das jeder Mann dort auch seine persönlichen Effekten hätte aufbewahren können. Außerdem wurde dadurch die Gefahr verringert, dass sich einer der nicht ganz bibelfesten Charaktere am Eigentum seiner Kameraden vergriff. Ganz besonders die Neulinge wussten noch nicht, was das für Konsequenzen haben konnte. Kameradendiebstahl wurde nicht »nach oben« gemeldet, sondern von der Gerichtsbarkeit des Zwischendecks geahndet, und die von dieser Instanz verhängten Strafen waren empfindlich und äußerst abschreckend.

Beim Aufriggen der Hängematten war es dann zu dem Zwischenfall mit »Bully« Sullivan gekommen. Gestern Abend und heute Morgen hatte vieles im Dienstbetrieb noch einen recht improvisierten Eindruck gemacht, da die Männer der *Oranjeboom* noch nicht in den Listen auftauchten, aber heute im Laufe des Tages würde sich das ändern, dann würden sie auch die Musterrolle unterschreiben, ihr Handgeld ausbezahlt bekommen und offiziell in den Dienst Seiner Britannischen Majestät König Georg II. treten.

Er hatte sich mit Piet beraten, ob er nicht einfach um eine Unterredung beim Kommandanten nachsuchen und diesem seine Identität offenbaren sollte. Nach gründlicher Überlegung hatte ihm Piet mit dem Hinweis davon abgeraten, dass es viele Engländer gab, die den wachsenden Einfluss der Deutschen am Hof von St. James nicht goutierten. Falls der Kommandant zu dieser Spezies gehörte, konnte er Pauls Papiere einfach verschwinden lassen und ihn als schlichten Decksmann von jetzt bis in alle Ewigkeit (jedenfalls würde es Paul so vorkommen) ins Mannschaftslogis verdammen. Schließlich war er hier an Bord *Master next God*. Es war wohl gescheiter, vorerst den harmlosen, interessierten Leichtmatrosen zu spielen, bei jeder Arbeit sein Bestes zu geben und ständig zu lernen. Sollte sich eine Gelegenheit bieten, zu höheren Stellen Kontakt aufzunehmen – vorzugsweise natürlich in England –, konnte man das dann tun. Außerdem würden sicher seine Verwandten alle Hebel in Bewegung setzen, um ihn aus seiner misslichen Lage zu befreien. Das Dumme war nur, dass niemand wusste, wann sie wieder in England einlaufen würden. Mit dem Optimismus der Jugend hatte Paul die Achseln gezuckt und nur gemeint, da ihn alles, was mit der Seefahrt zusammenhänge, brennend interessiere, könne er auf diesem stolzen Schiff bestimmt sehr viel lernen. Piet hatte ihm zustimmen müssen. Aber als Erstes musste er Englisch lernen, das hatte unbedingten Vorrang.

Als die Glocke auf der Back acht Glasen anschlug, kam seine Ablösung nach oben. Nach der Übergabe packte Paul eine Pardune, klemmte die Hacken um die Leine und hangelte sich Hand über Hand zurück an Deck. Leutnant Backwater nahm es aus den Augenwinkeln wohlwollend zur Kenntnis.

Die abgelöste Wache wurde nach unten zum Frühstück geschickt. Im Zwischendeck winkte ihm Karl zu, und Paul musterte erstaunt seine Messekameraden: Franz, Jan »Priem«,

Hendrik, auch ein ehemaliger Matrose der *Oranjeboom,* waren alte Bekannte, Bully grinste ihn so überaus erfreut an, dass man seine sämtlichen Zahnlücken zählen konnte, aber das Lächeln verschönte sein großflächiges Affengesicht nur mäßig. Ein junger englischer Matrose nickte ihnen mürrisch zu und murrte: »Glaubt bloß nicht, dass ich gerne bei euch Scheißausländern sitze, schließlich bin ich Quartermastermaat, und wir halten uns gewöhnlich unter unseresgleichen auf!« Der alte Jan wollte ihn freundlich beschwichtigen, aber Bully hatte schon seine riesigen Pranken auf der Back abgestützt, sich in die Höhe gewuchtet und grollte aus den Tiefen seines trommelförmigen Brustkastens: »Aye, du verflucht vornehmes Arschloch, ich habe deine Worte gehört, und es gefällt mir nicht, wie du von meinem guten Freund Paul sprichst, und seine Freunde sind auch meine Freunde. Gib mir deine Hand, du vermickerte Kakerlake!« Der Quartermaster reichte sie ihm zögernd. Bully packte sie und hielt sie fest wie ein Schraubstock. Er grinste bösartig und gefährlich. »Als Quarterarsch brauchst du doch am Ruder eine Menge Gefühl in deinen zarten Flossen, nicht wahr?«

»Ja, natürlich, du Hohlkopf!«

Bully antwortete nicht, sondern blickte ihm nur tief in die Augen. Die anderen Männer sahen nicht, was passierte, aber offensichtlich musste er die Hand des jungen Mannes langsam zusammenpressen, denn der saugte erschrocken tief den Atem ein, dabei traten ihm die Augen aus den Höhlen und Schweißperlen liefen ihm über die Stirn. Ein leises Knacken war zu hören.

»Stopp, Bully, es ist gut«, sagte Paul sanft, aber bestimmt. »Er hat schon begriffen, was du ihm deutlich machen wolltest. Richtig, Quartermaster … Sir?«

»Aye, äh … Paul.« Der junge Mann massierte sich heftig seine malträtierte Hand. »Und lass das mit dem Sir.«

Bully ließ die blutleere weiße Hand los und tätschelte ihm die Wange. »So ist es gut, mein Kleiner. Na siehst du, es geht doch, wie heißt du?«

»Jack.«

»Willkommen an der internationalen Back, Jack«, begrüßte ihn der alte Jan und nickte ihm freundlich zu. »Sowohl Hendrik hier als auch ich sind schon als Quartermaster gefahren, also brauchst du dich nicht so zu fühlen, als würdest du unter Aussätzigen hausen müssen. Ich heiße übrigens Jan, aber alle sagen nur ›Priem‹ zu mir. Die beiden Jungs hier, Paul und Karl, sind auf dem besten Weg, gute Seeleute zu werden, und ich denke, du wirst uns dabei helfen, dass sie dieses Ziel auch erreichen, nicht wahr?«

»Das wird er«, brummte Bully leise vor sich hin, »da bin ich mir ganz sicher, aye, ganz sicher.«

»Ja, natürlich, äh, Priem. Ich glaube, ich muss mich entschuldigen, ich habe mich wohl dumm benommen. Ich war einfach sauer, weil ich von meinen Mackern* getrennt worden bin.«

»Vergiss es, Jack, ein neues Spiel, ein neues Glück. Aber wer bist du eigentlich?«, erkundigte sich Jan und blickte den letzten Mann in ihrer Runde an.

Alle Augen richteten sich auf einen jungen, schlanken Kerl, der mit den Frühstücksrationen in den Händen herangekommen war. Er war etwa so groß wie Karl, wirkte aber noch schlanker. Dabei machte er keinesfalls einen schmächtigen oder gar schwächlichen Eindruck. Irgendwie erinnerte er an eine straff gespannte Stahlfeder, die eine erhebliche – auch zerstörerische – Energie freisetzen konnte, wenn man sie auslöste.

»Georg, wie der *King*, meine Verehrtesten, Steward in der

---

* Kumpel, Freunde

Messe unserer Herren und Meister.« Er fuhr auf Deutsch (oder was er dafür hielt) fort: »Mista Backwata meent, dat ick den ollen preußischen Pferdeschindern hier schleunigst die eenzich ssivilisierte Sprache beibringen soll, die et uf diese unsere Erde jibt: Inglisch!«

»Du hast Glück, dass dich Bully nicht verstanden hat, Schorschi!«, gluckste Karl, der offensichtlich hocherfreut war, heimatliche – wenn auch stark berlinisch gefärbte – Töne zu vernehmen. Paul fragte sich, woran es wohl lag, dass Berliner einfach kein »Z« vernünftig aussprechen konnten.

In der Tat hatte Bully seine Augenbrauen missmutig zusammengezogen, sodass sie wie eine dicke schwarze Raupe über seinen tiefliegenden Augen dräuten.

»Mann, du kannst Freunde ham, die würd' ick nich mal als Verwandte kennen wollen, Paule. Aba lass ma, det kriejen wa schon jeritzt, wenn de erst ma rüchtisch Inglisch quatschen kannst, denn tuste och bald anständige Kerle kennenlernen und denn kannste mit die sabbeln. Verlass dir man nur janz uf Schorschi.«

»Georg, ich wollte eigentlich weniger den Berliner Gassenjargon lernen, sondern Englisch, daher schlage ich vor, dass wir uns an der Back und auch sonst ausschließlich auf Englisch unterhalten. Sobald Karl oder ich etwas nicht verstehen, fragen wir. In Ordnung?«

Jan, Hendrik und Georg nickten. Jan übersetzte den anderen beiden, was er gesagt hatte. Auch Jack nickte zustimmend. Bully strahlte wieder übers ganze Gesicht. »Du wirst schnell lernen, Master Paul, Sör, ich hab's ja auch gelernt – schon als ganz kleiner dummer Junge.«

Die anderen blickten sich verblüfft an, Paul klopfte ihm auf die Schulter. »Wenn *du* mir hilfst, Bully, werde ich schnell lernen, claro!«

»Claro, Sör!«

Sie machten sich schnell über ihr Frühstück her, das noch recht passabel ausfiel, da das Schiff erst vor zwei Tagen den Hafen verlassen hatte. Das Brot war noch frisch, die Butter nicht ranzig und im Haferschleim befand sich ein ordentlicher Schuss Sahne.

»Das habt ihr mir zu verdanken, Jungs. Ich pflege gute Beziehungen zum Smutje und auch zu dem alten Gauner von Zahlmeister …« Er verstummte schnell, so, als ob er schon zu viel gesagt hätte. Alle nickten ihm anerkennend zu, ohne weiter auf sein plötzliches Verstummen einzugehen.

Nach dem Abbacken wurde »Alle Mann!« gepfiffen, und der Segeldrill an Deck begann. Der Segelmeister hatte sich in den Kopf gesetzt, mit dem Schiff Quadrille zu tanzen, und nach zwei Stunden – oder waren es zwei Tage gewesen – japste die gesamte Besatzung nach Luft, selbst den alten holländischen Salzbuckeln standen ein paar Schweißperlen auf der Stirn. Aber irgendwie schien es ihnen Spaß zu machen, dieses große Schiff nach allen Regeln der Kunst durch sämtliche Manöver des kleinen Einmaleins der Seemannschaft zu prügeln: Segel aufgeien, ganz bergen, reffen, die Lappen wieder setzen, die Rahen brassen, das Dichtholen und Auffieren der Schoten, die Bedienung der Halsen, Buliens, Toppanten und Niederholer.

Die wirklich interessanten Manöver des großen Einmaleins würden später kommen, wenn die Grünschnäbel ihre ersten Lektionen im Schlaf beherrschten.

✵

Peters Frühstück fiel wesentlich frugaler aus als das seines Bruders. De Gravelotte als frischgebackener Kommandant des Freibeuters *Le Falcon* hatte ihm sein vorlautes und provozierendes Auftreten gestern nicht verziehen. Er war ebenso nachtragend wie kleingeistig. Daher mussten sich Peter und Franz mit hartem Weißbrot, einem *sehr* harten Stück Käse und stark verwässertem, ziemlich saurem Wein zufriedengeben. Man hatte ihre Hand- und Fußgelenke in Eisen gelegt, die mit Ketten verbunden waren, und sie dann unten im Orlopdeck in einen Käfig gesperrt.

Peter schäumte ob dieser unwürdigen Behandlung, aber er musste sich vorerst fügen. Allerdings gehörte es zu seiner bevorzugten Beschäftigung, sich während der nächsten langweiligen Stunden auszumalen, was er mit diesem Kretin Gravelotte anstellen würde, sobald er wieder einen Säbel oder Degen oder ein sonstiges spitzes oder scharfes Gerät in die Hand bekommen und dem arroganten Franzosen gegenüberstehen würde.

Sie waren der britischen Fregatte gestern Abend anscheinend ziemlich mühelos entkommen, denn es hatte an Bord, soweit sie das in ihrem Verlies beurteilen konnten, keine Anzeichen für große Hektik gegeben, nachdem das Schiff Fahrt aufgenommen und sich unter dem Druck der Segel weit auf die Backbordseite übergelegt hatte. Zwar hatte Peter einige Male vermeint, in der Ferne das dumpfe Donnern von Kanonen zu hören, aber Einschläge hatte es keine gegeben. Nur einmal hatte es oben auf dem Geschützdeck laut gepoltert, als man offensichtlich eine Kanone ausgerannt hatte, um sich mit einem spöttischen Salutschuss von den Briten zu verabschieden.

»Das war es dann wohl!«, hatte Peter wütend vor sich hin gezischt. »Jetzt können wir in diesem Loch verfaulen!«

»Immerhin leben wir noch, junger Herr«, versuchte ihn Franz zu besänftigen. Taktvoll verkniff er sich den Hinweis darauf, dass sie es schließlich Peters Zögern beim Überbordspringen zu verdanken hatten, dass ihnen die Eisen die Gelenke wund rieben. »Warten Sie ab, Herr Peter, Sie werden sehen, wenn wir erst an Land sind, sieht die Sache schon wieder ganz anders aus.«

»Es ist nett von dir, Franz, dass du mich trösten willst, aber das Einzige, was mich jetzt richtig froh machen könnte, wäre, wenn ich diesem Saukerl von einem degenerierten adligen knoblauchfressenden Pferdegesicht die Fresse zerhacken dürfte! Uff ... das hat gutgetan.«

Bald darauf war das Schiff über das Stag gegangen. Die Wenden wiederholten sich in immer kürzeren Zeitabständen, woraus Peter schloss, dass sie sich der Enge des *Pas de Calais* näherten, und de Gravelotte dicht unter der französischen Küste bleiben wollte. Allem Anschein nach hatte er doch einigen Respekt vor der britischen Flotte und wollte sich die Möglichkeit offenhalten, im Falle eines Falles schnell in einen schützenden Hafen schlüpfen zu können. Irgendwann in der Nacht blieben sie dann aber auf dem Backbordbug. Offensichtlich konnten sie mit dem jetzt anliegenden Kurs ihren Zielhafen anlaufen.

In den Mittagsstunden wurde es an Deck wieder lebendig. Das Schiff richtete sich auf und schien an Fahrt zu verlieren. Peter und Franz knurrte der Magen, und der Durst ließ sie schwer schlucken. Aber es dauerte noch eine ganze Wache – das Glasen der Schiffsglocke war selbst hier unten schwach zu vernehmen –, bis die Geräusche darauf hindeuteten, dass die Segel geborgen wurden. Nach einer weiteren guten Stunde fuhren sie erschrocken zusammen, als draußen etwas lautstark gegen die Bordwand polterte. Nackte Füße klatschten eilig über das Deck, dann war nur noch ein heftiges Stimmengewirr zu hören. Schließlich tauchten sechs Matrosen vor ihrem Käfig auf, öffneten ihn und zerrten sie heraus. Mit Faustschlägen wurden sie nach oben auf das Deck getrieben.

Peter blickte sich im trüben Licht des diesigen Abends schnell um. Sie lagen in einem Hafenbecken längsseits an der steinernen Pier, die von massiven Häusern und beeindruckenden Festungswerken überragt wurde. Die dicken grauen Mauern der Zitadelle ragten unheimlich und dräuend über ihnen auf. Die Rahen waren in seltsam schiefen Winkeln als Zeichen der Trauer zueinander getrimmt worden. Mittschiffs hatte man anscheinend die sterblichen Überreste des vormaligen Kommandanten unter der französischen Flagge aufgebahrt, und am Heck wehte die Flagge der Bourbonen auf Halbstocks. Vom Sarg bis zur geöffneten Eingangspforte in der Verschanzung bildeten zwei Reihen Infanteristen ein Spalier. Die Mannschaft hatte sich dahinter versammelt und musterte die beiden Preußen grimmig und feindselig.

De Gravelotte erwartete sie in seiner besten Uniform, wenn auch ohne Rangabzeichen der Königlichen Marine. Neben ihm standen drei Offiziere der Armee; ihren Rangabzeichen nach handelte es sich um einen Oberst der Infanterie, seinen Adjutanten und einen Major der Festungsartillerie, die die beiden Gefangenen ebenfalls äußerst kühl musterten.

Gravelotte übernahm in seiner charmanten Art die Vorstellung. »Da sind die beiden preußischen Agentenschweine, Messieurs!«

Peter funkelte ihn an, richtete sich kerzengerade auf, bedankte sich in seinem Inneren kurz bei seiner französischen Großmutter und legte in fließendem Französisch los: »Messieurs! Mein Name ist Peter Baron von Morin, Kornett im Zweiten Husarenregiment Seiner Majestät des Königs von Preußen, zur Zeit beurlaubt und in *privaten* Angelegenheiten unterwegs.« Er machte mit dem Kopf eine Bewegung in die Richtung von Franz. »Meine Ordonnanz. Ich protestiere ganz energisch gegen die unwürdige Behandlung, die ich durch diesen *Herrn* dort erleiden musste und noch muss. Er scheint nicht zu wissen, wie man sich einem *gentilhomme* gegenüber zu verhalten hat.« Er hob seine gefesselten Hände anklagend in die Höhe, »aber was kann man von jemandem seiner Sorte schon verlangen?« Er hob abschätzig die Schultern und blickte die Offiziere vielsagend an. De Gravelotte wollte nach vorne springen, wohl, um ihm einen Faustschlag zu verpassen, aber die scharfe Kommandostimme des Obersten ließ ihn in der Bewegung erstarren: »Halt! Sie werden diesen Mann nicht anrühren, Monsieur!«

Der Freibeuter gehorchte unwillig und knurrte etwas vor sich hin. Die Offiziere wechselten schnelle Blicke.

»Warum haben Sie uns verschwiegen, dass es sich bei dem Gefangenen um einen Offizier handelt?«

»Das kann jeder behaupten! Er hat keine Papiere.«

Der Oberst lief rot an. »Der Herr Fähnrich mag jetzt ramponiert aussehen, Monsieur, woran Sie zweifellos keine geringe Schuld haben, aber man sieht doch sofort, dass er aus einem guten Stall kommt, Papiere her, Papiere hin! Ich verlange, dass Sie die Gefangenen sofort von den Eisen befreien lassen. Es kommt gar nicht in Frage, dass die beiden, wie von Ihnen ursprünglich beabsichtigt, in Ketten hinter dem Sarg des armen d'Armant hergetrieben werden!«

Jean de Gravelotte wäre vor Wut fast geplatzt. Die Demütigung, die er sich so schön ausgedacht hatte, wendete sich jetzt gegen ihn. Mit einer mürrischen Handbewegung gab er den Befehl, die Fesseln zu lösen.

Während sich Peter die schmerzenden Handgelenke rieb, meinte er mit unschuldigem Gesicht entschuldigend: »Es tut mir aufrichtig leid, Messieurs, dass ich Ihnen meinen Pass nicht vorlegen kann, aber jener *Herr* dort zog es gestern vor, sich äußerst überstürzt von unserem Schiff zu verabschieden, nur weil in der Ferne in der Kimm (er war froh, dass ihm dieser seemännische Fachausdruck, der gewiss Eindruck machen würde, gerade rechtzeitig wieder einfiel) ein Toppsegel in Sicht gekommen war.«

»So, so, in der Kimm, ein Toppsegel, aha«, schnarrte der Major interessiert.

»Ach was, Lüge! Der Rumpf der Fregatte war schon fast ganz über dem Horizont!«

»Wen hatten Sie als Ausguck oben, einen Blinden, *mon cher*?«, spottete der Leutnant.

Der Major räusperte sich. »Äääh ... wir wollen das Thema jetzt vorerst zurückstellen. Lassen Sie uns erst der traurigen Pflicht Genüge tun und unseren Freund Capitaine d'Armant in das Haus seiner trauernden Familie überführen.«

Peter hüstelte, um seine Aufmerksamkeit zu erregen; als er sein Auge auf sich ruhen sah, begann er gemessen: »Monsieur, darf ich Ihnen mein aufrichtiges Beileid zum Verlust Ihres Freundes aussprechen, den ich als energischen und mutigen Gegner schätzen gelernt habe. *Mon Colonel*, ich verneige mich vor seinem Sarg und trauere mit Ihnen um einen herausragenden Seemann mit einem großen Kämpferherzen.« Er nahm seinen Hut ab und verneigte sich in Richtung des Sarges.

Der Oberst blickte ihn tief gerührt an, umarmte ihn und küsste ihn auf beide Wangen. »*Mon cher ami*, Sie sind ein wahrer Edelmann. Ich danke Ihnen für Ihre Anteilnahme. Ja, es stimmt, unser Freund war ein großer Mann. Sein Tod stellt einen großen Verlust für seine Familie und die ganze Stadt dar.«

»Würden Sie auch seiner Familie mein tief empfundenes Beileid ausdrücken und mein Bedauern darüber, dass es zwischen unseren Völkern immer wieder zu so schmerzhaften Vorfällen kommt.«

»Gerne, Baron de Morin. Die Familie ist wahrlich in diesem Krieg schon schwer getroffen worden. Ein Sohn ist in Amerika verschollen, wahrscheinlich haben ihn die Indianer skalpiert, ein zweiter ist in der Schlacht von Roßbach gefallen und jetzt auch der Älteste ... Die Frau des Generals und seine Tochter werden untröstlich sein. Sie müssen wissen, dass Charlotte mit ... äääh ... mit diesem Monsieur de Gravelotte verlobt ist, sonst hätte ihn der Kapitän bestimmt nicht mit auf sein Schiff genommen. Wer weiß, was er ihr erzählen wird. Aber der General ist ein Ehrenmann, er wird verstehen, dass der Krieg schuld ist und nicht Sie.«

»Der General ...?«

»Mais oui, le général d'Aramant, c'est le commandeur de la citadelle.«

Peter seufzte leise auf. Verflucht, dachte er plötzlich entmutigt. Der Vater dieses verblichenen Halsabschneiders von einem legalisierten Piraten ist mein Gefängniswärter – und Ehrenmann hin und *c'est la guerre* her, wenn Mütterlein und Töchterlein von diesem ekelhaften Widerling de Gravelotte aufgehetzt werden und sich hinter den Alten stecken, ihm wieder und wieder die Hölle heiß machen, dann lässt der uns früher oder später in das tiefste Loch seiner heimeligen Festung werfen und wirft den Schlüssel weg. Und das war es dann ... Manchmal habe ich den Eindruck, dass ich ein besonderes Talent dafür habe, aus dem heftigsten Platzregen unter Umgehung der Traufe direkt in die Jauchegrube zu springen. Apropos springen, wenn ich mir das jetzt so überlege, wäre der Sprung in das verfluchte Salzwasser sicher doch die bessere Alternative gewesen. Paul hätte mich da ganz bestimmt rausgeholt. Paul ... ach ja, Paul, ob der es geschafft hat? Ach, ganz bestimmt! Mein lieber Bruder wird wahrscheinlich schon in London sein, in seidenen Betten schlafen und sich den Bauch mit Roastbeef vollschlagen. Und ich? Mir drohen ein faulender Strohsack, saurer Wein und brackiges Wasser, schimmeliges Brot und steinharter, ungenießbarer Käse. Aber beschwere dich nicht, Peter, du hast es so gewollt. *Merde alors!*

Kapitel 5

Mai 1760, westlicher Kanal,
Biscaya und Fécamp

Auf See verwischte sich der Unterschied zwischen den Wochentagen. Dass Sonntag war, merkten die Seeleute nur daran, dass während der Vormittagswache »alle Mann« gepfiffen wurde, worauf sie sich alle in der Kuhl mit dem Gesicht zum Achterdeck gewandt versammelten und ihnen der Kommandant mit ernstem Gesicht und dumpfer Stimme die Kriegsartikel verlas. Für gewöhnlich endete jeder Artikel mit der Strafandrohung »… wird mit dem Tode bestraft!« Anschließend zitierte er dann noch einen Bibelvers, glücklicherweise ohne anschließend eine lange Predigt zu halten, wie das auf den Schiffen der Fall war, auf denen ein Himmelslotse zur Besatzung gehörte. Natürlich verlief der Gottesdienst nach der Liturgie der Anglikanischen Staatskirche, auf die Angehörigen anderer Konfessionen, beispielsweise schottische Presbyter und holländische Calvinisten, geschweige denn auf die vielen katholischen Iren, wurde keine Rücksicht genommen. Aber viel wichtiger als die Messe – dem Himmel sei es geklagt – war für die Männer, ob der Zahlmeister zur Feier des Tages etwas Besseres für das Mittagessen herausgerückt hatte. Meistens erfüllte sich diese Hoffnung nicht, und es gab das übliche Salzfleisch vom Rind oder Schwein mit Knorpeln und Sehnen, dazu dicken Erbsenbrei und Schiffszwieback. Dank der guten Beziehungen von Georg zur Kombüse und dem sonst im Allgemeinen nicht sehr beliebten Speckschneider fiel für die »Internationale Back« der eine oder andere zusätzliche Leckerbissen ab, was dem ewig hungrigen Bully, aber auch Paul und Karl, die noch im Wachstumsalter waren, zugute kam. Natürlich durfte das Netz oder die Back mit der Nummer ihrer Messe nicht offensichtlich besser gefüllt sein als die der anderen, aber die Fleischration konnte weniger Knochen und sonstiges eigentlich ungenießbares Gezotter enthalten oder im Haferschleim schwamm mehr Butter als bei den anderen. Bully war es sehr recht. Einmal wischte er sich nach dem Essen mit der Rückseite der Hand den Mund ab, erleichterte sich mit einem dröhnenden Rülpser und stellte dann zufrieden grinsend fest: »Bei meiner schwarzen Seele, so gut habe ich noch nie im Leben gegessen. Ich wusste doch gleich, dass ich mich nur an die richtigen Kerls halten muss, dann wird es dem kleinen Bully gutgehen.«

»Etwas eigenwillig ist es allerdings schon, dass du dir, nur um die Ehre unserer Bekanntschaft zu machen, erst die Eier polieren und dann fast den Riechkolben aufschlitzen lässt«, gab Georg ihm mit einem frechen Grinsen zu bedenken.

Bullys Gesicht verdüsterte sich einen Moment lang, dann griente er wieder kindlich und erwiderte gemessen: »Ich wollt ja nur beweisen, was für ein harter Brocken ich bin. Ich hab doch gleich gesehen, dass der junge Master hier zwischen den ganzen bösen, harten Kerls einen Aufpasser braucht. Und wo ein Gen'leman an der Back sitzt, da gibt es besser Futter ... und dafür gehe ich auch schon mal zu Boden, capito!«

Wer wollte dagegen etwas sagen?

Die Mahlzeiten wurden im Zwischendeck eingenommen, in dem sie am Abend auch ihre Hängematten für den Schlaf zwischen den Wachen aufriggten. Als sich Paul einmal über den begrenzten Raum ausließ, wurde er von den alten Fahrensmännern laut ausgelacht. »Junge, da musst du erst mal auf eine Slup oder einen Kutter kommen, von einem Linienschiff ganz zu schweigen!« Dass es auf einem Kutter noch beengter zugehen mochte, hätte Paul zur Not ja noch eingesehen, aber auf einem der riesigen Linienschiffe …?

»Ihr wollt mir wohl einen Bären aufbinden, aber nicht mit mir!«

»Doch, doch, das kannst du uns schon glauben. Schau mal, so ein Schlachtschiff ist zwar zugegebenermaßen von der Wasserverdrängung größer als eine Fregatte, aber das Rigg ist von vergleichbarer Größe, und es ist mit viel mehr Geschützen ausgerüstet. Dafür brauchen sie auf den ›Schlächtern‹ natürlich eine Menge Bedienungspersonal – und nicht zu vergessen, in den Wohndecks stehen auch noch die dicken Kanonen rum und beanspruchen sehr viel Platz! Bei uns im Zwischendeck haben wir keine Stücke, unser Ballsaal gehört uns ganz allein.«

Nachdenklich hatte Paul mit dem Kopf genickt und sich vorzustellen versucht, wie es auf dem Wohndeck eines Linienschiffs der Ersten Klasse zugehen mochte, das auf zwei seiner Decks monströse 42er-Stücke führte.

Den ganzen Sonnabend über war der Manöverdrill im Rigg unter der Aufsicht des Ersten Leutnants oder des Segelmeisters weitergegangen. Pauls Station war zusammen mit seinen Kumpels sowie anderen erfahrenen britischen und holländischen Matrosen am Besanmast, der nur über zwei Rahsegel, zusätzlich aber über den Besan und einige Stengestagsegel verfügte. Für die alten Salzbuckel waren die Manöver keine Herausforderung. Am Nachmittag wurden dann auch schon mehrere Halsen und Wenden gefahren.

Für einen Außenstehenden musste die hektische Betriebsamkeit an Deck und besonders in der Kuhl und den beiden

Laufgängen darüber einen chaotischen Eindruck gemacht haben, dabei waren die Manöver schon recht ordentlich abgelaufen. Natürlich gab das keiner der alten Hasen zu. Im Gegenteil, der Bootsmann und seine Maaten verfluchten den Tag, als Gott mal für ein paar Minuten nicht recht konzentriert gewesen war und dadurch ein paar nichtsnutzigen Landratten ermöglicht hatte, sich auf das Deck eines der feinsten Schiffe der Royal Navy zu schleichen, um es durch ihre Unfähigkeit und Tolpatschigkeit zu verderben. Drohend schwangen sie ihre Starter, und der eine oder andere bekam ihn auch auf seinem Buckel zu spüren, wenn er sich gar zu begriffsstutzig oder ungeschickt anstellte.

Als Paul deswegen den Kopf schüttelte und verächtlich mit den Schultern zuckte, fragte ihn Jack, der das bemerkt hatte: »Was gefällt dir daran nicht? Man muss diesen Lahmärschen Feuer unter dem Hintern machen, sonst lernen die das nie.«

Paul hatte den Sinn seiner Frage verstanden und antwortete in einem Konglomerat aus Plattdeutsch, Holländisch und Englisch: »Schon recht, Jack. Ich musste nur daran denken, dass es in der preußischen Armee einen Erlass des Königs gibt, in dem ausdrücklich von den Ausbildern gefordert wird, dass sie während der ersten Wochen dem neuen Rekruten alles mit Geduld und Freundlichkeit zu erklären hätten. Nun ist die Armee ganz gewiss kein Mädchenpensionat, aber der tiefere Sinn dieses Befehl liegt darin, dass man einen Mann, der etwas noch nicht begriffen hat, nicht dafür schlagen sollte, sondern auch schlichteren Gemütern die Gelegenheit geben sollte, sich die komplizierten Abläufe, zum Beispiel des Ladens einer Muskete, nach und nach einzuprägen. Selbstverständlich ist die Geduld unserer Unteroffiziere auch nur begrenzt dehnbar, und wenn sich einer bis in alle Ewigkeit zu dämlich anstellt oder der Korporal gar den Eindruck bekommt, dass der Kerl sich nur dumm stellt, dann gibt es Zunder!«

»Der Erfolg scheint eurem König recht zu geben. Aber hier an Bord muss sich bei Segelmanövern jeder auf den anderen verlassen können. Da muss jeder Handgriff sitzen!«

»Das ist sicher richtig, Jack, aber wenn die Schützenlinie im Gefecht vorgeht, gilt das auch. Das Entscheidende ist, dass man dem Neuling eine faire Chance geben muss. Nirgendwo ist Mechanisierung menschlicher Bewegungen so weit vorangetrieben worden wie im Exerzierreglement unserer Armee, denn genau das ist die Voraussetzung der schnellen Manöver auf dem Schlachtfeld. Die Linie des ersten Treffens ist nur drei bis vier Glieder tief, aber sie kann sich über viele hundert Meter in der Länge erstrecken! Wenn an einer Stelle das Manöver falsch ausgeführt wird, bricht sofort die ganze Linie auseinander, und das kann wahrhaftig tödlich sein!«

Jack hatte überlegt, dann mit dem Kopf genickt und langsam geantwortet: »Das macht Sinn. Schließlich muss man mit einem jungen Pferd in der Ausbildung auch sehr, sehr viel Geduld haben. Es reagiert nur störrisch und mit Verweigerung auf die Schläge, mit denen man es zu etwas zwingen will. Man kann bei einer Fuchsjagd nur vorne mitreiten, wenn auch das Pferd Spaß daran hat.«

»Jack, verstehst du was von Pferden?«

»Nun ja, ein wenig, ich bin schließlich auf dem Land aufgewachsen und war Stallknecht, bevor ich zur Marine gegangen bin.«

So gut es die Sprachschwierigkeiten erlaubten, waren sie seitdem in den Pausen zwischen den Manövern in Fachsimpeleien über Pferde vertieft. Das seemännische Vokabular lernte Paul fast spielerisch, zumal es da sehr viele Ähnlichkeiten und Entsprechungen im Plattdeutschen und Holländischen gab. Als er das einmal gegenüber Georg ansprach, grinste der breit und erklärte mit hochmütig emporgereckter Nase: »Ich habe mal eine interessante Unterhaltung über dieses Thema in der

Offiziersmesse mitbekommen. Demnach gibt es dafür eine einfache Erklärung. Die Engländer haben sehr lange Zeit, wenn man es genau betrachtet etwa bis zur Regierungszeit der jungfräulichen Königin, nur Küstenfischerei betrieben, waren also nicht im Seehandel und schon gar nicht im Fernhandel tätig. Das war in Mitteleuropa eine Domäne zuerst der Hanse und dann der Niederländer. So kommt es, dass ein sehr großer Teil der Bezeichnungen im Schiffbau und der Seemannschaft aus dem deutschen Sprachraum kommt. Außerdem stammen viele Küstenbewohner, also die Fischer und einfachen Seeleute, von den Angeln und Sachsen ab, deren ursprüngliche Heimat Norddeutschland war. Nach der Eroberung Englands durch die Normannen haben sich in der Sprache dann starke französische Einflüsse eingenistet. Mister Goodfellow, unser Segelmeister, hat die anderen Messemitglieder ziemlich hoch auf die Palme getrieben, als er behauptet hat, dass das Englisch der feinen Pinkel eigentlich zum größeren Teil aus französischen Vokabeln besteht, die sie leider nur falsch aussprechen.« Georg strahlte bei der Erinnerung an die heftige Auseinandersetzung in der Messe über das ganze Gesicht. Es hätte nicht viel gefehlt, und man wäre sich gegenseitig an die Kehle gegangen.

Nachdenklich rieb sich Paul das Kinn. Dabei stellte er nebenbei fest, dass er sich gelegentlich mal wieder rasieren sollte. »Mir ist auch schon aufgefallen, dass es zwischen dem Englisch der einfachen Seeleute und dem der Offiziere einen erheblichen Unterschied gibt. Bei den kleinen Leuten dominiert offensichtlich der plattdeutsche Ursprung, bei den besseren Herren sind die romanischen Wurzeln unüberhörbar. Sind die Offiziere eigentlich alle des Französischen mächtig?«

»Eher nicht. Der Kommandant kann es sprechen und möglicherweise auch der Leutnant der Seesoldaten.«

Der Wettergott trieb am Sonntag wieder seine Spielchen

mit ihnen, denn der Wind wehte unbeständig in Richtung und Stärke. Der Erste Offizier nutzte die Gelegenheit, um auch schwierige seemännische Manöver durchzuexerzieren. So ließ er die Bramrahen und Toppstengen aller drei Masten an Deck geben und anschließend wieder an ihre angestammten Plätze bringen. Und dann das Ganze noch einmal von vorn, weil es so schön war.

Am Abend hatte keiner der Seeleute noch überschüssige Kräfte, um sich Dummheiten auszudenken. Während der Nachtwachen glitt das Schiff leise glucksend mit zwei bis drei Knoten Fahrt durch das Wasser dahin, und wer von den Männern wachfrei hatte, schlief tief und fest. Die einander abwechselnden Gezeitenströme unterstützten zeitweise ihr Vorankommen nach Westen, um sie dann wieder auf der Stelle festzunageln.

Der Montag brachte zunächst nichts Neues; nach dem üblichen morgendlichen Schrubben des Decks wurde die Mannschaft wachweise zum Frühstück geschickt. Danach überraschte es niemanden, dass wieder Segelmanöver angesetzt wurden. Erst am Nachmittag gab es eine Abwechslung, denn da hatte der Erste Offizier Geschützdrill auf den Dienstplan gesetzt.

Paul war schon in den Tagen zuvor neugierig um die massigen Stücke herumgeschlichen und hatte sie sich genau angeschaut. Es handelte sich um Neunpfünder mit langen Rohren, die wie gefesselte gefährliche Raubtiere auf ihren Radlafetten ruhten. Im Grunde konnte er an ihnen nicht viel Neues entdecken. Selbstverständlich unterschieden sich die Lafetten von denen bei der bespannten oder berittenen Artillerie grundsätzlich, aber in der Art, wie sie geladen, abgefeuert und nach dem Schuss gereinigt und wieder geladen wurden, gab es keine wesentlichen Unterschiede. Am meisten störte ihn, dass man die Stücke nur sehr begrenzt in der Seite richten konnte, denn die Größe der Geschützpforten gaben hier den Winkel der Seitenrichtung vor. Dazu kam, dass der Rückstoß über dicke Brooktaue aufgefangen werden musste, man konnte also die Geschütze nicht einfach beliebig weit zurückrollen lassen. Um die immensen Kräfte des Rückstoßes aufzunehmen, mussten die beiden Parten des Brooktaus möglichst gleichmäßig belastet werden, was nicht mehr möglich war, wenn man das Rohr seitlich sehr weit nach vorne oder achtern gerichtet oder, besser gesagt, die Lafette mit Spillspaken und Kuhfüßen so weit herumgehebelt hatte, denn dann war die eine Taupart vorgespannt, während die andere völlig lose durchhing. Die Folge davon war, dass man den Gegner idealerweise nahezu querab haben musste, um ihn wirksam beschießen zu können.

Bei der Verlesung der Gefechtsstationen wurde Paul zu seiner großen Enttäuschung aber nicht an einem der großen Stücke eingeteilt, sondern bekam eine der Halbpfündigen-Drehbassen auf der Gefechtsmars des Besanmasts zugeteilt. Aber diese Position sicherte ihm einen Logenplatz mit bester Aussicht auf das Kampfgeschehen. Während der Übungen wurde zuerst das Feuerklarmachen, das Aus- und Einrennen sowie das Sichern der Kanonen einexerziert. Zum Schluss wurden dann auch Kartuschen geladen, wieder gezogen, nochmals geladen und dann abgefeuert. Wolken aus beißendem, säuerlichem Pulverqualm legten sich über das Schiff und ließen die Männer keuchend husten. Die Rohre wurden ausgewischt und ausgekratzt, dann wurde wieder eine Pulverkartusche mit einem Pfropfen festgerammt ... aber diesmal ging es nach Zeit! Der Besatzung, die als Erstes ihr Geschütz abfeuerte, winkte als Belohnung eine Extraration Rum. Natürlich gewann eine der Geschützbedienungen, die schon seit der Indienststellung der Fregatte zusammen war und deren Männer aufeinander eingespielt waren.

Am Dienstag und Mittwoch wurden die Übungen fortgesetzt, nur dass sich jetzt Segel- und Gefechtsdrill abwechselten und so langsam zu einer Einheit zusammenwuchsen. So wurde beispielsweise das Schiff klar zum Gefecht gemacht, die Decks gesandet, die Deckwaschpumpen in Betrieb genommen, die Rahen mit Ketten gesichert, die Enternetze ausgebracht und die Geschütze feuerklar gemacht, gleich darauf wurde eine Wende angefahren, dann die großen Arbeits- und Bramsegel geborgen, um nur unter Mars-, Besan- und Vorsegeln ins Gefecht zu gehen.

Aber das größte Vergnügen bereitete Paul das Zielschießen. Dazu hatte der Zimmermann mit seinen Gehilfen Flöße aus beschädigten Fässern und Holzabfällen gebaut, die mit einem kleinen Flaggenmast versehen waren. Sie dienten als Ziel. Da die ersten Schießergebnisse eher mäßig waren, erforderte es auch hier umfangreiche Segelmanöver, um das Ziel erneut anlaufen zu können. Aber man hatte inzwischen das Gefühl, dass es gar nicht mehr nötig war, dabei viele Kommandos zu geben, weil die Männer inzwischen selbst wussten, was zu tun war. Für Paul stellte es eine wichtige Erfahrung dar, zu sehen, wie entscheidend es war, genau auf die Bewegungen des rollenden Schiffes zu achten. Schoss man in der Aufwärtsbewegung, erhöhte sich dadurch die Reichweite, oder aber, wenn das nicht nötig war, konnte man so das Rigg des feindlichen Schiffes beschießen. Der Trick dabei war, dass nach dem Zünden des Pulvers am Zündloch eine kurze Zeitspanne verstrich, ehe die Treibladung explodierte. Während dieser Zeit bewegte sich die Mündung aber entsprechend weiter nach oben oder unten!

Seine Kameraden waren im übrigen der Meinung, dass die Übungen des Ersten Leutnants reine Pulververschwendung waren. »Wann müssen wir schon mal exakt zielen?«, grummelten sie. »Auf Pistolenschussweite ran und dann hau raus, was das Rohr hergibt! Wenn wir richtig eingearbeitet sind, dann jagen wir unsere Kugeln drei- bis viermal schneller raus als die Frenchies, wahrscheinlich nehmen die zwischendurch immer erst mal ein Schlückchen Wein und stärken sich mit einem Froschschenkel und einer Knoblauchzehe.«

Paul hatte zu dieser Taktik seine eigene Meinung, aber warum sollte er sich streiten, zumal die Männer ganz gewiss entsprechende Erfahrungen gemacht hatten. Seiner Meinung nach war es nicht gerade klug, von vornherein auf die Beweglichkeit des Schiffes zu verzichten und sich einfach neben den Feind zu legen, um ihn in einem stumpfsinnigen, blutigen Feuerduell niederzukämpfen. Es war wahrscheinlich das Husarenblut in ihm, das ihm sagte, nur durch Bewegung konnte man taktische Vorteile erlangen, konnte man sich mehrere Optionen offenhalten. Übrigens hatte auch der König seine größten Erfolge dadurch errungen, dass er das Unvermutete tat, also beispielsweise seine Truppen überraschend auf dem Schlachtfeld rochieren ließ. Wie hatte es ein österreichischer Offizier ausgedrückt: »Während des ganzen Krieges haben wir die Truppen der Preußen nie anders kennengelernt, als völlig außer Atem auf dem Schlachtfeld erscheinend.« Trotzdem hatten diese schnaufenden und keuchenden Grenadiere und Füsiliere noch genug Luft übrig gehabt, um die Österreicher und Sachsen zu werfen und in die Flucht zu treiben – falls denn die Überraschung mal wieder gelungen war!

Während eines dieser Übungsschießen meldete der Ausguck plötzlich ein Segel im Westen, das seinen Kurs änderte, um sich ihnen zu nähern. Die Geschütze wurden scharf geladen, und die Männer blieben auf den Gefechtsstationen, gespannt darauf wartend, ob aus der Übung blutiger Ernst würde. Aber es handelte sich nur um die britische Fregatte *Pathfinder*, die auf dem Weg nach Spithead war und sich routinemäßig für das fremde Segel interessiert hatte. Nach dem Austausch der Erkennungssignale und der üblichen Höflichkeiten setzte die andere Fregatte ihren Weg fort und verschwamm bald als grauer Punkt im Dunst der verschmierten Kimm. Das Exerzieren ging weiter.

Sonst hatten die Ausgucksleute in den Toppen nicht viel zu melden. Von Zeit zu Zeit kam ein Küstensegler in Sicht, der sich unter den Geschützen der Fortifikationen entlanghangelte, und je nachdem auf welche Seite des Kanals sie ihr Kreuzschlag gebracht hatte, war es ein französischer oder englischer. Aber es wäre ein sinnloses Unterfangen gewesen, sich an die Verfolgung der französischen Schiffe zu machen. Außerdem waren die kleinen Schlickrutscher den Aufwand nicht wert und wäre schmählich vertan, denn es gab einfach zu viele Schlupflöcher für die Küstenschiffer. Zudem stellten die starken Gezeitenströme, felsigen Unterwasserklippen und Vorgebirge an der bretonischen Küste natürliche Gefahren für jedes Schiff dar; dazu kam die Möglichkeit, bei einer ungünstigen Winddrehung auf nördliche Richtungen auf Legerwall zu geraten, und wenn es ganz verquer lief, das möglichst auch noch unter den Kanonen einer feindlichen Batterie, die das unglückliche Schiff zusätzlich mit glühenden Kugeln eindeckte.

Der Wind blieb für die Jahreszeit ungewöhnlich schwach und unbeständig, aber er wehte weiter hauptsächlich aus West. Die Breite des Ärmelkanals betrug zwischen der Île de Batz und Kap Lizard rund achtzig Seemeilen, und das ließ ihnen genug Raum für ihre wenig raumgreifenden Kreuzschläge nach Westen inklusive der Manöver zu Übungszwecken. Bei diesen ging immer wieder wertvoller Luvraum verloren, aber das nahm der Kommandant offensichtlich billigend in Kauf, um ein schlagkräftiges Schiff in die Hand zu bekommen.

Wie recht er daran getan hatte, zeigte sich am Sonnabend.

Am Donnerstag hatten sie die Scilly Islands in gebührendem Abstand an Steuerbord liegen lassen und am Abend auf einer Position gestanden, die Piet professionell mit 50° N und 007° W angegeben hatte. Von da aus wurde der Generalkurs auf 45° N und 015° W abgesetzt, um genug Abstand von der felsigen Nordwestspitze Spaniens mit dem Kap Finisterre zu bekommen. Keinesfalls wollte sich die Schiffsführung von einem eventuell aufkommenden westlichen Sturm in die Biscaya drücken lassen.

Am Morgen des Sonnabend – sie mochten nach Logge etwa auf 47° N und 010° W stehen – erklang gegen sechs Glasen auf der Morgenwache ein Ruf aus dem Großmasttopp: »An Deck! Segel fünf Strich an Steuerbord voraus!«

Der Kommandant und der Erste Offizier, die sich auf dem Achterdeck unterhalten hatten, fuhren erschreckt zusammen und richteten sich dann kerzengerade auf. »Frage Ausguck: Typ und Kurs?«

»Schiff! Kurs ungefähr platt vor dem Laken!«

Paul wusste inzwischen, dass die Bezeichnung Schiff alles umfasste, was drei Masten mit Rahsegeln hatte, also alles von der kleinsten Fregatte bis zum größten Linienschiff mit über einhundert Kanonen. Nach dem gesteuerten Kurs vor dem Wind zu schließen, musste es sich mit großer Wahrscheinlichkeit um einen Franzosen handeln, der auf dem Weg in seinen Heimathafen war.

»Mister Backwater, was meinen Sie, sollten wir uns diesen Burschen mal näher angucken und ihm vorführen, was unsere Männer in der kurzen Zeit alles gelernt haben?«

»Aye, Sir, ich denke, für einen Froschfresser wird es schon ausreichen, obwohl ihr Können natürlich noch keineswegs den Standards der Royal Navy entspricht.«

»An Deck! Hinter dem ersten Schiff ist noch ein zweites etwas nach Lee abgestaffelt!«

»Ahem ... vielleicht sind sie ja auch schon fit genug, um mit zwei Frenchies fertig zu werden, Sir.«

»Sir, gar keine Frage, da sind sie wenigstens richtig gefordert.«

»Wie lange wird es Ihrer Meinung nach dauern, bis wir ins Gefecht kommen, Mister Goodfellow?«

Der Segelmeister hob die Nase schnuppernd in den Wind, blickte zu den Wolken empor und antwortete dann ohne zu zögern: »Mindestens zwei Stunden, Sir.«

Kapitän Stronghead nickte langsam mit dem Kopf. »Aye, das denke ich auch. Mister Backwater, schicken Sie bitte die Männer zum Frühstück. Der Zahlmeister soll eine Extraportion Käse herausgeben und auch mit der Melasse für den Haferschleim nicht geizen. Die Männer brauchen Kraft, der Tag kann lang werden! Mister Goodfellow, legen Sie bitte einen Abfangkurs fest.«

Das Frühstück wurde hastig verschlungen. Viele Worte wurden dabei nicht gewechselt, denn jeder war jetzt, da es ernst wurde, mit seinen Gedanken beschäftigt. Nur Bully schien das alles völlig kalt zu lassen. Als ausnahmsweise die Back mit der Hafergrütze und die Kanne mit der Melasse nicht ganz geleert waren, nachdem sie die Runde gemacht hatten, wollte er sofort gierig danach grapschen, aber Paul legte ihm eine Hand auf den ausgestreckten Arm und meinte schmunzelnd: »Ich weiß, du bist am Verhungern, mein Freund, aber der höfliche Gentleman fragt zumindest anstandshalber, ob keiner seiner Kumpels Nachschlag haben möchte. Das hast du sicher nur vergessen, weil du in Gedanken schon dabei bist, die Franzosen abzumurksen, nicht wahr?«

»Aye, Sör, hatte die Monsirs schon richtig am Kragen und drehte ihnen das Gesicht nach hinten. Das macht Bully großen Spaß, dafür braucht Bully aber auch viel Kraft ...« Er blickte sehnsüchtig auf die Schüssel mit der Grütze. »Will etwa noch jemand Nachschlag …?«

»Nein, Bully, hau nur rein, aber lass nachher auch noch ein paar Froschfresser für uns übrig.«

»Claro, Sör!« Er goss den Rest Melasse in die Grütze, vermischte alles zu einem nicht unbedingt appetitlich aussehenden Gemisch und verputzte die Portion im Handumdrehen, dann wischte er die Back noch mit Zwiebackstücken sauber aus.

Die alten Matrosen schnitten den harten Käse in handliche Würfel und verstauten sie zusammen mit Zwiebackstücken in ihren geräumigen Taschen. »Das solltest du auch machen, Junge«, empfahl der alte Jan Priem dem neben ihm sitzenden Paul. »Bei dem leichten Wind kann es lange dauern, ehe wir wieder was zwischen die Zähne bekommen.«

Paul folgte seinem Rat. »Was das wohl für Schiffe sind?«, überlegte er laut.

»So sehr viele Möglichkeiten gibt es nicht«, antwortete Jack. Die anderen nickten bestätigend. »Entweder es sind zwei verhältnismäßig gut bewaffnete große Handelsschiffe, gegen die haben wir gute Chancen, das wäre der Idealfall, weil die am meisten Prisengeld bringen, außerdem sind deren Seeleute meist auch nicht so scharf auf den Heldentod. Die zweite Möglichkeit: Es ist ein Frachtschiff, das von einem Krieger eskortiert wird. Dann wird es schon härter werden, denn für den ist es eine Frage der Ehre, seinen Schützling bis zum bitteren Ende zu verteidigen. Dieses Ende könnte so aussehen, dass wir ein zerschossenes Wrack entern und als Prise nehmen, aber das, was richtig Moos bringt – nämlich der Frachter – ist längst hinter der Kimm verschwunden. Und den holen wir dann auch nicht mehr ein, weil wir ganz sicher auch erhebliche Schäden am Rigg einstecken mussten. Wenn es ganz dicke kommt, dann handelt es sich bei den beiden um zwei Kriegsschiffe! Wie du dir sicher denken kannst, ist dann die Kacke am Dampfen! Weglaufen wird der Alte nämlich nicht, es sei denn, es sind Linienschiffe. Aber sich mit zwei Fregatten anzulegen, ist kein bisschen witzig. Na ja, aber du weißt schon, viel Feind, viel Ehr …! Wenn die uns von zwei Seiten unter Feuer nehmen, dann bleibt hier kein Auge trocken.«

Paul schluckte trocken und hatte wieder diesen Knoten im Magen. Ein Gefühl, das er vor einer Attacke immer gehabt hatte, während er die Standarte fest umklammerte und mit den Augen den Rücken seines Rittmeisters fixierte.

Nach dem Frühstück wurde »Klar Schiff zum Gefecht« angeschlagen. Die Schotte zur Offiziersmesse und den Räumen des Kommandanten wurden niedergelegt und zusammen mit den Möbeln und Seekisten im Orlopdeck verstaut. An Deck lief die Routine ab, die sie während der vergangenen Tage eingeübt hatten: Die Enternetze wurden gespannt, die Rahen mit Ketten gesichert, das Deck feucht gemacht und mit feinem Sand bestreut, damit niemand auf den Blutlachen ausrutschte. Kugeln wurden in Tauringen bereit gelegt, die Geschütze von ihren Sicherungslaschings befreit und klar zum Laden gemacht. Die Geschützführer holten sich vom Stückmeister ihre Pulverhörner mit dem besonders fein gemahlenen Zündpulver und die Nadel zum Anstechen der Kartuschen. Langsam brennende Lunten wurden gezündet und in Pützen mit Sand gesteckt. Andere Baljen füllte man mit Frischwasser, eine Schöpfkelle wurde mit einem Bändsel daran befestigt, damit die durstigen Männer während des Gefechts schnell zwischendurch einen Schluck Wasser trinken konnten. Gemäß ihren Aufgaben nach der Gefechtsrolle packten die Männer an den Kanonen den Rammer, den Wurm und den Auswischer, die anderen stellten sich an den Taljen auf. Das Kombüsenfeuer wurde gelöscht. Die Scharfschützen der Seesoldaten besetzten zusammen mit den ausgewählten Seeleuten die Marsen, und andere Rotröcke postierten sich vor den Niedergängen, wo sie nur den Pulveräffchen und Verwundeten den Zugang unter Deck gestatten würden, der Rest nahm auf dem Achterdeck Aufstellung, um bei einem Enterversuch den Kommandanten und die Flagge zu verteidigen. Um die Masten wurden Kisten mit Handfeuerwaffen, Entermessern und Beilen verteilt. Piken wurden in Gestellen griffbereit hergerichtet. Dann brachten die Pulverjungs in ihren Ledertaschen die Kartuschen an Deck. Die Stücke wurden mit zwei Kugeln doppelt geladen und davor noch Säckchen mit Traubengeschossen gestopft. Wer auf der Empfängerseite dieser Ladungen stand, tat gut daran zu beten.

Die anderen Schiffe hatten sich inzwischen so weit genähert, dass man sie vom Deck aus gut erkennen konnte. Wer gehofft hatte, dass es sich vielleicht doch um britische Schiffe handeln mochte, sah sich enttäuscht, denn der Ausguck meldete lauthals, dass sie die französische Flagge führten. Ganz offensichtlich handelte es sich um einen dicken Westindienfahrer und eine Geleitfregatte. Beide hielten ihren Kurs bei. Anscheinend waren sie sich sicher, mit dem frechen Angreifer fertig werden zu können.

Die *Thunderbolt* segelte auf Backbordbug gut voll und bei am Wind, und die beiden Franzosen liefen einen Kurs vor dem Wind, der sie zu einem Hafen an der Küste der Biskaya bringen würde.

Zusammen mit Jan sollte Paul eine Drehbasse bedienen. Dabei handelte es sich im Prinzip um eine großkalibrige Muskete, aus der Beutel mit gehacktem Blei verschossen wurden, die nach dem Abschuss aufplatzten. Da diese Dinger eine große Streuung hatten, waren sie nur im Kampf Bordwand an Bordwand wirklich von Nutzen. Für alle Fälle hatten sie sich auch mit Entermessern versorgt. Paul hatte die ungefüge

Waffe abschätzig in der Hand gewogen und sich gefragt, was er mit diesem überdimensionierten Wurstmesser wohl anfangen sollte. Die Schneide war kurz und breit, der Griff plump und primitiv, alles in allem billige Massenware. Hoffentlich taugt wenigstens der Stahl etwas, überlegte er übellaunig und dachte sehnsuchtsvoll an seinen Säbel, der in seiner Seekiste versteckt ruhte. Er hieb ein-, zweimal versuchsweise durch die Luft, aber das machte die Waffe auch nicht besser, von Ausgewogenheit keine Spur.

Der Kommandant, der stoisch in großer Uniform auf dem Achterdeck stand und seine Augen überall zu haben schien, hatte ihn beobachtet. Er lächelte verstohlen in sich hinein. Jetzt hast du dich verraten, mein Bürschchen, so wie du prüft nur ein Experte seine Waffe. Ich wette, du hast schon bessere Klingen in der Hand gehabt, wenn ich die unzufriedene Falte zwischen deinen Augenbrauen richtig deute. Falls wir diesen Tag heute überleben, sollten wir uns mal in Ruhe unterhalten! Vielleicht kann ja auch so ein kleiner Kapitän zur See, wie ich einer bin, etwas für deine Karriere tun, und dann stehst du in meiner Schuld. Wie pflegten doch die alten Römer so richtig zu sagen: *Manus manum lavat**. Aber erst mal abwarten, wie du dich heute schlägst.

Von ihrem luftigen Posten im Besanmast hatten Paul und Jan einen guten Überblick auf die Szenerie. Nachdem es zuerst so ausgesehen hatte, als wollten die beiden gegnerischen Schiffe gemeinsam die *Thunderbolt* erwarten, schien der Kommandant der Fregatte doch noch plötzlich seine Meinung zu ändern und luvte an, als sie sich bis auf zwei Meilen genähert hatten. Wahrscheinlich war ihm eingefallen, dass es vorteilhaft sein konnte, sich den Luvvorteil zu sichern. Er lief jetzt mit raumem Wind auf dem Steuerbordbug an und

* Eine Hand wäscht die andere.

kam schnell näher. Kapitän Stronghead konnte offensichtlich nichts anderes tun, als ihn geduldig zu erwarten. Er ließ die Stengestagsegel bergen, die Fock, das Groß und die Bramsegel aufgeien. Das war das übliche Zeichen, dass er das angebotene Gefecht annahm. Paul beobachtete verwundert, wie der Kommandant, der Erste Offizier, der Segelmeister und der Bootsmann auf dem Achterdeck die Köpfe zusammensteckten, danach eilte der Bootsmann nach vorne zum Fockmast und redete längere Zeit auf den Vormann und den Toppkäpt'n ein, die mehrmals energisch bestätigend nickten. Ein Midshipman wurde vom Ersten instruiert und eilte zum Dritten Offizier, der die Backbordbatterie befehligte. Der Alte hatte sich offensichtlich eine Überraschung ausgedacht, denn eigentlich hätte die Steuerbordbatterie unter Leutnant Excom das Passiergefecht eröffnen müssen.

Eine Seemeile Abstand. Auch auf dem Franzosen verschwanden die großen Arbeitssegel und die Bramsegel. Fast gleichzeitig fiel er einen Strich ab, und auf seiner Back blitzten Mündungsfeuer auf, Pulverqualm hüllte das gegnerische Schiff ein und zog schräg nach vorne weg. Dann tauchte der Bug wieder auf, der Franzose hatte wieder angeluvt. Über ihren Köpfen jaulte und heulte es, aber gleichzeitig luvte die *Thunderbolt* hart an, das Vorbramsegel kam back und auch das Vormarssegel fiel wieder herab und wurde backgebrasst. Die britische Fregatte lag ohne Fahrt genau im Kurs des Franzosen, ihre Backbordbreitseite zeigte auf seinen Bug. Der Kommandant brüllte Leutnant Smyth unten in der Kuhl etwas zu, aber der handelte schon und ließ seine Geschütze aufbrüllen. Das Ergebnis war beeindruckend. Zwar versuchte der französische Kommandant noch mit Hartruderlage nach Steuerbord auszuweichen und hinter ihrem Heck durchzulaufen, aber er konnte dem vernichtenden Eisenhagel nicht mehr entgehen. Paul stand der Mund weit offen, so etwas hatte er noch nicht erlebt. Das gegnerische Schiff schien sich vorne über der Galion zu öffnen, als hätte es Klapptüren. Die eisernen Kugeln rasierten den Klüverbaum weg, rissen das Galionsschott auf, zerfetzten alles, was sich ihnen dahinter in den Weg stellte, wummerten dumpf in den dicken Fockmast, der zu wanken begann und aus der Mastspur sprang; einige seiner Vorstage waren gebrochen, das restliche stützende stehende Gut zerbrach unter lautem Knallen, und ächzend versuchte er, sein Gleichgewicht zu halten, musste sich aber dann dem Gesetz der Schwerkraft beugen und stürzte knirschend und knackend mit lautem Getöse über die Seite. Das gegnerische Schiff mochte sich nur noch knapp eine Kabellänge entfernt befinden, aber da der im Wasser treibende Fockmast und der Klüverbaum mit den Segeln wie ein Treibanker wirkte, begann es unendlich langsam in den Wind zu drehen, also eine etwa parallele Position zur *Thunderbolt* einzunehmen, dabei verringerte sich der Abstand immer mehr.

»Fockmast! Schoten los! Bram- und Marssegel aufgeien! Mister Smyth, pumpen Sie ihn voll Eisen! Entermannschaft klar!«

Die Franzosen schienen völlig konsterniert zu sein. Man hörte schrille Schmerzensschreie aus der Kuhl. Dann rumpelte eine unregelmäßige Salve an der Bordwand entlang. Die *Thunderbolt* erzitterte unter den Einschlägen, aber schon brüllten wieder ihre Geschütze auf, ganze Teile der Verschanzung auf dem Franzosen schienen sich aufzulösen, Geschützpforten vergrößerten sich um das Doppelte und Dreifache, die Stücke dahinter stürzten um und zerquetschten ihre Bedienungsmannschaften.

Neben Paul knallten die Musketen der Seesoldaten, die das Achterdeck unter Beschuss nahmen, und das riss ihn aus seiner gaffenden Lethargie. Jan visierte über den Lauf der

Drehbasse auf die Gefechtsmars im Großmast des Gegners. »Das sind unsere direkten Gegner, die müssen wir zuerst wegpusten!« Mit einem scharfen Bellen löste sich der Schuss. Ein Seesoldat auf dem anderen Schiff warf die Arme in die Höhe und stürzte wie in Zeitlupe aus der Mars. Fieberhaft machten sie sich daran, ihre Waffe wieder zu laden. Plötzlich ließ sie ein heftiger Stoß taumeln, die Schiffe lagen Bordwand an Bordwand.

»Mister Smyth, Schnellfeuer! Mister Excom, Leutnant Sharp! Klar zum Entern! Mir nach!«, röhrte Backwater wie ein brünstiger Stier.

Wurfdraggen hatten sich in der Verschanzung des Gegners verhakt und wurden belegt, auf den Rahen balancierten Toppgäste und laschten die Rahnocken aneinander. Paul feuerte noch einmal die Drehbasse in Richtung des gegnerischen Achterdecks ab, und entweder hatte er erstaunlich gut gezielt oder es war ein Glückstreffer, jedenfalls lagen plötzlich um das große Ruderrad herum mehrere Männer zappelnd auf dem Deck. Der Anblick auf dem Deck des Franzosen war grauenvoll. Die Kugeln und Kartätschen hatten reiche Ernte gehalten. Tote lagen mit grotesk verrenkten Gliedmaßen herum, einige Männer waren mit langen Holzsplittern gespickt, Verwundete starrten schockiert mit leeren Augen auf das Blut, das unter ihren Fingern, die sie auf die Wunden gepresst hatten, hervorströmte, andere schrien sich das Entsetzen von der Seele.

»Komm, Jan! Hier oben gibt es nichts mehr für uns zu tun, da drüben spielt die Musik!«, rief Paul, zog sein Entermesser, sprang aus der Mars und lief, ohne weiter nachzudenken, über die dicke Rah zum anderen Schiff hinüber, sprang dort auf die Spiere und stürmte vorwärts zur Mars. Ein Musketenlauf schob sich über die Brustwehr, ein weißes Gesicht, in dem ein weit aufgerissener brüllender Mund klaffte, erschien dahinter. Ohne zu überlegen brüllte Paul auf Französisch: »Runter mit der Waffe! Ihr seid erledigt! *Fini!*« Der Mann gehorchte schockiert. Paul packte die Waffe und warf sie über Bord. Zwei Männer saßen auf dem Boden und pressten Stofflappen auf blutende Wunden. Da sprang plötzlich ein weiterer hinter dem Mast hervor und wollte mit einem Entermesser Paul den Scheitel nachziehen. Der blockierte den Hieb, drückte die Klinge zur Seite, täuschte einen Stich an, glitt dann geschmeidig hinter den Mast, der Franzose fuhr herum, aber Paul sprang wieder vor und schlug dem Kerl die Klinge von rechts nach links durch den Hals. Ein Blutstrom ergoss sich über die am Boden hockenden Verwundeten, die sofort ihre Arme mit den durchgebluteten Lappen in die Höhe rissen. »Benehmt euch gut, dann geschieht euch nichts!«, fuhr er sie an. Sie nickten eilfertig wie mechanische Puppen. Paul spürte, wie sein Kopf sonderbar leicht wurde, so als hätte er zu schnell zu viel Alkohol heruntergestürzt. Irgendwie hatte er das Gefühl, dass er unverwundbar war, dass ihm nichts geschehen konnte. Er rammte das Entermesser in die Lederscheide, schwang sich über die Brüstung der Mars an eine Pardune und glitt hinunter auf das Achterdeck. Es war etwas zu schnell gegangen, so dass er sich die Handflächen leicht angesengt hatte, aber das spürte er jetzt nicht. Er war ziemlich weit achtern auf dem Deck gelandet und dort verdammt allein. Zum Glück machten die französischen Seesoldaten Front nach vorn, um die Welle der anstürmenden Briten aufzuhalten. Um das Ruder herum lagen Tote und Verwundete, darunter auch ein Mann in einer mit vielen goldenen Verzierungen geschmückten Uniform. Der Kommandant? Über Pauls Kopf knallte das killende Besansegel und flatterte die weiße Nationale mit den drei goldenen Lilien. Mit einem schnellen Blick hatte er entdeckt, wo die Flaggenleine belegt war, sprang mit zwei Sätzen dorthin, zog das Entermesser und hieb die Leine durch. Sofort surrte die Flaggenleine durch den Block, und die große Flagge senkte sich einem Leichentuch ähnlich über das Achterdeck. Ein großer, bärtiger Seesoldat kam mit gefälltem Bajonett auf ihn zugestürmt. Er konnte mit Mühe und Not dem scharfen Stahl gerade noch ausweichen und dem Mann mit einem wuchtigen Hieb den Kopf spalten. Zwei weitere Männer drangen auf ihn ein, einer davon schien ein Offizier zu sein, dessen Augen hasserfüllt funkelten. Glücklicherweise behinderten sich die beiden Gegner gegenseitig, so dass er dem einen den Unterarm mit dem Entermesser bis auf den Knochen durchschlagen konnte. Mit dem Offizier hatte er mehr Mühe, denn der konnte recht anständig fechten und hatte die bessere Waffe. Aber durch Pauls kräftige, mit viel Wucht geschlagene Paraden und Angriffsschläge war kein Durchkommen. Hier ging es nicht um kunstvolles Abtasten und elegante Fechtmanöver, jeder Schlag der hässlichen, kurzen, säbelartigen Waffe seines Gegners fuhr dem Offizier schmerzhaft in den Arm. Der Franzose spürte, wie sein Waffenarm schwer wurde, er begann zu keuchen, und die scharfe Schneide war schon einmal durch den Stoff seiner Uniform quer über seine Brust gefahren. In seinen Augen nistete sich das erste Anzeichen von Todesangst ein, da war ein lauter Ruf überall auf dem Schiff zu vernehmen, der sich schnell fortpflanzte: »Legt die Waffen nieder, Männer! Wir kapitulieren, die Flagge weht nicht mehr!« Die beiden Kontrahenten senkten langsam die Waffen. Paul flüsterte: »Wir haben beide Glück gehabt, *mon ami*! Sie, weil Sie noch leben, und ich, weil ich Sie nicht auf dem Gewissen habe.«

Der Franzose schlug die Augen nieder, seufzte tief und stöhnte dann: »Aber welch eine Schande, ein einfacher *matelot* demütigt mich, einen Seeoffizier des Königs von Frankreich!«

»Monsieur, wäre es Ihnen lieber, tot zu sein? Es wäre schließlich kein bisschen ehrenvoller, von einem simplen Leichtmatrosen erschlagen worden zu sein.«

Backwater trat auf sie zu. Der Franzose blickte von einem zum anderen, dann reichte er dem Ersten Offizier seinen Degen.

»Gut gemacht, Morin«, lobte er Paul, blickte auf den Degen in seiner Hand, legte den Kopf schräg auf die Seite und drückte ihn in Pauls Hand. »Den haben Sie sich redlich verdient, junger Mann. Ich werde Ihren Einsatz gegenüber dem Kommandanten lobend erwähnen. Ihre Initiative hat den Kampf wesentlich abgekürzt. Jetzt aber genug der Reden, es gibt Arbeit zu erledigen.«

Der junge französische Leutnant fiel weinend auf die Knie und schluchzte: »Was für eine Schande! Ich bin entehrt! Das überlebe ich nicht!«

Backwater blickte ihn kalt an, dann knurrte er: »Wie es scheint, Sir, haben Sie ein Problem, aber das ist Ihre Sache. Lassen Sie mich damit in Ruhe, Leutnant, denn ich habe selbst mehr Probleme an der Hand, als ich weiße Haare auf meiner gepuderten Perücke habe.«

Die Adjutant des Obersten begleitete Peter und Franz auf die Festung. Hinter ihnen formierte sich der Trauerzug und setzte sich unter den Klängen eines Trauermarschs langsam und gemessen in Bewegung. An den Straßenrändern drängten sich die Bewohner der kleinen Hafenstadt. Finstere Blicke musterten die beiden Preußen und so manch geballte Faust wurde drohend in ihre Richtung geschwungen. Daraufhin zog sie der Leutnant in eine weniger belebte Seitengasse, in der es ruhig war. Ohne Zwischenfälle erreichten sie auf Umwegen die Wälle der Festung, passierten den Graben und wurden am Tor vom wachhabenden Offizier in Empfang genommen. Der Adjutant erkundigte sich bei ihm, wer zur Zeit das Kommando in der Festung hatte.

»Papa Nezrouge, ääh … ich meine Capitaine Dufour. Er wird in seinem Garten sein.«

Das schien den Leutnant nicht zu überraschen, Peter allerdings zog etwas überrascht die Augenbrauen in die Höhe. Als de la Marche das bemerkte, lächelte er, verabschiedete sich mit einem kurzen Gruß vom Wachhabenden und machte eine einladende Handbewegung in Richtung des weiten Hofes. »Monsieur, hier in Fécamp passiert nichts, gar nichts. Wir bekommen vom Krieg nur etwas mit, wenn eines unserer Schiffe von See zurückkehrt – oder wenn uns traurige Nachrichten von den Schlachtfeldern aus aller Welt erreichen. Aus diesem Grund haben sich die meisten älteren Offiziere hier recht behaglich eingerichtet und führen ein beschauliches Garnisonsleben. Hauptmann Dufour beispielsweise liebt drei Dinge: erstens seine schweren Geschütze, zweitens seinen Garten und drittens den Rotwein. Man kann allerdings nicht ganz sicher sein, ob die Reihenfolge, in der ich das eben aufgezählt habe, die verbindliche ist …«

»Ahem …«, räusperte sich Peter und schmunzelte. »Von den Damen scheint er nichts zu halten?«

»Seiner Meinung nach sind die Kanonen zuverlässiger und feuriger, die Freuden des Gartens erholsamer und gesünder und die gelegentlichen Kopfschmerzen, die der Wein verursacht, schneller verflogen als alle Sorgen, die mit dem weiblichen Geschlecht zusammenhängen.«

»Der Mann ist ein Philosoph«, lachte Peter.

»*En effet*, das könnte man sagen.«

Nach einem langen Marsch, der Peter wie ein Weg durch

ein Labyrinth vorkam, standen sie vor einer hohen Mauer, in der eine kleine Pforte eingelassen war. Sie erwies sich als verschlossen. Der Leutnant zog an einer Kette, und gedämpft hörte man auf der anderen Seite den Klang einer Glocke. Nach ein paar Minuten drehte sich knirschend ein Schlüssel im Schloss, und die Tür öffnete sich einen Spalt breit. Ein kleiner, dicker Mann mit einer in der Tat bemerkenswert roten Nase streckte den Kopf heraus. Nachdem er erkannt hatte, wer ihn in seinem Elysium störte, öffnete er die Tür ganz. Eine grüne Schürze spannte sich über dem runden Bauch. Mit einer schief sitzenden Perucke, aber ohne Hut und Uniformrock bot er einen bemerkenswert unmilitärischen Anblick. Er musterte sie unfreundlich.

»Was, zum Teufel, wollen Sie, Leutnant?«

»Mit den besten Empfehlungen vom Oberst Leblanc, ich bringe Ihnen zwei Gefangene.«

»Dieser aufreibende Dienst bringt mich noch um«, brummte der Hauptmann. »Kommen Sie erst mal herein, de la Marche. Drinnen können wir dann alles in Ruhe besprechen.«

»Normalerweise sehr gerne, *mon capitaine*, aber leider ... Sie wissen ja, der Dienst ruft. Ich muss zu den Trauerfeierlichkeiten für Kapitän d'Armant.«

»Hat es den Piraten erwischt?«, erkundigte sich Dufour säuerlich. »Kein Wunder, so musste es ja kommen, wer sich in Gefahr begibt, wird darin umkommen.«

»Lassen Sie das nicht den General hören.«

»Pah! Stimmt es denn nicht?«

»Wir haben Krieg, Monsieur.«

»Ja, ja der Krieg! Und wofür führen wir Krieg? Für ein paar Fieberinseln, verseuchte Ländereien in West- und Ostindien und einen riesigen unzugänglichen Urwald voller wilder Tiere und heimtückischer Eingeborener in Kanada. Wozu das Ganze? Damit die Reichen noch reicher werden. Müssen wir den Feind von der heiligen Erde Frankreichs vertreiben, *non*! Müssen wir ihn davon abhalten, seinen Fuß auf französischen Boden zu setzen, *non* und abermals *non*! Wäre dem so, dann würden ihm meine geliebten, dicken Schönheiten Beine machen, aber so …«

»Papa Nezrouge, Sie sind ein Revolutionär«, sagte der Leutnant augenzwinkernd.

»Keineswegs, *mon cher*, ich bin nur Realist.«

»Wie dem auch sei, jedenfalls muss ich jetzt los. Ich übergebe Ihnen den Baron de Morin und seine Ordonnanz zu treuen Händen. Passen Sie gut auf, dass sie Ihnen nicht entwischen.«

»Pah!« Der Hauptmann machte eine typisch mediterrane Handbewegung, als wollte er eine lästige Fliege von der Tischplatte verscheuchen. »Wo sollen sie hin? Über das Wasser des *Manche** nach England laufen? Sollten sie das schaffen, dann falle ich alter Atheist ehrfürchtig anbetend vor ihnen auf die Knie!«

»Es sind Preußen, und nach Preußen *kommt* man zu Fuß!«

Dupont blickte sie aus kleinen, dunklen Äuglein scharf an, dann meinte er abschließend: »Verschwinden Sie, Leutnant, gehen Sie Ihren Pflichten nach, und lassen Sie mich mit der schweren Bürde der Verantwortung allein zurück, ich werde sie mannhaft zu schultern wissen.«

De la Marche salutierte, drehte sich zackig um und verschwand. Dufour erwiderte den Gruß betont schneidig, was bei seinem Aufzug zugegebenermaßen etwas lächerlich wirkte, dann winkte er die beiden Deutschen zu sich in den Garten hinein. Als Peter durch die Pforte trat, atmete er verwundert tief ein und blieb wie angewurzelt stehen. Er war

---

* Ärmelkanal

in den Garten Eden eingetreten. Draußen war alles grauer, harter Granit, aber hier drinnen grünte und blühte es, als hätte Flora persönlich ihr Füllhorn ausgeschüttet: Rabatten voller blühender Frühlingsblumen, mit Blüten bedeckte Büsche und kleine Bäume bedeckt mit knospendem Grün, und die Luft war mit schmeichelnden Düften erfüllt.

»Franz, mach den Mund zu, das wirkt dämlich!«, zischte Peter seinem Burschen zu. »Aber ich gebe zu, das hätte ich hier nicht erwartet.«

Der Hauptmann hatte sie beobachtet und freute sich diebisch über ihr Erstaunen. Er führte sie zu einer achteckigen Laube, von der aus man einen guten Ausblick in den Garten hatte. In der Mitte stand ein Tisch, um den mehrere Stühle angeordnet waren. Mit einer Handbewegung bot er ihnen einen Platz an, setzte sich selbst, klappte eine Kiste auf und entnahm ihr eine bauchige Flasche und zwei Gläser. Ein Glas stand bereits mit deutlichen Gebrauchsspuren auf dem Tisch. Er schenkte die Gläser halbvoll, dann hob er das seine gegen das Licht, musterte zufrieden die durchscheinende rubinrote Robe, senkte es, steckte seinen purpurfarbenen Riechkolben hinein, seufzte genießerisch und nahm einen kräftigen Schluck. Genüsslich rollte er den Wein im Mund hin und her, kaute ihn mit geschlossenen Augen, schob die Unterlippe vor und ließ ihn dann langsam in kleinen Schlucken durch die Kehle rinnen, öffnete die Lippen und sog tief die Luft ein. Ein andächtiges »aaah« beendete die Zeremonie. Peter nahm einen kleinen Schluck und war überrascht, wie vielschichtig die Aromen waren, die er in seinem Nasen- und Rachenraum erspürte. Andächtig blickte er zum Himmel. »Burgunder«, mutmaßte er mit Kennerblick, allerdings verließ er sich dabei mehr auf seine Geographiekenntnisse als auf seinen Geschmack, denn er hatte einen schnellen Blick auf das Etikett mit dem Namen Volnay werfen können. Franz fasste es preußisch kurz, aber richtig in wenige Worte: »Da ist ja ein ganzer Obstgarten drin, junger Herr.«

Dupont schien mit ihnen zufrieden zu sein. »Sprechen Sie Französisch, Messieurs?«

»Natürlich, zwar nur *comme une vache espagnol*, Monsieur, aber wie könnte man sich das unvergleichliche Vergnügen entgehen lassen, die Sprache Racines, Voltaires und Molieres nicht zu kennen.«

»Gut, sehr gut, besonders Voltaire! Aber Sie sollten Rousseau lesen und natürlich Montesquieu. *Que le pouvoir arrête le pouvoir!** Wunderbar, dieser Gedanke! Wie war doch gleich Ihr Name, Monsieur?«

»Peter von Morin, beurlaubter Kornett der Ziethenhusaren, das hier ist mein Bursche Franz.«

»Was hat Sie denn auf See verschlagen?«

»Wie schon gesagt, ich bin von meinem Regiment beurlaubt und wollte Verwandte in England besuchen.«

»So, so, da haben Sie aber Glück gehabt, dass Kapitän d'Armant Sie gekapert hat, in England hätten Sie niemals so einen Burgunder zu kosten bekommen, und auch das Essen soll unglaublich scheußlich sein. Ich kann verstehen, dass die Engländer in alle Länder dieser Welt einmarschieren. Wissen Sie, warum die Beefsteaks so geflissentlich in die Welt ausschwärmen?« Erwartungsvoll blickte er Peter an, der aber bedauernd die Schultern nach oben zog. Capitaine Dupont nickte langsam vor sich hin, nahm einen Schluck, um dann im Brustton der Überzeugung zu verkünden: »Sie

---

* Verkürzt meist so gebraucht: »Ein fauler Bauch regiert nicht gern.« Ursprünglich aber als Prinzip der Gewaltenteilung gedacht: *Pour qu'on ne puisse abuser du pouvoir, il faut que, par la disposition des choses, le pouvoir arrête le pouvoir.*« (»Damit niemand die Macht missbrauchen kann, muss, durch die Anordnung der Dinge, die Macht der Macht Einhalt gebieten.«)

tun es, um ihrer ungenießbaren heimischen Küche zu entfliehen!«

»So habe ich das noch nicht gesehen.«

»Aber es ist die Wahrheit, denn wenn man im Paradies sitzt, muss man nicht woanders nach ihm suchen, *comprenez vous?*«

»Da scheint mir etwas Wahres dran zu sein«, nickte Peter, »aber warum drängt dann Frankreich so ungestüm an den deutschen Rhein? Das Elsass und Lothringen hat sich Ihr Sonnenkönig, Gott habe ihn selig, schon – ich möchte es mal höflich ausdrücken – ohne jeden rechtlichen Anspruch einverleibt.«

»Monsieur, das ist doch völlig klar, die hervorragenden Weißweine, die an den Gestaden von Rhein und Mosel wachsen, wären einfach eine wunderbare Ergänzung zu unseren roten Trauben aus Burgund, Bordeaux und dem Beaujolais.«

»Ihr trockner weißer Chablis aus Burgund oder der süffige Sauternes aus dem Bordelais reichen Ihnen wohl nicht?«

Bald waren sie in einer angeregten Unterhaltung über Weinlagen und Rebsorten vertieft, wobei Peter allerdings in erster Linie die Rolle des Zuhörers zufiel. Trotzdem gelang es ihm durch geschicktes Fragen den Eindruck zu erwecken, dass er rudimentäre Fachkenntnisse besaß, profundes Wissen hatte sein Gastgeber bei einem märkischen Krautjunker aus den Steppen des Ostens ohnehin nicht vermutet. Die Zeit verflog, ihre Gesichter begannen vom Wein zu leuchten, da drang das dumpfe Geläut großer Kirchenglocken in den stillen Garten. Hauptmann Dupont zuckte zusammen. »*Parbleu*, die Zeit vergeht wie im Fluge, wenn man anstrengende Dienstgeschäfte erledigen muss, das sind schon die Glocken der Abendmesse. Danach wird der General den abendlichen Bericht haben wollen. Es tut mir leid, meine Freunde, aber ich muss Ihnen jetzt ein Quartier mit gesiebter Luft zuweisen.«

Sie tranken ihre Gläser aus. Dupont verstaute sie und die leeren Flaschen, es waren vier, in der Kiste, legte seine Schürze ab, zog den Uniformrock an und drückte sich den Dreispitz auf die schief sitzende Perücke.

»Mir nach, *mes amis*!«

Peter kniff ein Auge zu und raunte Franz leicht lallend zu: »Ihm nach! Attacke!« Beide glucksten fröhlich vor sich hin.

Wieder ging es – diesmal allerdings leicht schwankend – durch ein Gewirr von Gassen und Stiegen, durch dunkle, modrig riechende Gänge bis zu einem kleinen Wachraum, in dem ein Korporal genüsslich seine lange Pfeife paffte. Beim Anblick seines Vorgesetzten erhob er sich ohne übertriebene Hast.

»Jospin, hier sind zwei neue liebe Gäste für dich. Der Baron bekommt ein Appartement mit Seeblick und sein Bursche ein Zimmer gleich daneben, verstanden!«

»Vollkommen, *mon capitaine*, wird erledigt.«

Sie verabschiedeten sich herzlich von Dufour und folgten dann dem klappernden Geräusch von Jospins großem Schlüsselbund.

Wenn Peter vermutet hatte, dass Dufour seine Bemerkung hinsichtlich ihrer Unterbringung ironisch gemeint hatte, dann sah er sich getäuscht. Seine Zelle umfasste einen großen Wohnraum mit Kamin und einer sparsamen, aber soliden Möblierung, daneben gab es noch einen kleineren Schlafraum mit einem großen Bett und einem gewaltigen Schrank – in den er allerdings nichts einzuräumen hatte. Franz war gleich neben seiner Suite untergebracht. Jospin bemerkte sein Erstaunen und klärte ihn auf: »Diese Zellen dienen bei Bedarf der Unterbringung von Offizieren, die sich aus den unterschiedlichsten Gründen bei Hofe unbeliebt gemacht haben und sich hier etwas abkühlen sollen: Aber unser allergnädigster Herr und König ist kein Unmensch, daher achtet er darauf, dass sie ein Minimum an Komfort bekommen.« Er wandte sich an Franz, machte eine auffordernde Kopfbewegung und sagte: »Komm mit, Deutscher, Essen fassen!«

Kurz darauf erschien Franz wieder mit einem Korb, in dem sich ihr Abendessen befand: kaltes Fleisch, Fleischpasteten, mehrere Käsesorten, dazu ein wenig noch warmes, knuspriges Weißbrot, Butter, Oliven, eine Flasche Wein und ein Krug frisches Wasser.

»Besser als die Bordverpflegung«, stellte Peter zufrieden fest. Sie sprachen den leckeren Speisen kräftig zu. Danach gingen sie in die Koje, denn der Tag war lang und, wie Hauptmann Dufour es ausgedrückt hätte, voller schwerer Dienstgeschäfte gewesen.

Als Peter unter den dicken, warmen Bettdecken lag und schon fast eingeschlafen war, ging ihm noch ein Gedanke durch den leicht schwindligen Kopf. Diesmal scheine ich aus dem dicken, kalten Regenschauer unter Umgehung der Traufe direkt in einen warmen Sonnenregen gekommen zu sein. Peterchen, da hast du aber mal Glück gehabt!

Die Besatzungsmitglieder der französischen Fregatte *La Capricieuse* wurden entwaffnet und unter Deck eingesperrt, die Offiziere und bestallten Unteroffiziere auf die *Thunderbolt* gebracht. Auf dem Achterdeck und der Back wurden Kanonen aufgestellt, die bei einem Ausbruchsversuch der Gefangenen die Kuhl mit Kartätschen bestreichen konnten.

Leutnant Backwater bekam das Kommando über die Prise, zu seiner Unterstützung wurden zwei Midshipmen, zwei altgediente Steuermannsmaaten, die Hälfte der Seesoldaten unter dem Kommando des Sergeanten und vierzig Seeleute der *Thunderbolt*, einschließlich einiger Bootsmannsmaate, Zimmermanns- und Segelmachergehilfen abkommandiert. Backwaters erste Aufgabe als Prisenkommandant bestand darin, die Fregatte wieder manövrierfähig zu machen. Danach wartete ein beschwerlicher Weg nach Plymouth auf ihn. Es war unwahrscheinlich, dass ein französischer Freibeuter die Fregatte angreifen würde, dafür war ihre Feuerkraft zu groß, allerdings konnten ihr patrouillierende feindliche Fregatten gefährlich werden, aber nach vierundzwanzig Stunden sollte sie so weit unter der englischen Küste stehen, dass eine derartige Begegnung eher unwahrscheinlich war.

Die *Thunderbolt* machte sich auf den Weg, um ein – wenn schon nicht edleres, so doch fetteres – Wild zu jagen. Das Gefecht war nach erstaunlich kurzer Zeit beendet gewesen, was für die Briten die erfreuliche Folge hatte, dass der saftige Braten, der schwimmende Tresor voller Prisengeld noch gut in Sichtweite war. Kaum war man von der *Capricieuse* frei, wurde jedes Taschentuch gesetzt, um den Frachter einzuholen, der nach Lee zu entkommen trachtete. Auch die Leesegel wurden gesetzt. Das Handelsschiff hatte keine Chance, aber es wehrte sich mit seinen Heckgeschützen. Die Kugeln verfehlten allerdings ihr Ziel um ein Beträchtliches. Wahrscheinlich rächte sich jetzt der Geiz ihres Schiffers, dem es, wie den meisten anderen Handelsschiffskapitänen auch, ein Gräuel war, teures Pulver zu Übungszwecken zu verballern. Wahrscheinlich hätten auch besser trainierte Geschützbedienungen das Schicksal des Schiffes nicht geändert, aber ein Glückstreffer, der die Manövrierfähigkeit der unter Vollzeug aufkommenden Fregatte beeinträchtigte, hätte den entscheidenden Unterschied ausmachen können. Aber so kam es, wie es kommen musste. Stronghead verzichtete sogar darauf, seine Jagdgeschütze auf dem Vorschiff einzusetzen, weil er seine Beute möglichst unbeschädigt in Besitz nehmen wollte.

Nach knapp zweieinhalbstündiger Verfolgung schoben sie sich mit gekürzter Segelfläche, aufgeklappten Stückpforten und ausgerannten Kanonen auf Parallelkurs neben die *Fortune* aus Nantes. Auf dem Achterdeck und auch in der Kuhl waren nur wenige Männer zu sehen. Jan stieß Paul an. »Wenn die schlau sind, dann haben die sich alle unter die Wasserlinie in den Laderaum verdrückt. Da sind sie sicher, falls der Alte ihnen doch noch eine volle Breitseite verpassen lässt!«

Plötzlich klappten drüben die Geschützluken in die Höhe und die schwarzen Mäuler von acht Achtpfündern wurden drohend sichtbar.

Stronghead brüllte: »Mister Excom, Feuer frei!«

Im gleichen Moment verschwand das andere Schiff in einer grauweißen Wolke aus Pulverqualm, die Mündungsfeuer schienen bis zur *Thunderbolt* hinüberzulecken. Die Fregatte erzitterte und erbebte ähnlich einem geschlagenen Tier, dann brüllten ihre Kanonen an der Steuerbordseite auf. Auch die *Fortune* bekam nun ihr Teil ab. Eine Kugel musste die Nagelbank am Großmast getroffen und den Aufholer der Großrah zerschossen haben, denn die große Spiere kam polternd mitsamt dem Segel von oben und begrub alles an Deck unter sich.

»Feuer einstellen!«, rief Stronghead, der seinen Hut verloren hatte. »Mister Goodfellow, klar zum Beidrehen!«

Paul sah Jan Priem verdutzt an. Der deutete nur zum Achterschiff des Franzosen. Drüben hatten sie die Flagge gestrichen. Die eine mörderische Salve war eine Geste gewesen, *pour le pavillon*, für die Ehre der Flagge …

»Mister Smyth, lassen Sie ein Boot klarmachen zum Übersetzen auf die Prise!«

»Mister Smyth ist verwundet, Sir. Splitter!«

»Mister Excom! Übergeben Sie Ihrem Midshipman das

Kommando über die Steuerbordbatterie und übernehmen Sie das!«, brüllte Stronghead auf das Geschützdeck hinunter.

»Sir! Mister Excom ist bewusstlos. Er muss was an den Kopf bekommen haben. Wir schaffen ihn zum Chirurgen!«, krähte die sich überschlagende Stimme des kleinen Midshipman zurück.

»Himmeldonnerwetternocheinmal!«, fluchte der Kommandant wütend und schlug mit der Faust in die flache Hand, dann sah er sich um. Sein Blick fiel auf Piet von Rijn. »Steuermannsmaat, machen Sie ein Boot klar. Midshipman Swift wird als Offizier mitgehen. Suchen Sie sich eine Besatzung zusammen. Leutnant Sharp von den Seesoldaten begleitet Sie mit seinen Männern!«

Die beiden Schiffe nahmen weitere Segel weg, drehten behäbig in den Wind und lagen dann mit backstehenden Vorbram- und Vormarssegeln bei.

Als die Seesoldaten die Mars verließen, hatten sich Jan und Paul kurz angeschaut und waren ihnen dann gefolgt. Wie zufällig traf sich die meisten Holländer am Kutter, mit dem sie auf ihre Prise übersetzen wollten. Schnell wurden Blöcke und Taljen an Rahnocken und Stagen aufgeriggt, die Laschings des Kutters losgeworfen und dessen Rumpf auf Beschädigungen durch den Beschuss untersucht. Üblicherweise wurden die Schiffsboote vor einem Gefecht ausgesetzt und hinterhergeschleppt, um die Gefahr von Verletzungen durch Splitter zu verringern, aber bei dem Überraschungsmanöver, das der Kommandant zur Übertölpelung der französischen Fregatte plante, hätten sie im Wege sein können.

Das Boot wurde ausgesetzt, und die Seeleute kletterten hinein. Sie waren alle mit Entermessern und Pistolen bewaffnet, dann folgten die Marineinfanteristen mit ihren langen Musketen. Als Letzte ließen sich Piet, Leutnant Sharp und der Kommandeur der kleinen Truppe, der knapp vierzehnjährige

Midshipman Swift von den Rüsten auf die Duchten hinab. Die Leinen wurden gelöst, das Boot abgesetzt und die kurze Strecke in wenigen Minuten zurückgelegt. Paul hatte sich im Bug neben Hendrik hingekauert, der die Vorleine aufschoss, denn das Pullen mit den Riemen nach Art der Navy hatte Paul noch nicht gelernt. Jan Priem stand achtern an der Pinne, spuckte gerade einen dicken Strahl braunen Tabaksafts dicht am Kopf des wie ein verstörtes Kaninchen aus seiner Uniform blickenden Midshipman vorbei, dann kommandierte er: »Bug!« Hendrik richtete sich auf, packte den Bootshaken und fixierte abschätzend die Rüsten. »Auf Riemen!« Die Blätter der Riemen kamen in die Horizontale. »Riemen ein!« Schwungvoll wurden sie aus den Dollen gedrückt und in die Bootsmitte gestaut. Mit dem restlichen Schwung schor der Kutter an der Bordwand längsseits. Hendrik hakte den Bootshaken ein, und wie die Affen kletterten Piet und vier, fünf Matrosen über die Fußleisten an der Außenhaut zur Eingangspforte bzw. über die Rüsten an Deck. Paul wählte den Weg über die Püttingplattform. Leinen wurden hochgeworfen und belegt, dann folgten die anderen Männer.

Piet stand an Deck, hatte eine Hand auf den Griff seines Säbels gelegt und sah sich um. Paul stellte sich wie selbstverständlich neben ihn. Der Fähnrich und der Leutnant in seinem roten Rock vervollständigten die Gruppe. Die französischen Seeleute bildeten eine dicht aneinandergedrängte Menschentraube, die sie finster anstarrte. Lediglich ein paar Seeleute knieten an Deck und kümmerten sich um die Verletzten, welche die Salve der *Thunderbolt* gefordert hatte. Bei einigen der auf dem Deck liegenden Körper kam aber offensichtlich jede Hilfe zu spät. Wer Wind sät, wird Sturm ernten, sinnierte Paul düster; es war ein hoher Preis für die Ehre der Flagge … Auf dem hohen Achterdeck stand eine zweite kleine Gruppe um einen großen Mann geschart, der sie zu erwarten schien.

Piet nickte dem mit aufgerissenen Augen hilflos um sich blickenden Midshipman zu, dann wandte er sich in einem freundlichen Gesprächston an ihn, sorgfältig darauf bedacht, nicht den Anschein zu erwecken, dass er ihm Befehle geben wollte. »Sie wissen ja Bescheid, Sir. Zuallererst lassen Sie die Franzosen durchsuchen, entwaffnen und unter Deck sicher einsperren, das Magazin und die Waffenkammer verschließen und mit Posten sichern. Das gilt auch für die Last mit den alkoholischen Getränken! Danach das Schiff nach versteckten, ääh, Froschfressern durchsuchen, das dürfte nicht ganz einfach sein, aber die ›Hummer‹ von Leutnant Sharp machen das ganz gewiss nicht zum ersten Mal. Mister Swift kann sich da gewiss ganz auf Sie verlassen, nicht wahr, Leutnant, Sir?«

»Äääh ... natürlich ... äääh ..., Mister ... äh ... *Mate**.« Der Leutnant der Seesoldaten schnarrte ein paar kurze Befehle, und seine Männer setzten sich in Bewegung.

Piet zupfte den Midshipman am Ärmel und zog ihn in Richtung Achterdeck. Er drehte sich nochmals um: »Jan, sobald die Soldaten die Welschen unter Deck gesichert haben, kümmerst du dich mit den Männern um die Großrah!«

»Schon recht, Stürmann!«

»Ein richtiger Mariner wirst du aber auch nie!«

»War auch nicht meine Absicht.«

Piet schüttelte grinsend den Kopf und marschierte nach achtern, wo sie vom Schiffer der *Fortune* erwartet wurden. Er stellte den Midshipman und dann sich selbst vor.

»Ich kann wirklich nicht sagen, dass ich sehr erfreut bin«, knurrte der Kapitän. »Mein Name ist Pluvier, Schiffer und Miteigner dieses stolzen Seglers. Meine Steuerleute.« Er deutete auf die neben ihm stehenden Männer. »Müssen die Roastbeefs den Krieg jetzt schon mit halben Säuglingen und

* Steuermann

holländischen Hilfstruppen führen? Dann werden wir hoffentlich bald in Frieden leben können – weil wir gewonnen haben.«

Ein Seesoldat ging an ihnen vorbei, knotete die britische Nationale an der Flaggenleine an und hisste sie über der französischen an der Gaffel vor. Von der *Thunderbolt* antwortete ein begeistertes Gebrüll. Pluvier zuckte schmerzlich zusammen.

»Die Schiffs- und Ladungspapiere, bitte, Kapitän!«, befahl Piet energisch, aber ohne beleidigende Schärfe.

»Gehen wir in meine Kabine.«

»Gerne. Die Steuerleute bleiben an Deck beim Leutnant der Seesoldaten! Paul, du bleibst auf dem Achterdeck und hältst Verbindung zu unserem Schiff, und wenn dir irgendetwas verdächtig vorkommt, feuerst du deine Pistolen ab und brüllst wie am Spieß, verstanden?« Mit diesen Worten verschwand er mit Mister Swift im Schlepptau unter Deck.

»Aye, Sir!« Paul nickte und ging nach vorne an die Reling, von wo er einen guten Überblick hatte. Zu seinem nicht geringen Erstaunen stand plötzlich Georg, der Steward, neben ihm. Im Boot war es so eng gewesen, dass er ihn nicht entdeckt hatte.

»Was treibst du denn hier, Schorsch?«

»Ach, ick dachte, weil unsere jesamte Messe hier rüber jemacht hat, wird mir det alleene da drüben zu langweilich.« Er deutete lässig mit dem Daumen zur *Thunderbolt* hinüber. »Außerdem har ick mir an euch jewöhnt, mir würden eure dummen Sprüche fehlen. Die Herren Offssiere können och mal 'ne Zeitlang ohne mir auskommen, schließlich bin ick nich der eenzche Uffwärta in de Offssiersmesse.«

An Deck entdeckte Paul nun auch Karl und Jack unten in der Kuhl am Großmast. Bully war schon im Kutter nicht zu übersehen gewesen.

Nachdem die Seesoldaten das Schiff völlig unter ihre Kontrolle gebracht hatten – man hatte tatsächlich zwei Franzosen gefunden, die sich im Kabelgatt versteckt gehalten hatten –, wurden die Seeleute gefragt, ob sie in den Dienst des Königs von England treten wollten. Die meisten verneinten das, aber ein halbes Dutzend farbige Matrosen aus Westindien, zwei Savoyarden und ein Berber nahmen lieber das Handgeld, als für unbestimmte Zeit auf einer Gefangenenhulk zu verschimmeln. Sie setzten zusammen mit der Hälfte der Marineinfanteristen, dem Kapitän der *Fortune* und seinen Maaten sowie den Schiffsdokumenten zur Fregatte über. Leutnant Sharp blieb an Bord, schließlich bildeten die gefangenen Franzosen unter Deck ein latente Bedrohung, da war seine Erfahrung gefragt. Endlich setzten beide Schiffe Segel und nahmen auf Steuerbordbug mit nahezu halbem Wind Kurs auf Plymouth. Dahin würde ihnen unter einem Notrigg auch Backwater mit der eroberten Fregatte folgen. Die goldene Bahn, welche die Strahlen der tief über dem Horizont stehenden Sonne auf das Wasser zeichneten, schien ihnen den Weg weisen zu wollen.

Am Morgen nach seinem überraschend herzlichen Empfang in der Gefangenschaft musste sich Peter nach dem Aufwachen erst mühsam daran erinnern, wo er war. Es sprach für die Qualität der genossenen Weine, dass er keine Kopfschmerzen hatte, aber sein Mund war trocken.

Nachdem er sich gewaschen hatte, öffnete er das Fenster und genoss durch die Gitterstäbe die Aussicht auf Fécamp. In der Mitte der Stadt erhob sich ein gewaltiger gotischer Sakralbau, der allerdings auch viele Stilelemente der Renaissance aufwies. Es konnte sich nicht um eine gewöhnliche Kathedrale handeln, weil sich viele andere Gebäude wie Küken um die Glucke um sie scharten, also handelte es sich wohl um ein Kloster.

Wenig später klopfte es an seiner Tür, und Karl servierte das Frühstück. Während Peter aß, berichtete ihm sein Bursche, dass es heute wohl kaum zu einer Vernehmung beim General komme, da dessen Sohn heute beerdigt würde. Wahrscheinlich würde sich aber Hauptmann Dufour um sie kümmern. In der Tat holte dieser freundliche Herr sie noch vor dem Mittag ab, um mit ihnen in seinem Garten zu verschwinden.

Karl, dessen Bauernblut wieder durchbrach, machte sich mit Feuereifer daran, ein Beet umzugraben. Genüsslich packte er einen Erdklumpen und zerbröselte ihn langsam zwischen den Fingern. Dufour hatte offenbar mit dem Umgraben schon gestern begonnen, war dann aber durch ihr Erscheinen an der Fortsetzung der Arbeit gehindert worden. Peter setzte sich lieber auf eine Bank und sah den beiden Agronomen zu. Nach einiger Zeit gesellte sich auch der Hauptmann zu ihm.

»Möchten Sie einen Brief nach Hause schreiben, Monsieur?«

»Sehr gerne, vielen Dank. Vielleicht sollte ich auch meine Verwandten in Paris informieren«, überlegte Peter halblaut vor sich hin murmelnd.

»Was, Sie haben Verwandte in Frankreich? Ich hätte es mir denken können! Wie sonst wäre es möglich, dass Sie so ein gepflegtes Französisch sprechen, und dieses *savoir vivre*. Aber natürlich müssen Sie das tun, und zwar umgehend! Ich werde dafür sorgen, dass Sie Papier und Schreibzeug bekommen.«

Nachdem das geklärt war, verging der Nachmittag rasch. Es wurden verschiedene Weine abgeschmeckt, über die Eskapaden des Monsieur Voltaire debattiert, und am frühen

Abend schwankte Peter wieder leicht beduselt in seinen Luxuskerker.

Mit dem ausgezeichneten Abendessen wurde tatsächlich das Schreibzeug geliefert, aber was nützte es? Der Geist war willig, aber das Fleisch war schwach. Peter fiel der Länge nach auf sein Bett, und bald kündeten rasselnde Schnarchtöne davon, dass aus dem Viertelstündchen, das er sich hatte gönnen wollen, wohl eine ganze Nacht werden würde.

Als er in der Frühe wieder aufwachte, setzte er sich aber nach der Morgentoilette an den Tisch und verfasste zuerst einen kurzen Brief an die Eltern. Da er nicht wusste, wie viele Augen diesen Brief lesen würden, blieb er sehr allgemein. Der zweite Brief an seinen Großonkel, den Familienvorstand des katholischen Zweigs der de Partouts, bereitete ihm mehr Schwierigkeiten. Auch hier bemühte er sich um einen sehr sachlichen Ton. Er informierte ihn nicht über die Hintergründe der ganzen Affäre, sondern teilte ihm lediglich seinen Aufenthaltsort mit und bat ihn, wohlwollend zu prüfen, ob er ihm eventuell behilflich sein könnte. Nachdem er beide Briefe versiegelt hatte, fühlte er sich erleichtert.

Um elf Uhr wurde er zum General befohlen. Karl hatte seine Kleidung, so gut es ging, gereinigt und in Schuss gebracht, aber es war und blieb nun mal Räuberzivil. Der General machte einen erschöpften, müden Eindruck, war aber sehr leutselig, offensichtlich hatten die Berichte von Oberst Leblanc und Hauptmann Dufour Wirkung gezeigt.

Er verhörte Peter kurz, dessen Antworten von einem Schreiber zu Protokoll genommen wurden. Ein Angebot auf freie, ungehinderte Bewegung in Fécamp gegen Ehrenwort musste Peter abschlagen, da er sich nicht als Kriegsgefangenen betrachtete. Der General nickte verständnisvoll und meinte dann mit traurigen Augen, aber in einem durchaus väterlichen Tonfall: »Baron, ich gebe Ihnen keine Schuld am Tod meines Sohnes, er wusste selbst, wie gefährlich seine Profession war. Dieser verfluchte Krieg! Sie dürfen sich im gesamten Oberflächenbereich der Festung frei bewegen, Monsieur, sollten Sie aber versuchen, sie zu verlassen, müsste ich das als Fluchtversuch werten und zu entsprechenden Maßnahmen greifen, um eine Wiederholung auszuschließen. Sie haben mich verstanden?«

»Selbstverständlich, General d'Armant. Dürfte ich Sie noch um einen Gefallen bitten, eigentlich um zwei?«

»Monsieur?«

»Würden Sie dafür sorgen, dass diese Briefe in die Post kommen?«

»Aber selbstverständlich.« Er nahm die Briefe an sich und schaute kurz auf die Adressen. »Ah, an den Marquis de Partout. Dann dürfte ich vermutlich nur sehr kurz die Freude Ihrer Gesellschaft haben. Ein naher Verwandter?«

»Ein Sohn des Bruders meiner Großmutter, Monsieur.«

»Oh, das ist ein sehr enger Verwandtschaftsgrad!«

»Man wird sehen, General d'Armant, man wird sehen … Ich habe ihn noch nie kennengelernt.«

»Das spielt keine Rolle, junger Mann. Sie werden sehen, die familiären Bande sind stark wie Schiffstaue! Wie lautet Ihre zweite Bitte?«

»Wie Sie sicher wissen, wurde ich ohne mein Gepäck von Bord der *Oranjeboom* geholt. Ich möchte Sie fragen, ob Sie jemanden kennen, der mir gegen einen Wechsel Geld leihen würde, damit ich mich mit anständiger Kleidung versorgen kann.«

»Aber natürlich, Monsieur. Es war sehr unaufmerksam von mir, darauf nicht selbst zu kommen. Sie können in der Begleitung von Leutnant de la Marche in die Stadt gehen, sich neu einkleiden und Ihren sonstigen persönlichen Bedürfnissen gemäß ausrüsten. Das gilt selbstverständlich auch für

Ihren Burschen. Sie brauchen die Rechnungen nur gegenzuzeichnen.«

Peter bedankte sich für die Großzügigkeit, verabschiedete sich und genoss die gewonnene Bewegungsfreiheit sowohl in der Stadt, in Gesellschaft des charmanten Leutnants, als auch allein im Bereich der Zitadelle in vollen Zügen.

Einer seiner Lieblingsplätze neben dem Garten von Dufour wurde die weit vorspringende Bastion, von der aus man einen ungehinderten Blick über die Stadt, den Hafen und den Ärmelkanal hatte. Wenn Dufour tatsächlich von seinen nervenaufreibenden Dienstgeschäften verschlungen wurde, wie er immer wieder betonte, schlenderte er dort stundenlang herum, und nur gelegentlich störte ihn ein patrouillierender Posten, der sich auf seinem Rundgang befand. Manchmal wurde ihm beim Blick über das grüne Wasser des Kanals das Herz schwer. Denn dann musste er oft an Paul denken, sein »Alter Ego«, die andere Hälfte seines bisherigen Lebens. Wie war es ihm ergangen, was machte er jetzt? Suchte er nach einer Möglichkeit, ihn mittels eines Gefangenaustauschs nach England zu holen?

An einem Nachmittag saß er mal wieder dort in der warmen Frühlingssonne – fast den Tränen nah –, als ihn die Stimme einer Frau aus seinen trüben Gedanken riss.

»Monsieur, entschuldigen Sie, dass ich Sie störe, aber Sie sehen krank aus. Geht es Ihnen nicht gut?«

Er schreckte hoch und sprang in die Höhe. Vor ihm stand eine junge Frau, wohl eher noch ein Mädchen, in einem schlichten, langen schwarzen Seidenkleid. Als einziges Schmuckstück trug sie an einer langen Kette ein goldenes Kreuz, das genau zwischen ihren Brüsten lag, die sich unter dem tristen Dunkel des Stoffes heftig hoben und senkten. Ihre Finger nestelten unruhig an dem schwarzen Spitzenschal herum, den sie über den Kopf gelegt hatte. Sie hatte ein oval geschnittenes, leicht gebräuntes Gesicht, das von zwei großen haselnussbraunen Augen unter kühn geschwungenen blonden Augenbrauen beherrscht wurde. Über der hohen Stirn türmte sich ein Gebirge aus hochgestecktem rotblondem Haar auf.

»Nein, nein, Madame, mir geht es gut, sehr gut, danke der Nachfrage«, presste er mühsam hervor. Seine übliche leichte Art im Umgang mit Frauen ließ ihn im Stich.

Sie zog spöttisch eine Augenbraue in die Höhe. »Deshalb zittern wohl auch Ihre Hände so, Monsieur? Übrigens nicht Madame, sondern Mademoiselle.«

Beinahe hätte er seine Hände hinter dem Rücken versteckt, doch dann zog er schnell seinen neuen Hut und machte eine formvollendete höfische Verbeugung. »Mademoiselle, leider sind wir einander noch nicht vorgestellt worden, aber wer hätte auch vermutet, dass hinter diesen tristen grauen Mauern ein derartiger Schatz versteckt ist.«

»Charmant, Monsieur, Sie sind sehr charmant, Baron.«

»Oh, Sie wissen, wer ich bin?«

Sie lachte laut auf. »Hinter diesen tristen grauen Mauern, wie Sie es auszudrücken beliebt haben, gibt es nicht viele Herren in Zivil und nur sehr wenige, die solch einen guten Geschmack bei der Auswahl ihrer Garderobe an den Tag legen.«

»Sie schmeicheln mir, Mademoiselle.«

»Keineswegs, das ist nicht meine Art. Was führt Sie hier auf diese Bastion? Ich komme gerne hierher, weil ich den Blick auf das Meer liebe. Besonders schön ist es, wenn draußen ein Sturm tobt und die schäumenden Wellen wie eine riesige Herde wilder durchgehender Schimmel sich überschlagend voranstürmen.«

»Ein sehr poetisches Bild, gnädiges Fräulein. Hat Ihnen Erato ihre Lyra geliehen?«

Sie blickte ihn von unten schelmisch an und wies ihn dann

mit einem leicht spöttischen Unterton zurecht: »Für die Lyra war Terpsichore zuständig, Junker.«

»Wie können Sie von mir erwarten, dass ich auf solche Feinheiten achte, wenn ich alle neun Musen in einer Person vereinigt vor mir sehe?«

Sie errötete leicht und wandte sich ab. Fast schien es, als wollte sie gehen. Peter flehte zu allen Heiligen – leider hatte er als Protestant da nur wenig Auswahl –, dass sie noch bleiben möge. Sein Gebet wurde erhört.

»Wie ich hörte, Baron, werden Sie wohl nicht lange unsere Gastfreundschaft in Anspruch nehmen. Warum machten Sie dann vorhin so einen verzweifelten Eindruck?«

»Ich musste an meinen Bruder denken, der diesen verdamm…, ahem, Freibeutern entkommen konnte!«

Über ihr Gesicht zog eine Wolke; sie schwieg einen Augenblick lang, dann sagte sie hart: »Wie können Sie es wagen, so von meinem Bruder zu sprechen! Er ist tot! Jean hat recht, Sie sind ein Barbar!« Sie machte auf dem Absatz kehrt und eilte fort.

Peter blieb völlig konsterniert zurück. Da hatte er sich mal wieder so richtig daneben benommen. Er schalt sich einen Esel, einen ungehobelten Bauerntölpel, aber was nutzten diese Vorwürfe jetzt noch? Er rief der sich rasch entfernenden Gestalt hinterher: »Mademoiselle d'Armant, ich entschuldige mich in aller Form, kommen Sie zurück. Es tut mir leid …« Aber sie war verschwunden.

An diesem Abend konnte ihn das leckere Essen, der erfrischende Cidre und der vorzügliche Likör der Benediktiner aus dem örtlichen Kloster nicht aufheitern. Er trank sich einen mordsmäßigen Rausch an. Trotzdem konnte er nicht einschlafen, weil ihm zwei braune Augen unter einer Wolke rotgolden schimmernden Haares nicht aus dem Kopf gehen wollten.

»Verdammt, Peterchen, du hast dich verliebt! Ausgerechnet in die Schwester des Piraten, dem du es zu verdanken hast, dass du hier im Knast sitzt! Ausgerechnet in die Verlobte deines größten Widersachers hier am Ort, der noch dazu ein ausgemachter Dummkopf ist. Wenn es dem Esel zu wohl ist, dann geht er aufs Eis! Oder er springt aus dem schönen, warmen Sommerregen freiwillig in die Jauchegrube. Das war ein ganz blöder Vergleich, mein Lieber. Oje, was bin ich besoffen. Dieser Kretin passt doch zu diesem engelsgleichen Wesen überhaupt nicht! Man muss das Mädchen vor dem Dummkopf retten! Oh, oh, es wird böse enden.« Mit diesem hellsichtigen Gedanken fiel er in einen unruhigen, wenig erquicklichen Schlaf, in dem er von wirren Alpträumen gequält wurde, die ihn immer wieder mit einem Aufschrei schweißgebadet hochschrecken ließen.

Kapitel 6

Mai 1760, Biscaya, Plymouth und Fécamp

Die britische Besatzung der *Fortune* arbeitete bis in die Nachtstunden, um die Großrah wieder aufzuriggen. Sie war beim Sturz aufs Deck angebrochen, aber die Matrosen hatten sie unter Anleitung des Bootsmannes mit Holzlatten, die man fest mit Taulaschings umwickelt hatte, wieder so weit verstärken können, dass man das Großsegel gefahrlos mit einem Reff setzen konnte. So schafften sie bei dem günstigen raumen Wind ungefähr sieben bis acht Knoten. Achteraus in Luv folgte ihnen die *Thunderbolt* mit stark gereffter Segelgarderobe wie eine besorgte Glucke. Falls der Wind so durchstand, würden sie im Laufe der nächsten Woche in Plymouth vor Anker gehen können.

Ihre Besatzungsstärke war äußerst knapp bemessen, aber der Kommandant hatte nach dem Ausfall von Excom und Smyth sowie den detachierten Leuten auf der *Capricieuse* keinen Mann mehr entbehren können, wollte er nicht die Sicherheit des eigenen Schiffes gefährden. Bei den augenblicklichen Windverhältnissen war die Mannschaftsstärke zwar durchaus ausreichend, denn solange sie den Kurs beibehalten konnten und keine Manöver fahren mussten, waren nur das Ruder zu besetzen und gelegentliche kleine Korrekturen des

Segeltrimms durchzuführen. Was die Navigation anbelangte, mussten sie sich weitgehend auf die *Thunderbolt* verlassen, denn nur Piet war ein voll ausgebildeter Navigator, der Midshipman würde ihm keine große Hilfe sein, wie er freimütig eingestand. Der Segelmeister der Fregatte unterrichtete zwar die jungen Gentlemen regelmäßig in dieser Kunst, aber er stieß bei diesen auf nur mäßiges Interesse, was daran liegen mochte, dass die meisten noch so jung waren, dass sie an das Leutnantsexamen, das irgendwann auf sie zukommen würde, noch keinen Gedanken verschwendeten. Viel wichtiger für sie war, zusätzliches Essen für ihre immer knurrenden Mägen aufzutreiben, was dazu führte, dass viele ausgezeichnete Rattenfänger waren, die sich mit jedem Kater messen konnten. Paul war zwar sehr interessiert an allem, was mit der Navigation zu tun hatte, aber er besaß noch keinerlei Routine und viel zu wenig Erfahrung, um dem Steuermannsmaaten schon eine echte Hilfe sein zu können.

Als die Sonne untergegangen war, ließ Piet eine Laterne am Heck anzünden und so abblenden, dass sie hauptsächlich nur aus dem Sektor zu sehen war, in dem die *Thunderbolt* stand. Es dauerte nicht lange, da erschien auch achteraus etwas in Luv ein kleiner gelber Lichtfleck. Kapitän Stronghead ging damit durchaus ein Risiko ein, aber für die Männer auf der *Fortune* war es eine Beruhigung, zu wissen, dass man ein Auge auf sie hielt, zumal es eine dunkle Nacht werden würde, in der sich allenfalls eine schmale Sichel des zunehmenden Mondes zeigte.

Piet stand mit Leutnant Sharp und Midshipman Swift auf dem Achterdeck, Paul gesellte sich wie selbstverständlich dazu. Der kleine Swift schien schon beinahe im Stehen einzuschlafen.

»Wenn ich einen Vorschlag machen dürfte, Mister Swift, dann würde ich empfehlen, dass Sie unter Deck gehen und ein Auge voll Schlaf nehmen. Ich denke, dass ich bis nach Mitternacht meine Augen aufhalten kann. Machen Sie es sich in der Kapitänskabine bequem.«

»Danke, Mister van Rijn, ich habe in der Tat das Gefühl, auf der Stelle einschlafen zu können. Aber ich werde mich in der Kammer des Ersten Steuermanns hinlegen, dann kommen Sie einfacher an die Seekarten heran, die auf dem Tisch des Kapitäns ausgebreitet sind. Wahrscheinlich müssen Sie ohnehin erst mal suchen, ob es überhaupt Karten für die Südküste Englands gibt.«

»Da haben Sie recht, Sir. Gut mitgedacht, Mister Swift.«

»Danke, Sir.«

»Mister Sharp, ich weiß, Sie sind kein Nautiker, aber wäre es Ihnen möglich, Ihren Dienstplan so einzurichten, dass Sie zusammen mit Mister Swift an Deck sein können?«

»Selbstverständlich, wenn meine seemännischen Fähigkeiten vielleicht auch nur dafür ausreichen, dass unser kleiner Kommandant wach bleibt. Nichts für ungut, Mister Swift.«

Der Junge machte nur verlegen eine abwehrende Handbewegung, zum Glück war es dunkel, so dass man nicht sah, dass er bis zu den Haarwurzeln rot wurde.

»Dann sollten Sie sich jetzt auch etwas Ruhe gönnen, Sir«, meinte Piet zu dem Seesoldaten. »Ich lasse Sie rechtzeitig wecken.«

»In Ordnung, Sir. Ich mache noch eine Runde, um meine Posten zu kontrollieren und ihnen höchste Wachsamkeit einzuschärfen. Wenn ich denen schildere, wie das ist, wenn einem ein scharfes Messer durch die Kehle gezogen wird, wirkt das immer sehr aufmunternd … für eine gewisse Zeit.« Er nickte ihnen zu und verschwand dann vom Achterdeck, und auch der kleine Midshipman zog sich vor Müdigkeit taumelnd zurück. Piet und Paul blieben mit dem Rudergänger, es war Jack, und dem Rest ihrer Leute zurück. Schnell war auch hier eine Wacheinteilung gefunden, und das Deck leerte sich weiter.

Das Schiff glitt mit guter Fahrt durch die Nacht, der Wind wehte ausnahmsweise mal recht beständig und an Backbord achteraus leuchtete das wachsame Auge der *Thunderbolt*.

»Puh, war das ein Tag!«, stellte Piet fest. »Wenn alles gutgeht, dann sind wir jeder um ein paar Goldstücke reicher. Na ja, den großen Reibach macht natürlich der Kapitän, aber das sei ihm gegönnt, er ist schließlich ein verdammt großes Risiko eingegangen. Wir hätten auch den Kürzeren ziehen können.«

»Wie das?«, erkundigte sich Paul erstaunt.

»Nun, dieser Aufschießer vor den Bug der *Capricieuse* war ein reines Vabanquespiel. Wäre der Vormast *nicht* von oben gekommen, dann hätte der Franzose achtern an unserem Heck vorbeilaufen und uns der Länge nach durch das überaus verwundbare Spiegelheck mit seinen vielen Fenstern bestreichen können. Da wäre kein Auge trocken geblieben. Der Alte ist kalt wie eine Hundeschnauze, denn er muss das natürlich einkalkuliert haben, aber vermutlich hat er gehofft, dass die Franzosen in diesem Fall so überrascht gewesen wären, dass sie nicht sorgfältig gezielt geschossen hätten. Aber es war ein Spiel mit dem Feuer – und er hat gewonnen! Diese Aktion bringt ihm Ruhm und Ehre ein – und sehr, sehr viel Geld.«

»Und wie manifestieren sich Ruhm und Ehre?«

»Sein Gefechtsbericht wird in der *Gazette* veröffentlicht, so viel zum Thema Ruhm, die Ehre kann darin bestehen, dass er geadelt wird.«

»Nun immerhin, das ist schon ein Risiko wert«, meinte Paul gedehnt, schien aber nicht sonderlich beeindruckt zu sein.

Piet blickte ihn leicht belustigt von der Seite an, als wollte er sagen: ›Du hast gut reden, einen Adelstitel brauchst du ja nicht mehr!‹ Laut sagte er: »Natürlich wird er in seinem Bericht auch alle erwähnen, die bei dem Gefecht eine herausragende Rolle gespielt haben.«

»Backwater und die anderen Offiziere haben sich das auch ehrlich verdient.«

Piet grinste vor sich hin, was Paul zwar nicht sehen konnte, aber instinktiv spürte. »Vielleicht erscheint dein Name auch in der *Gazette*.«

»Vergiss es! Was soll ich jetzt machen?«

»Geh doch mal in die Kabine des Kapitäns und durchsuche sie nach Seekarten und sonstigen nautischen Veröffentlichungen über die Südküste Englands. Außerdem schau die Papiere durch, du kannst doch perfekt Französisch, und lege mir raus, was du für wichtig erachtest. Claro?«

»Claro, Stürmann!«

»Noch so ein unverbesserlicher Zivilist!« Piet kniff ein Auge zusammen und grinste breit im schwachen Licht der Kompassbeleuchtung, was ihm ein diabolisches Aussehen verlieh.

Paul ging unter Deck in die geräumigen Kabinen des Schiffers. Schnell durchsuchte er die Seekartensammlung. Er fand Karten des Englischen Kanals mit einem noch brauchbaren Maßstab. Ansteuerungs- und Hafenkarten von Plymouth waren allerdings nicht darunter. Das war auch nicht zu erwarten gewesen.

Anschließend untersuchte er gründlich die Schubladen des Schreibtischs. In der einen befanden sich private Briefe, in einer anderen Korrespondenz mit Schiffshändlern, diese beiden schloss er sofort wieder. Die nächste war eine besonders große Schublade, bedauerlicherweise war sie verschlossen. Puuh, da würde er sich wohl auf die Suche nach dem Schlüssel machen müssen, hoffentlich hatte ihn der Schiffer irgendwo in der Nähe versteckt, um ihn schnell zur Hand zu haben. Er rieb sich die müden Augen und spürte plötzlich, dass seine volle Blase drückte. Er erhob sich und ging feixend durch den Schlafraum auf die Achtergalerie, die dem Kapitän unter anderem für derartige Verrichtungen vorbehalten war. Genüsslich pinkelte er in das Kielwasser. Schon dieses Privileg lohnte es, alle Anstrengungen auf sich zu nehmen, um Kapitän zu werden, überlegte er. Plötzlich zuckte er zusammen. Sein geschärfter Instinkt sagte ihm, dass sich jemand in die Kapitänskabine eingeschlichen hatte. Er richtete seine Kleidung, zog den Dolch hinten aus dem Gürtel und glitt zurück in den Schlafraum. Vorsichtig lugte er um den Türrahmen in die nur schwach beleuchtete Kabine. Nichts! Aber doch, da bewegte sich unten am Boden etwas. Da war der Eindringling! Er hockte am Schreibtisch und durchsuchte ebenfalls die Schubladen. Als er an die verschlossene kam, knurrte er leise vor sich hin, es klang eher erfreut als enttäuscht. Paul hörte etwas gedämpft klappern, dann knackte es, und die Schublade wurde herausgezogen. Geräuschlos näherte sich Paul von hinten dem Eindringling. Als er hinter ihm stand, hielt er ihm die Spitze des Dolches ins Genick. Der Mann erstarrte augenblicklich und stieß mit einem dünnen pfeifenden Geräusch den Atem aus.

»Die Hände auf die Tischplatte! Los, los!«

Schlanke, kaum gebräunte Hände erschienen im Licht der Lampe, und in der Rechten schimmerten seltsam gebogene Metallhaken. Das waren keine hornigen Matrosenflossen.

»Aufrichten! Langsam!«

Der Einbrecher stand vorsichtig auf, die scharfe Spitze an seinem Hals machte ihn friedfertig.

»Ach nee, mein guter Kamerad aus der Hauptstadt! Das musst du mir aber nun erklären, Schorschie!«

»Wat jibt et da großartich ssu erklären«, maulte Georg Lehmann säuerlich. »Du hast ma uff frischa Tat ertappt, det war't denn wohl! Für sowat wirste bei die Navy am Halse ufjehängt, bis de hiniber bist. So'ne verdammte Scheiße aba och, wo haste dir bloß versteckt, det ick dir nich jesehen hab? Ick hab mir doch so scharf umjekiekt wie der Brandenburjer Adler persönlich!« Plötzlich leuchteten seine Augen auf. »Sach ma, wat machste eijentlich hier, bist etwa och unterwejens, um wat wechssufinden?«

»Tse, tse, Schorsch, das wirst du mir doch wohl nicht allen Ernstes zutrauen!«

»Trau, schau, wem! Wie heeßt et doch so richtich: Jelejenheit macht Diebe, wa. Aba ick seh schon, der olle Backwater hat recht, du bist 'nen feina Pinkel, vermutlich eener mit ›von‹ und ›ssu‹, der hat et natirlich nich nötich ssu klauen.«

»Nein, das habe ich in der Tat nicht. Ich bin nämlich ganz offiziell hier. Was mich allerdings verwundert, wie kommt der Erste Offizier darauf, dass ich ein Edelmann bin – und warum weißt du von seinen Vermutungen? Vielen Dank übrigens, dass du mir die Schublade geöffnet hast.« Mit einem Anflug von schlechtem Gewissen musste Paul an den Inhalt des doppelten Bodens seiner Seekiste drüben auf der Fregatte denken.

»Soll det etwa heißen, dat de mir nich dem strafenden Arm der Jerechtigkeit übaantworten tust?«

»Weißt du, Schorsch, ich habe ein gutes Gedächtnis und kann mich noch sehr gut an die Extraportionen an der Back erinnern, die wir dir verdanken. Allerdings werde ich mir auch diesen Vorfall hier sehr gut merken. Vielleicht sollten wir uns mal in einer ruhigen Stunde – so wie jetzt ganz zufällig eine ist – über deinen Lebenslauf unterhalten, was meinst du dazu?«

»Jebongt, Meesta. Ick bin een Dieb, det is richtich und een Einbrecher dassu – und een richtich juta, wenn ick mir ma selba loben darf. Weeste, det Leben in Berlin is hart für die kleenen Leute und da hab ick aus meine Talente det beste jemacht, vastehste? Na, irjendwann is mir der Boden unter die Fieße ssu heiß jeworden, da har ick wech jemacht, rüba ins Hannöversche, aber bevor ick zweemal Piep sajen konnte, haben mir die Werbers am Schlafittchen jehabt und schon war ick bei die Mariners!«

»Und was ist nun mit Backwater?«

Georg druckste etwas herum. »Nun ja, du fällst doch zwischen die andren Matrosen uff wie een edler Jaul zwischen Schindmähren, wenn ick det mal so sajen darf, ohne die Kumpels ssu nahe ssu treten. Da hat sich der Erste jedacht, setz doch eenfach den Schorsch mit an die Back, der wird dem edlen Ross schon die Würmer aus die Nüstern ziehen, ääh, sozusajen.«

»So, so, dann bist du also auch noch ein kleiner, mieser Spitzel, der seine Kameraden ausspioniert, das hätte ich nicht von dir gedacht, Georg.«

Der Steward ließ traurig den Kopf hängen und sah ehrlich betrübt aus. »Nu denk nich so schlecht von mir, ick hab dem Ersten bis jetzt noch nüscht Wichtjet verklugfiedelt. Konnt ick ja ooch gar nich, dein Kumpel Karl und die holländischen Keeseköppe sind sofort sehr maulfaul, wenn ick det Jespräch uff dir jebracht habe. Aba du musst ooch mir vastehn, ick kann doch nich nee sajen, wenn der allmächtje Erste Leutnant mir um wat bittet.«

Paul musterte ihn scharf, dann nickte er langsam. »Vermutlich hast du recht, Georg. Dann soll das ein kleines Geheimnis zwischen uns bleiben. Allerdings wirst du dem Ersten nur das erzählen, was ich dir vorher eingeschärft habe, hast du das verstanden?«

»Laut und deutlich, äh, Chef.«

»Und was ist nun mit deinen Geschäften, die du mit dem Zahlmeister laufen hast?«

»Wenn ick dir dat allet von dem seine Jeschäfte auseinanderverposamentieren sollt, dann tun wa morjen noch hier sitzen. Det is ne janz heiße Kiste, det kannste mir jlooben. Aba wenn et dir so interessiert, bieje ick dir det een andret Mal bei.«

»In Ordnung, Schorsch. Gib mir deine Hand drauf, dass du in Zukunft keine krummen Dinger mehr drehst – jedenfalls nicht, ohne mich vorher zu fragen. Manchmal können deine Talente ja sehr nützlich sein.« Paul deutete auf die Schreibtischschublade. Er streckte Georg die Hand hin, der schlug fest ein. »Det hätt sich meines Vaters Sohn aba och nich träumen lassen, det mir mal son oller Jraf oda wat vorm Strick bewahren tut. Versprochen!«

»Wie bist zu deinem, ahem, Beruf gekommen?«

Georg konnte plötzlich fast richtig Hochdeutsch reden, ein typisches Zeichen bei einem Berliner, dass ihn etwas tief berührte: »Dafür hat sich noch nie jemand interessiert, junger Herr. Wir waren immer nur Abschaum. Mein Vater ist Kriegsinvalide und versäuft die paar Pfennige Pension, die er vom König gnädigst bekommt. Meine Mutter wurde immer weniger, kein Wunder bei vierzehn Geburten, auch wenn nur acht Kinder überlebt haben. Mein Alter hat mir eine Lehrstelle besorgt, das war das einzig Gute – wenn man mal davon absieht, dass er mir gezeugt hat –, was er jemals für mir getan hat. Wahrscheinlich dachte er, dass er meinen Lohn auch noch versaufen kann. Ich kam in die Lehre bei einem der besten Kunstschmiede der Stadt. Sie verstehen, diese Handwerker stellen auch komplizierte Schlösser her! Nun, wie Sie wissen, bin ich helle, habe geschickte Hände und bin stark, also habe ich meinen Gesellenbrief gemacht. Dann wurde meine Lieblingsschwester krank. Medizin kostet viel Geld, zu viel für einen armen Gesellen, der eine ganze Familie durchfüttern muss. Da haben mich schlechte Freunde auf den Gedanken gebracht, meine Fachkenntnisse auf einem anderen Gebiet anzuwenden. Sie meinten, ich solle mir doch das dringend benötigte Geld von den Leuten holen, die an einem Abend mit lockerer Hand und leichten Herzens so viele Taler verjuxen, wie meine Leute und ich in drei Jahren für ein kärgliches Leben brauchen. Schon der erste gemeinsame Bruch wäre beinahe schief gegangen, aber es ging noch mal glimpflich ab. Seitdem hab ich mir von den Kerlen ferngehalten und immer nur allein auf eigene Rechnung gearbeitet, nie wieder mit solchen versoffenen Dummköpfen. Aber meine Schwester ist trotzdem gestorben – und meine Mutter auch. Nun ja, vielleicht stimmt es ja doch: Unrecht Gut gedeihet nicht. Irgendwann wurde mir der Boden zu heiß, und ich machte die Fliege.«

Langsam nickte Paul. »Du weißt natürlich, dass das alles keine Entschuldigung für Einbruch und Diebstahl ist, aber es macht deine Handlungsweise verständlich. Es bleibt dabei, Georg, keine linken Dinger mehr! Ich werde sehen, was ich in England für dich tun kann.«

»Jebongt, Meesta!« Georg kniff verschwörerisch ein Auge zusammen, er war schon wieder obenauf.

Paul blickte in die Schublade. Den meisten Platz beanspruchte eine große Metallkassette. Natürlich war auch sie verschlossen. Fragend schaute er Georg an. Der nickte amüsiert, stellte sie auf den Schreibtisch und untersuchte fachmännisch das Schloss. »Gute, solide Arbeit!«, murmelte er anerkennend, dann schnappte er sich sein Werkzeug und machte sich mit geschlossenen Augen und spitzen Fingern ans Werk. Nach wenigen Minuten, in denen Paul angestrengt den Atem angehalten hatte, sprang der Deckel auf.

Beide stießen einen überraschten Aufschrei aus, denn aus der Kassette leuchteten ihnen goldene und silberne Münzen entgegen. Unwillkürlich schoss Georgs Hand vor, aber Pauls warnendes Räuspern ließ sie auf halbem Weg verharren. »Schorsch, von diesem Schatz existiert mit absoluter Gewissheit eine genaue Aufstellung. Wahrscheinlich ist sie zusammen mit den anderen Ladungspapieren zur *Thunderbolt* hinübergebracht worden. Wenn in Plymouth auch nur ein rostiger Sou fehlt, dann baumeln wir gemeinsam an der Großrah!«

»Schon recht, aba so ville Knete uf een Haufen, det har ick noch nie nich gesehen, det könnt selbst dem Heiljen Jeorch seine Moral ins Wanken bringen.«

Sie verschlossen die Kassette wieder und stellten sie in das Schubfach zurück, die von Georg wieder fachmännisch versperrt wurde. Paul nahm Siegelwachs vom Schreibtisch, erhitzte es und ließ zwei große Tropfen über das Schloss und eine Fuge tropfen, die er mit dem Siegelring in seinem Halsschmuck markierte.

In einer anderen Schublade fand er einen Stapel Briefe, die in einer wasserdichten Leinwandtasche aufbewahrt waren. Es handelte sich anscheinend um halboffizielle Korrespondenz an einflussreiche Persönlichkeiten bei Hofe. Natürlich waren sie versiegelt, daher widerstand Paul der mächtigen Versuchung, sie zu öffnen und zu lesen. Es wäre doch interessant gewesen, zu wissen, wer sich über wen unter Umgehung des üblichen Dienstweges beschwerte oder sich Vorteile oder Privilegien verschaffen wollte. Er erstellte eine Liste der Absender und Adressaten – wer wusste, wozu das gut sein konnte. Dann förderte Paul noch das Logbuch und eine Sammlung von Papieren zutage, die er stirnrunzelnd studierte. Nachdem er verstanden hatte, was er da in den Händen hielt, pfiff er überrascht durch die Zähne: Das konnte ein wichtiger Fund sein, der möglicherweise mehr wert war als das Gold und Silber in der Kassette. Es handelte sich um die Erkennungssignale der französischen Schiffe im Bereich des Atlantiks für die nächsten Monate.

Inzwischen hatte Georg routiniert die Kammern durchsucht, aber nichts von Bedeutung mehr zutage fördern können. Der Skipper hatte während der Verfolgungsjagd Zeit genug gehabt, seine persönlichen Effekten zu ordnen und die Wertsachen an sich zu nehmen.

Gemeinsam gingen sie wieder an Deck, Georg verschwand wie ein Schatten in der Dunkelheit, während Paul auf das Achterdeck ging und Piet Meldung machte. Der nickte nur müde, grunzte aber beeindruckt, als ihm Paul von den Flaggen- und Lichtsignalen berichtete.

Mitternacht wurde geglast, die Wache wechselte. Piet warf einen Blick auf den Kompass, schaute in die Segel, dann brummte er ein klein wenig spöttisch: »Übernehmen Sie mal das Achterdeck, Herr Steuermann, ich will eine Runde über das Schiff machen.« Sprach's und verschwand.

Paul trat der Schweiß aus allen Poren, er ballte die feuchten Hände, richtete sich kerzengerade auf und marschierte auf der Luvseite auf und ab, wie er es beim Kapitän oder dem jeweiligen Wachoffizier beobachtet hatte. Von Zeit zu Zeit blickte er zu dem tröstlichen Licht achteraus zurück oder warf einen Blick auf den Kompass. Das war zwar gänzlich unnötig, denn die alten Matrosen beherrschten ihre Arbeit, aber er hatte das Gefühl, dass das dazugehörte, wenn man so einen wichtigen Posten bekleidete. Plötzlich schoss ihm ein Gedanke siedendheiß durch den Kopf: Was sollte er sagen, wenn der gewünschte Kurs nicht mehr anlag? Sollte er vielleicht zornig brüllen: ›Schlaf er nicht, Kerl! Komme er auf den Kurs zurück!‹ Was sollte er tun, wenn der Wind drehte? Puuuh!

Glücklicherweise tauchte Piet bald wieder neben ihm auf. Er knurrte unzufrieden vor sich hin und kratzte sich am Hinterkopf. »Ich glaube, da unten braut sich was zusammen. Die Messieurs in der Luke sind mir zu unruhig. Versuch doch mal, ob du etwas rausbekommen kannst.«

Paul stieg in die Kuhl hinab. Aus dem Schiffsbauch war durch die Lukengräting unterdrücktes Gemurmel zu vernehmen. Was da zu hören war, sollte aber vermutlich nur die Deckswache ablenken. Er überlegte, wo die Verschwörer wohl ihre Köpfe zusammenstecken würden, ganz sicher nicht im Bereich der Gräting, durch die die Frischluft in das Wohndeck einströmte. Nein, sie würden sich eine Ecke suchen, in der sie sich völlig sicher fühlten. Vielleicht ganz am Schott zum Kabelgatt. Halblaut rief er nach Karl, und wie aus dem Nichts wuchs dieser vor ihm aus dem Deck.

»Komm mit, aber leise.«

Sie stiegen ins Kabelgatt hinunter und arbeiteten sich mühsam in völliger Dunkelheit über die Berge von Tauwerk an das Schott heran. Sie hielten den Atem an, als sie leise kratzende, schabende Geräusche vernahmen. Als sie das Schott ertasten konnten, war klar, was da passierte: Die Franzosen waren im Besitz von Werkzeugen und arbeiteten daran, zwei, drei Planken im Schott zu lockern, um sie bei Bedarf völlig herausbrechen zu können. Durch das Kabelgatt wollten sie dann an Deck stürmen, die überraschte Wache niedermachen und das Schiff zurückerobern. Paul lauschte angestrengt. Er verstand einige der geflüsterten Sätze. »In einer Stunde sollten wir fertig sein«, sagte einer, und ein anderer antwortete: »Ja, dann ist es auch höchste Zeit, wir müssen unter der Kimm stehen, wenn der Morgen anbricht, sonst fängt uns die verdammte Fregatte im Handumdrehen wieder ein.«

Paul zupfte Karl am Ärmel, er hatte genug gehört. Keuchend erreichte er wieder das Achterdeck, wo ihn ein besorgter Piet van Rijn erwartete. »Du hattest recht, Piet, in einer Stunde wollen sie durch das Kabelgatt ausbrechen. Was machen wir jetzt?«

»Wenn ich das wüsste. Wir könnten die Fahrt aus dem

Schiff nehmen und darauf warten, dass die *Thunderbolt* längsseits kommt.«

»Das ist in der Dunkelheit zu unsicher, bis die begriffen haben, was hier los ist, können wir schon als Engelein unterwegs ins Paradies sein.«

Piet knirschte mit den Zähnen. »Stimmt!«

Paul rieb sich nachdenklich das Kinn. »Wenn die Franzosen aus dem Kabelgatt kommen, müssen sie in der Kuhl über das Hauptdeck nach achtern schleichen, um das Achterdeck zu stürmen und zu besetzen, richtig?«

»So ist es.«

»Dann sollten wir das Folgende machen: Wir räumen das Hauptdeck vollständig und verschanzen uns auf dem Achterdeck und der Back. Sobald sie an Deck sind, halten wir mit den Drehbassen und den Musketen der Seesoldaten voll rein. Das sollte ihnen den Schneid abkaufen.«

»So machen wir es.«

Alle Männer wurden leise geweckt und dazu vergattert, sich völlig geräuschlos zu bewegen, dann wurden sie bewaffnet und eingeteilt. Wie Geister huschte ein Teil nach vorne auf die Back, die anderen postierten sich auf dem Achterdeck. Einem Gespensterschiff gleich glitt die *Fortune* durch die stockdunkle Nacht. Als alle in Stellung gegangen und die Drehbassen geladen und in die Kuhl gerichtet waren, herrschte völlige Stille, nur das Plätschern der Wellen, das leise Sausen des Windes in den Segeln und das Zirpen im Rigg waren zu hören. Es dauerte auch gar nicht lange, da drängte sich ein schwarzes Menschenknäuel aus einem Niedergang heraus, verteilte sich nach beiden Seiten und wusch wie eine Welle über das Hauptdeck nach achtern. Kurz bevor sie an die Treppen zum hohen Achterdeck brandete, kommandierte Leutnant Sharp: »Feuer frei!«

Die Drehbassen belferten giftig und die Musketen knallten scharf. Die Bleikugeln klatschten dumpf in menschliches Fleisch, danach herrschte einen Augenblick lang Stille, die Paul allerdings unendlich lange anzuhalten schien. Dann hob abrupt ein durchdringendes Schmerzensgeschrei an, während vorn und achtern die Briten lauthals zornige Verwünschungen und Flüche brüllten. Entmutigt ließen die überrumpelten Franzosen ihre behelfsmäßigen Waffen fallen und ergaben sich, sofern sie nicht tot oder verwundet auf den Planken des Decks lagen.

Diejenigen, die unverletzt geblieben waren, wurden diesmal gefesselt wieder unter Deck gebracht, die Verwundeten notdürftig medizinisch versorgt und die Toten zum Einnähen bereitgelegt. Aus der Dunkelheit schob sich ein beeindruckender schwarzer Schatten heran. Es war die Fregatte, auf der man die Mündungsfeuer an Deck der Prise beobachtet, das Knallen der Feuerwaffen und das Brüllen und Geheul gehört hatte; daher hatte man beschlossen, nach dem Rechten zu sehen. Kapitän Stronghead erkundigte sich besorgt durch das Sprachrohr: »Was ist los bei Ihnen? Brauchen Sie Hilfe?«

»Nein, danke, Sir. Wir hatten nur ein paar Nachtwandler an Deck, aber denen haben wir ein beruhigendes Schlafmittel verabreicht – jetzt herrscht Ruhe!«

»Gut gemacht! Schreiben Sie einen Bericht, Sir!«

Der Rest der Reise verlief störungsfrei. Nachdem sie sich dem Hafen von Plymouth so weit genähert hatten, dass sie am nächsten Vormittag ihren Landfall machen würden, drehte die *Thunderbolt* ab, um auch ihre andere Prise sicher in den Hafen zu geleiten. Auf seiner Wache fragte sich Paul beklommen, was jetzt wohl aus ihm werden würde. Alles hing davon ab, ob sein Großonkel seinen Brief bekommen hatte und auch gewillt war, etwas für ihn zu tun. Wenn nicht, dann würde er wahrscheinlich bis zur planmäßigen Außerdienststellung des Schiffes auf der *Thunderbolt* als Leichtmatrose vor dem Mast dienen müssen, sofern ihn nicht vorher eine Krankheit oder ein Unfall ins Jenseits beförderte. Zweifellos konnte er hier eine Menge handwerkliche Fähigkeiten erwerben, aber das war nicht eigentlich sein Ziel. Abgesehen von der Aussicht auf Ruhm, Ehre und dem richtig fetten Anteil am Prisengeld fand er es einfach standesgemäßer, in der großen Staatskabine eines Kommandanten zu wohnen – einschließlich eines separaten Abtritts auf der Heckgalerie und der Möglichkeit, genüsslich ins Kielwasser zu pinkeln.

Tatsächlich bekamen sie am frühen Vormittag des nächsten Tages Land in Sicht und tasteten sich in gebührendem Abstand an der Küste entlang nach Osten. Sie hatten über der französischen Flagge die britische gesetzt, um den dräuenden Befestigungen an der Küste zu zeigen, dass es sich um ein erobertes Schiff handelte, das sich ohne feindliche Absicht näherte, denn die Bauart und ihre Takelage wies es als Franzosen aus.

Kurz vor Mittag näherte sich ihnen ein Kutter, von dessen Achterdeck sie ein Leutnant durch ein Sprachrohr anpreite: »Wer hat das Kommando?«

Piet antwortete: »Midshipman Swift, Sir! Wir sind eine Prise der Fregatte *Thunderbolt*, Kapitän Stronghead. Sie wird in Kürze ebenfalls hier erscheinen. Wir haben kein Kartenmaterial für die Ansteuerung an Bord!«

»Folgen Sie mir bis zur Lotsenstation!«

Bald darauf rundeten sie Pennlee Point und liefen in die Cawsand Bay ein, wo sie ein Lotsenkutter erwartete. Selbst dem erfahrenen Piet fiel ganz augenscheinlich ein Stein vom Herzen, als er dem Lotsen die Verantwortung für die Navigation übergeben konnte.

Bei der herrschenden Windrichtung war der Ankerplatz auf dem Plymouth Sound nicht gerade ideal, weil von Südwesten eine lange Dünung hereinstand, aber alle waren froh, als sie unter dem Schutz der Landbatterien geankert hatten.

Es dauerte gar nicht lange, bis das Deck von Offiziellen wimmelte, die den kleinen Swift nach allen Regeln der Kunst ausquetschten. Zum Glück stand ihm Leutnant Sharp hilfreich zur Seite, der auch darauf drang, dass die Gefangenen und Verwundeten umgehend an Land gebracht wurden. Nachdem es an Bord wieder ruhiger geworden war und sich die Heldentaten der *Thunderbolt* wie ein Lauffeuer an Land verbreiteten, standen Piet und Paul erschöpft und müde an der Reling und blickten zur Stadt hinüber.

Piet gähnte. »Bald wird uns der Hafenadmiral einen seiner Protegés als diensttuenden Kommandanten vor die Nase setzen. Da werde ich besser noch das Logbuch auf den neuesten Stand bringen, sonst gibt es gleich Ärger! Der wievielte ist heute eigentlich, ich verliere so langsam die Übersicht?«

»Heute haben wir den 22. Mai ... ich habe übrigens heute Geburtstag, aber das dürfte keine Eintragung im Logbuch wert sein.«

»Herzlichen Glückwunsch, lieber Freund, mögen alle deine folgenden Geburtstage genauso erfolgreich sein wie der heutige!«

»Ich habe doch gar nichts Besonderes gemacht, Piet. Dir gebührt doch das Verdienst.«

»Nun, dir ist es zu einem gut Teil zu verdanken, dass wir diese fette Prise hier heil abliefern konnten – und dass wir noch am Leben sind, vergiss das nicht! Du wirst deinen Weg bei der Navy machen ... falls du das immer noch willst.«

»O ja! Aber erst muss ich abwarten, ob sich meine lieben Verwandten überhaupt um mich kümmern. Als Decksmann zu fahren, ist nicht gerade mein Traum, solides Handwerk her und gute Seemannschaft hin.«

»Ach was, die Grundbegriffe beherrschst du ja schon besser als die meisten der jungen Gentlemen auf den Schiffen des Königs, denk nur an den unbedarften kleinen Swift. Und wer von den anderen kann schon vernünftig steuern oder spleißen. Und die astronomische Navigation zu erlernen, dürfte bei deiner mathematischen Begabung ein Kinderspiel sein. Du musst wissen, dass die meisten Midshipmen von ihren Familien zur See geschickt werden, weil sie entweder zu blöd sind, um es an Land zu etwas zu bringen, oder aber um sie aus dem Verkehr zu ziehen, weil sie in der Gesellschaft unangenehm aufgefallen sind.«

Paul lachte. »Hoffentlich bestätigen Ausnahmen die Regel!«

»Gewiss doch! Aber jetzt schreibe ich schnell das Logbuch, und dann köpfen wir ein oder zwei Fläschchen aus dem Kabinenvorrat des Schiffers auf deinen Geburtstag.«

»So soll es geschehen! Nur schade, dass Peter nicht hier bei uns ist. Hoffentlich kann der auch mit einem guten Tropfen anstoßen …«

Am Sonntagnachmittag wartete Peter vergeblich auf der Bastion auf die schöne Verlobte des Freibeuters. Danach saß er, wie so oft, mit Papa Nezrouge zusammen. Der beobachtete ein Zeitlang schweigend seinen Gast, der im Gegensatz zu sonst einen seltsam unkonzentrierten, ja abwesenden Eindruck machte.

»Wenn ich es nicht besser wüsste, würde ich meinen, dass Sie Liebeskummer haben, mein Sohn.«

Peter seufzte nur.

»Bei allen Heiligen, er *hat* Liebeskummer. Ich fasse es nicht. Da die Auswahl der in Frage kommenden Damen nicht groß ist, beginne ich mir ernsthafte Sorgen zu machen.« Er nahm einen großen Schluck.

»Ach, mein lieber Freund, das Leben ist manchmal sehr schwer für einen jungen Mann.«

»Was meinen Sie, warum ich so froh bin, dass ich schon weiße Haare habe und mir viele Sorgen nicht mehr zu machen brauche!«

Gemeinsam philosophierten und tranken sie, bis es Zeit zum Abendessen war.

Nach dem Essen ging Peter nochmals auf die Bastion, um sehnsuchtsvoll in die untergehende Abendsonne zu starren. Plötzlich raschelte es hinter ihm, und er fuhr herum. Er blickte in die großen braunen Augen, die ihn die ganze Zeit in seinen Träumen begleitet hatten.

Er verneigte sich tief und begann sich stotternd für seine Ungeschicklichkeit zu entschuldigen, aber sie unterbrach ihn sofort.

»Kein Wort mehr darüber, es war meine Schuld, Monsieur. Das wollte ich Ihnen sagen, denn natürlich dürfen wir uns nicht wiedersehen. Wenn man uns zusammen sieht, gibt das einen Skandal.«

»Ich weiß, aber es bricht mir das Herz!«

»Monsieur! Was sagen Sie da? So etwas dürfen Sie noch nicht einmal denken!«

»Mademoiselle d'Aramant, Worte können Sie mir verbieten, aber nicht meine Gefühle!«

Sie wurde rot bis unter die Haarwurzeln, ihre Nasenflügel bebten, und unversehens füllten sich ihre Augen mit Tränen.

Die Sonne verschwand unter dem Horizont, der Himmel brillierte mit einem verschwenderischen Feuerwerk aus allen nur vorstellbaren Rottönen, die sich mit schwefelgelben, türkisgrünen und violetten Streifen abwechselten.

»Ich muss jetzt gehen, *mon cher baron*, sofort!«

»Ich würde es lieber hören, wenn Sie mich *cher ami* nennen würden, Mademoiselle. Ich werde Sie begleiten, es wird dunkel, die Treppen sind gefährlich.«

Sie blickte ihn lange an, da war wieder das spöttische Funkeln in den Augen. »Über diese sogenannten gefährlichen Treppen bin ich seit meiner Kindheit schon viele tausend Mal alleine gelaufen, und das sehr gut … *mon cher ami*!« Sie wandte sich energisch um.

Er folgte ihr, überholte sie und ging auf den Treppen vor ihr hinunter, aber sie hatte natürlich recht. Zwar waren die Stufen zum Teil etwas ausgetreten und manchmal auch leicht rutschig, aber sie kannte hier jeden Fußbreit Boden. Kurz bevor sie den großen Hof erreichten, drehte er sich nach ihr um, als sie erschrocken tief einatmete. Sie musste doch auf einer Stufe ausgeglitten sein, denn plötzlich lag sie in seinen Armen. Es ergab sich alles ganz von selbst, ihre Lippen trafen sich, ihr Atem mischte sich, die Arme legten sich völlig selbständig um den anderen, und sie versanken weltvergessen in ihrer allen anderen unzugänglichen Welt.

Das stimmte leider nicht ganz. Eine sich geifernd überschlagende Stimme ließ sie auseinanderfahren. »Dafür wirst du mir büßen, du deutsches Schwein! Meine Verlobte in aller Öffentlichkeit auf gemeinste Art zu desavouieren!« Er schnaubte voller Ingrimm, ballte die Fäuste und konnte sich kaum zurückhalten, Peter anzuspringen. Giftig fuhr er fort: »Baron, Sie haben meine Ehre mit Füßen getreten, diese Schande kann nur mit Blut abgewaschen werden. Ich fordere Sie!« Jean de Gravelotte schnaubte wild, sprang vor und packte Amélie am Arm, um sie wegzuzerren. Sie schrie schmerzerfüllt und erschrocken auf. Peter machte einen Satz nach vorne und schlug ihm die Faust wuchtig ins Gesicht.

»So behandelt man keine Dame, Monsieur! Ich erwarte Ihren Sekundanten!«

Der Freibeuter fuhr sich mit der Hand übers Gesicht und blickte ungläubig auf das Blut auf seiner Handfläche. Seine dunklen Augen sprühten Gift und Galle. Er drehte sich auf dem Absatz um und stürmte davon, Amélie zerrte er hinter sich her. Sie blickte zu Peter zurück und das Letzte, was er von ihr sah, waren ihre großen, angsterfüllten Augen. Wovor hatte sie Angst, oder hatte sie Angst um jemanden?

Völlig durcheinander machte sich Peter auf die Suche nach Hauptmann Dufour. Als er ihn schließlich gefunden hatte, beichtete er ihm alles. Der alte Mann seufzte. »Ich habe es kommen sehen. Es ist immer dasselbe. Das hat nichts mit der Nationalität oder dem Krieg zu tun, das ist eine Angelegenheit zwischen Mann und Frau. Aber dass Sie Preuße und ein Gefangener des Generals sind, macht die Sache nicht besser oder einfacher, *non*, keineswegs. Natürlich werde ich Ihr Sekundant sein.« Er begleitete Peter in sein Quartier.

Es dauerte auch gar nicht lange, bis ein blutjunger Leutnant eintrat, dessen Physiognomie eine gewisse Ähnlichkeit mit der de Gravelottes aufwies. Er verneigte sich und stellte sich vor:

»De Gravelotte. Mein Cousin erwartet Sie morgen früh um fünf Uhr auf dem westlichen Glacis. Pistolen, ein Schuss auf zwanzig Schritt. Guten Abend, Messieurs.«

Dufour blies die Backen auf. »Genauso ein eingebildeter Stint wie sein Cousin, pfui Teufel. Wie gut sind Sie mit der Pistole, Monsieur?«

»Säbel wären mir lieber gewesen, aber ich hatte nicht die Wahl.«

»Ich werde Sie jetzt alleine lassen. Versuchen Sie zu schlafen und … trinken Sie heute Abend nicht zu viel.«

»Wenn ich blau genug bin, dann sehe ich den Kerl wenigstens doppelt und kann nicht so leicht vorbeischießen.«

»Immer einen kleinen Scherz auf den Lippen, nicht wahr,

Monsieur? *Eh bien*, das zeichnet den wahren Philosophen aus.«

In der kommenden Nacht fühlte sich Peter keinesfalls als Philosoph, sondern eher wie ein zitterndes, elendes Bündel, das nur aus schwitzender, nackter Angst bestand. Die Gedanken drehten sich in seinem Kopf wie die Bilder eines Kaleidoskops, das von einem Kind geschüttelt wird. Die Gesichter seiner Mutter, der Geschwister, des Vaters und ganz besonders das von Amélie tauchten vor seinen Augen auf, aber immer wieder schob sich dann Paul mit seiner missbilligenden, besserwisserischen Miene davor oder, was noch schlimmer war, die von Hass verzerrte Visage des Freibeuters. ›Paul, was soll ich machen? Gib mir einen Rat, du bist das klügere Bürschchen von uns beiden. Hilf mir doch, du bist doch mein Bruder!‹

Paul blickte ihn zuerst säuerlich an, schluckte offensichtlich die Vorwürfe, die ihm auf der Zunge lagen, hinunter, zwinkerte ihm dann aber aufmunternd zu und flüsterte ihm vertraulich ins Ohr: ›Immer nach alter Husarenart, Peter, mach das Unerwartete!‹ Paul kniff verschwörerisch das rechte Auge zu, packte ihn an der Schulter und rüttelte ihn. Peter fuhr mit einem Aufschrei schweißgebadet hoch.

Aber es war nicht Paul, der ihn wachgeschüttelt hatte, sondern Franz. Er brachte ihm ein leichtes Frühstück. Wo er das um diese Tageszeit herhatte, blieb sein Geheimnis, aber wahrscheinlich wusste die ganze Festung längst Bescheid. Peter fühlte sich müde und zerschlagen. Aber nachdem er sich gewaschen und rasiert hatte, ging es ihm schon wesentlich besser. In ihm machte sich dieses fatalistische Gefühl breit, das er auch vor einer Kavallerieattacke gehabt hatte. Das Angstgefühl musste man, wenn man es schon nicht überwinden konnte, dann doch zumindest als notwendiges Übel ertragen, denn ein Weglaufen gab es nicht.

Hauptmann Dufour holte ihn pünktlich ab. Er trug seine beste Uniform und sah ungewohnt schneidig aus. Sie wanderten durch das Labyrinth der Festung bis vor die äußeren Befestigungen. Dort wurden sie schon erwartet. Die Formalitäten wurden abgewickelt, der Kasten mit den beiden identischen Duellpistolen geöffnet, die Sekundanten wählten die Waffen aus, luden sie und machten sie schussfertig. Peter zog seinen Rock aus, legte ihn sorgfältig zusammen und reichte ihn Franz, danach war der Hut an der Reihe. Der frische Morgenwind ließ die weiten Ärmel seines Hemdes flattern, und auch sein sorgfältig gebundenes Spitzentuch wurde von der Brise erfasst. Kühl überlegte er, dass es ihm beim Zielen zur Unzeit ins Gesicht wehen mochte, daher löste er es und reichte es ebenfalls seinem Burschen. Dann fixierte er seinen Gegner, der ein paar Schritte entfernt lauthals mit seinem Sekundanten scherzte und ihn keines Blickes würdigte. War Jean de Gravelotte wirklich so siegessicher?

Nachdem der Schiedsrichter einen letzten Versuch gemacht hatte, das Duell durch einen Vorschlag zu einer gütlichen Einigung zu vermeiden, aber damit selbstverständlich scheiterte, stellten sich die Duellanten mit nach oben gerichteten, gespannten Waffen Rücken an Rücken auf. Der Schiedsrichter gab das Kommando und zählte laut: »Eins …« Peter machte den ersten Schritt, in seinem Kopf überschlugen sich die Gedanken: *Verdammt, hätte der mich nicht auf Säbel fordern können?* »Zwei …« *Degen wäre auch nicht schlecht gewesen.* »Drei …« *Aber nein, ausgerechnet Schießeisen!* »Vier …« *Wo ich doch diese Stinker verabscheue!* »Fünf …« *Lohnt es sich überhaupt, sich für das Mädchen eine Kugel in den Kopf schießen zu lassen?* »Sechs …« *Doch, ganz unbedingt, die Kleine hatte etwas ganz Besonderes an sich!* »Sieben …« *Außerdem kann ich jetzt sowieso nicht mehr zurück.* »Acht …« *Was mach ich bloß, verdammt?* »Neun …« *Nach*

Husarenart, hat Paul gesagt, der hat gut reden! »Zehn!« *Das Unerwartete tun …*

De Gravelotte drehte sich blitzschnell um hundertachtzig Grad auf dem Absatz herum, senkte die Pistole und schoss, Peter hatte sich nur halb herumgedreht, daher bot er ihm nur eine schmale Silhouette, allerdings spürte er den Luftzug der Kugel an seinem Ohr. Langsam streckte er den Arm ganz aus, brachte die Waffe in Anschlag und visierte über den Lauf auf de Gravelottes Gesicht, aus dem scheinbar alles Blut abgeflossen war. Die Augen schienen riesengroße dunkle Löcher zu sein und der Mund war entsetzt zu einem stummen Schrei aufgerissen. Langsam ließ Peter den Lauf allmählich noch etwas tiefer sinken, so dass die Mündung auf die rechte Schulter seines Gegners zielte. Plötzlich war sein Gegner aus der Ziellinie über Kimme und Korn verschwunden! Verwundert ließ Peter die Waffe herabsinken.

Was er sah, war unfasslich. De Gravelotte lag auf den Knien und rang die Hände. »Gnade, Monsieur, Gnade!« Peter hob die schwere Duellpistole wieder, der Lauf zeigte in die Luft, er zog den Abzug durch, der Schuss löste sich und die Kugel flog in den Himmel. Er reichte die Waffe Dufour, verneigte sich stumm vor dem anderen Sekundanten, dessen Gesicht vor Scham kreidebleich war, dem konsternierten Schiedsrichter und dem Arzt, dann drehte er sich um, nahm Franz den Rock ab, schlüpfte fröstelnd hinein, drückte sich den Hut auf den Kopf und entfernte sich zwar kerzengrade, aber langsam mit schleppenden Schritten. Wie in Trance folgte er Dufour, der ihn überholt hatte und in seinen Garten führte.

Dort saßen sie eine Stunde schweigend und leerten eine gute Flasche aus dem Hospiz de Beaune. Schließlich schnaufte Peter mühsam. »Es ist schon sehr seltsam, aber heute habe ich ohnehin Geburtstag«, dabei grinste er schon wieder ein wenig spitzbübisch. »Das ist doch eine reife Leistung, gerade sechzehn Jahre alt und schon zwei Duelle ausgefochten, eins mit tödlichem Ausgang ... und das zweite, nun ja, das hat mir einen Todfeind auf Lebenszeit eingebracht, einschließlich der Rachsucht seiner lieben Verwandtschaft!«

»Da haben Sie recht, aber von Jean de Gravelotte sollten Sie nichts mehr zu befürchten haben, er ist gesellschaftlich erledigt. Wenn er schon nicht den Anstand besitzt, sich selbst zu richten, um seiner Familie die Schande zu ersparen, dann wird man ihn in die Kolonien – dorthin, wo der Pfeffer wächst – abschieben. Aber trotzdem, Gratulation, *mon ami*, in Zukunft haben Sie Veranlassung, diesen Tag doppelt zu feiern. Ich bin verdammt stolz darauf, dass ich Ihr Sekundant sein durfte, Sie haben sehr viel Haltung und Mut bewiesen!«

Wenn der wüsste, wie fest ich die Arschbacken zusammenkneifen musste, damit kein Unglück passiert, dachte Peter; ein kalter Schauer lief ihm bei dem Gedanken den Rücken hinunter.

Am späten Vormittag musste er sich beim General melden, der ihm pflichtgemäß Vorhaltungen wegen des Duells machte. »Monsieur, Sie bringen unseren friedlichen Garnisonsalltag durcheinander, als örtlicher Befehlshaber darf ich es nicht für gut erachten, wenn auf dem Gelände meiner Festung Duelle ausgefochten werden ...« Er machte eine längere Pause, dann räusperte er sich: »Ahem ... meine private Meinung ist allerdings eine andere. Sie hätten der Familie Gravelotte einen großen Gefallen getan, wenn Sie mit Ihrer Kugel kein Loch in die Luft geschossen hätten, sondern ...« Er unterbrach sich und blickte Peter scharf an; seine Augen waren kalt und hart, dabei wippte er auf den Ballen, er hatte die Fäuste geballt. »Ähhh, die Verlobung zwischen meiner Tochter und diesem äääh ... unmöglichen Monsieur de Gravelotte ist selbstverständlich gelöst. Als Vater muss ich mich bedanken, dass Sie mir die Augen über den wahren Charakter dieses Herrn geöffnet haben, als Kommandant dieser Festung ist es allerdings meine Pflicht, Ihnen eine Rüge zu erteilen, und ich bestrafe Sie mit zwei Tagen Stubenarrest! Sie dürfen Besuch empfangen. Wegtreten!« Beim Hinausgehen meinte Peter noch vernommen zu haben, dass der General leise vor sich hingemurmelt hatte: »Hoffentlich bin ich diesen Satansbraten bald los. Ich wollte, die Nachrichten aus Paris würden bald eintreffen oder seine hochwohlgeborenen Verwandten sammelten ihn ein! Am Ende verguckt sich auch noch meine Frau in den Burschen, die bekommt auch schon so einen vertraumten Gesichtsausdruck, wenn das Gespräch auf ihn kommt. Meine Tochter benimmt sich ja ohnehin schon wie eine rollige Katze. Wenn das so weitergeht, habe ich einen preußischen Schwiegersohn, ehe ich dreimal Piep sagen kann, das würde mir gerade noch fehlen! Aber ein toller Kerl ist er für sein Alter schon, alles was recht ist!«

Nachwort

So weit haben es also unsere beiden Helden gebracht. Der eine liegt mit seinem Schiff vor Englands Küste und hat zwei Seegefechte erfolgreich überstanden, der andere bewohnt immerhin eine Suite mit Ausblick auf das Meer und hat sein zweites Duell in einem Stück überlebt. Und beide hoffen, dass Blut dicker ist als Wasser und dass ihnen die lieben Verwandten endlich aus der Patsche helfen.

Übrigens wissen wir immer noch nicht, was in den Briefen stand, die nach Litauen bestimmt waren. War es nur Geschäftskorrespondenz oder doch mehr ...?

Was wird aus Peter und seiner unglücklichen Liebe zur schönen Amélie? Muss er jahrelang in seinem, wenn auch zugegeben recht luxuriösen Kerker schmachten? Oder wird man ihn nach Preußen abschieben, wo das Kriegsgericht auf ihn wartet?

Erreicht Paul sein Ziel, als Midshipman in die Royal Navy aufgenommen zu werden? Oder ist er dazu verdammt, sein Leben auf unbestimmte Zeit als einfacher Seemann vor dem Mast zu fristen, und kann das auf Dauer gutgehen?

Wir sollten nicht vergessen, dass in Europa, Indien und Amerika noch immer Krieg herrscht, also gibt es für zwei unternehmungslustige junge Burschen genug Gelegenheit, sich auszuzeichnen und Karriere zu machen oder frühzeitig ins Gras zu beißen. Nun, man wird sehen!

Es bleiben Fragen über Fragen.

Im Übrigen möchte sich der Autor bei den Litauern entschuldigen, die diesmal den undankbaren Part der Schurken erwischt haben, aber einer muss den bösen Indianer im Western à la Hollywood geben – oder sollte ich besser sagen im »Ostern«. Historisch gesehen galten sowohl die Litauer als auch die Pruzzen im streng katholischen Polen noch lange Zeit als halbe Heiden und als kaum zivilisiert. Tatsache ist, dass sie sehr viel länger als andere Stämme in diesem Gebiet ihrem heidnischen Glauben anhingen und erst in überaus blutigen »Kreuzzügen« zum Christentum bekehrt wurden. Gefangene Christen, auch Frauen und Kinder, wurden als Sklaven gehalten oder an orientalische Händler verkauft. Es ist nicht ohne eine gewisse Ironie, dass sich der Name des Königreichs Preußen von ebendiesen wilden, kämpferischen Pruzzen ableitet. Das hängt damit zusammen, dass Friedrich I. ja genau das war: König in Preußen, also einem Territorium, das außerhalb des Heiligen Römischen Reichs Deutscher Nation lag, in seinem Stammland Brandenburg, der Kurmark, blieb er lediglich Kurfürst.

Der Autor hat sich bemüht (und es musste notwendigerweise eine Bemühung bleiben), die historischen Abläufe nicht anachronistisch, also mit dem Wissen um die späteren Folgen und Entwicklungen, zu kommentieren (wie es heute einige Soziologen und Politologen so gerne machen, wenn sie etwas beweisen wollen), sondern aus der naiven Sicht junger preußischer Adliger, die vom lutherischen Protestantismus und aufgeklärten Absolutismus Friedrichs II. geprägt sind. Vermutlich wird uns die Gestalt dieses hochkomplizierten und in seinem Charakter überaus vielschichtigen Monarchen immer mal wieder begegnen, und nicht immer werden wir ihn als leuchtendes Beispiel kennenlernen ... Aber überlegen Sie einmal, wie viele Herrscher, die in der europäischen Geschichte den Beinamen »der Große« tragen, fallen Ihnen innerhalb von fünf Sekunden ein? Richtig! Alexander, Karl und eben Friedrich II.! Irgendetwas muss doch an dem Kerl dran gewesen sein! Aber auf der politischen Bühne des alten Europa tummeln sich zu jener Zeit noch eine ganze Reihe anderer interessanter Köpfe, so zum Beispiel William Pitt (Machtpolitiker), König Georg II. und danach Georg III. (haben so ihre Probleme mit Premierminister und Parlament), Zarin Elisabeth (Hasserin Friedrichs) und ihr Neffe Zar Peter III. (Verehrer Friedrichs), Ludwig XV. (Motto: Nach mir die Sintflut!), die Kaiserin Maria Theresia (Hasserin Friedrichs) mit Sohn und Mitregenten Joseph II. (Verehrer Friedrichs). Also alles in allem eine durchaus illuster schillernde Gesellschaft, in der keiner dem anderen die Butter auf dem Brot gönnte. Und damals wie heute durften die kleinen Leute die Eifersüchteleien und Machtkämpfe der Großen auf dem Schlachtfeld austragen, mussten die Folgen erleiden und hilflos erdulden. Und zu diesen besagten kleinen Leuten gehören schließlich und endlich auch unsere beiden Märker, auch wenn sie einen adligen Namen tragen und nicht ganz hinten in der Reihe stehen.

Zur Verdeutlichung sei noch angemerkt, dass es im 18. Jahrhundert als keineswegs unschicklich oder ehrenrührig galt, wenn adlige Herren als Offiziere in den Streitkräften fremder Herrscher dienten. Einige der fähigsten und erfolgreichsten preußischen Heerführer waren Nichtpreußen. Das lag daran, dass der Staatsbegriff und damit die Loyalität der ihm Dienenden nicht an der Nationalität, sondern an der Dynastie festgemacht war. Die hässliche Fratze des Nationalismus mit seiner geistlosen Überheblichkeit und dem selbstgerechten Chauvinismus verdankt Europa im Wesentlichen der Französischen Revolution und der Hybris Napoleons. Aber bis der auf die Bühne tritt, ist es noch eine gute Weile hin …

Patrick O'Brian

Die Chronologie der Jack-Aubrey-Romane

Kurs auf Spaniens Küste
ISBN 978-3-548-25317-6

Feindliche Segel
ISBN 978-3-548-25318-3

Duell vor Sumatra
ISBN 978-3-548-25319-0

Geheimauftrag Mauritius
ISBN 978-3-548-25203-2

Sturm in der Antarktis
ISBN 978-3-548-25208-7

Kanonen auf hoher See
ISBN 978-3-548-25212-4

Verfolgung im Nebel
ISBN 978-3-548-25320-6

Die Inseln der Paschas
ISBN 978-3-548-25329-9

Gefahr im roten Meer
ISBN 978-3-548-25435-7

Manöver um Feuerland
ISBN 978-3-548-25443-2

Hafen des Unglücks
ISBN 978-3-548-25642-9

Sieg der Freibeuter
ISBN 978-3-548-25643-6

Tödliches Riff
ISBN 978-3-548-25721-1

Anker vor Australien
ISBN 978-3-548-25730-3

Inseln der Vulkane
ISBN 978-3-548-25770-9

Gefährliche See von Kap Hoorn
ISBN 978-3-548-25774-7

Die Chronologie der Jack-Aubrey-Romane – Fortsetzung

Der Lohn der Navy
ISBN 978-3-548-26131-7

Der Triumph des Kommodore
ISBN 978-3-548-25902-4

Der gelbe Admiral
ISBN 978-3-548-25903-1

Mission im Mittelmeer
ISBN 978-3-548-26125-6

»Die besten marinehistorischen Romane, die je geschrieben wurden.« *The New York Times Book Review*

maritim

Mar. 28

Julian Stockwin

Die Chronologie der Kydd-Romane

Kydd – Zur Flotte gepreßt
ISBN 978-3-548-25323-7

Kydd – Bewährungsprobe auf der Artemis
ISBN 978-3-548-25439-5

Kydd – Verfolgung auf See
ISBN 978-3-548-25646-7

Kydd – Auf Erfolgskurs
ISBN 978-3-548-25772-3

Kydd – Offizier des Königs
ISBN 978-3-548-26133-1

Kydd – Im Kielwasser Nelsons
ISBN 978-3-548-26404-2

Kydd – Stürmisches Gefecht
ISBN 978-3-548-26463-9

»Stockwin wurde zum Bestsellerautor, weil er seine Leser mitten zwischen die Männer stellt, die vor dem Mast fuhren, ob freiwillig oder gepreßt.« *Daily Express*

maritim

Mar. 07